문화산업 시대의 예술, 예술 재창안하기

문화산업
이미지
예술

문화산업 시대의 예술,
예술 재창안하기

문화산업
이미지
예술

조선대학교 인문학연구원 이미지연구소 편

앨피
book

문화산업 시대의 인문학

'휴먼 소크라테스'의 변명

한때 민주화가 지상 목표였던 시절, 대학가 주변에는 인문사회과학 서적을 전문으로 취급하는 서점들이 즐비했다. 현장성 있는 이론과 지침들이 문서화되어 작은 서점들을 중심으로 유통되었기 때문이다. 당시 그 서점들은 살아 있는 인문 정신이었다. 전공을 불문하고, 운동권이든 아니든, 상당수의 학생들이 그 서점들을 드나들며 자연스럽게 그 시대의 인문적 교양을 익혔다. 하지만 90년대 들어 사회주의권의 몰락과 더불어 그 서점들도 문을 닫기 시작했다. 마치 자본주의의 승리를 자축하듯이 서점이 있던 자리에는 이동통신 매장, 햄버거 판매점, 다국적 커피 전문점 등이 들어섰다. 이른바 '인문학의 위기'가 처음으로 가시화되는 순간이었다.

그리고 느닷없이 들이닥친 외환 위기는 인문학의 위기를 더욱 심화시키는 계기가 되었다. 세계 자본주의 시장에서 살아남는 국가 경쟁력 확보를 위해 국가는 사회 전반에 생산성 있는 실용적 기술을 요구하였다. 누구든 경쟁력 있는 상품을 내놓지 못하면 퇴출 압력에 시달리게 되었다. 시장에서의 무한 경쟁 시대가 열린 것이다.

샤를르 보들레르	800원
칼 샌드버그	800원
프란츠 카프카	800원

—오규원의 〈프란츠 카프카〉 중에서

문학이라고 해서 예외가 되지는 않는다. 문학도 따지고 보면 상품이다. 설령 그것이 상품사회를 비난하는 불온한 작품일지라도, 너그러운 '신자유주의'는 그것을 상품으로 흡수해 준다. 심지어 혁명가도 상품으로 재탄생했다. '체 게바라'는 티셔츠에 인쇄되어 시장에서 불티나게 판매되었다. 예술가도 혁명가도 시장의 상품으로 기꺼이 소화하는 세계 자본주의의 거대한 위장이 확인되는 순간이다.

과거에 비해서 세계 자본주의 시장은 비약적으로 성장했다. 하지만 한때 시장의 견제 세력이었던 인문학은 사정없이 위축되어 있다. 누가 지금 '자본주의 이후'를 꿈꾼다고 할 수 있는가. 자본주의의 거침없는 약진 앞에서 사람들은 묻는다. 시장을 위해 무엇을 해줄 수 있느냐고. 대학 정문을 나서 보면 더 가관이다. 대학가 주변은 이제 완전히 시장에 포위되었다.

불야성을 이룬 시장에서 학생들은 밤낮으로 수요와 공급의 원칙을 학습한다. 도서관이라고 해서 다를 바 없다. 학생들은 자신의 상품적 가치를 높이려고 시장이 요구하는 '과목(?)'을 갈고 닦아야 한다. 고시 공부와 영어 학습 때문에 도서관이 '독서실'로 전락한 지는 상당히 오래되었다. 그들도 묻는다. 인문학이 취업에 어떤 도움을 줄 수 있느냐고. 대학의 정책은 더욱 볼 만하다. 시장에서의 경쟁력과 실용성이 학과의 존폐 여부를 결정하고, 경쟁력 없는 학과들은 통폐합하며, 고전적인 학과 명칭도 실용적으로 변경할 준비가 되어 있다. 유럽의 어문학, 철학이 사라진 대학이 즐비하다. 시장으로부터 초연했던 전통적인 인문학의 종말을 보는 듯하다. 인문학은 자신의 존재 이유를 홀로 변호하라는 압력을 받고 있다. 법정에 끌려온 늙은 소크라테스처럼 말이다.

시장, 인문학, 그리고 대학의 자율성

퇴출 위기에 몰린 제도권 내부의 인문학자들에게 선택의 여지는 많지 않다. 대학마저도 수요와 공급의 시장 논리로 판단하는 마당에 오직 시장 만능주의에 저항하는 수밖에 다른 도리가 없다. 시장과의 불화는 인문학의 오래된 전통이 아니던가. 하지만 옛날에 비해서 시장은 더욱 강해졌고, 시장에 대한 사람들의 신앙은 더 돈독해졌다. 원군이 없는 인문학 단독의 외침은 공허한 울림으로 그치기 십상이다. 하지만 도리가 없다. 독일의 철학자 아도르노가 미국의 한복판에서 문화산업의 팽창을 목도하고 인문적 교양인의 관점에서 그것을 비판했던 것처럼, 시장에 포위된 한국의 인문학자들은 상품만을 강요하는 집단 히스테리 현상을 정면으로 격파해야만 한다.

자본주의의 팽창에 도취되어 매사를 이윤과 경쟁의 논리로 평가하는 사회, 그리고 그에 부합하고자 실용적 혁신을 강조하는 대학 행정이 인문학자들의 적수이다. 특히 그들이 분개하는 것은 인문학의 방패가 되어야 할 대학의 태도이다. 사회의 잘못된 분위기를 바로잡고 올바른 길로 선도해야 할 대학이 오히려 사회의 지배적 정신을 추종하여 실용성을 이유로 인문학을 소외시키고 압력을 행사하거나 간판 바꿔 달기를 강요하는 무책임한 태도를 보이고 있기 때문이다. 하지만 대학이 국내외적 경쟁력 강화에만 몰두하는 한, 당장의 성과를 보여 주지 못하는 인문학보다는 산학 협력을 통해 대학의 재정을 확충해 주고 더 많은 취업자를 배출하여 대학의 경쟁력을 대내외적으로 선전해 주는 학과들에 관심을 보이는 행태를 멈추지는 않을 것이다. 취업률에 따라 학과들 사이에 서열이 매겨지고, 지원자가 부족한 학과들은 통폐합 또는 폐과되며, 산학 협력이 더욱 강조되고, 대학의 국제 경쟁력을 확보한다는 명분으로 영어 강의도 확산될 것이다. 국내외적 경쟁력 확보가 대학의 사활이 걸린 문제가 되고 보면, 대학의 기업가적 운영 방침도 쉽게 완화되지는 않을 것이다. 그런 상황에서 인문학이 눈엣가시인 것은 숨길 수 없는 사실이다.

하지만 이 모든 방침이 대학 단독의 결정이겠는가. 여기에는 대학의 소비자인 학생들의 요구가 반영되어 있다. 이미 지방에서는 신입생 유치 전쟁이 시작된 지 오래지만, 졸업생들조차 고질적인 취업난에 시달리다 보니 신입생들은 대학 선택과 학과 선정에서 취업 가능성을 절대적 기준으로 삼는다. 취업만 보장된다면 개인의 적성쯤은 무시될 수 있는 것이다. 이는 대학에만 들어갈 수 있다면 개인의 적성은 아무래도 좋다는 과거의 기형적인 생각과도 연결되어 있다. 제도권 인문학자들은 학생들의 취업을 위해 자신이 무엇을 할 수 있는지를 생각하지 않을 수 없다. 아무리 그것이 시장의 논리를 추종하는 것이라 할지라도, 이미 피할 수 없는 현실이 되었기 때문이다.

이처럼 대학 사회에 '시장의 논리'가 관철되고 있다. 대학은 시장의 요구와 필요를 대학 구성원들에게 전달하는 '시장의 대변인'이 되고 있다. 인문학자들이 내놓을 수 있는 최소한의 요구는 단순하다. 대학이 시장의 대변인으로서 인문학을 취급할 것이 아니라 '대학의 대변인'으로서 시장을 상대해 달라는 것이다. 시장의 압력이 취업을 앞둔 학생들에게 전해지고, 학생들의 요구가 다시 대학 행정에 그대로 반영되는 전도체의 기능을 중지하라는 것이다. 모든 사람이 시장에서 살아남는 것을 지상명령으로 여긴다 할지라도, 대학만은 시장과 반성적 관계를 맺을 수 있어야 하고, 인문학 정신이 시장을 감시할 수 있는 길을 열어 주어야 한다고 말이다.

제대로 된 대학이라면 마땅히 정글의 법칙이 사회 전체를 휘감고 있는 것을 비판하고 경계해야 할 것이다. 그런데도 자청하여 정글의 법칙을 옹호하고, 그것을 대학 전체로까지 관철시키려 하는 것은 대학의 자율 정신을 반납하는 것과도 같다. 마르크스의 통찰에 따르면, 시장이 만들어 놓은 정글에서는 가치의 서열이 뒤집혀 보인다. 일종의 착시 현상이 발생하는 것이다. 말하자면 상품 자체의 고유한 질감보다는 그 상품의 추상적 교환가치가 더욱 구체적이라는 느낌을 주게 된다. 그뿐만이 아니다. 교환가치는 모든 사회적 욕망을 평준화시킨다. 소유하고 싶은 상품은 서로 달라도 이윤은 하나이기 때문이다.

전국민이 유치원에서 대학에 이르기까지 단일한 목적을 향해 무한 경쟁에 몰입할 수 있는 것도 시장이 살포한 교환가치의 마력 때문이다. 항상 궁극적인 욕망은 충족되지 않은 상태에서, 사람들은 여전히 알 수 없는 어떤 대상을 욕망하며 시달린다. 서로 다른 질감을 가진 구체적 상품들의 물질성은 욕망을 궁극적으로 충족시키지 못한다. 그러나 나의 상품이 너의 상품과 비교되는 순간, 욕망은 다시 작동하기 시작한다. 추상적인 교환가치가 마치 유령처럼 순간적으로 구체적 물질성으로 나타나서 욕망을 작동시키는 것이다. 철저한 시장 자본주의는 이처럼 사람들을 '욕망의 감옥'에 가둔다.

만약 인문학자들이 수호하고자 하는 어떤 가치가 있다면, 그것은 아마도 사람들마다 서로 다른 것들을 욕망하게 하는 가치의 다양성일 터인데, 교환가치의 힘은 그러한 욕망의 개성화를 말살해 버린다. 인문학이 지향하는 가치는 교환가치에 내재하는 규범화, 평준화, 규격화의 힘에 저항하는 것이다. 모두가 동일한 것을 욕망하게 만드는 시장의 논리가 그 사회의 지배적 가치를 구성하려 할 때, 인문학만큼은 그 논리와 거리를 두고 그러한 현상을 성찰할 수 있는 자격을 가지고 있다. 시장의 논리에서 자발적으로 소외된 학문이기 때문이다. 인문학은 그 존재만으로도 사회의 지배적 가치를 배반하고 다른 것을 욕망할 수 있다는 것을 보여 주는 용기의 표현이다. 대학의 자율성은 대학의 정문까지 밀고 들어온 정글의 법칙에 제동을 걸 수 있을 때 발현된다. 그 대학에 인문학이 살아 있다면, 그것만으로도 그 대학은 제 긍지를 입증하는 것이다. 이미 교환가치의 마법에 걸려든 대학을 향해 대학의 자율성을 요구하고 일깨우는 것도 어쩌면 인문학자들의 몫인지 모른다.

이렇게 되면 인문학자의 처지는 인상주의 화가들이 파리의 한복판에서 발굴했다는 새로운 인간형, 즉 '산책자'를 닮아 있다. 군중 속에 있으면서도 그들과 어울리지 못하고 심리적으로는 외부에 서게 되는 고독한 산책자, 그것이 인문학자들의 유형적 모델인 것이다. 그러나 어쩌면 그것은 귀족 자제의 특권적 포즈인지도 모른다. 모든 것이 시장 때문이라면, 시장에 영합하지 않는 탈속의 정신이 지나치게 강조될 수도 있다. 그리고 시장을 비판하는 목소리에서는 여전히 엘리트주의적 취향이 묻어난다. 평준화와 규격화에 저항하는 교양인의 모습에서는 모종의 권위의식마저도 느껴진다. 또한 인문학에 대한 과도한 신앙, 그리고 시장에 저항하면서 피해자인 양 꾸며 대는 모습에서는 인문학이 한때 근대화의 후원자였다는 사실을 망각하려는 노력도 감지된다.

근대성, 인문학의 비순결성

그렇다면 이렇게 물을 수 있다. 인문학은 과연 순수한 피해자인가? 인문학이 위기에 봉착했다는 견해에 대해서 혹자는 그것을 한국 인문학이 스스로 자초한 일이라고 판단한다. 그들은 인문학 위기의 원인을 인문학 외부에서 찾아 성토하는 일을 자제하고, 그것을 인문학 내부의 어떤 부실에 대한 반성의 기회로 삼는다. 학문적 차원의 총체적 부실이 현재의 인문학 위기 담론을 초래했다는 것이다. 한국 인문학의 식민지적 성격을 고발하고, 탈식민의 가능성을 타진하는 작업이 바로 여기에 속한다. 그들은 문사철文史哲을 비롯한 인문학 전반의 학문적 전통이 대개는 서양에서 유래했다는 것, 또한 아직도 대부분의 연구 방법을 수입에 의존하고 있음을 지적한다. 인문학 교수들 중에는 아직도 서양 이론을 수입하고 소개하는 역할에 만족하는 경우가 많다. 그 자체만으로도 의미 있는 일이긴 하지만,

문제는 수입된 이론과 한국의 사정이 일치하지 않는 경우가 대부분이고, 따라서 이를 토대로 현재 한국 사회가 직면한 문제에 대한 정확한 진단과 처방을 내릴 수 없다는 데 있다. 그렇게 내려진 인문학적 처방을 누가 신뢰하겠는가.

그러므로 인문학이 사회와 대학에서 이중으로 소외받는 현상은 국내 인문학 자체의 창의력 부족, 비현실적 진단과 처방, 자기만족적 연구 등의 문제가 누적된 필연적 결과라는 지적도 가능하다. 인문학의 탈식민성, 즉 이론의 자생성은 아직도 요원한 과제인지 모른다. 우리 인문학은 서구의 이론을 그저 수입하고 보급해야 할 대상으로만 바라보지 않고, 적극적으로 그 이론에 개입하여 자신을 대화의 상대자로 만들 필요가 있다. 궁극적으로는 서구의 인문학자와 우리의 인문학자가 대화적 관계를 유지하면서 새로운 이론적 돌파구를 마련하는 데 공동으로 참여하는 형식이 되어야 한다. 이는 대학의 강의를 영어로 진행한다고 해서 해결될 문제가 아니다. 영어 구사력과 창의적 사고력은 전혀 별개의 영역이기 때문이다. 둘을 무매개적으로 연결하려는 미신적 사고가 오히려 대학의 발전을 가로막고 있다.

그렇다면 인문학의 위기를 한국 인문학의 식민적 허약성의 결과로만 볼 수 있는가? 한국 인문학의 후진적 부실 경영이 자초한 결과에 불과한가? 그렇지 않다. 그와는 정반대로 인문학의 위기 담론에는 한국 인문학의 생명력이 잠재되어 있다. 사실 인문학의 위기는 오히려 인문학 내부의 치열한 자기비판으로 발굴된 '보석'이다. 자본과 시장을 상대로 문학과 혁명이 연대하던 시대가 지나면서, 인문학 연구자들 사이에 연구 대상으로서 '근대성'이 부상한 적이 있다. 현실 사회주의의 붕괴로 '자본주의 이후'에 대한 희망을 가리키던 이정표가 사라졌고, 따라서 연구자들은 더 근본적인 문제부터 다시 검토할 필요를 느꼈다. 자본주의 사회를 포괄하면서도 더욱 설득력 있는 개념으로 '근대성'이 지목되었고, '자본주의 이후'의 소망은 '근대 이후'로 전이되었다. 근대성에 대한 연구는 그렇게 시작되었다.

그러나 그러한 인문학적 연구의 끝에는 기막힌 반전이 기다리고 있었다. 비판과 극복의 대상이었던 '근대성'의 심장부에 인문학이 놓여 있다는 사실이 발견된 것이다. 인문학, 그것은 사실상 근대의 이름으로 폐기되어야 할 거의 모든 항목의 온상이었다. 심지어 그것은 '인간/인류'의 이름으로 자행된 모든 폭력의 원천이기도 했다. 하여 우리가 '근대 이후'를 상상하고자 한다면, 인문학이라는 매트릭스matrix에서 벗어나지 않으면 안 된다는 생각이 확산되었다. 누가 지금 인문학 정신을 위협하고 살해하려 하는가? 그것은 바로 인문학 자신이다. 인문학을 위협하는 세력은 '시장'의 형식으로 외부에만 있는 것이 아니다. 인문학 자신이 자신에 대해 이미 위협적인 존재라는 사실의 발견은 '근대성' 연구의 큰 결실이었다. 그 뒤로 인문학과 근대성의 공모 사실에 대한 비판적 연구들이 줄을 이었다. 인문학에 대한 자기반성과 비판이 전제되지 않은 상태에서는 근대성에 대한 인문학적 접근도 불가능하고, 설사 가능하다 해도 무의미해질 공산이 커진 것이다.

이처럼 인문학이 자신의 생존을 위협하는 근대성의 정신과 공모하고 있었다는 것, 그것이 인문학이 발견한 또 다른 위기의 내용이다. 그것은 인문학의 비판적 연구정신이 발굴한 재귀적 사실에 속한다. 인문학은 자신이 극복하고자 하는 대상(그것이 근대성이든 시장이든)에 대해 결코 순결하지 않다는 것이다. 만약 인문학 연구자가 근대성에 대한 비판적 연구를 철저하게 진행하고자 한다면, 자신의 입지가 근대성과 서로 결탁되어 있다는 사실에 대한 치열한 자기반성이 전제되어야만 한다. 만약 이렇게 발견된 인문학적 사실에 정직하지 못한 사람들이 있다면, 그들이 인문학을 위기에서 구해 내지 못할 것은 자명하다. 알지도 못하는 위기에서 어떻게 자신을 구해 낸난 말인가.

인문학은 한때 시정잡배가 아니라 엘리트를 양산하기 위한 상류층 문화의 옹호자였다. 고급 문학과 우아한 클래식을 소비하고, 권위를 모방하는 품위 있는 삶을 교양의 이름으로 전수하는 제도적 장치의 일부이기도 했다. 다른 한편으로, 인문학은 중세를 마감하고 인간 중심의 세속 사회를 건설하기 위한 근대적 과학 기술의 대변인이기도 했다. 인문학이 자연 지배의 후원자였음은 말할 것도 없다. 더 나아가 인문학은 민족국가의 인프라 구축을 총지휘하는 이론적 지원자였다. 역사의 연속성을 정립하고, 공동의 상상 체계를 만들어 내며, 한 나라의 정신적 위대함을 각인시키는 작업의 선봉에는 언제나 인문학이 놓여 있었다. 누구도 인문학이 근대사회의 이데올로기 생산 및 재생산 구조와 무관하다고 주장하지 못할 것이다. 그렇다면 시장의 압력을 성토하는 인문학자들이 혹시 근대사회의 복귀를 꿈꾸는 것은 아닐까? 인문 정신이 살아 숨 쉬는 그때 그 시절로 말이다.

시장에 저항하는, 시장을 억압하는 인문학

우리는 대량생산된 상품 이미지를 과감하게 미술에 도입하여 미술사의 혁신을 이끌었던 앤디 워홀의 시도를 기억한다. 그것은 상품과 작품, 시장과 예술의 경계를 무너뜨린 대표적인 사례에 속한다. 그러나 인문적 교양과 엘리트적 문화의 보존자였던 인문학자들의 삶은 대량으로 생산되고 소비되는 시장의 문화에 불편한 감정을 숨기지 못한다. 인문학자들의 삶은 시장 문화에 배타적이고, 억압적이다. 어떤 점에서 인문학이 시장의 압력에 시달린다는 주장은 인문학의 억압적 측면을 은폐하려는 기도인지도 모른다.

생각해 보면, 인문학이 위기를 호소하기 시작한 순간은 어쩌면 시장에서 뒷거래되던 이른바 하위문화들의 반란과 무관하지 않다. 문학을 예로 들자면, SF, 판타지, 추리, 무협 등등의 하위문학들의 협공이 시작된 지

오래다. 노골적으로 시장에 내놓기 위해 만들어진 그 상품들은 반反시장의 논리를 지지하는 인문학자들의 심기를 불편하게 한다. 문화에 첨부된 계급과 서열의 표지를 삭제하려는 그들의 반란은 인문학자들이 '수호'해야 하는 고급문화의 억압적 본성을 폭로한다. 시장을 배회하는 하위문화의 관점에서 보면, 시장이 인문학을 억압하는 것이 아니라 오히려 인문학이 시장을 억압했던 것이다. 인문학의 위기 담론은 일종의 위장술인 것이다. 그것은 시장에서 유통되는 다양한 하위문화들에 대해서 인문학이 억압적으로 기능했다는 사실을 숨기고 있다.

최근 광범위하게 확산되는 '문화연구'의 열풍은 전통적인 인문학이 돌보지 않았던 시장표 문화에 대한 관심을 유도하고 있다. 과거에는 돌보지 않았던 《선데이 서울》과 같은 대중잡지들이 연구 대상으로 부상하고 있다. 공식적인 문서뿐 아니라, 대중적으로 생산되고 소비되는 문화적 산물에도 연구자의 손길이 닿기 시작한 것이다. 이러한 연구 풍토는 그동안의 고답적인 연구 태도에서 벗어나 인문학과 시장의 관계를 재고하게 만드는 계기가 되고 있다.

적어도 연구 차원에서 봤을 때 인문학은 위기를 모면하고자 시장과 담을 쌓는 방식의 전략을 구사하지는 않고 있다. 시장과 인문학이 은밀하게 공모하기도 하고, 때로는 인문학이 시장을 억압하기도 했다는 복잡한 사정을 감안하면서, 인문학과 시장의 복합적 관계를 고려하는 연구 태도가 확산되고 있는 것이다. 그로 인해서 고전적인 인문학적 접근법은 사라지고 있는 형편이다. 문학의 경우를 예로 들자면, 작가론과 작품론이 현저하게 줄어들고 있다. 그동안 전통적 인문학의 각도에서는 포착되지 못한 것들을 자료로 해서 오히려 인문학적 주제를 반성적으로 검토하는 태도를 취하는 연구가 활성화되고 있다. 과거의 전통적 인문학이 높이 평가했던 미적 가치들은 평가절하되고, 그 가치들의 억압적 속성이 부각되는 경우가 그러하다. 인문학 분야의 연구를 통해서 인문학의 위기는 극한까지 탐구되고 있는 것이다. 연구 주제에 한정해서 볼 때, 지금 시장의 문화는 인문학의 자기반성을 부추기는 독/약으로 기능하고 있다. 시장의 수혈을 받음으로써 경직된 인문학의 근육이 유연해진 것이다. 물론 어느 정도의 수혈이 '독'으로 기능할지는 아직 알 수 없다.

그러므로 현재 인문학자로 산다는 것은 인문학에 대한 독선적 믿음을 내세우기보다는 그 믿음의 수혜자와 피해자를 두루 헤아릴 수 있는 근신의 태도와 결부된다. 그런 의미에서 인문학은 위기의 산물이면서 위기를 그 본성으로 삼고 있어야 한다. 인문학의 입장에서 시장을 비판하는 경우, 그 비판을 통해 인문학 자체가 더 이상 시장과 무관하다는 보장을 자동적으로 얻을 것이라 생각해서는 안 된다. 시장을 비판하는 인문학자라도 인문학을 위기에서 구원하기 위해서 기업에 손을 내미는 경우도 있다는 사실이 그의 시장 비판에 이미 포함되어 있어야 한다. 그러므로 자신의 비판을 일거에 무너뜨릴 만한 구멍이 사방에 산재해 있다는 위기의식을 전제할 때 그 비판은 비로소 신뢰를 얻게 된다. 그것이 위기를 통해서 성숙해지는 인문학의 모습일 것이다.

2012년 1월

오문석(조선대학교 국어국문학과)

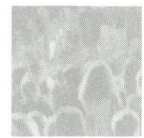

I

문화산업과 이미지의
근본 문제들

■ 일러두기

– 인명이나 지명은 외래어 표기용례를 따랐다. 단, 널리 알려진 이름이나 표기가 굳어진 명칭은 그대로 사용했다. 각
  꼭지에서 주요 인물이나 도서, 영화 등의 원어명은 맨 처음, 주요하게 언급될 때 병기했다.

– 본문에 나오는 도서 제목은 원 제목을 번역 표기하는 것을 원칙으로 하되, 국내에 번역 출간된 도서는 그 제목을
  따랐다.

– 주석은 본문 하단에 각주로 처리했다. 주요 인용구 뒤에는 괄호를 두어 간략한 출처를 표시하고, 상세한 서지 사
  항은 각 장 맨 뒤에 〈참고문헌〉으로 정리했다. (가나다순)

예술과 문화 혁신의 과제

칸트, Fr. 슐레겔, 키르케고르, 니체를 돌이켜보며

하 선 규

예술과 문화의 의미, 예술과 문화의 관계

오늘날 '예술'과 '문화'라는 말을 낯설게 느끼는 사람은 거의 없다. 주변을 둘러보라. 음악을 듣고 영화를 보는 일을 싫어하는 사람을 찾기란 얼마나 어려운가. 이제 문화와 무관한 삶, 문화 바깥의 삶을 상상하기란 불가능하다. 또 누구나 예술과 미적 경험을 현대인의 삶과 문화에서 빼놓을 수 없는 기본 요소이자 마음의 양식으로 여긴다. 카시러Ernst Cassirer가 말했듯이, 인간의 삶은 단순히 물질적인 환경 속에 놓여 있지 않다. 그와 반대로 '문화적 상징 형식들의 우주' 속에서 펼쳐질 수밖에 없다. 예술이 이 상징 형식의 우주를 구성하는 중요한 일부이며, 특정 시기의 사회와 문화를 형성하는 데 중요한 역할을 한다는 점도 이론의 여지가 없어 보인다.

그러나 예술과 문화의 의미가 늘 분명한 것일까? 우리가 예술과 문화의 관계를 충분히 선명하게 이해하고 있는가? 예술과 문화에 대한 자연스럽고 일상적인 이해에는 아무런 이론적 어려움도 내포되어 있지 않은가? 여기서 한 걸음 더 나아가 다음과 같은 질문들을 던져 볼 필요가 있다. 예술은 문화와 구체적으로 어떻게 연관된 것인가? 예술은 문화라는 '거대하고 총체적인 삶의 연관' 속에 있지만, 그럼에도 본질적으로 자율적으로 작동하고 스스로를 재생산하는 이른바 '자기생산적 하부체계sub-system'인가?[1] 아니면 특정 시기의 문화의 연속성을 가능하게 하는, 체제 정립적 내지 체제 긍정적인 추동력인가? 예술과 미적 경험은 전체 문화 속에 아무런 문제없이 잘 통합되어 있는 순기능적 요소인가? 아니면 근본적으로 기존 문화의 흐름을 거스르고, 그에 충격을 주고 도전하고자 하는 '이질적이며 반역적인' 요소인가? 예술과 미적 경험은 지배적인 문화가 암암리에 억압하고 있는 '자연'과 '감성'이 표출되고 실험되는 장소인가? 그것은

---

[1] N. Luhmann, *Die Kunst der Gesellschaft*, Frankfurt a. M.: Suhrkamp, 1997, pp. 156-160.

아직 도래하지 않은 새로운 지각 방식을 훈련하여 감각과 사유의 지평을 확장하고 혁신하는 역할을 하는가? 아도르노Theodor Adorno의 말대로, 진정한 예술과 미적 경험은 '총체적으로 관리된' 자본주의적 문화산업 속에서 미메시스적 충동과 비동일성의 사유[2]가 억압 없는 방식으로 실현될 수 있는 마지막 가능성인가?

이러한 질문들을 떠올리면서 분명해지는 것은 예술과 문화의 의미, 예술과 문화의 관계가 결코 일상적인 의식이나 저널리즘에서 쉽게 전제하듯이 명확하고 단순한 문제가 아니라는 점이다. 오히려 가까이 다가가면 갈수록 그것은 점점 더 불명확하고 복잡하게 착종된 모습을 드러낸다. 그렇다면 서구의 미학과 예술철학은 이에 대해 어떤 이론적 성찰을 전개했을까?

이러한 문제의식에서 서구 근현대 미학 사상의 흐름 가운데 몇몇 중요한 사상가들의 이론을 살펴보고자 한다. 그들은 칸트, Fr. 슐레겔, 키르케고르, 니체이다. 물론 이 글의 목표는 이들의 미학적, 예술철학적 성찰을 전체적으로 정리하고 분석하는 것이 아니다. 그보다는 이들의 성찰이 아직도 유효한지, 유효하다면 어떤 맥락에서, 또 어떤 철학적 문제들과 관련하여 유효한지를 중점적으로 논의하고자 한다. 분명한 것은 이들의 성찰이 오늘날에도 여전히 '정교한 판독Durchbuchstabieren'을 요구하고 있다는 점이다. 이들의 성찰은 여전히 우리에게 깊은 문제의식과 성찰을 촉구하고 있다. 이 글은 이 촉구에 대한 잠정적인 답변의 시도이다.

---

2   원준식, 〈아도르노 미학에서 미메시스와 합리성의 변증법〉, 《미학예술학연구》 26, 한국미학예술학회, 2007, 57~83쪽; 이병진, 〈부정성의 미학과 현대예술—아도르노의 현대예술론〉, 《독일문학》 80, 한국독어독문학회, 2001, 152~182쪽 참조.

칸트: 시민문화의 조화와 종합 위한 토대

흔히 칸트Immanuel Kant는 예술 현상에 조예가 깊지 않았던 것으로 평가된다. 이것은 틀린 평가가 아니다. 《판단력비판Kritik der Urteilskraft》을 비롯한 여러 저작들에서 칸트가 들고 있는 시, 음악, 미술 등 개별 예술 사례를 보면, 그가 예술 작품의 구체적인 형식적 특성과 예술 장르의 역사적·양식적 변화를 폭넓게 이해하지 못했다는 인상을 지우기 어렵다. 특히 이후 정신사적 흐름을 주도하게 될 헤르더, 괴테, 실러, Fr. 슐레겔, A. W. 슐레겔, 셸링, 헤겔, 횔덜린 등의 사상가들을 생각해 보면, 칸트의 예술 이해가 가진 한계가 분명하게 드러난다. 이는 물론 칸트의 개인사적 환경과 학문적 수련 과정의 결과일 것이다. 또한 그의 개성적 성향과 그가 젊은 시절부터 고민했던 철학적 문제의식이 아래 세대와 현저히 달랐기 때문이기도 한다. 하지만 이와 함께 반드시 고려해야 할 것은, 칸트가 실천한 독특한 철학함의 방법론이다.

주지하듯이 칸트의 비판철학, 그의 '선험철학적' 연구는 경험 가능성의 주관적 조건을 밝히는 데 초점을 맞추고 있다. 즉, 주관이 현실 속에서 만나게 되는 다양한 경험 내용이 아니라, 의미 있는 경험 일반이 가능하기 위해 주관이 능동적으로 기여하는 부분을 밝히고자 한 것이다. 칸트의 선험철학은 주관의 '선험적-형식적' 조건을 발굴해 내고, 그 이론적 정당성을 논증하는 일을 목표로 하고 있다. 이에 따라《판단력비판》에서도 미적 경험과 예술의 구체적인 양상이 아니라 미적·예술적 경험을 위한 능동적인 마음의 능력인 '반성적 판단력'에 논의를 집중하고 있다. 반성적 판단력이 가진 선험적-형식적 조건을 해명하는 일이 논의의 근간을 이루고 있는 것이다. 게다가《순수이성비판Kritik der reinen Vernunft》의 선례를 따라, '판단 이론적' 분석 틀을[3] 미적·예술적 경험에 적용함으로써 내용미학적 접근을 더욱 어렵게 만들었다고 할 수 있다.

그러나 이러한 모든 예술철학적 혹은 예술이론적 한계에도 불구하고 칸트의 미학적 논의는 다음 세대의 사상가들에게 큰 영향을 끼쳤다. 뿐만 아니라 19세기와 20세기에 이르는 현대 미학의 흐름 전반에도 뚜렷한 흔적을 남겼다. 이것이 가능했던 것은 무엇보다도 그가 철학적 분석의 시야를 선험철학적·형식미학적으로 좁히면서, 그 대신 분석의 수준을 매우 치밀하고 명징하게 끌어올렸기 때문이다. 특히 그가 미적·예술적 경험의 체계적 의미에 대해 거시적·사변적으로 전망한 부분,[4] 즉 미적·예술적 경험이 '자연(이론)'과 '자유(실천)'라는 독자적인 두 영역을 체계적으로 매개하는 역할을 해야 한다고 개진한 부분이 시적·예술적 창조의 중요성을 공유했던 이후 세대들에게 깊은 인상을 남긴 것으로 보인다. 이제 칸트의 미학적 논의를 미적·예술적 경험과 시민bürgerlich문화의 조화와 발전이란 문제의식에서 재음미해 보자.

가장 먼저 칸트가 아름다움과 숭고함에 관한 미적 판단의 자율성을 논증한 것을 지적해야 할 것이다. 칸트는 미적 판단이 이론적·논리적 판단이나 도덕적·규범적 판단과 혼동될 수도 없고, 또 이들 판단으로 소급될 수도 없음을 명확히 보여 주었다. 이러한 논증은 미적 판단의 본질적인 계기들을 찾아내고 그 의미를 해명하는 과정을 통해 이루어지는데, 이 계기들이 바로 주관적이며 감정적인 판단의 근거, 대상의 존재에 대한 '무관심성', 개념을 전제하지 않은 '보편적인' 만족감, 미적 반성의 원리로서의 '형식적 합목적성', '주관적 필연성'이라는 독특한 타당성의 요구, 이독특한 타당성을 요구하면서 전제하는 '공통감의 이념' 등이다. 또한 그

3 　이는 특히 《순수이성비판》의 〈분석론〉에서 칸트가 부각시킨 '형이상학적 단초'와 깊이 연관되어 있다. 이하 《순수이성비판》은 'KrV'로 약칭한다. 또한 관례에 따라 앞으로 칸트의 비판적 저작들은 약어와 쪽수를 기입하여 인용한다. 칸트 저작의 인용 판본은 '바이셰델판'을 따라 로마자 권수와 쪽수를 기입한다. (*Immanuel Kant Werkausgabe*, ed. W. Weischedel, 12 Bde, Frankfurt a. M. : Suhrkamp, 1977)

4 　KU의 서론과 〈미적 판단력〉의 후반부가 이에 해당된다.

해석 가능성이 다양하게 열려 있지만, 상상력과 오성悟性의 '자유로운 공동 유희'가 지향하는 '인식 일반'과 자유로운 상상력의 이미지인 '미적 이념'도 미적·예술적 경험의 고유한 인식적 가치를 뒷받침하는 중요한 논점들로 볼 수 있다.[5] 요컨대 칸트는 미적·예술적 경험이 대상에 대한 이론적 규정이나 도덕적 가치 판정과 본질적으로 다른 고유한 영역임을 밝혔으며, 이를 통해서 근대 시민문화에서 가치영역들 사이의 분화를 철학적으로 정초했다고 평가할 수 있다.[6]

그런데 여기서 한 가지 의문이 떠오른다. 가치영역들의 분화를 정당화했다는 것으로부터 칸트가 이해한 문화 일반의 의미를 추론할 수 있지 않을까? 그가 이해한 '문화'란 학문과 이론의 영역, 도덕과 법의 영역, 예술과 미적 경험의 영역 등으로 분화되어 있는 모든 인간적 생활양식의 총체를 의미한다. 다시 말해, 인간이 능동적인 노력으로 성취한 모든 물질적·정신적 형성물을 지칭하는 말이다. 실제로 칸트는 인간이 다른 존재자들과 본질적으로 차별화되는 지점을, 주어진 자연(세계)의 "모든 목적들의 질료"를 넘어서서 자연(세계)을 "자유로운 목적들 일반의 준칙들에 상응하는 방식으로 활용할 수 있는 능력", 즉 자유롭고 이성적인 인간이 능동적으로 유용한 문화적 형성물을 산출할 수 있는 능력에서 찾는다. "임의의 목적 일반을 위해 (결과적으로 이성적 존재의 자유 안에서) 이성적인 존재가 가진 유용성을 산출하는 것이 문화이다. 따라서 오직 문화만이 우리가 자연에 대해서 인류를 염두에 두고 부여할 수 있는 최종적인 목적이 될 수 있다."(KU 391)

그러나 문화를 이렇게 이해할 때 간과해선 안 되는 중요한 지점이 있다.

---

[5] 이것들에 대한 더 상세한 분석은 졸고, 〈칸트〉, 《미학대계 1권: 미학의 역사》, 서울대출판부, 2007, 303~327쪽 참조.

[6] J. Habermas, 〈모더니티: 미완성의 기획〉, 《반미학》, ed. H. Foster, 윤호병 외 옮김, 서울: 현대미학사, 1994, 35~40쪽.

그것은 칸트가 문화를 정태적인 구조가 아니라 역동적인 '과정'이자 인간에게 주어진 '과업Aufgabe'으로 본다는 점이다. 칸트는 문화를 근본적으로 이성적 존재자인 인간이 능동적인 실천으로 새롭게 변화 발전시켜야 하는 과제로서 파악한다. 그가 '문화'와 '문명'을 명확히 차별화하면서 '도덕성의 이념'이 문화와 직결되어 있다고 강조하는 이유가 바로 여기에 있다. "우리는 기예와 학문을 통해 높은 수준으로 문명화되어 있다. 우리는 온갖 종류의 사회적 공손함과 예의 단정함에 도달해 있을 만큼 과도하게 문명화되어 있다. 그러나 우리 자신을 이미 도덕화되어 있다고 간주하기에는 여전히 대단히 많은 것이 부족하다. 왜냐하면 도덕성의 이념이 아직까지 문화에 속한 상태이기 때문이다. 하지만 이 이념을 활용하는 일이 단지 혼인 관계의 사랑이나 외적인 예의범절에서 관습과 유사한 요소들과 같은 것으로 귀결될 때, 그러한 활용은 한낱 문명화Zivilisierung만을 나타낼 뿐이다."[7]

문명과 문화는 질적으로 다르다. 인간들이 모여 공동체를 형성하고 좀 더 편리한 생활을 위해 유용한 도구를 활용하고 여러 가지 필요한 제도를 도입하는 것은 동물과는 다른 인간적인 문명화의 과정이다. 하지만 이 과정과 엄밀한 의미에서 '문화'는 분명히 구별되어야 한다. 문화에는 물질적 성취를 넘어선 '도덕성의 이념'이 속하기 때문이다. 즉 인간의 인위적인 노력과 그 결과물에 대해 '문화'를 얘기할 수 있으려면, 인간 자신이 스스로를 도덕적인 실천의 주체로서 명확하게 의식하는 일이 선행되어야 한다. 인간이 자신이 '자유롭고 자율적인' 주체임을 스스로 엄정하게 인식해야 한다는 말이다. 인간은, 다른 모든 자연의 존재자와 달리 현상계의 필연성에서 벗어날 수 있는 '자기규정의 존재', '자유의 존재'임을 잊어선 안 된다. 이렇게 인간이 자유로운 도덕적·실천적 주체로서의 자기의식을 진

---

[7] I. Kant, *Idee zu einer allgemeinen Geschichte in weltbürgerlicher Absicht*, in : Werkausgabe, op. cit., Bd. XI 44.

지하게 갖게 될 때, 그때 비로소 자연을 넘어서는 인간의 노력과 그 결과물은 '문화'로서의 의미를 획득하게 된다. 다시 말해서, 그때 비로소 인간의 모든 인위적인 성취가 피할 수 없는 숙명이나 전승된 유산이 아니라 인간 주체의 본원적인 '자유와 자율성이 실현된 결과'로서 다가오게 되는 것이다. 요컨대 인간 문화와 역사의 주체는 바로 인간 자신이므로, 지금까지의 문화와 역사를 '자유의 실현'이란 관점에서 재해석해야 한다. 그러므로 인간 주체에게는 앞으로의 문화와 역사 속에서 자신의 자유와 자율성을 실천해야 할 과제가 주어진다.[8]

그렇다면 주체의 자유로운 실천 과제인 문화 속에서 예술과 미적 경험은 어떠한 역할을 할 수 있을까?《판단력비판》의 미학적 논의 안에는 이 문제와 직·간접적으로 관련된 중요한 내용들이 적지 않게 개진되어 있다. 먼저 예술과 미적 경험은 주체 내면의 문화, 즉 주체가 가진 능동적인 능력들을 일깨우고 발전시키는 데 기여한다. 이것은 무엇보다도 미와 숭고함의 내적 반성 과정에 대한 서술, 즉 상상력과 오성 사이의 자유로운 공동 유희와 상상력과 이성 사이의 자유롭고 긴장감 넘치는 유희에 대한 서술에서 드러난다. 하지만 여기서 칸트가 규정적 판단력과 명확하게 구별하는 '반성적 판단력'의 의미도 반드시 함께 고려해야 한다.

반성적 판단력은 보편자(개념)를 전제하지 않은 상태에서 개별적이며 특수한 대상과 이미지들에 주목한다. 반성적 판단력은 객관적이며 물리적인 대상들이 아니라 삶, 문화, 역사가 펼쳐지는 구체적인 생활 세계를 마주하고 있다. 반성적 판단력은 그러면서 이 생활 세계 속의 개별적이며 특수한 대상들 사이에서 예기치 않게 드러나는, 어떤 의미 있는 형식이나

8　바로 이것이《순수이성비판》제2판 서언에 등장하는 "신앙을 위한 자리를 얻기 위해 지식을 지양해야만 했다"(KrV B XXX)는 언급과 칸트가 '사변적·이론적 형이상학'의 길을 버리고 '도덕적·실천적 형이상학'의 길로 나아간다고 천명한 것의 진정한 사상사적 의미다. (소위 'Eberhard-Schrift' 참조. in : Werkausgabe, op. cit., Bd. XI pp. 629-640.)

형상Konfiguration의 가능성을 조심스럽게 모색하고 또 구상한다.[9] 그런데 반성적 판단력이란 다름 아니라 미적 판단의 저변에 놓여 있는 주체의 자율적인 반성 과정의 원천이므로, 이로부터 미적 경험과 예술이 주체가 대상과 상황의 개별성과 특수성에 공감적으로 주목하는 데, 나아가 이에 적절히 상응하는 의미 있는 형식과 형상을 구상하는 데 긍정적인 역할을 한다고 추론할 수 있다.

다음으로 예술과 미적 경험은 시민문화의 자유로운 공적 토론의 장을 확장하는 데 기여한다. 이것은 일견 칸트의 이론적 입장과 상충되는 것처럼 보인다. 미적 판단이란 감정적·감성적이어서 '개념'과 전적으로 무관하며, 따라서 본질적으로 '미에 관한 학문'이나 '미적인 학문'은 불가능하다고 천명한 것이 바로 칸트가 아닌가.(KU 176) 그러나 미에 관한 '학문'과 미적 경험이나 예술에 관한 '토론'의 가능성을 혼동해선 안 된다. 칸트가 부정하는 것은 역사적으로 특수하고 개별적인 예술 작품들을 대상으로 하는 예술 이론의 영역에서 수학, 자연과학, 윤리학과 같은 학문에서처럼 보편적인 공리나 근본 원리를 정립할 수 없다는 것이지, 예술 작품에 관한 공공적인 담론의 가능성 자체가 아니다. 오히려 그의 미학적 논의 전체가 예술 작품의 의미와 가치에 관한 비평적 담론의 가능성 위에서 펼쳐지고 있다고 봐야 한다. 예를 들어 무관심성을 설명하면서 '취미 문제의 판정가Richter'를 언급할 때(KU 7), 취미 판단이 내세우는 '주관적 보편성'을 지적할 때(KU 18), 암암리에 개념을 전제하는 취미 판단의 편향성을 문제시할 때(KU 26), 칸트는 공공적인 비평의 가능성을 전제한다. 또한 그가 지성적 관심과 결합되지 않은 '자유롭고 순수한' 취미 판단을 강조할 때(KU 51), 취미 판단이 내세우는 보편성의 조건으로서 '공통감의 이념'을 논구할 때

---

[9] 좀 더 상세한 논의는 졸고, 〈자연과 상상력의 자유로움〉, 《미학·예술학연구》 24, 한국미학예술학회, 2006, 16~21쪽을 볼 것.

(KU 64-68), 취미의 이율배반Antinomie을 정식화하고 비판적으로 해소할 때 (KU 232-239), 무엇보다도 미적 비평의 가능성을 명시적으로 긍정할 때 (KU 176)에도 확실히 비평적 담론의 현실성과 필요성을 인정하고 있다.

이러한 관점에서 칸트가 공통감의 의미를 보충적으로 상론하면서 세 가지 사유의 준칙을 강조하는 것은 우연이 아니다. 그는《판단력비판》40절에서, 첫째 스스로 사유하기, 둘째 다른 사람의 입장에서 사유하기, 셋째 언제나 일관성을 갖고 사유하기 등 세 가지 사유의 준칙을 명시적으로 드러내는데, 이것은 그가 예술과 미적 경험 또한 자유로운 개체들 사이이 열린 담론의 장을 필요로 하며, 동시에 이 담론의 장을 더욱 풍부하고 생동감 있게 만드는 역할을 한다고 믿기 때문이다. 칸트가 생각하는 예술과 미적 경험은 그 자체가 시민문화의 독자적인 담론 영역일 뿐 아니라, 시민문화와 공론장 전체의 공감적 보편성을 확인시켜 주고, 나아가 창조적 표현의 다양성을 산출하고 또 이에 대한 비평적 담론을 활성화시킨다고 할 수 있다.[10]

그러나 시민문화 전체에 대한 전망과 관련하여 더 주목해야 할 것은 판단력의 체계적 의미에 관한 논변이다. 주지하듯이 이 논변의 핵심은 이론적 오성과 실천적 이성 사이에 위치한 반성적 판단력이 '자연의 합목적성'이라는 고유한 선험적 원리를 통해 "순수 이론이성에서 순수 실천이성으로의 이행, 자연 개념에 의한 합법칙성에서 자유 개념에 의한 궁극목적으로의 이행을 가능케 한다"(KU LV)는 주장에 있다. 이 주장은 그동안 연구사에서 많은 논란을 불러일으켰으며, 여전히 완벽하게 해명하기는 어려운 논변으로 남아 있다. 여기서는 이 논변을 '미는 도덕성의 상징'이라는 유명한 주장과 연결시켜 이해하려 한다. 이를 통해 시민문화 속에서 예술

---

10 '공감적 보편성'이란 '선험철학적 의사소통 공동체'와 연결되며, '창조적 표현의 다양성'은 예술적 천재의 새로운 작품이 산출하는 감흥과 담론의 효과로 이해할 수 있다.

과 미적 경험이 어떤 중요성을 갖는지가 좀 더 분명하게 밝혀질 것이다.

칸트는《판단력비판》59절에서 이렇게 쓰고 있다. "이제 나는 미는 도덕적으로 선한 것의 상징이라고 주장하고자 한다. 그리고 또한 오직 이러한 관점에서만 …… 미는 만족을 주며……, 이때 마음은 동시에 단지 감각적 인상으로 쾌감을 수용하는 것을 넘어서는 어떤 순화와 고양을 의식하며, 다른 사람들의 가치도 그들이 지닌 판단력의 유사한 준칙에 따라 평가하는 것이다. 이것이 바로 …… 취미가 지향하고 있는, 우리의 상위의 인식능력들이 조화를 이루고 있는 예지적인 차원das Intelleligible이다. …… 이러한 취미 능력에서 판단력은 …… 자기 자신에게 법칙을 부여하고 있으며, …… 주관에서의 내적 가능성과 그것과 합치하는 자연의 외적 가능성으로 인해, 스스로 주관 자신의 안과 밖에 있는 어떤 것에, 자연도 아니며 자유도 아니지만 그러나 자유의 근거, 즉 초감성적 차원das Übersinnliche과 연결된 어떤 것에 관계하고 있음을 알고 있다. 그리고 이 초감성적 차원 안에서 이론적 능력과 실천적 능력은 우리가 알지 못하는 어떤 공통적인 방식으로 결합되어 통일을 이루는 것이다."(KU 258−259)

우선 '도덕성의 상징'이란 말은 예술과 미적 경험이 '도덕적 차원'에 관한 비유적 표현이라든가 혹은 '도덕적 차원'을 위한 수단임을 의미하지 않는다. 앞의 인용문을 세밀히 들여다보면, 오히려 그 핵심이 예술과 미적 경험이 도덕적 실존의 가능성에서처럼 고유한 의미의 '초감성적·예지적 차원'과 연결된다는 것을 부각시키는 데 있음을 알 수 있다. 자유로운 실천이성의 주체에게 '목적(도덕적 가치)의 왕국'이 펼쳐지는 것처럼, 예술과 미적 경험 또한 자연의 필연성을 넘어서는 고유한 '미적·인본적 가치의 차원'을 열어 보여 준다는 것이다. 칸트에 따르면 미적 판단을 내리는 주체는 실제로 늘 이 차원을 의식하고 있다.

여기서 이론적으로 중요한 것은 이 차원 안에서 주체의 이론적 능력과 실천적 능력이 "공통적인 방식으로 결합되어 통일을 이룬다"고 서술한 부분이다. 이 부분은 그 위에 등장하는 '상위의 인식능력들이 조화를 이루고 있는 예지적인 차원'이란 대목과 함께 묶어서 이해해야 한다. 이 부분이 중요한 이유는 '미적·인본적 가치의 차원'의 내용을 좀 더 상세하게 드러낼 뿐만 아니라, 판단력의 체계적 의미, 즉 판단력이 '자연 개념에서 자유 개념으로의 이행'을 가능하게 한다는 주장을 좀 더 잘 이해할 수 있는 단서를 제공하기 때문이다.

앞에서도 지적했듯, 미적·예술적 경험은 상상력, 오성, 이성 등 주체의 능동적인 능력들이 서로 자유롭고 활발하게 움식일 수 있는 계기를 제공한다. 그런데 이러한 경험 과정에서 주체는 주체 자신은 물론이고, 주어진 사회와 문화의 더 조화롭고 완전한 존재 상태를 저절로 떠올리게 된다. 즉, 자연과 자유, 감성과 이성, 이론적 인식과 도덕적 가치 판정 사이의 균열을 넘어선 전인적인 인본적·인격적 가치의 실현, 그리고 자연스럽게 이를 가능하게 하는 사회와 문화의 더 나은 상태를 그려 보게 되는 것이다.[11] 좀 더 풀어서 얘기하자면, 고유한 미적·인본적 가치의 차원(카시러는 이 차원을 "살아 있는 형상의 왕국"[12]이라 부른다.)이 존재하며, 주체와 세계를 내재적으로 초월할 수 있는 가능성을 감성적·구체적으로 보여 주는 데 이 차원의 중요성이 있다는 것이다. 그리고 바로 여기에 예술과 미적 경험이 지닌 문화적·역사적 중요성이 있다.

예술과 미적 경험은 내재적 초월의 전망에서 문화와 역사의 과거와 현재, 현실성과 가능성을 섬세하게 이해할 수 있도록 해 준다. 그럼으로써 그것은 주어진 문화와 역사의 상태를 바꾸려는 시도를 촉발할 수 있다. 그것은 자유롭고 의미 있는 실천의 가능성을 선취하는 데 필수적인 역할

---

[11] 실러 미학의 철학적·역사적 중요성은 바로 이런 맥락에서 이해되어야 할 것이다. F. Schiller, *Über die ästhetische Erziehung des Menschen*(1795), 《인간의 미적 교육에 관한 서한》, 안인희 옮김, 서울, 1997.

[12] E. Cassirer, *Essay on Man*(1944), 《인간이란 무엇인가?》, 최명관 옮김, 서광사, 1989, 225~261쪽 참조.

을 하는 것이다. 이것이 바로 '창조적이며 개별적인 자연'이 주체에게 자유의 실천을 위한 '전조前兆(Wink)'(KU 169)를 보낸다는 주장의 실질적인 내용이다.[13]

Fr. 슐레겔과 초기 낭만주의: 총체적인 시적·문화적 혁명의 기획

칸트 비판철학 이후의 사상적·미학적 흐름을 이해하기 위해 반드시 주목해야 할 텍스트 하나가 있다. 그것은 바로 〈독일 관념론의 가장 오래된 체계기획Das älteste Systemprogramm des deutschen Idealismus〉(1796/97)이다. (이하 '체계기획') 〈체계기획〉은 1917년 유대교적 사상가 로젠츠바이크F. Rosenzweig가 처음으로 세상에 공개한 이래 그 저자의 정체를 둘러싸고 많은 논쟁을 불러일으켰다.[14] 또한 텍스트의 길이가 워낙 짧은 데다 논의 전개 방식도 분석적·설명적이지 않고 큰 주장들을 선언적으로 나열하는 방식이기 때문에 그 명확한 의미를 파악하기가 쉽지 않다. 그러나 저자에 대한 논쟁이나 텍스트의 독특한 성격과 상관없이, 이 짤막한 프로그램은 여러 측면에서 대단히 의미심장하다. 그것은 우선 칸트 이후의 관념론적 철학이 칸트 철학을 어떻게 수용했는지를 짐작할 수 있게 한다. 또한 이를 통해 낭만주의 사상과 관념론적 철학이 어떤 문제의식에서 칸트 철학을 넘어서고자 했는지를 개략적으로나마 읽어 낼 수 있다. 더 나아가, 관념론적 철학

---

[13] 칸트는 이런 의미에서 취미의 문화적·역사철학적 중요성이 "감각적 자극으로부터 어떤 강압적인 비약 없이 습성화된 도덕적 관심으로 이행할 수 있도록"(KU 260) 하는 데 있다고 강조한다.

[14] 더 상세한 내용은 Ch. Jamme & H. Schneider(ed.), *Mythologie der Vernunft. Hegels "ältestes Systemprogramm des deutschen Idealismus"*, Frankfurt a. M. : Suhrkamp, 1984, 특히 책의 본문(pp. 11~14)과 서론적 해설 (pp. 21~76)을 볼 것. 우리말 번역은 서정혁 옮김, 〈독일 관념론의 가장 오래된 체계기획〉, 《헤겔연구》 15호, 2004, 265~268쪽을 따르면서 일부 수정했음을 밝힌다.

의 '체계적 총체성'이 어떤 목표를 지향했으며, 아울러 구체적으로 어떤 세부 내용을 포괄하고자 했는지 그 대체적인 윤곽을 그려 볼 수 있다. 하지만 〈체계기획〉이 이 글의 주제와 관련하여 지닌 중요성은, 예술과 미적 경험을 바라보는 그 고유한 시선에 있다.

〈체계기획〉은 먼저 칸트를 거론하면서 '전체 형이상학'을 포함하는 '하나의 윤리학'을 요청한다. 이것은 〈체계기획〉이 칸트 철학의 '실천적 자유'의 정신을 계승할 뿐만 아니라, 기존 철학 체계를 획기적으로 혁신하려 한다는 것을 보여 준다. 왜냐하면 이때의 윤리학은 좁은 의미의 도덕 철학이나 미덕론Tugendlehre이 아니라 전체 형이상학과 '모든 이념들의 완전한 체계'를 포함하는 것이기 때문이다. 실제로 〈체계기획〉은 '절대적으로 자유로운 자아'의 이념, 이에 상응하는 '세계 전체'의 이념, '자연 전체'의 이념, 가장 상위의 인위적 형성물인 '국가' 이념, 칸트적 정신과 연결된 것으로 보이는 '도덕적인 세계, 신성, 영혼 불멸의 이념' 등 철학적 관심이 주시하는 여러 이념들을 차례대로 언급하며 이들을 모두 포괄해야 한다는 지향점을 명확히 드러낸다. 그런데 이 지점에서 가장 궁극적인 이념으로서 '아름다움의 이념'이 등장한다. "끝으로 나는 모든 이념들을 통합시키는 이념, 즉 고차적 의미에서 취해진 플라톤적인 아름다움의 이념을 다루고 싶다. 나는 모든 이념들을 포괄하는 이성의 최고 활동이 심미적 활동이라고 확신한다. 진리와 선은 오직 아름다움 속에서만 밀접한 관계를 맺을 수 있다. 철학자는 시인 못지않게 심미적 능력을 지니고 있어야 한다. 심미적 감각이 없는 인간들이 바로 우리 주변에 있는 고루한 철학자들Buchstaben-philosophen이다. 정신의 철학은 심미적 철학이다."

미적 이념은 칸트에서처럼 단순히 이성 이념과 구별되며 개념적 일반성으로 환원될 수 없는 자유로운 상상력의 이미지가 아니다. 오히려 그것은 자유로운 이성이 능동적으로 펼치는 '최고의 활동'의 결과로서 정신이 산출하는 모든 '이념들을 통합하는' 역할을 한다. 그런데 미적 이념이 가장 깊고 풍부하게 표현되는 예술 형식이 바로 시Poesie이다. "그럼으로써 시는 더 고귀한 가치를 지닌다. 시는 마지막에 이르러 다시 시초부터 그러했던 것과 같은 것이 된다. 즉, 인류의 교사敎師가 되는 것이다. 왜냐하면 [시 예술이 없다면] 어떠한 철학도, 어떠한 역사도 더 이상 존재하지 않을 것이기 때문이다. 시 예술만이 모든 다른 학문들과 예술들을 넘어서서 존속하게 될 것이다." 시는 호메로스나 구약성서가 보여 주듯이 역사의 출발점에서부터 인류를 이끈 정신적인 스승이었다. 시로 대표되는 예술과 미적 이념은 철학 전체를 혁신하고 자유로운 정신의 모든 이념들을 통합해야 하는 현 시점에서도 지도적인 역할을 담당해야 한다.[15]

〈체계기획〉은 이 과업의 구체적인 실천을 대중들을 위한 '감성적 종교'가 출현하는 것으로 표현한다. 당대의 절대적 자아의식과 정신의 자유에 상응하며, 철학과 현실, 지성과 대중 사이의 간극을 메울 수 있는 하나의 새로운 '이성의 신화'가 실현되어야 하는 것이다. 달리 말해서, "최종적으로 계몽된 자들과 계몽되지 않은 자들이 서로 손을 내밀어야만 한다. 신화는 철학적으로 되어야 하고 민중은 이성적으로 되어야 한다. 철학자들을 감성적으로 만들기 위해서는 철학이 신화적으로 되어야 한다." 결국 〈체계기획〉에서 예술과 미적 경험 또는 미적 이념은 자유롭고 창조적인 정신이 도달할 수 있는 최고의 위상을 부여받을 뿐 아니라, 동시에 모든 이념들을 통합하면서 철학과 현실의 대립을 극복하는 과업을 담당하게 된다고 할 수 있다.

시(예술)와 미적 이념에 대한 이러한 의미 부여는 초기 낭만주의 사상에

---

[15] 시를 '인류의 교사'로 선언하는 것은 하만의 저작 《껍질 속의 미학》과 헤르더의 논문 〈고대와 근대 시대에 여러 민족의 관습에 미친 시의 영향력에 관하여〉의 영향을 보여 준다.(J. G. Hamann, *Aesthetica in nuce*(1755). ed. Sven-Aage Jørgensen, Stuttgart: Reclam, 1993, pp. 80-87; J. G. Herder, "Über die Würkung der Dichtkunst auf die Sitten der Völker in alten und neuen Zeiten"(1778), in: *Literatur und Gesellschaft*, ed. C. Träger, Leipzig: Reclam, 1988, pp. 11−12.)

서도 변함없이 지속된다. 물론 선언적인 주장들이 그대로 반복되는 것은 아니다. 초기 낭만주의 사상은 시(예술)와 철학, 정신과 현실, 이성과 신화 등의 주제에 관해 〈체계기획〉과는 비교할 수 없을 정도로 넓고 깊게 성찰했다. 예술철학과 역사철학의 이론적 토대에 관해서도 독자적인 경지를 개척했다. 우리는 이를 초기 낭만주의의 가장 '심오한 사상가'로 평가되는 슐레겔Fr. Schlegel에게서 확인할 수 있다.

슐레겔의 당시 저작들을 읽어 보면 그가 관심을 기울였던 주제의 다양성, 독특한 사변적 성찰, 무엇보다도 비평적 예리함과 문필가적 재능에 놀라지 않을 수 없다. 그는 칸트의 선험철학과 피히테Johann Gottlieb Fichte의 반성철학의 정신을 비판적으로 수용하면서[16] 선험적 자기의식과 반성, 생산적 상상력, 정신의 자유와 아이러니, 자연과 역사, 인륜성과 국가 등 거시적이며 총체적인 주제는 물론이고, 고대와 근대의 문화와 예술의 차이, 시 장르의 역사적 전개, 비극과 희극, 유머와 위트, 여성과 남성, 사랑과 결혼 등 많은 예술철학적·생철학적 주제들에 대해서도 독창적인 철학적 입장과 비범한 분석력을 보여 주었다.[17] 여기서는 기념비적 비평 저널로 평가되는 《아테네움Athenaeum》에 실린 그의 단편들과 논고 〈시에 관한 대화〉를 중심으로 시(예술)의 의미와 문화에 관한 그의 철학적 입장만을 좀 더 자세히 음미해 본다.[18]

---

[16] 피히테 철학의 긴밀한 전유 과정에 대해선, J. Zovko, *Verstehen und Nichtverstehen bei Friedrich Schlegel*, Stuttgart-Bad Cannstatt: frommann-holzboog, 1990, pp. 42–49. 초기 낭만주의의 인식론적 토대에 대해선 김진수, 《초기 낭만주의 예술비평론의 미적 근대성》, 홍익대학교 박사학위논문, 1997, 20~73쪽을 볼 것.

[17] 벨러는 슐레겔의 사상사적 독창성과 중요성을 세밀한 전거 연구를 바탕으로 다양한 각도에서 조명했다.(E. Behler, *Studien zur Romantik und zur idealistischen Philosophie*, Paderborn: Schöningh, 1988; *Studien zur Romantik und zur idealistischen Philosophie 2*, Paderborn: Schöningh, 1993) 최근의 흥미로운 연구 성과로는 B. Rehme-Iffert, *Skepsis und Enthusiasmus*, Würzburg: Königshausen & Neumann, 2001을 볼 것.

[18] 이하 슐레겔 저작의 인용은 다음 책을 따라 괄호 안에 쪽수만 표기한다.(*Athenäum, Eine Zeitschrift von August Wilhelm Schlegel und Friedrich Schlegel*, ed. G. Heinrich, Leipzig: Reclam, 1984)

먼저 슐레겔은 시(예술)를 단순히 여러 문화 형식들 가운데 하나로 보지 않는다. 오히려 헤르더Johann Gottfried von Herder와 마찬가지로 시(예술)가 인간 내면의 깊은 본성에 뿌리를 두고 있으며, 그에 따라 인간 문화를 원초적으로 정립하는 역할을 한다고 본다. 그것은 인간 개개인의 "고유한 본성"(269)처럼 인간 자신에게 근원적으로 내재해 있으며, "인류의 보이지 않는 근원적 힘(Urkraft)"(270)에서 저절로 발현되는 자기실현의 가능성이다. "어떤 살아 있는 정신이 하나의 형성된 문자 속에 고정된 채 나타날 때"(275), 즉 자유로운 정신이 자기 자신을 의식하고 자신의 창조적인 가능성을 언어를 매개로 하여 처음으로 실현하게 될 때, 바로 그 순간에 "소재를 극복하는"(275) 시와 예술의 표현이 세상에 모습을 드러내게 된다. 자연과 인간을 포괄하는 세계 전체는 "영원히 자신을 형성하고 있는 예술작품"이라 할 수 있는데, 시와 예술 속에 "이 세계가 보여 주는 무한한 유희들이 간접적으로 반영"되어 있는 것이다.(302) 시와 예술이 추구하는 미의 이념은 근대 계몽주의적 강단철학이 받아들여 왔듯이, 한낱 "주어진 대상이나 심리적 현상"이 아니라, "인간 정신의 가장 근원적인 행동 방식"(104)이 발현된 결과이다. 한 마디로, 시와 예술은 끊임없이 자신을 새롭게 생성하는 능산적 자연natura naturans과 인간 정신의 창조성이 계시되고 있는 최고의 매개체라 할 수 있다.

그런데 시(예술)가 이렇게 인간학적인 기원과 문화 창립자로서의 의미를 획득함으로써 이제 시(예술)에도 '역사'의 차원이 본질구성적인constitutive 중요성을 띠게 된다. 인간의 삶과 문화를 온전히 이해하기 위해 태초부터 현대까지 변화되어 온 과정을 간과해선 안 되는 것처럼, 시(예술)의 역사적 변화 또한 시(예술)의 본질을 명확히 파악할때 반드시 돌파해야 할 이론적 과제로서 떠오른 것이다. 슐레겔은 "이미 형성된 작품과 연결하고자 하는 것, 그럼으로써 종족들 사이의 역사에 뛰어들어 단계와 단계를 거슬러 고대에 도달하고 [더 나아가] 최초의 근원적 원천에까지 미치고자 하는 것이

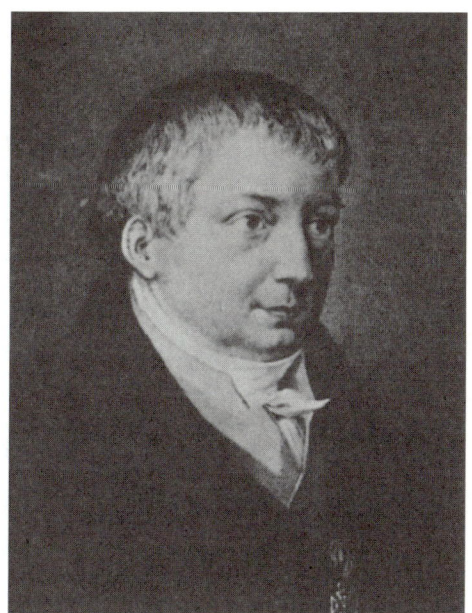

그림 1 프리드리히 슐레겔

모든 예술에 본질적으로 내재해 있는"(275) 경향이라고 말한다.

이러한 배경에서 슐레겔은 시와 예술에 대한 '역사적 비평'의 필요성을 강조하게 된다. 그것은 시와 예술 장르의 변천을 역사적·역사철학적으로 엄밀하고 심층적으로 파헤치는 '철학적 비평'을 뜻하는데, 응축된 텍스트 형태로 이러한 비평의 실제를 선보인 것이 바로 〈시에 관한 대화Gespräch über die Poesie〉이다. 플라톤적인 허구적 대화편 형식을 원용하고 있는 이 텍스트는 전체적으로 네 부분으로 이루어져 있다. '시 예술의 시대들'(275-293), '신화에 관한 연설'(293-305), '소설에 관한 편지'(305-316), '괴테의 초기와 후기 저작들에 나타난 상이한 양식에 관한 시론'(316-327)이 그것이다.

'시 예술의 시대들'은 호메로스의 서사시에서 로마 시대의 '도시성 Urbanität의 시'와 페트라르카, 보카치오, 세르반테스를 거쳐 셰익스피어에 이르는 서양 시 예술 전체의 '내재적 발전사'를 재구성하고 있으며, '신화에 관한 연설'은 시와 신화의 본원적인 통일성에서 출발하여 '관념론 철학'의 정신에 토대를 둔 '새로운 신화'의 필요성을 논구하고 있다. 반면 '소설에 관한 편지'는 당대 낭만적 시 장르로서의 '소설'에 대한 형식 비판적이며 역사철학적인 이론이라 할 수 있는데, 여기서 슐레겔은 '감상적인 것 das Sentimentale'과 '아라베스크Arabeske'라는 두 개념을 당대 소설 장르의 본질을 형성하는 예술철학적 범주로서 정당화한다.[19] 이어 마지막 부분인 '괴테의 초기와 후기 저작들에 나타난 상이한 양식에 관한 시론'은 괴테라는 당대 최고의 시인에 관한 심층적인 작가론이다. 동시에 이 시론은 괴테

---

[19] "나의 견해와 언어 사용에 따르자면, 우리에게 감상적인 소재를 환상적인 형식 속에 묘사하는 것이 바로 낭만적인 것이다."(309) '감상적인 것'의 범주는 물론이고, 실러의 중요한 논고 《소박한 시와 감상적 시에 관하여》(1795/96)와 긴밀한 연관성이 있다. (F. Schiller, Über die naive und sentimentale Dichtung, in: Schillers Werke, Bd.4, Frankfurt a. M.: Insel, 1966, pp. 287~368) 한편 '아라베스크'범주에 대해선, K. K. Polheim, Die Arabeske. Ansichten und Ideen aus Friedrich Schlegels Poetik, München/ Paderborn/Wien, 1966을 볼 것.

시(예술)의 예술적 성취와 중요성을 역사(철학)적으로 해명하고 있는 '철학적 비평'이라 할 수 있다.

이 내용들을 여기서 상세하게 들여다볼 수는 없지만, 적어도 네 부분을 공통적으로 관류하는 세 가지 사상적 특징만은 분명히 상기할 필요가 있다. 첫째, 슐레겔은 철저하게 역사적인 관점에서 시와 예술을 바라보고 있다. 특정한 시적 장르는 특정한 시대에만 가능했으며, 그런 의미에서 그 시대의 역사적이며 본질적인 핵심과 직결되어 있다. 그것은 역사적 특수성과 필연성을 지닌 시대정신의 징후인 깃이다. 둘째로, 예술철학적 이론과 비평의 목표는 바로 이러한 시(예술)의 역사적 특수성과 필연성을 밝히고 정당화하는 데 있다. 이러한 작업은 단지 지나간 시대를 회고적·훈고학적으로 재구성하기 위함이 아니다. 오히려 그것은 당대의 '역사적 위치'를 정확히 인식하고 당대 시(예술)의 수준을 엄밀하게 진단하는 일을 목표로 삼는다. 아울러 시(예술)의 발전 가능성을 내재적으로 깊이 이해하는 일도 철학적 비평의 목표이다.[20] 셋째로, 슐레겔은 〈체계기획〉과 마찬가지로 시와 예술이 사상과 문화 전반의 혁신을 위한 근간이 되어야 한다는 입장을 견지한다. 이는 특히 그가 "정신의 가장 깊은 심층"(294)에서 솟아오르는 '새로운 신화'를 요청할 때 잘 드러난다. 슐레겔은 이러한 신화의 내용을 "철학과 체계의 형태"를 넘어서는 시적·범신론적인 '새로운 실재론Realismus'(296)의 실현이라고 설명한다.

슐레겔의 관점을 인상적으로 표현하고 있는 《아테네움》단편 116을 읽어 보자. "낭만적 시는 일종의 진보적인 보편시이다. 낭만적 시의 사명은 단지 서로 분리되어 있는 모든 시 장르들을 다시 통합하고, 시를 철학 및 수사학과 교류하도록 하는 데만 있는 것이 아니다. 낭만적 시는 또한 시와 산문, 천재성과 비평, 기예적 시와 자연적 시를 한편으론 서로 뒤섞고,

---

[20] "역사가란 뒤를 향해 돌아보고 있는 예언자이다."(69)

다른 한편으론 서로 융합시켜야 한다. 그것은 시를 생생하고 사회적인 것으로 만들어야 하며, 삶과 사회를 시적으로 만들어야 한다. 또한 기지Witz를 시적으로 만들고, 예술 형식들을 온갖 건실한 교양적 내용으로 충만하게 채워지도록 하고, 그 형식들을 유머의 진동을 통해서 활성화시켜야 한다. …… 오직 낭만적 시만이 서사시와 마찬가지로 우리를 둘러싼 전체 세계의 거울, 시대의 이미지가 될 수 있다. …… 낭만적 시는 예술들 가운데 철학의 기지와 삶 속에서의 사회, 교제, 우정, 사랑에 해당된다. 시의 다른 장르들은 완성되어 있으며 이제 완벽하게 분석될 수 있다. 낭만적 시는 여전히 생성 중에 있다. 진정 오직 계속 생성될 뿐이며 결코 완성될 수 없다는 것, 바로 이것이 낭만적 시의 고유한 본질이다. 어떠한 이론도 그것을 충분히 소진시킬 수 없다. 단지 어떤 예언적인divinatorisch 비평만이 낭만적 시의 이상理想을 특징적으로 묘사하고자 시도할 수 있을 것이다."
(75-76)

낭만적 시는 근본적으로 기존 시 장르의 경계를 넘어서야 한다. 뿐만 아니라 시 전체의 역사적 변화와 차이를 명확하게 인식하고 전승된 시 형식들을 의식적으로 결합하고 실험할 수 있어야 한다. 더 나아가 그것은 철학, 수사학, 비평과 같은 이론적 담론들과도 긴밀하게 연결되고 이들을 포괄할 수 있어야 한다. 이렇게 탈장르적인 종합을 추구하기에 낭만적 시는 본질적으로 진행형이다. 그것은 이미 완성된 상태가 아니라, 칸트적인 '규제적 이념'처럼 실현해야 할 과제로서 주어져 있다. 낭만적 시는 그것에 다가가고 그것을 실현하고자 끊임없이 노력해야 하는 시적 정신의 창조적 실험 과정 자체인 것이다.

낭만적 시는 또한 호메로스의 서사시처럼 당대 현실의 진정한 모습과 성격을 드러내는 '시대의 거울'이 되어야 한다. 무엇보다도 그것은 시와 사회 현실, 시와 구체적 삶 사이의 간극이 사라지도록 사회 현실과 삶을 '시적으로, 심미적으로' 만들어야 한다. '기지', '교양적 내용', '유머', '교제', '우정', '사랑' 등의 말에서 엿볼 수 있듯이, 낭만적 시는 모든 지성적이며 일상적인 문화 전체를 포괄하고 또 발전적으로 통합할 수 있어야 한다. 요컨대 낭만적 시는 칸트와 피히테가 주창한 비판적 관념론의 '위대한 혁명 정신'(295)[21]을 기반으로 근대정신과 근대 세계의 가장 치명적인 문제점인 '균열Entzweiuung'과 '소외'를 넘어서는 문화와 사상 전체의 혁신을 이루어 내야 하는 것이다.

자주 거론되는 다음 단편은 바로 이러한 맥락에서 해석해야 한다. "프랑스혁명, 피히테의 학이론Wissenschaftslehre, 괴테의 소설 《빌헬름 마이스터 Wilhelm Meister》는 이 시대의 가장 위대한 경향들이다. 이 세 가지를 함께 묶은 것을 못마땅해 하는 사람은 시끄럽고 물질적이지 않은 어떠한 혁명도 중요하게 보지 않을 것이며, 그러한 사람은 아직까지 자기 자신을 인류 역사의 숭고한 관점으로 끌어올리지 않은 사람이다."(93−94) 프랑스혁명, 피히테, 괴테는 단지 정치, 철학, 시(예술) 등 당대 상이한 문화 영역의 두드러진 현상이 아니다. 철학적 비평가는 이들 현상의 저변에 "비밀스런 연관 관계와 내적인 통일성"(295)이 관류하고 있음을 통찰해야 한다. 다시 말해서, 이들이 모두 '비판적 관념론의 정신'이 표출된, 역사적 필연성을 지닌 본질적 '경향성'임을 명확히 인식해야 하는 것이다. 이럴 때 비로소 새로운 '시적·예술적 신화'를 토대로 사상과 문화 전체를 혁신하고자 하는 진정한 '미적 혁명'의 전망이 열리기 때문이다.[22]

〈체계기획〉은 일반적이며 추상적인 차원에서 '새로운 윤리학'을 요청했다. 이제 이 윤리학은 슐레겔에 이르러 내용적으로 구체화되고 심화되었

---

[21] 다음 단편을 참조할 것: "비판적 관념론을 완전하게 서술하는 일은 언제나 철학이 가장 중요하게 여기는 숙원으로 남을 것이다. 바로 그 옆에 다음과 같은 것들이 놓여 있는 것처럼 보인다. 즉, 물질적 논리학, 시적인 시학, 실정적인positive 정치학, 체계적인 윤리학, 실천적인 역사 등이 말이다."(62)

[22] 초기 낭만주의의 급진적인 공화국주의와 유토피아적 지향에 대해선, 최민숙, 〈독일 전기낭만주의의 정치적 유토피아〉, 《독일문학》 제57호, 1995, 40∼72쪽, 특히 56∼65쪽 참조.

다고 할 수 있다. 다시 말해, 그것은 역사적 예술철학에 기반을 둔 시적·미적인 문화혁명의 기획으로 구체화된 것이다.

키르케고르 : 미적 실존 방식의 인간학적 의미와 아포리아

슐레겔의《아테네움》단편 116은 앞서 인용한 부분 이외에 '시적 반성'에 대한 흥미로운 묘사를 포함하고 있다. "낭만적 시는 또한 시적 반성의 날개에 힘입어 모든 현실적이며 이상적인 관심으로부터 자유로운 상태에서, 가장 현저하게 묘사된 것과 묘사하는 자 사이의 중간 상태에서 부유할 수 있으며, 이러한 반성을 계속해서 재차 강화할potenzieren 수 있고, 끝없이 이어지는 거울들의 연쇄처럼 이러한 반성을 다중화할vervielfachen 수 있다."(75)

　　여기서 말하는 시적 반성은 칸트-피히테적인 선험적 자아의 근원적인 능동성과 직결되어 있다. 좀 더 정확히 말해서, 그것은 선험적 자아의 '무한한 활동성'이 미적·예술적인 창조적 표현으로 실현되고 있는 상태를 가리킨다. 그렇기 때문에 시적 반성은 모든 것에서 절대적으로 자유로운 상태에서 부유할 수 있다. 즉, 시적 반성은 창조적 표현 대상(주제)으로부터 거리를 둘 수 있을 뿐만 아니라, 표현하는 주체인 예술가 자신(자기의식)으로부터도 자유로워질 수 있는 것이다. 더 나아가, 시적 반성은 끊임없이 자신의 출발점으로 되돌아와서 한층 심화되고 강화된 형태로 대상과 주체를 창조적으로 상상하고 사유할 수 있으며, 또 이들에 대한 새롭고 독특한 표현을 생생하게 구상해 낼 수 있다. 요컨대 시적 반성의 원천은 '지성적 직관'과 '생산적 상상력'의 자기연관적이며 자기(재)생산적인 자유, 이런 의미에서 인간 의식(정신)의 무한히 능동적인 자유에 있는 것이다.[23]

　　슐레겔과 노발리스Novalis는 이러한 의식과 반성의 자유로운 활동을 '아이러니Ironie'라고 불렀다. 내용적으로 볼 때 이러한 '낭만적 아이러니'는 두 가지 방향의 활동성을 포괄하고 있다. 한편으로 그것은 '뒤로 물러서는 아이러니rezessive Ironie'로서 의식과 반성이 존재하는 모든 것으로부터 거리를 두고 추상화할 수 있는 능력을 의미한다. 다른 한편, 그것은 '생산적인 아이러니produktive Ironie'로서 의식과 반성이 스스로를 규정하면서, 어떤 내용이든 자기 자신에 의해서 그리고 자신 안에 정립할 수 있는 능력을 뜻한다.[24] 앞에 인용된 '자유로운 부유'의 상태는 이러한 두 가지 방향의 능력, 곧 자기소외와 사기정립 혹은 자기회피와 자기창조기 '역동적인 대립과 역설적인 통일성' 속에서 펼쳐지는 과정으로 이해해야 할 것이다. 그리고 이것은 구체적인 시와 예술의 실천과 관련하여 '형식의 무한성'과 '소재의 유한성', '이념의 무한성'과 '표현의 유한성', '예술의 절대성'과 '작품의 유한성' 사이의 역설적·변증법적인 긴장과 통일로 표출된다고 할 수 있다.[25]

이러한 낭만적 아이러니와 시적 반성의 문제를 누구보다도 깊이 궁구한 사상가가 바로 키르케고르Søren Aabye Kierkegaard이다. 물론 그가 이 문제들에 접근하는 방식은 초기 낭만주의와는 현저하게 달랐다. 그는 지성적·신화적인 직관이나 사변적·관념론적 철학이 아니라, 구체적이며 개별적인 '실존Existenz의 관점'에서 이 문제들에 다가갔다. 즉, 키르케고르는 낭만적 아이러니와 시적 반성을 개별자가 자신의 삶에 대해 취하는 태도, 자신의 삶을 매 순간 구체적으로 형성해 가는 과정과 긴밀하게 연결시켜 성찰했던 것이다. 그는 이러한 독창적인 철학적 인간학의 접근 방식에 힘

---

[23] "낭만적 시만이 자유롭고, 시인의 의지Willkür는 어떠한 법칙도 참아 내지 못한다는 것을 제1의 법칙으로 인정하는 것처럼, 낭만적 시는 유일하게 무한하다."(76)

[24] 낭만적 아이러니와 피히테 및 헤겔 철학과의 사상사적 연관성에 대해선, H. Schmitz, *Selbstdarstellung als Philosophie. Metamorphosen der entfremdeten Subjektivität.*, Bonn: Bouvier, 1995, pp. 27~61.

[25] 김진수, 〈낭만주의 미학과 예술론〉, 《열린 미학의 지평》, 고위공 외, 사문난적, 2008, 352~353쪽 참조.

입어서 이 문제들에 대해 대단히 흥미롭고 의미심장한 통찰에 도달하게 된다.

키르케고르의 독창적인 접근 방식은 이미 그의 박사학위 논문인《아이러니의 개념-소크라테스를 염두에 두고Om Begrebet Ironi med stadigt Hensyn til Socrates》(1841)에 잘 드러난다. 이 글에서 그는 아이러니를 중층적인 담화의 기법 혹은 극단들 사이에서 자유롭게 부유할 수 있는 정신의 능력으로서가 아니라 소크라테스가 체현하고 있는 '실존적인 입장Stand-punkt' 혹은 '삶의 형식'으로 토론한다. 특히 그는 소크라테스가 아이러니를 통해서 대상에 대한 '자기 자신의 부정적인 독립성'을 실현하고 있는 데에 주목한다. 반면 키르케고르가 보기에 낭만적 아이러니의 경우에는 세상의 우연성과 무가치성에 대한 관조 속에서 '자기 자신을 상실'하는 상태로 귀결될 수밖에 없다.[26]

이후 키르케고르는 '미적 저술 시기'에 속하는 대표적인 두 저작인《이것이냐/저것이냐Enten-Eller》(1843)와《삶의 길의 단계들Stadier paa Livets vei》(1845)에서 아이러니와 시적 반성에 대한 이론적 성찰을 실존적 인간학의 관점에서 한층 더 심화한다. 그는 이 문제들을 '미적 실존 단계Stadium' 혹은 '미적 실존 영역Sphäre'의 중심적인 내용으로 포함시키고, 이 미적 실존 영역의 가능성과 한계, 감성적 차원에서 나타나는 희망과 절망의 변증법을 상세하게 논의한다.

---

[26] 《아이러니의 개념》에 대해선, 이민호, 《아이러니의 개념》에 나타난 소크라테스〉, 《다시 읽는 키르케고르》, 한국키르케고르학회, 철학과현실사, 2003, 78~99. 소크라테스적 아이러니에 대한 철학사적 해석의 흐름에 대해선, G. Böhme, *Der Typ Sokrates*, Frankfurt a. M.: Suhrkamp, 1992, pp. 142–156, 185–197 참조. 한편, 키르케고르의 저작 인용은 독일어본을 따르면서 저작들의 축약어와 쪽수를 표기한다 : S. Kierkegaard, *Gesammelte Werke, 36 Abteilungen in 26 Bänden und 1 Registerband*, ed. E. Hirsch, H. Gerdes & H. M. Junghans, Düsseldorf/Köln 1951–1969, Reprint GTB, Gütersloh, 1979–1986; 《이것이냐 저것이냐》(EO I/II), 《삶의 길의 단계들》(ST), 《공포와 전율》(FZ), 《반복》(W), 《불안의 개념》(BA), 《자기 자신에 대한 글》(SS). 우리말 번역은 기본적으로 임춘갑(《이것이냐/저것이냐》, 《공포와 전율》, 《반복》)과 임규정(《불안의 개념》)을 따르면서 극히 일부만 수정했다.

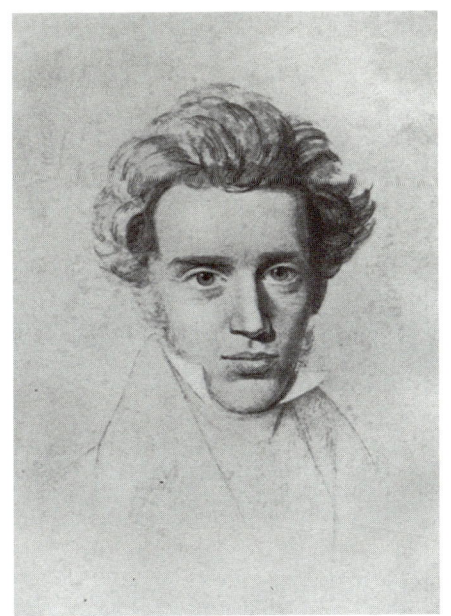

그림 2 쇠렌 키르케고르

하지만 일반적으로 키르케고르는 미적 실존에 대해 부정적인 입장을 취한 사상가로 알려져 있다. 주지하듯이 그가 삶의 다양한 가능성들을 전체적으로 미적·윤리적·종교적 실존 방식의 세 가지 유형으로 구분하고, 미적 실존 방식을 가장 일차적이며 낮은 수준의 실존 단계로 제시하고 있기 때문이다.(ST 507)[27] 실제로 독자들은《이것이냐/저것이냐》와《삶의 길의 단계들》을 비롯한 여러 저작에서 미적 실존에 내재된 난점과 한계에 대한 언급을 쉽게 찾을 수 있다. 예를 들어《이것이냐/저것이냐》의 제1부는 '미적 인생관'을 대변하는 익명의 필자 A의 텍스트들을 모아 놓고 있는데, 이미 첫 번째 텍스트인〈디아프살마타Diapsalmata〉에서 어떠한 실존적인 어려움과 어두운 분위기가 A의 삶을 지배하고 있는지를 선명하게 느낄수 있다. 그것은 우울, 권태, 가슴 졸임, 부동성不動性, 불안, 슬픔, 외로움 등 확연히 부정적인 정조들이며, 아무런 의미가 없는 세계와 삶의 무상함에 깊이 고통스러워하고 있는 상태이다. 혹은《이것이냐/저것이냐》의 제2부는 '미적 인생관'에 대해 한층 더 명확한 판결을 내린다. '윤리적 인생관'을 표방하는 B(=법원 관리 빌헬름)가 미적으로 살아가는 사람은 근본적으로 "절망의 상태"에 있다고 선언하는 것이다.(EO II 205) 이어《불안의개념Begrebet Angest》에서는 시와 예술의 영역이 '죄'와 '불안'이라는 중요한 철학적 인간학의 주제를 제대로 다룰 수 없게 만든다고 비판한다. 시와 예술의 분위기Stimmung를 지배하는 것은 예컨대 '희극성'과 '비극성'과 같은 것들인데, 이러한 분위기는 '죄'와 '불안'의 개념에 상응하는 '진지함Ernst'의 분위기와 질적으로 다르며, 그럼으로써 이 개념들 본래의 의미를 필연적으로 변형시키게 된다는 것이다.(BA Einl. 10-13)

게다가 키르케고르는 '미적aesthetic'이란 말을 미적 경험과 예술 작품 혹

---

[27] 세 실존 방식의 전반적인 의미와 관계에 대해선, A. Pieper, *Søren Kierkegaard*, München: Beck, 2000, pp. 60-99 참조.

은 예술 이론과 관련되어 있다는 한정된 의미로 사용하지 않는다. 그에게 '미적'은 '미적 실존'이라는 표현에서 드러나듯이 '감각적이며 구체적인 지각 일반'을 뜻하는 그리스어 어원(aisthesis) 본래의 넓은 의미에 상응한다고 할 수 있다. 그가 본격적인 시학이나 예술철학을 시도한 적이 없고, 시와 예술의 문화적 중요성을 각별히 논의하지 않은 것은 따라서 당연한 결과라 할 수 있다.

그러나 그럼에도 불구하고 미적 실존에 대한 키르케고르의 분석은 예술과 문화라는 이 글의 주제와 관련해서 여전히 주목할 만하다. 그의 텍스트를 쫓아가다 보면 시와 예술의 본질에 관한 높은 수준의 이론적 통찰을 곳곳에서 발견할 수 있다. 뿐만 아니라 시, 음악, 회화, 조각 등 여러 예술 장르의 본질적인 특징과 차이에 대해서도 흥미로운 논변이 전개되어 있다. 무엇보다도 지나쳐선 안 될 것은 그가 예술과 미적 경험의 다양한 가능성들과 층위들, 이것들이 지닌 인간학적 중요성을 특유의 실존적 변증론Existenzdialektik으로 정교하게 해명하고 있다는 점이다.[28]

미리 결론부터 밝히자면, 키르케고르에게 미적 실존은 단지 '극복하고 넘어서야 할' 낮은 단계의 삶의 형식이 아니다. 오히려 그것은 인간 삶에서 반드시 거쳐야 하고, 또 늘 되돌아오지 않을 수 없는 삶의 영역이자, 삶의 여러 길목에서 소중한 역할을 할 수 있는 '너무나도 인간적인' 삶의 실현 방식인 것이다. 물론 미적 실존을 인간 삶의 유일하게 의미 있는 실현 가능성으로 절대화해선 안 된다. 언제나 미적 실존 방식이 갖고 있는 본질적인 한계와 아포리아를 분명히 의식하고 있어야 한다. 무엇보다도 키르케고르가 자신의 철학적 글쓰기를 통해 실천한 독특한 서술 방식, 이른바 '간접적 전달indirekte Mitteilung'[29] 자체가 시적·예술적 표현의 긍정적인

---

[28] 역사적 맥락과 사상적 지향점은 다르지만, 이 점에서 키르케고르의 저작은 시와 예술의 문제를 비판적으로 다룬 플라톤의 여러 대화편들 《국가》, 《이온》, 《심포지온》, 《파이드로스》 등과 유비적인 위치에 있다고 할 수 있다.

역할을 '간접적으로' 증명해 준다는 점을 상기해야 한다. 이제《이것이냐/저것이냐》를 중심으로 미적 실존 방식에서 시와 예술 혹은 미적 경험의 의미를 좀 더 자세히 들여다보자.

먼저 윤리적 입장에 서 있는 B는 미적 실존을 이렇게 규정한다. "한 인간에게 미적인 차원이란, 그것을 통해서 그 사람이 직접적으로 현재의 모습 그대로 자기 자신이 되는 것이다. …… 누군가 자신 안에서 미적인 차원 속에서, 이 차원을 통해서, 이 차원에 의해서, 이 차원을 위해서 살아간다면, 바로 이 사람이 미적으로 사는 것이다."(EO II 190) 여기서 핵심은 물론 '직접적으로unmittelbar 자기 자신이 된다'는 대목이다. 이는 미적 실존의 가장 일차적인 의미가 삶의 과정에서 가장 밀접하게 자신의 본성과 상태에 밀착되어 있는 영역, 즉 느낌, 감정, 정동, 욕망의 차원이란 사실을 알려 준다. 미적 실존은 우선적으로 동물적이며 자연적인 감각과 지각, 충동(욕망)의 요구와 이 요구의 충족(=향유, Genuß)이 실현되는 영역인 것이다. 그런데 이러한 미적 실존 영역은 근본적으로 우연성, 일회성, 반복 불가능성이 지배하는 공간이다. 왜냐하면 직접적인 감각, 지각, 충동의 양상은 주어진 상황의 특수성과 주체 자신의 예상치 못한 신체적·정신적 변화에 결정적으로 영향을 받기 때문이다. 또한 개체적 삶의 시기에 따라서도 미적 실존의 양상은 현저하게 달라진다. 예를 들어 유년기나 청소년기처럼 정신이 첨예하게 부각된 성적 차이에 직면하여 "자기 자신을 낯설게 느끼는"(BA 2장 2절) 시기에는 미적 실존의 '자연적 직접성'이 성인이 된 이후보다 훨씬 더 강력한 영향력을 행사한다고 할 수 있다.(EO II 200, SS 79)

시와 예술은 이러한 미적 실존 방식의 본질적인 우연성, 일회성, 무상성

---

29 이에 대해선, T. Wesche, *Kierkegaard. Eine philosophische Einführung*, Stuttgart: Reclam, 2003, pp. 163–212을 볼 것.

을 분명하게 일깨워 준다. 예를 들어 〈디아프살마타〉의 한 단편을 보자. "아주 낡아서 황색 빛이 도는 엷은 초록색 상의를 입고 말없이 거리를 지나가는 가난한 사람을 보고, 나는 참으로 이상하게도 서글픔에 젖어들지는 않았다. 그가 안타깝게 느껴지기는 했다. 그렇지만 내 마음을 그토록 뒤흔들어 놓은 것은, 그 사람의 상의 색깔이 유년 시절에 내가 처음으로 그린 소중한 그림을 생생하게 상기시켰기 때문이다. 그 색깔이야말로 바로 내가 애용한 색조 중 하나였다. 아직도 여전히 내가 그토록 기쁘게 상기하고 있는 바로 그런 혼합된 색조를 인생 어디서도 찾아볼 수가 없다는 것은 얼마나 슬픈 일인가."(EO I 23-24)

누구나 성인이 되어 일상을 살아가다가 우연히 찾아온 감각적 지각으로 어린 시절의 인상적이며 빛나는 순간을 떠올리게 된다. 그러나 이 지나온 순간은 되돌아갈 수도 없고 반복될 수도 없이 영원히 멀어진 채 회상 속에만 존재한다. 또한 《반복Gjentagelsen》에서 키르케고르는 익명의 필자 콘스탄틴 콘스탄티우스를 통해 미적 실존의 반복 불가능성과 무상성을 좀 더 직접적으로 보여 준다. 콘스탄티우스는 '반복'의 범주가 사변철학적 범주인 '매개'와 본질적으로 다르며, 오늘날 그리스적 '상기'에 대응되는 '반복'이 없다면 삶 전체가 무의미해질 것이라고 주장한다.[30] 이어 그는 세속적이며 감각적인 삶에서 반복이 가능한지를 확인하고자 두 가지 실험을 한다. 하나는 한 번 더 베를린에 여행을 가서 이전에 묵었던 하숙집에 머물러 보는 것이고, 다른 하나는 이전에 감상했던 인상적인 소극Posse을 재차 감상해 보는 일이다. 하지만 과거의 감각적 인상이든 예술적 체험이든 두 반복의 실험은 실패로 돌아가고, 콘스탄티우스는 반복이 불가능함을 확인하고자 굳이 "한 발자국이나마 움직일 필요조차" 없으며

---

30 '반복' 범주의 철학적 맥락에 대해선, L. Reimer, "Die Wiederholung als Problem der Erlösung bei Kierkegaard", in: M. Theunissen & W. Greve(ed.), *Materialien zur Philosophie Kierkegaards*, Frankfurt a. M.: Suhrkamp, 1979, pp. 320-346.

그냥 "자기 방에 조용히 앉아 있으면 된다"고 결론짓는다.(W 22-50) 이로써 철학적이며 시적인 산문을 통해서 미적 실존이 근본적으로 일회적인 상황, 대상, 분위기에 종속되어 있으며, 결국 덧없이 흘러가고 변화하는 '순간'에 매몰되어 있음이 명확해졌다고 할 수 있다.[31]

다음으로 시와 예술은 미적 실존의 감춰진 이면을 드러내 준다. "시인이란 어떤 인간인가? 마음속에는 깊은 고통을 갖고 있으면서도, 입술이 그렇게 생겨서인지, 탄식과 비명이 입술을 빠져나올 때에는 아름다운 음악으로 울리는 불행한 사람이다. 그의 운명은 독재 군주 팔라리스가 청동으로 만든 황소 속에 가둬 이글거리는 불로 천천히 고문을 자행한 저 불행한 희생자들과 같다. 그들의 비명은 독재 군주의 귀에 그를 경악시키는 소리로 들리지 않고 달콤한 음악으로 들렸던 것이다. 사람들은 시인 주위에 몰려들어 '다시 한 번 우리를 위해 노래를 부르라'고 말한다. 이 말은 곧, '새로운 고통이 그대의 영혼을 고문하게 하라. 그러나 그대의 입술은 예전처럼 움직이게 하라. 왜냐하면 비명은 우리를 두렵게 하지만, 음악은 우리를 기분 좋게 해 주기 때문이다."(EO I 19)

이 글은 〈디아프살마타〉의 첫 번째 단편으로 적어도 세 가지로 해석될 수 있다. 그것은 우선 시인이란 근본적으로 자신이 겪고 있는 고통을 승화하고 미화하여 표현할 수밖에 없는 존재라는 점을 드러내며, 아울러 미적 실존의 필자인 A 자신의 내적 상태에 대한 묘사, 즉 A의 텍스트 여덟 편 전체의 본질적 성격을 드러낸다. 하지만 이 단편은 또한 미적 실존 일반에 대한 의미심장한 암시로 읽을 수 있다. 즉 감각적·감성적인 향유를 추구하는 미적 실존의 배후에 절망과 고통이 도사리고 있음을 보여 주는 글로 이해할 수 있는 것이다.[32]

---

[31] "즉, 미적으로 사는 개인은 가능한 한 전적으로 분위기 속에 빠져 있고자 하며, 전적으로 분위기 속에 자기 자신을 간직하고자 한다. …… 다시금 이것이 미적 실존에 대한 가장 적절한 표현이다. 즉, 미적 실존은 순간 속에 있다."(EO II 244-245)

실제로 〈디아프살마타〉의 여러 단편들과 미적 실존에 대한 B의 진단은 이러한 사실을 명확히 밝혀 준다. 예컨대 로마 황제 네로는 역사상 가장 막강한 부와 권력을 소유하고 순간의 쾌락을 극대화할 수 있었지만, "그의 가장 깊은 내면의 본질은 불안이었다."(EO II 198-199) 건강, 재능, 아름다움, 돈, 명예 등 그 어떤 탁월한 능력과 재화를 소유하고 있든, 미적 실존이 본질적으로 현존하는 대상, 유한한 대상에서 자신의 의미와 행복을 찾으려 하는 한, "모든 미적 인생관은 곧 절망이며, 누구든지 미적으로 살아가는 한, 그가 알고 있든 모르고 있든, 그는 절망의 상태에 있는 것이다."(EO II 205, 208) A의 글 가운데 실존적 변증론의 측면에서 가장 심층적인 분석이 제시되는 〈가장 불행한 자〉와 〈윤작〉도 미적 실존의 이면에 숨어 있는 불안, 회한, 권태, 절망, 자기상실 등을 시적으로 승화하여 보여 준다고 평가할 수 있다.

다른 한편, 시와 예술은 미적 실존 영역을 지배하고 있는 욕망 혹은 충동을 더 명료하게 이해할 수 있는 계기도 제공한다. 감각적·감성적인 삶에서 욕망과 충동은 근본적으로 불안정하고 모호하다. 욕망과 충동이 발생하는 동기, 지향하는 대상, 지향하는 강도, 만족을 향한 기대와 결과 등은 결코 명확하게 규정하고 예견할 수 없는 문제들이다. 그래서 일상적·자연적인 의식은 통상 이러한 문제들을 상황의 특수성과 사적이며 주관적인 변수에 좌우되는 것으로 간주해 버린다. 이제 시와 예술은 이렇게 모호하고 개인적인 것으로 치부되는 욕망(충동)의 영역에 '미적 감수성'과 '미적 표현력'의 스포트라이트를 비춘다. 그럼으로써 이 영역의 단계와 구조를 더 선명하게 이해하는 데 기여할 수 있는 것이다. 이를 잘 예시해 주

---

[32] 익명의 편집자 빅토어 에레미타의 서문 도입부도 함께 음미해야 할 대목이다. "친애하는 독자여, 어쩌면 그대도 외면外面이 곧 내면內面이고, 내면이 곧 외면이라고 하는 저 낯익은 철학적 명제의 정당성을 조금은 의심해 본 적이 있으리라고 생각한다. 어쩌면 그대도 비록 그대에게 기쁨을 주는 것이건 고통을 주는 것이건 간에 어떤 비밀을 가슴속에 간직하고, 그것이 남들과 함께 나누기에는 너무나도 소중한 것이라고 느껴 본 일이 있을 것이다."(EO I 3)

는 글이 바로 A의 두 번째 텍스트인 〈직접적이며 에로스적인 단계들 혹은 음악적이며 에로스적인 차원〉이다.

　이 글에서 A는 음악 일반에 대한 예술철학적 이론을 간략히 제시한 후 모차르트의 오페라가 표현하고 있는 '이념들'을 상세히 분석한다. A는 모차르트의 세 오페라에 등장하는 세 명의 인물, 즉 〈피가로의 결혼〉의 체루비노, 〈마적〉의 파파게노, 〈돈 지오반니〉의 돈주앙이 각각 상이한 수준의 '사랑(욕망)의 이념'을 표현한다고 말한다. 즉, 체루비노는 '아직 깨어나지 못하고, 단지 예감하고 꿈꾸는 상태'의 욕망을, 파파게노는 '대상에 의해 일깨워졌으나 아직 그 자체에 대한 의식에는 도달하지 못한 상태'의 욕망을, 돈주앙은 '육체의 정신으로부터 탄생한 육체의 열광'이 드러나는 욕망, 대상을 그때그때마다 '여성 전체'로서 희구하는 욕망을 음악적으로 표현하고 있다고 설명한다.(EO I 80-95) 그런데 다른 예술 장르와 달리 고유하게 표현할 수 있는 음악의 "감성적 천재성sinnliche Genialität"이란 다름 아닌 '미적 실존의 순간적 직접성'에 대한 상징으로 해석할 수 있으므로, 이러한 세 종류의 사랑(욕망)의 이념 분석을 통해서 결국 미적 실존을 지배하는 욕망의 단계와 구조가 분명하게 밝혀졌다고 볼 수 있는 것이다.

　마지막으로 시와 예술은 미적 실존에 내재된 아포리아aporia, 그 본원적인 한계와 궁극적인 인간학적·실존적 귀결점을 드러낼 수 있다. 이것이 가능한 것은 무엇보다도 '아이러니'와 '시적 반성' 때문이다. 다시 말해서, 자유롭게 부유하는 정신과 창조적인 상상력으로 주어진 현실로부터 거리를 두고 현실의 모습과 의미를 재차, 삼차 음미하면서 현실을 변형시키고 또 새롭게 구성하는 일이 가능하기 때문이다. 시와 예술의 상상력과 표현력이 미적 실존이라는 '현실성'에 대해 창조적인 변형, 과장, 극단화의 실험을 감행함으로써 그에 대한 반성과 메타-반성을 가능하게 하고, 그럼으로써 그것의 잠재된 난점과 모순을 드러낼 수 있는 것이다. 이러한 시적·예술적 실험이 가장 인상적으로 시도되는 텍스트들이 〈가장 불행한 자〉, 〈윤작〉, 〈유혹자의 일기〉이다.

〈가장 불행한 자〉는 허구적이며 격정적인 연설 형식 속에서 미적 실존이 어떻게 시간성의 차원에서 실패할 수밖에 없는지를 보여 준다. 미적으로 존재하는 사람은 본질적으로 '감각적 향유의 순간'이란 관점에서 자신의 과거·현재·미래와 관계를 맺고 있는데, 바로 이러한 관계의 방식이 종국에는 그 자신의 '시간성'이 증발하게 되는 결과를, "그리워할 과거가 없고, 소망을 걸어 볼 미래가 없는" 결과를 가져온다는 사실을 빼어닌 문체로 표현하고 있다.(EO I 239−241)

반면 〈윤작〉은 '일종의 사회적 처세론'이란 부제가 드러내듯, 논리 정연한 하나의 논고 형식으로 미적 실존을 위한 '망각의 기술과 자의성의 준칙들'을 제시하고 있다. 하지만 〈윤작〉은 매우 풍자적이며 유머러스하면서도 예리한 분석력의 필치로 미적 실존의 저변에 도사리고 있는 '권태로움'과 '불안'도 들춰내고 있다. 아울러 미적 실존이 근본적으로 세계를 우연한 순간들의 집적으로 간주하며, 이에 대응하며 살아가는 미적 실존의 주체 또한 '순간적인 재미에 종속된 자의성'에 불과하다는 점도 암시하고 있다.(EO I 310−321)

〈유혹자의 일기〉는 또 한 번의 액자 형식과 익명의 필자 요하네스의 일기 및 편지 형식을 도입하여 중층적인 아이러니와 시적 반성의 극치를 보여 준다. 요하네스는 '반성된 유혹자', 즉 욕망의 대상과 실현 과정을 철저하고 냉혹하게 계산하고 음미하는 미적 실존의 유형이다.[33] 그는 직접적인 "현실이 그에게 선사해 준 것과 자신이 현실에 더 충만하게 채워 넣은 것"을 향유할 뿐만 아니라, 더 나아가 시적 반성 속에서 "상황과 상황 속에 있는 자기 자신"을 향유하는 인물인 것이다. 이로써 〈유혹자의 일기〉

---

[33] K. P. Liessmann, *Sören Kierkegaard*, Hamburg: Junius, 2006, pp. 44−48.

는 미적 실존의 가장 내밀하고 심층적인 '내면 일기'라 할 수 있다. 그것은 '가장 완벽한 유혹'에 대한 시적 허구의 틀 속에서, 미적으로 살아가는 자의 내면에서 무의식적·잠재적으로, 하지만 부단히 진행되고 있는 사유와 욕망의 변증론을 놀랍도록 정교하게 재구성하고 있다.

결론적으로 키르케고르의 미적 실존은 다양한 층위들을 포괄하고 있다. 그것은 동물적 본능의 즉자적인 수준에서 사교적 매너와 세련된 호사가의 취향을 거쳐, '음악적 이념'을 고전적으로 표현한 모차르트의 음악, A의 텍스트들이 보여 주는 것처럼 예술, 미적 경험, 미적 실존 일반을 대상으로 한 메타-반성적이며 시적인 산문 등에 이른다. 미적 실존은 그 자체가 내적으로 매우 다양한 층위로 분화되어 있는 것이다. 확실히 키르케고르는 미적 실존이 종국에는 우울과 절망으로 귀결된다는 것, 즉 자기 자신의 '실존적 역사성'을 상실하고 자기 자신과의 진지하고 자유로운 관계를 형성하지 못하게 된다는 점을 밝히고자 했다. 그러나 이것이 미적 실존 전체를 무의미하거나 폐기시켜야 한다는 것을 뜻하지는 않는다. 개별 주체가 윤리적 실존 방식으로 '도약하고', 더 나아가 '윤리적 차원을 목적론적으로 중지시키고'(FZ) 종교적 실존 방식으로 '도약한다고' 해도, 감성적이며 감각적인 존재로서의 '인간적 완전성'에서 벗어날 수는 없기 때문이다. 이런 의미에서 《이것이냐/저것이냐》는 양자택일이라기보다는 구체적인 삶 속에서 두 가지를 함께 아우르지 않으면 안 된다는 '실존적 과제'의 표현으로 이해해야 할 것이다.[34]

---

[34] 키르케고르는 《불안의 개념》에서 감성적 차원 자체가 '죄의 근원'이 아님을 지속적으로 강조한다.(BA 1장과 2장) 또한 개체가 자신의 실존과 삶의 시간 속에서 느끼는 희열감도 적극 긍정한다.(T. Wesche, op. cit., pp. 107-124 참조.)

니체 : 문화적 혁신을 위한 미적·예술적 창조의 긍정

니체Friedrich Wilhelm Nietzsche도 키르케고르처럼 예술과 미적 경험을 좁은 의미의 예술론적 관점에서 바라보지 않았다. 니체도 구체적인 삶의 가능성과 실현을 배경으로 예술과 미적 경험의 의미를 논의했던 것이다. 〈자기비판의 시도Versuch einer Selbstkritik〉에서 밝히듯이, 그는 "학문은 예술가의 광학으로 바라보고, 예술은 삶의 과학으로 바라본다"(GT I 11)[35]는 생철학적 원칙을 초기부터 후기까지 계속 견지했던 것이다. 또한 누구보다도 뛰어난 시적 재능을 지닌 철학적 문필가라는 점, 평생 시와 음악에 대한 깊은 이해와 열광 속에서 살았다는 점도 두 사상가의 공통점이라 할 수 있다. 하지만 좀 더 가까이 다가가 보면 두 치열한 실존적 사상가 사이에 커다란 간극이 존재하고 있음을 확인할 수 있다. 도덕과 종교에 대한 입장만큼이나 이들이 예술과 미적 경험에 의미를 부여하는 사상적 토대와 지향점은 비교가 불가능할 만큼 큰 차이를 드러낸다.

무엇보다도 니체는 키르케고르와 달리, 예술과 미적 경험을 처음부터 유럽과 독일의 사상과 문화를 비판적으로 진단하고 혁신하고자 하는 뚜렷한 문제의식 하에서 논의했다. 예를 들어 《비극의 탄생Die Geburt der Tragödie aus dem Geiste der Musik》에서 니체는 비극적 세계관이 몰락하게 된 원인을 소크라테스의 지성 중심적 낙관주의로 소급하며, 동시에 이 낙관주의가 이후 당대에 이르기까지 유럽의 사상사를 지배해 왔음을 비판적으로 겨냥한다.(GT I 69-87) 아울러 그는 이러한 사상적 무기력증의 상태에

---

[35] 니체 저작은 먼저 주요 저작의 약어를 표기하고 슐레히타판의 로마자 권수와 쪽수를 표기한다.(F. Nietzsche, *Werke in drei Bänden*, ed. K. Schlechta, Darmstadt: WB, 1997; 《비극의 탄생》(GT), 《반시대적 고찰》(UB), 〈비도덕적 의미에서의 진리와 거짓에 관하여〉(WL), 《인간적인, 너무도 인간적인》(MA), 《아침놀》(M), 《즐거운 학문》(FW), 《차라투스트라는 이렇게 말했다》(Z), 《선악의 저편》(J), 《우상의 황혼》(G), 《이 사람을 보라》(EH)) 우리말 번역은 기본적으로 《니체 전집》 번역본(《니체 전집》, 정동호 외 옮김, 서울: 책세상, 2005)을 따르면서 일부 수정했음을 밝힌다.

서 벗어날 수 있도록 해 주는 새로운 신화적·예술적 가능성을 바흐, 베토벤, 바그너의 음악(극)에서 발견하고자 한다.(GT I 103–128)

니체의 문화 비판적 의도는 다음 저작인 《반시대적 고찰Unzeitgemässe Betrachtung》에 훨씬 더 명확하게 표현되어 있다. 〈다비드 슈트라우스, 고백자와 저술가〉에서 니체는 당시 독일 문화의 '야만성'과 '교양 속물'을 가차 없이 몰아세우고 있으며, 〈삶에 대한 역사의 공과〉에서는 삶의 창조성과 구체성을 억압하지 않는 역사—해석학을 모색하면서 문화가 '개선된 새로운 자연'으로 거듭나야 함을 강조한다. 또한 문화의 생성과 천재의 탄생을 가로막는 사상과 교육 풍토를 질타하는 〈교육자로서의 쇼펜하우어〉, 바그너의 음악을 '장식적인' 당대 문화의 흐름을 거슬러서 자신의 고유한 척도와 법칙을 실현하고자 하는 예술적 성취로 부각시키는 〈바이로이트의 리하르트 바그너〉도 한결같이 당시 문화의 대중추수주의와 경직성을 비판하면서 천재적인 시적·신화적 성취와 사상적 혁신을 촉구하고 있다.(UB I 135–434)[36]

예술과 미적 경험에 대한 니체의 견해를 이해하는 일은, 먼저 '미적 현상'이란 개념에서 출발해야 할 것이다. 무엇보다도 이 개념이 그의 생철학적 입장을 집약하고 있는 주장 속에 등장하기 때문이다. "오직 미적 현상으로서만 현존재와 세계는 영원히 정당화된다."(GT I 14–15, 131) '미적 현상'의 정확한 의미는 무엇일까? 그것은 단순히 특정한 이미지나 감각적인 지각을 뜻하지 않는다. 좁은 의미의 예술 작품이나 예술적 표현은 더더욱 아니다. 또한 주체의 즉자적인 느낌이나 직접적인 감정 상태로 봐서도 안 된다. 오히려 그것의 핵심은 좀 더 근원적이며 원초적인 의미에서 삶 자체의 생생한 흐름에 닿아 있고, 변화하는 삶 자체의 생성과 변화를

---

36 G. Vattimo, *Friedrich Nietzsche*, tr. K. Laermann, Stuttgart: Metzler, 1992, pp. 5–28 참조.

적절히 표현한다는 데에 있다고 할 수 있다. 이를 잘 엿볼 수 있는 글이 그의 빛나는 에세이 〈비도덕적 의미에서의 진리와 거짓에 관하여〉이다.

니체는 이 글에서 지성과 진리에 대한 전통적인 관념을 급진적으로 의문시하면서 '인간의 언어가 과연 실재와 일치하는 표현인가'라고 묻는다. 그는 이에 대해 이렇게 답한다. "신경 자극을 우선 하나의 이미지로 옮기는 것! 첫 번째 은유. 이미지를 다시 하나의 음성으로 만드는 것! 두 번째 은유. 그리고 그때그때마다 영역을 완전히 건너뛰어, 전혀 다른 새로운 영역으로 들어간다."(WL III 312) 즉 언어는, 따라서 개념과 진리는 현실 자체에서 유래한 것도, 현실을 충실히 모사한 것도 아니다. 언어와 현실 사이에는 적어도 '신경 자극'과 '이미지'라는 또 다른 두 가지 영역이 존재하기 때문에 서로 비교한다는 것 자체가 무의미하고 불가능하다. "왜냐하면 주체와 객체같이 절대적으로 상이한 영역들 사이에는 어떠한 인과관계, 어떠한 정확함, 어떠한 표현도 존재하지 않으며, 기껏해야 일종의 미적인 행동 방식ästhetisches Verhalten만이 존재하기 때문이다. 내가 말하고자하는 것은, 하나의 암시적인 전이, 전적으로 다른 언어로 더듬거리며 번역하는 일이다."(WL III 317, 강조는 니체)

현실에서 신경 자극으로, 신경 자극에서 이미지로, 이미지에서 음성언어로, 음성언어에서 문자언어로, 다시 보편적 개념으로 등등 이렇게 영역들이 바뀔 때마다 일어나는 것은 객관적인 규정이나 재현이 아니라 '암시적인 은유화'를 통한 새로운 차원으로의 진입이다. 니체는 이 은유화 작업을 '미적 행동 방식'이라 부르며, 이 행동 방식을 경유하여 새로운 차원으로 진입하는 일이 인간 삶의 과정에서 불가피하다고 보고 있다.[37] 그리고 바로 여기에 '미적 현상'의 의미에 대한 중요한 단서가 있다. 즉, 미적

---

[37] 니체는 은유를 형성하고자 하는 충동을 인간의 '근원적 충동Fundamentaltrieb'으로 규정하고 이 충동이 발현되는 각별한 장소로 "신화와 예술"을 지목한다.(WL III 319) 아울러 다음 논문을 참조할 것: 박준상, 〈언어와 예술의 관계―니체로부터―〉,《범한철학》44, 범한철학회, 2007, 177~206쪽.

현상은 보편적인 개념과 일상적인 언어보다 존재론적으로 더 근원적인 삶의 체험층과 연결되어 있다. 또한 그것은 이 체험층이 인간의 고유한 '미적 행동 방식'을 통해 은유적으로 응결된 것을 가리킨다. 좀 더 구체적으로 말해서, 미적 현상은 삶의 근원적인 체험층이 상상력의 이미지를 통해, 특히 '신화와 예술'의 형태로 표현된 것이라 할 수 있다.

요컨대 미적 현상은 의식적·정신적 삶이라기보다는 신체적 삶의 생생한 느낌과 흐름과 닿아 있으며,[38] 이 느낌과 흐름이 은유적으로 표현되는 영역인 것이다. 그런데 미적 현상이 이렇게 개념과 언어보다 더 원초적이기 때문에, 그것은 본질적으로 '비도덕적a-moralisch'인 성격을 갖고 있다. 다시 말해, 미적 현상의 층은 모든 전통적인 진리와 거짓의 구분, 도덕적인 선과 악의 구분에서 자유로운, 그러한 구분 이전의 상태인 것이다. 뿐만 아니라 미적 현상의 층은 거꾸로 이러한 전통적인 구분과 가치 평가의 생철학적 정당성을 되물을 수 있는 경험적 토대가 된다. 학문과 도덕과 같은 정신적이며 규범적인 문화 영역에서 신체적 삶의 생생한 흐름이 어떻게 암암리에 억압되고 왜곡되고 있는지를 미적 현상의 관점에서 의문시할 수 있는 것이다.[39]

그런데 이 지점에서 한 가지 조심해야 할 것이 있다. 미적 현상이 더 원초적인 삶의 차원이라고 해서, 그것을 모든 구분이 사라진 익명적이며 무차별적인 흐름으로 간주해선 안 된다는 것이다. 이를 잘 보여 주는 것이 '아폴론적인 것'과 '디오니소스적인 것' 사이의 대비다. 《비극의 탄생》에서 니체는 그리스 비극이 표현하고 있는 것이 어떤 미분화된 직관이나 '고귀한 단순함'의 세계가 아님을 명확히 한다. 오히려 그리스 비극의 세계

---

[38] 여기서 '거대한 이성'으로서의 '몸'을 상기할 수 있다.(Z II 298-301) 또 니체는 《즐거운 학문》의 재판 서문에서 "철학은 단지 육체에 대한 해석, 혹은 육체에 대한 오해에 불과한 것이 아닐까"라고 적고 있다. (FW II 11-12)

[39] "진리는 추하다. 우리는 예술을 갖고 있다. 진리로 인해 몰락하지 않기 위해서."(NF VIII 3, 16, 296)

는 근본적으로 서로 이질적인 두 경향이 결합하여 낳은 독특한 '미적 현상'으로 봐야 한다. 다시 말해 그리스 비극이라는 미적 현상이 어떤 단일한 관점의 표현이 아니라, 서로 대립하는 두 개의 심리적 경향들이 역동적·변증법적으로 통일되어 낳은 결과라는 것이다.[40]

또 한 가지, 아폴론적인 것과 디오니소스적인 것의 대비에서 읽어 낼수 있는 것은 니체가 주목한 미적 현상이 결코 비역사적이며 개별적인 체험 상태가 아니라는 점이다. 비극적 세계관의 형성과 몰락이 보여 주는 것처럼, 미적 현상은 근본적으로 역사적·문화적인 변화와 맞물려 있다. 좀 더 정확히 말해서, 온전한 의미의 미적 현상은 특정 시대의 세계관의 표출이면서 동시에 개체적 삶의 구체성을 배제하지 않는 '문화적 양식'이라 할 수 있다. 이러한 미적 현상은 "내면도 외면도 없고 가장假裝도 관습도 없는, 하나의 개선된 새로운 자연으로서의 문화", "삶, 사유, 가상, 의욕이 모두 함께 합치되는 상태로서의 문화"(UB I 285)인 것이다.

미적 현상과 관련하여 다음으로 짚어 봐야 할 문제는 주체에 대한 견해이다. 미적 현상은 신화나 예술 작품으로서 혹은 '문화적 양식'으로서 이미 주어져 있는 것인가? 주체는 다만 주어진 미적 현상을 느끼고 받아들이면 충분한가? 그러나 니체는 결코 주체의 역할이 완성된 미적 현상을 단지 수동적으로 받아들이거나 그것과 '신비주의적'으로 합일하는 데 있다고 생각하지 않는다. 오히려 니체는 주체 자신이 상식적인 개념이나 가치 판단으로부터 거리를 두지 못하면 미적 현상은 결코 드러나지 않는다고 본다. 주체 스스로 전승된 관념, 도덕, 형이상학, 종교의 '자연스러움'

---

40 V. Gerhardt, *Pathos und Distanz. Studien zur Philosophie Friedrich Nietzsches*, Stuttgart: Reclam, 1988, pp. 30–34; 전예완, 〈니체의 《비극의 탄생》에 대한 재고찰: "디오니소스"의 형이상학적 의미를 중심으로〉, 《미학》 47, 한국미학회, 2006, 137~178쪽. 니체 사상 전반에서 디오니소스적인 것의 의미에 대해선, 백승영, 〈신화적 상징과 철학적 개념. 디오니소스와 디오니소스적인 것〉, 《니체연구》 12, 한국니체학회, 2007, 69~104쪽을 볼 것.

과 '절대성'을 무너뜨리는 사유의 '실존적 실험'을 감행할 때, 그때 비로소 미적 현상의 층이 시야에 들어올 수 있는 것이다. 다시 말해서, 주체가 능동적으로 회의하고 반성하는 일, 자신의 자유로운 상상력으로 상황과 대상의 감춰진 가능성을 모색하는 일이 반드시 필요한 것이다. 니체의 말을 빌리자면, 오직 진정으로 '자유로운 정신들freie Geister'만이 미적 현상의 진정한 모습을 느끼고 그 실존적·인간학적 중요성을 충분히 이해할 수 있다. 왜냐하면 이 정신들만이 '진리에 대한 믿음'을 폐기하는 결단을 내리고, 모든 가능성들 위로 날아오르는 사유와 상상력의 실험을 감행하기 때문이다.

다시 "오직 미적 현상으로서만 현존재와 세계가 영원히 정당화된다"는 언명으로 돌아가 보자. 이것은 우선적으로 전통적으로 정당화의 최종적인 근거로 여겨졌던 절대자 신 혹은 보편적인 이성과 결별한다는 주장으로 이해해야 할 것이다. 인간의 현존재와 세계 전체를 플라톤적-이데아적으로, 종교적-신학적으로, 혹은 이성적-형이상학적으로 정당화하는 일이 더 이상 불가능해진 것이다. 이제 이러한 관점들과는 근본적으로 다른, 생철학적인 '미적 현상'의 관점에서만 현존재와 세계가 온전히 드러나고 느껴지고 긍정될 수 있는 것이다. 물론 이것은 결코 현존재와 세계의 현실적인 상태를 '무관심적으로 관조한다'는 것을 의미하지 않는다. 앞서 지적했듯이 미적 현상은 이미 완결된 것, 저절로 주어지는 것이 아니기 때문이다. 현존재와 세계가 주체에게 미적 현상으로서 다가오는 양상은 주체가 얼마나 자유로운 정신을 실천하는지에 따라, 얼마나 철저하게 새로운 '실존의 예술가'가 되는지에 따라 현저하게 달라지는 것이다. 따라서 주체의 측면에서 볼 때, 미적 현상으로서의 정당화는 주체가 자신의 존재 방식과 세계의 이미지를 새롭게 만들고 변형시키는 '실존의 예술가'가 되어야 한다는 요청으로 해석할 수 있다. 새로운 '척도와 법칙'을 제시하는 창조적인 예술가처럼, 주체가 자신의 존재 방식과 세계의 이미지를 '새로운 미적 현상'으로서 탐색하고 발굴하고 형상화해야 한다는 것이다. 오직 이러한 탐험과 실천의 표현으로서만, 이러한 탐험과 실천이 지속되는 한에서만, 현존재와 세계는 '영원히' 정당화될 수 있는 것이다.

이제 예술과 문화에 대한 니체의 생각을 좀 더 명확하게 그려 보자. 니체에게 예술은, 만약 그것이 진정한 예술이라면, 단지 여러 '문화적 상징 형식들' 가운데 하나가 아니다. 그는 예술과 미적 경험을 존재론적−인식론적으로 새롭게 정초했을 뿐 아니라, 이 경험들에 생철학적으로 완전히 새로운 중요성을 부여하였다. 예술과 미적 경험은 신체적 삶의 생생한 흐름과 맞닿아 있다는 점에서 지식과 도덕보다 훨씬 더 포괄적이고 근원적이며, 구체적 실존의 표현 양식이라는 점에서 주체가 자기극복과 자기창조를 실현하고 느낄 수 있는 소중한 가능성이다. 하지만 예술과 미적 경험은 개체적 실존의 차원을 넘어서서 역사적−문화적으로도 대단히 중요하다. 왜냐하면 능동적으로 '미적 가상Schein'의 세계를 창조해 가는 주체는 필연적으로 자신을 둘러싼 사회, 정치, 문화의 상태를 문제시하고 비판하지 않을 수 없기 때문이다. 아니 더 정확히 말하자면, 주체가 새로운 미적 가상을 찾아 나선 것은 이미 그가 삶의 구체성과 생동성이 기존의 사회, 정치, 문화에 의해 억압받고 왜곡되고 있음을 자신의 정신과 몸으로 확연히 감지했기 때문이다.

니체는 새로운 미적 현상을 발굴하고 만들어 내는 예외적인 천재들을 높이 평가했다. 초기의 바그너와 쇼펜하우어에 대한 열광과 함께 그가 19세기의 '위대한 양식'의 창조자로 괴테, 스위프트, 하이네, 도스토옙스키 등을 칭송한 것은 잘 알려져 있다. 이는 물론 그의 시적·음악적 열정의 반영이기도 하고, 그가 견지했던 실존적 생철학의 귀결이기도 하다. 하지만 그는 몇몇 천재들에 의해 문화적 혁신이 쉽게 이루어지리라고 믿을 만큼 순진하지 않았다. 오히려 니체는 다가오는 시대가 일찍이 찾아볼 수 없는 "정신들 사이의 전쟁의 시기"가 될 것이라 예견한다. 그에 따르면 이것은

'위대한 정치'[41]를 둘러싼 전쟁이 될 것인데, 이로부터 그가 사회와 문화를 바라보는 관점을 읽어 낼 수 있다.

즉, 니체는 사회와 문화를 근본적으로 이질적인 '실존적 가치의 질서들'이 충돌하는 공간으로, 상이한 '미적·예술적 정신'을 가진 자들이 대립하고 대결하는 장으로 파악하는 것이다. 이러한 배경에서 그는 개별 주체의 미적·예술적 창조의 자유를 억압하려는 모든 사회적 제도나 정치적 운동을 강력히 비판하게 된다. 대중민주주의, 민족주의, 자유주의, 사회주의 등 19세기 중반 이후의 거의 모든 사회정치적 움직임이 그의 눈에는 주체의 자기창조적 에토스를 제한하고 수단화하려는 질곡으로 비췄던 것이다. 이렇게 사회역사적 조건(피투성被投性)보다 개체적 실존의 자유(결단)를 우위에 둔다는 측면에서 니체는 다시 키르케고르와 만난다.

'구조'가 아닌 '과제'로서의 문화

지금까지 예술과 문화와 관련하여 17세기 말부터 19세기까지 철학적 미학의 흐름 가운데 중요한 네 명의 사상가를 재독해했다. 물론 이들이 이 시기의 흐름을 충분히 대변한다고 볼 수는 없을 것이다. 이들은 말 그대로 몇몇 두드러진 지점에 불과하다. 특히 셸링과 헤겔의 예술철학을 거론하지 못한 것에 대해 많은 비판이 제기될 수 있을 것이다. 이는 무엇보다도 필자의 역량이 부족하고 또 지면이 제한된 결과이며, 향후 다른 자리에서 충실히 보완되어야 할 과제이다. 일단 이러한 한계를 인정한 상태에서, 가장 먼저 눈에 띄는 것은 이 네 명의 사상가들 사이에 이론적 공통분

---

41 김진석, 〈니체철학의 해석들 : "위대한 정치"는 아직도 가능한가?〉, 《니체연구》 11, 한국니체학회, 2007, 59~87쪽 참조.

모보다는 차이와 이질성이 훨씬 더 분명하다는 점이다. 이들 모두 예술과 문화에 대해 심층적인 이론적 논의를 전개했지만, 이들이 예술과 미적 경험에 대해 철학적·인간학적 의미를 부여하는 방식과 내용은 분명한 차이점을 보인다. 또한 이들은 예술과 미적 경험이 전체 문화 속에서 어떤 위상을 갖고 있으며, 어떤 역할을 할 수 있는지에 대해서도 각기 고유한 방식으로 고민했다. 각각의 방식은 이들이 직면하고 있던 사회정치적 상황과 기대고 있던 사상적 전통, 특히 이들이 실천했던 독특한 철학함의 방식만큼이나 서로 날랐다.

하지만 그럼에도 이들을 공통적으로 아우르는, 근원적인 사유의 태도 혹은 사유의 방향성을 지적할 수는 있다. 이들은 모두 문화를 어떤 주어진 체계나 완결된 구조로 보지 않았다. 반대로 이들은 문화를 근본적으로 변화하는 '과정'으로서, 혁신해야 할 '과제'로서 파악했다. 달리 말해, 이들에게 문화는 당연히 인정하고 받아들여야 하는 '객관적 정신'이 아니라 그 내용과 형식, 그 내적 구성과 외적 표현을 전면적으로 바꾸지 않으면 안 되는 '도전적 실천의 장'이었던 것이다. 비록 키르케고르의 경우에는 근본적인 지향점이 다르긴 하지만, 이들은 공통적으로 이 도전적 실천 과정에서 예술과 미적 경험이 의미심장한 역할을 할 수 있으며 또 해야 한다고 역설하였다. 바로 이러한 측면에서만 보더라도, 이들의 성찰은 지나간 과거가 아니라 '살아 있는 현재'라 할 수 있다. 좀 더 정확히 말해, 이들의 성찰은 한편으로 예술과 문화에 대한 현대적 자기이해의 한 부분을 이루고 있으며, 다른 한편으로 오늘날 미학적 반성이 계속 고민해야 할 과제로 남아 있는 것이다.

Gerhardt, V., *Pathos und Distanz. Studien zur Philosophie Friedrich Nietzsches,* Stuttgart: Reclam, 1988, pp. 30-34.

김진석, 〈니체철학의 해석들 : "위대한 정치"는 아직도 가능한가?〉, 《니체연구》 11, 한국니체학회, 2007, 59~87쪽.

김진수, 《초기 낭만주의 예술비평론의 미적 근대성》, 홍익대학교 박사학위논문, 1997, 20~73쪽.

_____, 〈낭만주의 미학과 예술론〉, 《열린 미학의 지평》, 고위공 외, 사문난적, 2008, 352~ 353쪽.

Nietzsche, F., *Werke in drei Bänden,* ed. K. Schlechta, Darmstadt: WB, 1997; 정동호 외 옮김, 《니체 전집》, 서울: 책세상, 2005.

Liessmann, K. P., *Sören Kierkegaard,* Hamburg: Junius, 2006, pp. 44-48.

Reimer, L., "Die Wiederholung als Problem der Erlösung bei Kierkegaard", in: M. Theunissen & W. Greve(ed.), *Materialien zur Philosophie Kierkegaards,* Frankfurt a. M.: Suhrkamp, 1979, pp. 320-346.

Rehme-Iffert, B., *Skepsis und Enthusiasmus,* Würzburg: Königshausen & Neumann, 2001.

Luhmann, N., *Die Kunst der Gesellschaft,* Frankfurt a. M.: Suhrkamp, 1997, pp. 156-160.

Vattimo, G., *Friedrich Nietzsche,* tr. K. Laermann, Stuttgart: Metzler, 1992, pp. 5-28.

박준상, 〈언어와 예술의 관계—니체로부터〉, 《범한철학》 44, 범한철학회, 2007, 177~206쪽.

백승영, 〈신화적 상징과 철학적 개념. 디오니소스와 디오니소스적인 것〉, 《니체연구》 12, 한국니체학회, 2007, 69~104쪽.

Wesche, T., *Kierkegaard. Eine philosophische Einführung,* Stuttgart: Reclam, 2003, pp. 163-212; pp. 107-124.

Behler, E., *Studien zur Romantik und zur idealistischen Philosophie,* Paderborn: Schöningh, 1988.

_____, *Studien zur Romantik und zur idealistischen Philosophie 2,* Paderborn: Schöningh, 1993.

Böhme, G., *Der Typ Sokrates,* Frankfurt a. M.: Suhrkamp, 1992, pp. 142-156, 185-197.

Cassirer, E., *Essay on Man*(1944); 최명관 옮김, 《인간이란 무엇인가?》, 서울: 서광사, 1989, 225~261쪽.

Schlegel, *Athenäum, Eine Zeitschrift von August Wilhelm Schlegel und Friedrich Schlegel,* ed. G. Heinrich, Leipzig: Reclam, 1984.

Schmitz, H., *Selbstdarstellung als Philosophie. Metamorphosen der entfremdeten Subjektivität.*, Bonn: Bouvier, 1995, pp. 27-61.

Schiller, F., *Über die naive und sentimentale Dichtung*, in: *Schillers Werke*, Bd.4, Frankfurt a. M.: Insel, 1966, pp. 287-368.

_____, *Über die ästhetische Erziehung des Menschen*(1795), 안인희 옮김, 《인간의 미적 교육에 관한 서한》, 서울: 청하 1995.

Jamme, Ch. & Schneider, H. (ed.), *Mythologie der Vernunft. Hegels "ältestes Systemprogramm des deutschen Idealismus"*, Frankfurt a. M. : Suhrkamp, 1984; 서정혁 옮김, 〈독일 관념론의 가장 오래된 체계기획〉, 《헤겔연구》 15호, 2004, 265~268쪽.

원준식, 〈아도르노 미학에서 미메시스와 합리성의 변증법〉, 《미학예술학연구》 26, 한국미학예술학회, 2007, 57~83쪽.

이민호, 《《아이러니의 개념》에 나타난 소크라테스〉, 《다시 읽는 키에르케고어》, 한국키에르케고어학회, 철학과현실사, 2003, 78~99.

이병진, 〈부정성의 미학과 현대예술—아도르노의 현대예술론〉, 《독일문학》 80, 한국독어독문학회, 2001, 152~182쪽.

전예완, 〈니체의 《비극의 탄생》에 대한 재고찰: "디오니소스"의 형이상학적 의미를 중심으로〉, 《미학》 47, 한국미학회, 2006, 137~178쪽.

Zovko, J., *Verstehen und Nichtverstehen bei Friedrich Schlegel*, Stuttgart-Bad Cannstatt: frommann-holzboog, 1990, pp. 42-49.

Szondi, P., *Poetik und Geschichtsphilosophie I*, Frankfurt a. M.: Suhrkamp, 51991, pp. 99-148

최문규, 〈초기낭만주의에서의 포에지 개념 연구〉, 《독일언어문학》 17, 한국독일언어문학회, 2002, 273~304쪽.

최민숙, 〈독일 전기낭만주의의 정치적 유토피아〉, 《독일문학》 제57호, 1995, 40~72쪽, 특히 56~65쪽.

Kant, I., *Immanuel Kant Werkausgabe*, ed. W. Weischedel, 12 Bde, Frankfurt a. M. : Suhrkamp, 1977.

_____, *Idee zu einer allgemeinen Geschichte in weltbürgerlicher Absicht*, in : Werkausgabe, Bd. XI p. 44.

_____, *Welches sind die wirklichen Fortschritte, die die Metaphysik seit Leibnitzens und Wolf's Zeiten in Deutschland gemacht hat?*(1804), in : Werkausgabe, Bd. VI pp. 585-676.

Kierkegaard, S., *Gesammelte Werke, 36 Abteilungen in 26 Bänden und 1 Registerband*, ed. E.

Polheim, K. K., *Die Arabeske. Ansichten und Ideen aus Friedrich Schlegels Poetik*, München/ Paderborn/Wien, 1966.

Pieper, A. *Søren Kierkegaard,* München: Beck, 2000, pp. 60-99.

Hirsch, H. Gerdes & H. M. Junghans, Düsseldorf/Köln 1951-1969, Reprint GTB, Gütersloh, 1979-1986.

_____, *Der Begriff Angst,* tr. u. komment. v. Hans Rochol, Hamburg : Meiner, 1984; 임규정 옮김, 《불안의 개념》, 한길사, 1999.

_____, *Die Wiederholung,* tr. u. komment. v. Hans Rochol, Hamburg : Meiner, 2000; 임춘갑 옮김, 《공포와 전율/반복》, 다산글방, 2007.

_____, 《이것이냐/저것이냐》, 임춘갑 옮김, 다산글방, 2008.

Habermas, J., Foster, H. (ed), 〈모더니티: 미완성의 기획〉, 《반미학》, 윤호병 외 옮김, 서울: 현대미학사, 1994, 35~40쪽.

하선규, 〈자연과 상상력의 자유로움〉, 《미학·예술학연구》 24, 한국미학예술학회, 2006, 16~21쪽.

_____, 〈칸트〉, 《미학대계 1권: 미학의 역사》, 서울대출판부, 2007, 303~327쪽.

아도르노 문화산업론 재고

바이마르/제3공화국과 미국의 문화 교류와 충돌의 관점에서

이 창 남

아도르노 '이전'과 '이후'의 문화산업론과 대중문화론

문화산업은 후이센Andreas Huyssen에 따르면 자본주의 사회의 구조 변화와 깊이 연관되어 있다. 경제와 문화를 토대와 상부구조로 분리해서 파악하던 마르크스적 자본주의에 대한 인식이 더 이상 통용되지 않는 국면을 문화산업은 드러내고 있기 때문이다.[1] 이러한 측면에서 벤야민과 프랑크푸르트 학파는 민감하게 문화와 경제의 결합을 진단했다. 특히 아도르노Theodor Adorno의 문화산업론은 노동과 상품에 관계된 경제적 관섬을 문화산업에 응용함으로써 적극적인 의미의 산업이 되어 가고 있던 문화에 대한 개념화를 수행했고, 마르크스와 루카치의 사물화 테제를 문화산업에 대한 설명에 전유하면서 문화산업의 획일화와 전체화에 대한 비판적 시각을 개척했다.

그러나 아도르노의 문화산업론은 문화산업과 대중문화가 전적으로 전체주의적 권력과 자본의 논리에 포획되어 있다는 관점에서 출발하고 있기 때문에 다소 경직된 측면이 없지 않다. 이는 아도르노 이후 자본과 권력의 식민화 과정에서 벗어난 (일상)생활 세계의 영역을 이론적 토대로 채택하여 일상 세계 대중들의 자발성과 소통 코드의 다양성을 주장한 대중문화론으로부터 거센 비판에 부딪히기도 한다. 아도르노 이후에 나타나는 이러한 비판적 시각은 이전에 아도르노와 벤야민의 논쟁적 접점에서부터 발아하여, 1950년대 이후 모더니즘의 발전과 문화산업 및 대중문화에 대한 담론이 팽창하면서 이 담론의 쟁점으로 부각됐다.

이 글에서는 아도르노 이전의 문화산업론으로 벤야민과 아도르노의 논쟁적 접점을 고찰하고, 아도르노 이후 70, 80년대 세르토와 피스크의 대중문화론을 중심으로 아도르노에 대한 비판적 논점들을 정리할 것이다.

---

[1] Huyssen, 21쪽.

특히 그동안 간과해 온 바이마르공화국과 나치의 미국 문화 수용과 관련하여 아도르노의 문화산업론을 재고할 필요가 있음을 시사하고자 한다. 기실 벤야민의 영화 이론이나 아도르노의 문화산업론 등은 20, 30년대 미국 문화 수용에서 나타난 독일과 프랑스의 사회문화적 대응들을 반영하고 있다. 이 두 이론가의 사상적 무게로 인해 연구사에서는 그 저변에 있는 이러한 대응들보다는 이들의 사상에 더 몰두했던 것이 사실이다. 이러한 경향으로 인해 비판 이론 속에 잠재해 있는 초국가적인transnational 문화 교류 혹은 충돌은 조명되지 못했다. 따라서 이에 대한 반성적 보완을 시도하고, 문화 교류가 일상화된 세계화 과정 속에서 비판 이론의 함의를 생각해 보는 것은 의미 있는 일일 것이다.

벤야민과 아도르노의 쟁점들: 자율적 예술과 영화

아도르노와 호르크하이머의 문화산업론을 당대적 관점에서 비교할 수 있는 우선적인 대상은 1930년대 벤야민Walter Benjamin의 〈기술복제시대의 예술작품〉이다. 아도르노 문화산업론의 주요 논점이 이 논문에 대한 비판적 언급들 속에 예시되어 있다. 잘 알려져 있듯이 벤야민의 〈기술복제시대의 예술작품〉은 '아우라 붕괴'라는 테제를 제기하고 있다. 아우라는 물론 예술에 국한되는 의미의 용어는 아니지만, 예술의 측면에서 볼 때 그것은 전통 예술, 즉 부르주아 시민예술의 이념들이 퇴색하고 기술적 잠재력에 기반한 새로운 예술 형식의 등장을 고하는 것이다.

벤야민은 아우라의 붕괴라는 테제를 통해서 전통 예술이 지닌 아우라가 현대에 파괴되고, 새로운 예술은 새로운 원리(가령 충격)를 따른다고 주장한다. 이러한 원리에 기초한 대표적인 장르는 영화이다. 영화는 당시 이것이 예술 범주에 포함되는지의 여부가 논란거리일 정도로 예술의 변방에 있던 새로운 예술 형식이었다. 영화는 새로운 기술적 기반을 활용하고, 광범위한 대중을 대상으로 하며, 일종의 산업이기도 하다는 점에서 전통적 예술과 상당한 변별성을 지닌다. 벤야민은 영화에 장르적 잠재력뿐만 아니라 해방의 잠재력까지 부여한다. 이에 대해 아도르노는 전통 예술뿐만 아니라 현대 모더니즘 예술에까지 전유되고 있는 예술의 자율성을 옹호하며 비자율적 예술, 가령 영화의 타율적 관계(가령 자본의 이해에 걸려 있는)를 좀 더 천착할 것을 요청한다.

그러한 자율적 고전 예술의 관섬에서 볼 때 영화는 그것이 예술인지의 여부조차 모호한 장르였다. 더욱이 영화는 식자들의 지식이나 취향과는 무관하게 대중을 겨냥하고, 또 기술적 복제 가능성과 집체적 제작 가능성 등으로 인해 근본적으로 작가는 천재, 작품은 완결적 세계라는 고전 예술의 양태와는 완전히 다른 형식이었음을 전제할 필요가 있다. "예전에 어떤 이념에 의해 지탱되던 작품이라는 관념은 그 이념과 함께 해체되어 버린다"(A 175)와 같은 아도르노의 진단에서 나타나듯, 미적 완결성을 견지하던 고전 예술의 형식인 "작품" 개념은 와해된다. 이는 아우라의 붕괴라는 벤야민의 테제와도 상응한다. 그러나 아도르노에 따르면 전통과 현대, 아우라의 유무로 자율적 예술을 판단하기는 어렵다. 왜냐하면 현대에도 예술 자체 기술성의 자율성을 지닌 자율적 예술이 존재하기 때문이다. 따라서 과거에서 현재로 이어지는 자율적 예술의 변증법적 전개를 간과하고 이분법적으로 자율적 예술을 신화적 아우라와 동일시하면서 그 자체의 진화를 간과하는 벤야민의 논문은 "보다 많은 변증법"(I.3, 1003)을 필요로 한다는 것이다.

이러한 논쟁점들에 이미 문화산업 및 대중문화와 관련한 주요한 대별점들이 나타나고 있다. 예술의 자율성을 견지하려는 아도르노의 태도 속에는 (일종의 자율적 예술이자 고급 예술에 속하는) 모더니즘 예술에 대한 긍정과 타율적인 것으로 파악되는 대중예술에 대한 비판적 입장이 뚜렷이 드

러난다. 이는 물론 아도르노가 (고급) 모더니즘 예술에서는 사회의 기만적
통합에 대한 저항적 가능성을 보는 반면, 문화산업의 자본에 포획된 대중
문화 상품에는 그러한 가능성을 두지 않는 데서 비롯된다.

　두 사람의 이러한 이론적 대별점은 전통과 현대라는 종적인 관계성 속
에서 우선 파악될 수 있고, 또 주로 그렇게 이해되어 왔다. 그러나 다른
한편으로 이를 동시대 '독일'과 '미국'이라는 횡적인 관계성 속에서 고려
해 볼 필요가 있다. 포드 시스템Ford system, 영화, 재즈 등은 당대 미국을
대표하는 일군의 기표들이며, 당시 미국은 "시민적 이상주의적 가치 체계
의 대항적 투사체"[2]로 작용했기 때문이다. 1920,30년대 일종의 "도전"[3]으
로 지각되던 미국과 미국 문화에 대한 대응의 측면에서 보면 문화산업에
대한 벤야민, 아도르노의 차이 혹은 동일성은 바로 문화 교류와 충돌의
정신사적 양상인 것이다. 70년대 이후 문화산업/대중문화론에서 아도르
노 비판이 주로 미국의 대중문화 이론가들을 중심으로 이루어진 것은 우
연이 아니다.

아도르노와 피스크의 쟁점들

1) 문화산업론과 대중문화론

〈기술복제시대의 예술작품〉에 대한 아도르노의 비판은 〈문화산업론〉에
서 문화, 특히 대중문화는 자본과 권력에 의해 완전히 침윤되었다는 관점
으로 발전한다. 이후 《미학이론》등에서 보듯이 그러한 전체주의적 체계
에 대한 저항의 잠재력을 그는 소위 자율성을 견지하고 있는 현대의 고전

2　Reithel, 87쪽

3　Reithel, 88쪽

적 작품들에서 본다. 그러나 대중문화와 대중예술에 대한 평가는 인색한데, 그것은 체계에 포획된 생활 세계와 대중들이 거기서 벗어날 수 있는 가능성을 고려하지 않기 때문이다.

이는 문화산업과 대중문화에 대한 아도르노의 다소 경직된 관점을 구성하고 있다. 아도르노 이후 문화산업과 대중문화에 대한 이론들에서는 이로부터 벗어나고자 하는 시도를 엿볼 수 있다. 대표적인 예로 미국의 대중문화 이론가인 피스크John Fiske는 '대량문화mass culture'와 '대중문화popular culture'를 구분한다. 대량문화가 산업에 의해 만들어지는 것이라면, 대중문화는 자발적 대중들의 문화이다. 이러한 구분을 통해서 피스크는 문화산업에 고착된 대중문화론의 논리를 극복하고자 한다. 그에 따르면 "대중문화는 대중에 의해 만들어지는 것이지 문화산업에 의해 만들어지는 것은 아니다." "대량문화는 존재하지 않는다. 존재하는 것은 다만 대량문화에 대해 쓸데없는 걱정을 늘어놓는 염세적 이론들뿐이다."(Fiske 259)

비록 피스크는 직접 아도르노를 겨냥하지는 않았지만, 20~30년대 독일에서 미국 문화 수용 시에 나타나던 미국 영화를 위시한 미국문화에 대한 문화비관론적 비판들(Kulturpessimistische Kritik)의 경향[4]은 70년대에도 존속했고, 이는 청년 지식인으로 바이마르공화국 시절을 보낸 아도르노의 미국적 대중문화에 대한 비판적 시각에도 상당한 영향을 주었다고 할 수 있다. 물론 아도르노 역시 《계몽의 변증법》(초판 47년, 재판 69년) 이후에 출간된 '문화산업 재고'라는 글에서 문화산업론은 대중에 의해 자발적으로 일어나는 문화운동과는 구분되어야 한다고 말한다.[5] 그러나 문화산업론과 대중문화론이 각각 중점을 두는 지점은 달라도 둘이 서로 교차되고 있다는 점을 간과할 수 없다. 말하자면 문화산업론은 대중에 대한 해석을,

---

[4] 이에 대해서는 Raithel, 2007, 92쪽 참조

[5] Adorno, *The culture industry*, 85쪽.

대중문화론은 문화산업에 대한 해석을 담고 있는 것이다. 그도 그럴 것이 대중을 기반으로 하지 않는 문화산업이란 있을 수 없듯이, 문화산업을 거치지 않는 대중문화도 예외적인 경우를 제외하면 생각하기 어렵다.

문화산업론과 대중문화론의 이러한 차이와 동일성을 염두에 둘 때, 아도르노의 문화산업론은 수용자 개인과 대중들보다는 문화산업의 배후인 체계에 집중한다고 할 수 있다. 이때의 체계는 미국식 포드 시스템으로 알려진 합리화와 표준화의 체계이다. 라이텔Thomas Raithel에 따르면, 1920년대 할리우드 생산품들은 독일에서 "위협적인 동일성의 지표Indiz einer drohenden Uniformierung"[6]로 인지되었다. 가령 "개인의 가상"이 있을 뿐 개인은 없다고 판단하는 아도르노의 입론은 바로 이러한 기술적·문화적 합리화와 동일성을 겨냥한다. 그 안에서 개인은 당시 미국적 대중의 표상으로 독일에 유포된 '틸러걸Tiller Girl'로 간주되는 것이다. "군대식 엄밀함military precision"으로 춤추는 잭슨걸, 틸러걸 등의 춤은 "미국식 스타일의 퍼포먼스Americanstyle performances"[7]로 크라카우어Siegfried Kracauer도《대중의 장식》(1927)에서 거론한 바 있는데, 이들의 동작은 대중을 상징하고, 이들의 춤은 바이마르공화국 시절 베를린 밤거리에 재즈와 더불어 흔히 볼 수 있었다.[8]

아도르노가 문화산업의 소비 주체를 단순한 수동적 반응자 정도로 혹은 문화산업에 아무런 저항 없이 포섭되어 그 논리를 재생산하는 타율적 주체로 간주하는 것도 이러한 꼭두각시와 같은 대중과 대중문화의 표상에서 비롯된 필연적 귀결이다. 문화상품의 생산자들은 소비 주체를 소외시키고, 현실을 거의 유사하게 재현하는 영화는[9] 수용자의 상상력의 개입을 허용하지 않는다.

---

[6] Raithel, 2007, 93 쪽

[7] Weitz, 2007, 272쪽

[8] Weitz, 2007, 50쪽

"소비자가 직접 분류할 무엇은 더 이상 남아 있지 않다. 생산자들이 소비자를 위해 그러한 분류를 다 끝내 놓았기 때문이다."(A 174-175)

반면 피스크에 따르면 "대중은 수동적인 집단처럼, 다시 말해서 소외된 비조직적 집단이나 일차원적 인간들처럼 행동하거나 생활하지 않는다". (Fiske 30) 대중의 자발성과 창조성에 기반한 이러한 입장은 필연적으로 다음과 같은 관점에 이른다. "대중문화 연구는 대중문화를 형성하는 문화상품에 대한 연구뿐만 아니라 사람들이 그 상품을 어떻게 이용하는지에 대한 연구도 함께 필요로 한다."(Fiske 22)

피스크의 이러한 논리에 따르면, 문화산업으로 생산된 문화상품은 그 수용자와 소비자의 입장에서 볼 때 창조적으로 변화시킬 수 있는 질료이다. 이 질료의 다양한 수용 양상의 예로, 〈람보〉는 레이건과 오스트레일리아 원주민들에게 모두 만족스러운 영화이지만 그 의미는 정반대라는 점을 들고 있다. 또 대중은 청바지를 찢거나 해지게 함으로써 천편일률적 균일성에 저항한다. 물론 이는 상품 생산자에게 다시금 수용되어 오히려 찢어진 청바지와 해진 청바지를 재생산하게 하지만, 상품 생산 체계를 수용하는 수용자의 자발성이 있다는 점을 지적하고 있다. 설사 체계의 지배가 가속화되어 사물들의 질서를 완전히 규정한다고 할지라도, "사물들의 질서가 개별 인간의 위치를 지시할 수 없다"(Fiske 57)는 것이다.

피스크가 들고 있는 람보, 청바지 등의 예는 전형적인 미국 문화의 사례이다. 좋은 사례일지는 미지수이지만, 피스크는 전 세계로 퍼지는 미국식 대중문화의 세계 '지배'보다는 지역과 지역민의 특성에 따른 '재창조'

---

9 벤야민이 영화는 그 고유한 기술적 잠재력을 활용할 뿐만 아니라 몽타주 원리들을 사용하는 현대적 장르로 파악하는 데에 반해 아도르노는 단순히 현실을 복제하는, 그리하여 현실과 영화 속의 현실이 다르지 않다는 것을 강조함으로써 이데올로기적 착시현상을 유발하는 장르로 파악하고 있다. 그에 따르면 영화에서 "현실은 도처에 모방적으로 유아적으로 구축되고 그대로 복제된다."(B 1.3 1004).

의 가능성에 더욱 무게를 둔다. 또한 프랑스의 이론가 세르토Michel de Certeau의 관점을 특히 전유하고 있는 바, 일상의 실천은 "체계의 내적인 조작internal manipulations of a system"으로 "언어와 정착된 질서의 조작"[10]으로 나타난다. 말하자면 설사 주어진 지배 체계가 있다고 하더라도 그 안의 활동이 늘 그 체계의 질서를 따라 이루어지지 않는다는 것이다. 이는 언어, 문화, 경제 전반에 걸쳐 나타나는 체계와 일상의 상이한 작동을 지적하는 것이다. 그런 점에서 볼 때 다음 인용과 같이 개인을 체계의 그림자로 파악하는 아도르노는 문화상품의 다양한 소비 방식들과 그 안에 나타나는 주체성의 발현을 거의 간과하고 있는 듯 보인다.

> "개인은 겉보기에는 자유를 갖고 있는 것 같지만, 사실은 사회라는 경제적·사회적 장치의 산물이다."(A 213)

이와 같이 전체화되고 획일화된 문화산업의 지배 속에 개인은 단순히 가상으로 나타난다. 문화산업 체계에 집중한 아도르노의 이론은 그 체계 바깥 일상의 다면성에 맹목적이 되기 쉽다. 피스크는 세르토에 근거하여 그러한 입장에서 대중문화를 문화산업론의 강박에서 풀어 놓으려 시도한다. 하지만 그 역시 수많은 대중들의 문화가 대량문화의 공세에 저항하는 방식은 의외로 소극적이고 집단적이지 못하다는 점은 부인할 수 없다.

세르토가 든 예처럼 사무실(지배질서)에서 연애편지를 쓰는 비서, 일터에서 상품이 아니라 집에서 쓸 물건을 제작하는 노동자[11] 등등의 활동이 체계에 저항적이라고 하기에는 너무 소극적이다. 과연 청바지를 찢고, 사무실에서 규정된 일과 다른 일을 수행하는 일상의 대중 활동이 어떻게 조

---

[10] Certeau, 24쪽.

[11] Certeau, 같은 책, 25쪽.

직적이고 전체적인 체계를 변화시킬 수 있는지 그 대답은 여전히 피스크와 세르토에게도 쉽지 않은 과제일 것이다. 다만, 이들은 적어도 대중문화를 체계 중심적 관점에서 일면화하지 않고 다면적 코드로 바라볼 여지를 만들고 있다는 점에서 아도르노 '이후' 문화산업론과 대중문화론의 주요한 비판적 계기를 마련했다고 하겠다.

2) 쾌락에 대한 저항과 저항적 쾌락

특히 쾌락은 문화산업론과 대중문화론의 가장 큰 쟁점이 되는 부분 가운데 하나이다. 아도르노 문화산업론과 그 '이전'과 '이후' 대중문화론도 이 지점에서 가장 첨예하게 맞선다. 아도르노에 따르면 "문화산업은 다른 무엇보다도 유흥산업이다." 게다가 거기에는 "유흥 이상이 되고자 하는 무엇에 대한" "적대감"(A 190)이 있다. 벤야민과의 논쟁 당시에 부르주아 문화와 대중문화는 '성찰적 사유'와 '유희적 오락'이라는 두 가지 대비적 개념 틀로 표면화된 바 있지만,[12] 아도르노의 문화산업론은 대중적 쾌락에 대한 비판적 수사들로 가득 차 있다. 〈문화산업론〉에서 이는 좀 더 변증법적인 인식으로 발전한다.

아도르노에 따르면 "문화산업은 …… 들뜬 재미에 바쳐진 성전"(A 198)으로 욕구를 충족시키기보다는 욕구 충족의 불가능성을 습관화함으로써 불구화한다. 체계의 지배 속에 참된 의미의 욕구 충족은 불가능하다. 아도

---

[12] 이러한 영화의 수용과 관련하여 대중문화 일반에 대한 두 사람의 태도에 분명한 차이가 드러나는 데, 벤야민이 영화에 부여하는 '정신분산적'효과는 전통 고급예술의 수용에서 나타나는 '집중'과 크게 대별되는 것으로 이는 단순히 영화수용의 매커니즘을 지적하는 것을 넘어서서 문화정치적인 함의를 지닌다. 즉 벤야민이 부르주아적 개체성의 와해를 위해 19세기 부르주아들의 교육학적 권고사항이었던 '집중'에 대비적인 '분산'을 영화의 수용 매커니즘의 중심으로 설정한 것은 일종의 부르주아적 "내면성의 탈구조화"를 수행하고자 하는 문화정치적 의도를 깔고 있다. 이를 통해 벤야민이 일종의 사회변혁의 가능성을 설정하고자 한 반면, 아도르노는 그러한 분산적 유희의 변혁가능성의 설득력에 회의를 표명하면서 (B I.3, 1004) 오히려 영화관객의 웃음을 시민적 새디즘으로 규정한다.(B I.3, 1003). 그에 따르면 "오락이 약속해주고 있는 해방이란 부정성을 의미하는 사유로부터의 해방이다."(A 200). 정신분석적 오락과 집중적 사유의 문화정치적 함의에 대해서는 이창남 (2007), 232~235쪽을 참조할 것

르노는 오히려 그러한 불충족의 비극을 비극적으로 드러내는 예술에 어떤 진정성이 있다고 판단하는 반면, 문화산업이 조장하는 웃음은 화해를 가장한 것에 지나지 않는다고 본다. 욕구 충족, 웃음 등은 진정한 의미에서 사회적 화해가 이루어지지 않은 상태의 화해에 대한 가상이며, 패러디에 불과한 것이다. 이러한 층위에서 문화산업이 만든 대중예술은 즐거움과 충족을 가식적으로 연기하면서 일종의 "쾌활한 거세"(A 196)를 수행한다.

아도르노의 이러한 비판의 이면에는 꿈으로 사람들의 욕구를 간접 충족시키면서 이데올로기적 위안의 역할을 수행하는 미국식 드라마와 영화에 대한 부정적 인식이 깔려 있다. 20~30년대 독일에서 상연된 미국 영화는 전체의 44.5퍼센트였고, 프랑스에서 상연된 미국 영화는 약 78.6퍼센트였다.[13] 상대적으로 독일에서의 상연 횟수가 적지만, 프랑스에서는 프랑스 영화의 자기방어적 담론이 나타나고, 독일에서도 그와 유사한 반응들이 드러나기 시작한다. 특히 벤야민이 영화에 대한 비판자로 인용한 바 있는 뒤아멜Georges Duhamel도 30년대 이러한 문화 교류와 충돌 속에서 미국 문화의 비판자 역할을 수행했다. 크라카우어 역시 당대 〈가게 여종업원이 극장에 간다〉라는 글 등 일련의 에세이를 통해서 꿈의 산업으로서 미국식 영화에 대한 회의적 시선을 던진다.

베를린 밤거리 바에서 주로 들려오던 재즈도 이국적 문화의 일종으로 20~30년대 일종의 충격으로 다가와 독일인들을 매료시켰다. 미국적이면서 아프리카적인 이 음악은 동시에 도시의 소음과 같으면서도 원시적인 자연의 대변인과 같은 의미론적 이색성을 띠었다.[14] 아도르노에게는 멀리서 어렴풋이 들리는 사이렌의 노랫소리였을 것이다. 자연과 닮은 그 음악에 도취하면서, 동시에 근원적인 자연적 욕구 충족으로부터 '책략적으로'

---

13 Raithel, 2007, 92 쪽 참조

14 Weitz, 2007, 51쪽 참조

괴리된 상태에서 현대 대중은 오디세우스와 그의 부하들처럼 목적합리적 노동의 결과물인 상품의 바다로 나아간다. 여기서 문화상품들은 일시적이고 표면적인 충족을 수행할 뿐 진정한 의미의 충족을 오히려 차단하고 불구화한다. 그럴 것이 아도르노에 따르면 "후기자본주의에서 유흥은 일의 연장"(A 191)에 불과하며, 문화상품을 소비하는 그 여가는 노동을 위한 재생산의 시간일 따름이기 때문이다. 말하자면 그것은 진정한 의미의 자유도 향유도 아니다. 자유의 여신은 곧 속박의 여신이기도 한 것이다.

반면 피스크는 로큰롤과 같은 데서 느끼는 쾌락을 머리가 아닌 육체적 쾌락으로서 "물리적, 도피적, 공격적 쾌락을 준비하기 위해 이용된다"(Fiske 71)고 평가한다. 사유가 아닌 몸의 쾌락을 긍정적으로 평가하면서 그 쾌락에 정치적 저항성도 부여한다.

> 대중의 쾌락은 저항의 쾌락이다. 다시 말해서, 권력권의 침략주의에 대항하는 대중의 문화적 영토를 유지하고 있는 한, 대중의 쾌락은 저항적인 것이다.
> (Fiske 74)

쾌락 자체는 저항적이거나 순응적이라고 하기 어려운 성질의 것이다. 그러나 지배에 순응하는 쾌락이 있는 만큼 지배에 저항하는 쾌락도 있다는 것이 피스크의 논지다. 또한 쾌락을 향유할 수 있는 능력은 곧 대중의 자발성과 자존의 반증이기도 하다. "쾌락은 바깥에서 대중에게 전달되는 것이 아니다. 쾌락이 생산되기 위해서는 활력과 자존심이 필요하"(Fiske 75)기 때문이다. 쾌락을 느끼는 주체의 자발성을 강조하는 피스크의 이러한 주장은 즐거움과 충족의 범위마저 사전에 결정되어 피동적 대중에게 주어진다는 아도르노의 테제(vgl. A 197)와 근본적으로 상충한다.

피스크가 긍정하는 쾌락의 범위는 여기서 한 걸음 더 나아가, 그는 가령 사회질서에서 완전히 도피하는 즐거움을 롤랑 바르트에 근거하여 '환락'이라고 정의하는데, 이 "도피적 쾌락은 활기와 힘을 생산하며, 이는 자아의 의미(저항적일 수도 있는)와 그리고 경우에 따라서는 정치적으로 능동적인 저항의 결실일 수도 있는 자아의 사회적 관계를 생산하는 토대가 된다"(Fiske 75)고 주장한다.

3) 체계의 강박과 수용자의 브리콜라주

아도르노와 피스크의 상이한 관점은 문화상품을 생산하는 거시적 체계에 집중한 관점과 그 다층적 수용을 검토하는 미시적 일상에 집중한 관점의 차이에서 비롯된다. 이러한 차이는 미국식 대중문화에 대한 상이한 해석으로 이어진다. 《계몽의 변증법》 재판이 출간되던 60년대 말 무렵에 르페브르와 세르토 등에 의해 '일상'이 새로운 패러다임으로 부각되기 시작하고, 그 이론적 입론을 전유하는 피스크의 입장은 어떤 의미에서 아도르노의 체계 비판적 시각이 역설적이게도 피할 수 없었던 체계 중심적 사유로부터 자유롭고 역동적인 면모를 보인다. 피스크 역시 미국의 문화산업을 그 자체로 긍정하기보다는 일군의 프랑스 이론가들이 주창하는 미시적 생활 세계의 역동성에 대한 인식을 전유하여 대중과 대중문화가 체계의 그림자로부터 자유로울 수 있는 가능성에 주목한다.

> 과거에는 너무나 많은 이론들이 재정적 경제와 부르주아 비평산업 양쪽 모두의 특징이라고 해야 할 중앙집권화된 생산을 주목해 왔으며, 전혀 다른 종류의 생산이라고 해야 할 소비의 부단하면서도 조용한 활동에 대해서는 무시해 왔다. (Fiske 206)

가령 텔레비전 프로그램의 소비에서 대중의 시청은 "선택적"이고 "불규칙적"이다. "이와 같이 선택적이고 삽화적인 시청은 텍스트에 구성되어 있는 그 이데올로기와 사회적 의미에 대해 저항하거나 아니면 최소한 그것을 피해 가는 하나의 방법이다."(Fiske 210) 또 피스크에 따르면 "텔레비전은 사람들이 원하는 대로 사용하는 문화적 자원이지, 사용자의 용도를 지시하면서 그를 지배하는 문화적 전제군주가 아니다".(Fiske 223) 왜냐하면 "텔레비전, 서적, 신문, 음악, 영화 등이 대중적인 까닭은 부분적으로 그 본성이 미디어처럼 사람들에게 그들이 사용하고 싶은 방식대로 사용할 수 있도록 하기 때문이다".(Fiske 230)[15]

피스크에게 문화산업으로 만들어진 매스미디어의 생산품들은 대중의 '기습적이고 무단침입적' 독서가 이루어지는 문화적 자원일 뿐이다. 그가 또한 참조하고 있는 스튜어트 홀Stuart Hall의 접합이론에 따르면 문화상품을 일종의 텍스트라고 할 때 그 "텍스트가 언명하는 것은 텍스트와 독자 사이에서 형성되는 연결 고리를 결정하고, 제한하고, 영향을 미치지만, 연결 고리 그 자체를 만들어 내거나 통제할 수는 없다. 이를 할 수 있는 것은 오직 독자들뿐이다".(Fiske 213)

여기서 "대중의 생산성은 자본주의의 문화상품을 브리콜라주 형태로 재결합하고 재활용하는 지속적인 과정이다".(Fiske 218) 브리콜라주는 "자신들의 직접적인 욕구에 대응하는 물체나 기호, 의식을 만들어 내기 위해 손수 여러 가지 재료나 자원을 결합시키는 원시인들의 일상적 실천"(Fiske 218-9)에 비유되고 있다. 문화산업의 문화적 자원에 대한 대중의 수용은 그와 같은 조합적 창조성을 지니는 것이다. 일상의 발견에 기초한 이러한 논점들은 지배적인 경제 질서 안에 "다른 유형의 경제가 있고" 소위 "선물의 경제학"[16]이라고 불리는 '수익을 지향하지 않는 활동'이 있는 것처럼 문화산

---

[15] 이는 "시청자들의 언어는 아직 설명이 불가능한 뉘앙스에 이르기까지 그 어느 때 보다도 강렬하게 문화산업에 의해 채색되고 있"(A 227)고, "항상 경제적인 압박의 뒷면을 이루어왔던 이데올로기 선택에 있어서의 자유는 모든 분야에서 항상 동일한 것을 선택하는 자유임이 증명된다."(A 227)는 아도르노의 관점과 근본적으로 대별된다.

[16] Certeau, 26쪽.

업의 체계로부터 일상의 창조적 활동을 긍정하는 방향에서 이루어진다.

수용자 대중에 대한 아도르노의 다소 경직된 입장은 하버마스Jürgen Habermas가 지적하듯이 1940년대 나치즘에 대한 역사적 경험에서 유래한다. "대중의 주관적 본성은 저항 없이 사회적 합리화의 소용돌이 속에 빨려 들어갔으며, 대중의 주관적 본성은 그러한 합리화 과정을 저지한다기보다는 오히려 가속화시키고 있다는 점"[17]이 대중에 대한 이들의 인식의 근저에 있다.[18] "총체적 국가를 위해 동원된 소시민의 가학피학성 변태성욕"[19]은 이미 벤야민과의 논쟁에서 영화를 보고 즐기는 관객의 웃음이 "새디즘"이라는 아도르노의 지적에서 나타난 바와 같이 결코 소박하게 예단할 수 없는 대중심리의 어두운 측면을 이루고 있다. 또 후이센에 따르면 《계몽의 변증법》 속의 문화산업에 관한 장을 베버의 합리주의 이론과 루카치의 상품 물신에 대한 《역사와 계급의식》 속 논의에 대한 답변으로 읽을 수 있고, 여기서 물신화를 극복하는 것으로 설정된 프롤레타리아 대중에 대한 루카치의 신뢰에 대한 거부가 공식적으로 드러난다.[20]

대중에 대한 아도르노의 인식을 나치 시대 부정적 대중에 대한 역사적 경험(하버마스), 프롤레타리아에 대한 지성사적 인식의 차이(후이센)를 근거로 제시하는 이러한 설명들 속에는 그러나 소위 횡적 문맥, 즉 바이마르공화국과 나치 시대 미국과 독일의 문화 교류와 충돌의 문맥이 나타나지 않는다. 여기서 다시 환기시킬 수 있는 것은 아도르노의 입장은 미국식 대중문화와 문화산업에 대한 강력한 비판이 추동력이 되고 있다는 점이다. 더욱이 설사 아도르노가 합리성의 문제에서 베버를 위시한 지성사

---

[17] Habermas(1995), 411~412쪽.

[18] "농부, 중간계층의 수공업자들, 개인상인들, 아낙네들과 중소기업가들 … 이러한 그룹의 적극적인 지원이 없었더라면, 나치는 결코 권력을 장악하지 못했을 것이다."(앞의 책, 413쪽)

[19] 앞의 책, 414쪽.

[20] Huyssen, 23쪽.

적 전통의 영향 속에 있다고 할지라도, 그것이 극적으로 부정적 형식으로 외화된 예는 미국의 포디즘Fordism으로 대표되는 사회 체계의 합리화이다. 이러한 합리화는 히틀러가 열광했던[21] 미국 문화의 일부이며, 동시에 아도르노가 꾸준히 비판했던 미국의 "도전" 가운데 하나였던 점을 여기서 상기해 볼 수 있을 것이다.

이와 같이 초국가적인 횡적 문맥 속에서 아도르노의 문화산업론을 재고할 때, 대중에 대한 불신보다는 오히려 다소 과도한 자기방어적 문화 보수수의적 태도가 문제적으로 거론될 수 있다. 이러한 태도가 결국 문화적 유행에 대해 '비판적 의식'이 첨예하지 않은 대중에 대한 불신으로 나타나기도 하는 것이다.

다른 한편 아도르노 '이후' 피스크의 대중문화론도 일상 세계 대중들의 역량은 평가하면서도 이들의 활동이 어떻게 체계의 긍정적 변화를 수행할 수 있을지에 대해서는 충분한 답변을 제시하지 못한다. 이 양자 사이의 해석의 거리를 좁히기는 쉽지 않지만, 거기서 표면화되는 쟁점은 문화산업과 대중문화에 대한 문화정치적 성찰에서 주요한 관건이 될 수 있다. 특히 문화 교류가 전지구화되고 일상화되는 오늘날의 시점에서 많은 숙고의 여지를 남긴다.

문화산업의 전지구화와 문화적 경계의 해체 속에서

아도르노의 문화산업 비판과 그 이후 대중문화에 대한 긍정적 입론들은 일정한 접점을 만들지 못하고 평행선을 달리는 양상이다. 여기서 비록 본격적인 의미의 문화산업론자는 아니지만 70년대 유럽의 지성사적 문맥에

---

[21] Raithel, 90쪽

서 일상과 체계 사이의 중간 지대를 이론적으로 개진하는 하버마스의 입장을 잠시 고려해 볼 수 있다. 우선 그에게 일상은 체계의 피안은 아니다. 왜냐하면 일상(생활) 세계는 체계에 의해 식민화되기 때문이다. 그럼에도 불구하고, "돈이라는 매체가 행위조합의 메커니즘인 언어적 상호양해를 대체하지만, 대중소통의 매체는 여전히 언어적 상호양해에 의존한다"[22]는 그의 주장에서 읽을 수 있듯이 식민화하는 체계의 저편에 여전히 소통의 합리성은 존재한다고 본다. 원래 화폐나 권력의 체계는 생활 세계에서 배태되지만, 상대적으로 자립화하면서 체계의 명령이 생활 세계에 침투한다.[23] 이 침투는 그러나 하버마스에 따르면 제한적이다. 그는 사물화하는 체계의 지배를 한정적으로 제한하면서 대중들의 소통 가능성을 열어 두고자 한다. 또한 앞서 잠깐 살폈듯이 아도르노와 호르크하이머의 관점을 역사적으로 일회적인 경험의 문제로 국한하면서 이들의 체계 강박으로부터 벗어나고자 한다.

그러나 하버마스는 전지구화의 정치적·사회적·문화적 쟁점들을 논의하는 자리에서 일부 아도르노가 제기한 문화의 전체화와 동일화의 과정에 대한 진단을 전유하기도 한다.

세계시장, 대중소비, 대중 커뮤니케이션, 대중관광은 미국 주도 하에 형성된 대중문화의 확산을 양산한다. 같은 종류의 문화소비상품, 소비 스타일, 똑같은 영화, 방송 프로그램, 유행가가 지구 전역 곳곳에 퍼지게 된다. 똑같은 팝, 테크노, 진의 유행이 일어나고 이것이 가장 멀리 떨어져 있는 지역에조차 청소년들의 의식을 형성시킨다. 같은 언어(영어), 각각의 형태로 동화된 영어는 비동시성의 강요된 동시성을 위해 박자를 맞춘다. 상업화된 통일문화의 외관은 단

---

22 Habermas(1995), 415쪽.
23 박영도, 216쪽.

지 낯선 지구의 한 부분만의 문제는 아니다. 그것은 서구 국가에서도 국가 간의 문화적 차이를 제거시킴으로써 강한 고유의 전통들을 점점 약화시킨다.[24]

전지구화 시대에 문화산업의 생산과 유통이 특정한 국가들의 독점적 구조에 의존하고, 소비자 대중들의 자발성까지도 조작적으로 문화자본에 의해 견인되고 있는 상황에서 아도르노의 문화산업론은 이를 다시 한 번 긍정적으로 전유할 가능성을 드러내고 있는 것이다. 하버마스의 이와 같은 언급이 사실상 바이마르공화국 시대 미국 문화 비판자들의 언급들의 후렴구처럼 들리는 것도 우연이 아니다. 가령 독일 시인 고트프리트 벤 Gottfried Benn은 1928년 한 인터뷰에서 이렇게 말한다. "맨해튼이라고 쓰면 한 편의 시를 썼다고 생각하는 일군의 시인들이 있다. 애리조나의 벽돌집에서 플롯이 진행되도록 하고, 탁자 위에 위스키 한 병이 놓여 있게 하면 현대 드라마를 썼다고 생각하는 일군의 드라마 작가들이 있다. 전체 젊은 독일 문학은 1918년 이래로 모든 영혼의 문제를 강조적으로 거부하면서 템포, 재즈, 키노, 기술적 활동 등을 키워드로 작업하고 있다."[25]

바이마르공화국과 제3공화국 시절 미국 문화는 이처럼 키치화되어 갔고, 아도르노를 위시한 이후 비판에 이르기까지 이러한 문화적 독점과 재생산 구조는 문제적으로 비판받았다. 실상 전 지구적인 관점으로 시야를 확대해 볼 때 문화산업의 독점적 구조는 상당히 심각하다. 영화 제작 편수와 시장 규모 면에서 미국이 전세계의 40퍼센트를 차지하며 압도적인 우위를 보이고, 일본, 프랑스, 영국, 독일 등이 그 뒤를 잇고 있다.[26] 전통적인 산업 영역의 위계 구조가 문화산업에서도 재현되는 국면이다. 이러

---

[24] Harbermas(2001), 114~115쪽.

[25] Nach Schütz, Erhardt, 73쪽

[26] 김재범, 73쪽 참조.

한 독점 구조는 하버마스의 표현대로 "국가 간의 문화적 차이를 제거시킴으로써 강한 고유의 전통들을 점점 약화시킨다". 그나마 문화적 경쟁력을 조금이라도 갖춘 국가들은 민족주의적이고 국가주의적인 문화 팽창 전략과 맞물려 문화산업 육성론을 제기하기도 한다.

그렇다고 해서 정치경제적 영역의 개방적 환경이 도래하고, 문화적 환경도 잇달아 전지구화되어 가는 현실에서 폐쇄적인 자국문화중심주의에 머무는 것도 시대착오적일 것이다. 미국 문화의 강력한 비판자였던 아도르노가 미국으로 망명을 떠나고, 미국식 합리화에 열광한 나치가 미국에 의해 패망하는 것은 아이러니일까. 이는 "아메리카" 혹은 "아메리카주의"는 단선적으로 파악될 수 없는 다차원적 의미군을 거느리기 때문이다.[27] "합리화, 근대화, 대중화, 통속화 등 오늘날에도 진행되고 있는 시대의 혼종적 기표들 속에서 그것은 복합적으로 작동하고 있다. 그리고 그 기표들 사이에는 문화 교류와 충돌의 초국가적인 긴장이 잠재하고 있다.

잠정적 결론, 트랜스내셔널 문화 연구

아도르노의 문화산업론을 위시한 소위 '대가'들의 사상도 독일의 지성사적 전통 속에서만 바라보면 올바로 평가될 수 없다. 일국적 시야 속에서는 그 저변에 흐르는 횡단적 문화 교류와 충돌의 단면들이 쉽게 가려진다. 이 글은 그러한 문제의식에서 아도르노의 문화산업론을 재고하고자 한 시론이다. 실제로 아도르노와 피스크 사이의 간극에서 나타난 문화산업과 대중문화에 대한 쟁점들은 세계화와 국가, 지역 문화의 관계성과 관련

---

[27] 바이마르 공화국시대에도 이러한 모순적 딜레마가 나타난다. 당대 루돌프 카이저에 따르면 "아메리카주의는 유럽의 새로운 키워드이다. 대부분의 키워드들과 마찬가지로 그것이 의미하는 바는 사람들이 많이 사용할수록 더욱 오리무중이 되는 것이다."(Reithel, 83쪽)

한 현재적 논의들 속에서 더욱 첨예하게 나타나고 있다.

톰린슨John Tomlinson이 잘 정리하고 있듯이, 한편에서는 "세계적인 문화적 지배"를 강조하면서 문화적 획일화를 비판하고 있고, 다른 한편에서는 "성찰적인 문화 행위 주체"의 자발성과 다원성을 강조하면서 그러한 문화 제국론을 견제하고 있다.[28] 말하자면,

> "세계화는 승자와 패자가 존재하는 불평등한 과정이다. 그러나 잊지 말아야 할 것은 세계화는 서구의 단선적 진보로 이해되기에는 너무도 복잡한 과정이다."(톰린슨 139)

소위 서구에서 과거 독일의 위치가 서구/아시아와 일견 유비적 관계성 속에서 생각되어 온 것도 사실이므로, 오늘날 우리가 당면한 세계화의 쟁점들과 무관하지 않다. 특히 문화상품은 세계 자본주의의 획일화하는 속성을 지니는 대상이므로 문화적 지배와 식민화론의 요체가 된다. 문화 일반의 현안을 '문화상품'을 프리즘으로 하여 바라보는 것은 명시적으로 한계를 지닌다. 마찬가지로 글로벌화를 세계자본주의의 전개와 동일시하는 것 역시 제한적인 시각이다.

이제 나타나고 있지만, 아직 예단하기 어려운 "어떤" 세계문화에 대한 상상이 구성되어 가는 것이듯, 국가 문화의 정체성도 영토적 경계 속의 문화적 상상을 통해 구성된 것이다. 그 두 축 사이 편향되지 않는, 비판적 성찰과 창조적 상상 속에 초국가적 문화 연구의 한 가지 방향이 있지 않을까. 아도르노의 문화산업론과 그에 이은 현대 대중문화론들이 초국가적인 횡적 축을 통해서 재고되어야 할 필연성도 거기에 있을 듯하다.

---

[28] 톰린슨, 142쪽

■ 참고문헌

김재범, 《문화산업의 이해》, 서울경제경영 출판사, 2005.

Raithel, Thomas, "America" als Herausforderung in Deutschland und Frankreich in den 1920er Jahren. In: *Themenportal Europäische Geschichte,* 2007.

박영도, 〈하버마스의 후기 자본주의론 : 그 통찰과 맹점〉, 《하버마스의 사상》, 나남출판사, 2001.

Benjamin, Walter, *Gesammelte Schriften* Bd. I.3. F/M, 1991.

Certeau, Michel de, *The Practice of everyday life,* London, 1984.

Schütz, Erhardt, *Die Romane der Weimarer Republik,* München, 1986.

Adorno, Theodor W., *The culture industry,* London, 1991.

_____, 《계몽의 변증법》, 문예출판사, 1996.(축약: A)

_____, 《미학이론》, 문학과지성사, 1993.(축약: AT)

Weitz, Eric D., *Weimar Germany,* Princeton University Press, 2007.

이창남, 〈벤야민의 인간학과 매체이론의 상관관계〉, 《독일언어문학》, 2007.

장 보드리야르, 《시뮬라시옹》, 민음사, 1994.

존 톰린슨, 《세계화와 문화》, 나남출판, 2004.

존 피스크, 《대중문화의 이해》, 경문사, 2002.

Featherstone, Mike, *Consumer Culture and Postmodernism,* London, 2009.

Habermas, Jürgen, *Die postnationale Konstellation und die Zukunft der Demokratie.* F/M, 2001.

Jürgen Habermas, 《소통행위 이론》, 의암출판사, 1995.

Huyssen, Andreas, *After the great divide-modernism, mass culture, postmodernism.* Bloomington, 1986.

3

미디어 리얼리티는
과연 리얼한가?

김 재 희

리얼리티 쇼의 실재성

우리가 텔레비전이나 인터넷을 보면서 통상 사용하는 '리얼하다'는 야릇한, 우리말도 영어도 아닌 표현은 우리말로 '사실적' 또는 '현실적'임을 의미한다. '사실적寫實的'이라는 것은 '사물을 있는 그대로 그려 내는'을 뜻하고, '현실적現實的'이라는 것은 '현재 실제로 존재하거나 실현될 수 있는'을 뜻한다. 그리고 원래 영어 '리얼real'이 '사물thing'을 뜻하는 라틴어 'res'에서, '리얼리티reality'는 이 'res'에서 파생된 'realitas'에서 비롯되었다는 점을 고려하면, '리얼하다'는 말은 '사물 그 자체,' 상상이나 환각이나 조작에 의해 허구적으로 만들어진 것이 아니라 '진짜 있는 것'이라는 의미를 함축한다. 요컨대 '현재 실제로 주어져 있는 것을 아무런 조작 없이 있는 그대로 그려 내는 것'이 '리얼하다'는 것이다. 따라서 생방송, 실시간 뉴스, 미리 짜 놓은 대본 없이 전개되는 리얼리티 쇼 등 대중매체가 제공한다는 리얼리티는 '현재 카메라 앞에서 일어나고 있는 일을 허구적인 설정이나 편집 등의 인위적인 조작 없이 그대로 보여 준다'는 것을 의미한다.

그런데 어떤 사물이나 사건의 현재 주어져 있는 모습, 현재 내 눈앞에 또는 카메라 앞에 나타나 있는 모습이 과연 이 사물이나 사건의 '진짜' 모습일까? 아직 또는 미처 나타나지 않은, 그리고 장차 나타날 모습은 진짜가 아닌 것일까? 내 눈이 또는 카메라가 현재 포착한 모습이 예측할 수 없는 방향으로 움직이거나 변화하는 도중의 사물이나 사건의 한 측면이라면, 이 모습은 과연 그 사물이나 사건의 '진짜' 모습이라 할 수 있을까? 또, 진짜든 아니든 현재 내 앞에 놓여 있는 사물이나 펼쳐지는 어떤 사건을 내 눈이나 카메라는 과연 '있는 그대로' 보고 있기는 한 것일까? 맨눈으로 보느냐 카메라로 보느냐에 따라서, 또 상하좌우 어떤 위치에서 보느냐에 따라서, 심지어 어떤 심리 상태로 보느냐에 따라서도 사물 그 자체는 항상 달리 보이지 않는가.

철학적 관점에서 말하자면, '리얼 또는 리얼리티'는 우리말로 통상 '실재實在'라 번역되는데, 이는 단순히 겉으로 드러난 모습에 지나지 않는 것 appearance이나 눈앞에 나타나 있는 것phenomenon을 뜻하는 '현상現象'에 대립한다. '현상'에는 대개 오류, 환영, 상상, 가상, 가능, 추정 등 사유 작용으로 만들어진 상대적이고 주관적인 산물들이 속하고, '실재'는 이런 것들에 대립하는 것으로서 사유 주체의 견해나 믿음이 어떻든지 간에 이와는 독립적으로 그 자체로서의 고유성이나 자율성을 지니고 있는 사물 자체나 사태 자체의 참된 존재 양상, 허구나 허위가 아닌 원본적인 것을 일컫는다. 요컨대 실재는 한갓된 외양이나 가상假象 배후의, 또는 이면의 진상眞相 또는 실상實相인 것이다.

그런데, 이 실재란 개념이 사실 그리 간단명료한 개념이 아니다. 하나의 개념이라는 것이 원래 설정된 문제 지평에 따라 그 정의定義와 사용 규정 자체가 달라지는 것이고, 따라서 그 내포와 외연이 유연하게 변할 수 있는 것인데, 기실 철학사를 통틀어 '실재란 무엇인가?'라는 문제 자체가 직접적으로, 심지어 동일하게 제기된 적이 없고, 또한 철학자들이 각기 다른 문제 설정과 그에 따른 고유 개념들을 발명하면서 이 실재의 문제를 여러 각도에서 조명하기 때문이다. 외양이나 가상으로서의 현상은 무엇이며, 겉으로 드러나지 않고 감추어져 있는 진상으로서의 실재는 무엇인지, 어떻게 현상 배후의 실재를 인식할 수 있는지에 대해 철학자들마다 자기만의 해답을 제시한다는 점에서, 특히 무엇의 실재성에 관심을 가졌느냐에 따라 시대적인 쟁점들도 다르다는 점에서, 철학의 역사는 그야말로 버라이어티쇼를 방불케 한다. 그러나 구체적인 해답에서의 차이에도 불구하고, 현재 눈앞에 보이는 것만이 전부는 아니라는 생각, 현상을 가능하게 한 배후의 실재에 대한 관심, 왜 이런 현상이 나타났는지, 현상의 가변성이나 허구성을 해명하고 구제하려는 진지한 노력, 현상과 실재의 관계에 주목하는 사유의 유형 자체는 '철학'이라는 것을 관통하는 또는 '철학적인 것'을 특징짓는 고유성임이 틀림없다.

이 점에서 보자면, 대중매체가 보여 주는 '리얼'은 여전히 '현상'에 속하는 것일 수 있다. 대중매체는 미리 계획된 각본에 따라 인위적으로 조작하지 않았다는 점에서 '있는 그대로의 자연스러운 현실'을 리얼한 것으로 제시하는데, 철학자의 시선은 사실 바로 그 '자연스러운 현실' 자체를 가능하게 하는, 그 배후의 '진정한 실재'에 가 있기 때문이다. 진정한 실재가 이 경험적 현실에 초월적인 것인지 또는 내재적인 것인지에 따라 철학적 입장의 차이는 있겠지만, 초월적인 것이든 내재적인 것이든 현재 경험적으로 주어진 현상을 가능하게 하는 배후의 진정한 실재를 찾는 것이야말로 리얼리티를 바라보는 대중매체의 관점과 근본적으로 구분되는 철학적 관점이다. 철학의 시선에서는 대중매체가 리얼하다고 제공하는 경험적 현실은 그 자체로 리얼한 것이 아니라 해명되어야 할 현상으로서 초월적이거나 내재적인 실재로 가능하게 된 효과나 파생된 표면에 지나지 않는다.

가시적인 것보다 더 리얼한 가지적인 것

현상과 실재의 관계를 가장 분명하게 철학적 문제로 설정한 철학자는 플라톤이라 할 수 있다. 플라톤은 감각적으로 경험되는 것Sensible보다 이성적으로 인식되는 것Intelligible이 더 실재적이라고 보았다. 감각적인 경험들은 사물의 참모습이 아니라 변화무쌍하고 모순적이기까지 한 외양들만을 제공하기 때문이다. 모네Claude Monet의 〈루앙 대성당〉 연작처럼 시시각각 달라지는 성당의 모습들 중 어느 것이 진짜 성당의 모습인지, 또는 왜 그것들이 모두 동일한 그 성당인지, 작고 어린 열 살짜리 소크라테스와 크고 늙은 쉰 살의 소크라테스는 어째서 동일한 소크라테스라 불리는 것인지, '호동이' '승기' '수근이' 등 천차만별로 생겼는데 왜 이들은 모두 동일하게 '인간'일 수 있는 건지, 보고 듣고 만져 보는 것만으로는 설명할 수 없다는 것이다. 감각 내용들로 이루어진 현상의 가변성과 다양성을 넘어서 이를 설명해 줄 수 있는 것이 바로 그 상이한 것들을 공통으로 묶어 줄 수 있는 '본질'로서의 형상이다.

이 본질적인 형상eidos을 일컬어 '이데아'라 부르는데, 이 이데아야말로 사물의 진정한 실재다. 이데아는 감각될 수 없고 오직 이성적 직관을 통해서만 추론될 수 있을 뿐이기에 경험적 차원을 초월해 있는 실재다. 감각적으로 경험되는 사물들의 다양한 모습은 영원불변의 자기동일적인 이데아를 각기 다른 정도로 닮거나 복사한 이미지eikon들이다. 이 이미지들을 다시 모방하여 제작한 회화나 조각, 또는 이 이미지들이 물 위에 비쳐 그려 낸 영상과 같은 상상적 환영phan-tasmata은 이데아를 전혀 닮지 않았지만 마치 닮은 것인 양 기만하며 사물의 본질을 파악하지 못하도록 방해하는 '시뮬라크라simulacra'에 지나지 않는다.

요컨대 플라톤의 관점에서는 우리 또는 대중매체가 '리얼'하다고 제시하는 경험적 현실이나 감각적 삶의 세계는 그 자체로 본질적인 실재 세계가 아니라 이를 닮은 이미지로서의 현상 세계에 지나지 않는다.[1] 게다가 텔레비전 화면에 나타난 영상들 자체는 오히려 추방해야 할 시뮬라크르들이다. 플라톤의 유명한 동굴 비유에 따르자면, 동굴 바깥에는 진정한 실재로서의 이데아들이 존재하고 동굴 안에는 이데아의 복사물인 사물들이 있는데, 우리는 동굴 벽에 어른거리는 이 사물들의 그림자들만 보도록 시선이 고정되어 있는 수인囚人들처럼 텔레비전 앞에 앉아 있는 셈이다.

---

[1] 플라톤의 초월적 실재를 경험적 세계에 내재하는 것으로 끌어내린 것은 아리스토텔레스이다. 아리스토텔레스는 보편 형상으로서의 이데아가 질료와 형상이 결합되어 있는 개별자들 안에 내재하는 것으로 보았다. 그러나 감각적인 것과 가지피지的인 것 중에서 여전히 가지적인 형상의 우위를 인정하고, 형상들 중의 형상인 부동의 원동자를 최고 실재로 간주했다는 점에서 플라톤주의를 벗어나지는 못했다.

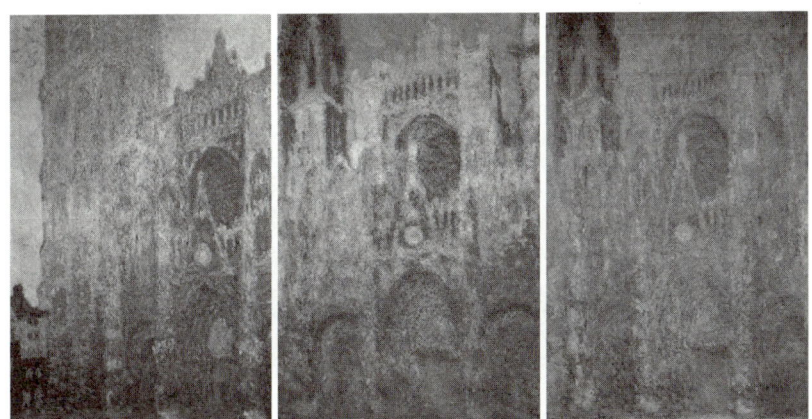

그림 3 클로드 모네의 〈루앙 대성당〉 연작.

외부 세계보다 더 리얼한 주관적 표상들

근대는 자연과학의 약진과 더불어 경험적 세계에 대한 관심이 증폭된 시대다. 경험적 현상들에 대한 자연과학적 설명이 설득력을 얻어 가자 이 현상을 가능하게 하는 초월적인 실재를 찾기보다는 자연과학적 설명 자체가 정당화될 수 있는지를 따져 보는 문제로 철학적 관심이 이동하게 된다. '무엇이 리얼한 것인가? 무엇이 사물의 참된 모습인가?'라는 존재론적 문제는 '외부 세계는 과연 우리가 인식하는 그대로 실재하는가? 우리는 우리의 주관 바깥의 세계를 있는 그대로 인식할 수 있는가?'라는 인식론적 문제로 전환된다. 관념론과 실재론의 대립은 '외부 세계'라 명명되는 경험적 사물들(자연과학적 탐구의 대상)이 인식 주관에 '독립적으로 실재'하느냐(실재론), 아니면 인식 주관에 주어진 '관념들만이 실재'하느냐(관념론)의 차이에 의거한다.[2] 고대·중세를 통해 폄하되어 온 감각적 경험에 충실하고자 했던 경험론은, 그러나 외부 세계의 실재성보다는 주관 속 관념들의 실재성을 입증하는 쪽으로 귀결하고 만다. 경험을 통해 우리가 알 수 있는 것은 오직 주관 안에 주어진 관념들뿐이고 그에 해당하는 외부 대상의 실재성 여부는, 심지어 자연과학적 법칙의 인과적 필연성에 해당하는 것조차도 확신할 수 없기 때문이었다.

칸트는 외양과 본질의 플라톤적 구분도 받아들이고, 자연과학의 성공을 고려하여 감각적 경험을 통하지 않은 인식은 불가능하다는 경험론적

---

[2] 근대에 관념론/실재론의 논쟁이 있다면, 중세에는 유명론/실재론의 논쟁이 있는데, 두 경우 모두 실재론의 의미를 혼동해서는 안 된다. 근대 실재론은 있긴 있는데 주관에 독립적으로 있는 것이냐가 문제라면, 중세 실재론은 없는 게 아니라 과연 있느냐가 문제. 신학의 시대인 중세에는 언어를 넘어선 보편자의 실재성에 관심을 가졌는데, 여기서는 감각적인 것과 가지적可知的인 것 중 어느 것이 더 리얼한 것인지가 아니라, 이데아와 같이 사물들의 공통 본질을 나타내는 '보편자'가 '단지 이름뿐인 것'이 아닌 '실제로 있는 것'인지, 과연 리얼한 것인지를 논의하는 것이었다. 실제로 존재하는 것들은 '동건'이나 '태희' 같은 개별자들이지 '인산'이 아니기 때문에 '인간'이란 보편자는 단지 이름에 불과하다는 입장이 유명론Nominalism이라면, 이 보편자가 실제로 존재한다고 주장하는 입장이 실재론이다. 만물의 공통 본질인 신의 존재를 증명하는 문제와 연결되기 때문에 보편자의 실재성 여부는 중세의 핵심적인 논쟁거리였다.

자각도 받아들인다. 한편으로는 '물자체物自體'라는 경험 불가능한(경험의 영역을 넘어서 있는) '초월적 실재'를 인정하면서(경험론의 관념론적 귀결과 달리), 동시에 다른 한편으로는 지성적 직관을 통해 이 실재를 인식하는 것은 원초적으로 불가능하다면서(플라톤과 달리), 감성(시공간 직관)과 지성(12범주)이라는 인식 능력의 선험적 형식으로 구성되는 '현상'이야말로 진정한 '경험적 실재성'을 지니는 것이라고 새로운 해답을 제시한다. 초월적 본질의 불완전한 복사본에 불과했던 감각적인 것들의 세계, 주관적 관념들로 귀속되고 밀렸던 자연과학적 탐구 대상들은 칸트에 와서야 비로소 '인간 종으로서의 우리에게' 진정 리얼한 것으로 승격된 것이다. 칸트는 코페르니쿠스적인 발상의 전환을 통해 외부의 실재를 반영하느냐 못 하느냐에 매달릴 것이 아니라, 우리가 경험하는 현실, 우리가 구성하는 현상 세계야말로 정작 우리에게는 진정한 실재 세계가 아니겠느냐고 역설한다. 인간인 한 누구에게나 공통적으로 주어져 있는 인식 형식에 따라 구성된 이 현상은 본체로서의 물자체는 아니지만, 한갓 외양이 아니라 진정한 실재로서 우리의 경험적 현실을 이룬다는 것이다.

그러나 경험적 현실의 실재성을 회복시킨 칸트의 패기에도 불구하고, 근대의 리얼리티는 결국 표상들의 실재성이다. 외부 세계나 물자체를 인정하든 안 하든, 그것을 있는 그대로 재현하든 못 하든, 우리는 우리의 표상들 바깥으로 나갈 수 없다. 우리에게 리얼한 것은 '우리에게만' 리얼한 표상들일 뿐이다. 이러한 관점에서 보자면, 대중매체의 리얼리티는 근대적 표상주의의 문제점을 그대로 이어받는다고 할 수 있다. 거울처럼 기계적으로 반영하는 것이든 아니면 여러 가지 기술 형식에 따라 구성하는 것이든, 대중매체가 리얼하다고 제시하는 이미지들이 실제로 외부 현실과 일치하는지 여부는 확인할 수 없기 때문이다.

우리의 표상 체계를 벗어나는 차이의 생성이야말로 '리얼'

근대로부터 탈근대로의 이행은 내재성으로의 이행이다. 실재는 초월적 영역으로부터 경험적 현상 세계로, 다시 그 이하의 내재적 영역으로 옮겨 간다. 베르그송Henri Bergson은 외양이나 가상의 근거로 폄하되어 온 생성과 변화를 오히려 근원적인 실재로 파악함으로써 철학사에 일대 전환을 마련한다.

　베르그송에 따르면, 감각적 경험의 불완전성을 극복하려는 부동불변의 실재에 대한 관심은, 실은 삶의 유용성에 주의하는 지성의 사유 습관에서 비롯된 것이다. 생물학적 진화의 산물인 인간 지성의 인식 작용은 근본적으로 '영화기술적cinématographique'이며 카메라의 작용을 닮았다. 연속적으로 움직이는 현실을 카메라가 순간 포착한 사진들로 재구성하여 연결한 것이 영화인 것처럼, 칸트적 주관이 구성한 경험적 현실은 유동적인 실재를 부동화된 표상 체계들로 재단한 것에 지나지 않는다. 베르그송에게 진정한 실재는 끊임없이 질적으로 변화하며 새로운 것을 창조하는 연속적인 운동 그 자체이다. 하나의 수정란이 태아－유아－어린이－어른을 거쳐 다시 다른 수정란으로 자기 변화하면서 이어지듯이, 과거를 현재로 연장하며 예측 불가능한 미래를 개방하는 이 실재적 운동성은 결코 한꺼번에 주어질 수 없는 시간적 실재, 지속이다. 살아 있는 존재자로서의 우리는 이미 이 실재와 직접적으로 접촉하고 있으며, 이 지속을 살고 있다. 그런데 연속적인 지속의 흐름을 '모든 것은 한꺼번에 주어져 있다'는 가정 하에 자르고 수축하여, 부동화된 '인간적 경험의 대상들'로 마련하는 것이 바로 우리가 실재를 지각하고 개념화하는 방식이다. 살아 있는 나뭇가지를 죽은 것으로 취급하여 적당히 잘라내 도구를 만드는 것이 우리가 사는 데 유용하듯이 말이다. 인간 지성의 표상 체계로 환원 불가능한 연속적인 실재, 경험의 대상들로 부동화되기 이전의 생동하는 실재야말로 진정 리얼한 것이라고 주장하는 베르그송의 관점에서 보자면, 카메라 지각의 산

물인 대중매체의 리얼리티 역시 진정한 실재에 대한 단편적인 현상을 보여 주는 데 그칠 뿐이다.[3]

베르그송과 마찬가지로 끊임없는 생성과 변화를 실재로 간주한 들뢰즈 Gilles Deleuze는 플라톤주의의 반대편으로 가장 멀리까지 나아간다. 들뢰즈는 플라톤의 초월적 실재론이 경험적 현실을 부정적으로 가상화하고, 초월적 이데아의 재현 정도에 따라 경험적 세계에 존재하는 모든 것들의 위계를 부당하게 설정하였다고 비판한다. 영원불변의 동일자로서 초월적 실재인 이데아들의 세계, 그리고 유사성과 재현의 성노에 따라 그 이데아를 분유한 경험적 사물들의 현상 세계, 마지막으로 한갓 환영들에 불과한 시뮬라크르들의 세계. 존재론적·가치론적으로 위계 잡혀 있는 이 플라톤적 세계의 구조는 들뢰즈에게서 완전히 뒤집히고 와해된다. 어떠한 동일성도 유지하지 않으며, 어떠한 모델도 없이 유사성과 재현의 강요에 종속되지 않는, 끊임없는 변화와 창조적 생성으로 영원히 달라지는, 오직 영원히 달라지는 것만이 반복될 뿐인, 추상적인 보편자도 경험적인 개별자도 모두 해체되어 버린, 강도상의 변화와 강도적 차이만이 있는 세계. 들뢰즈에게는 바로 이 시뮬라크르들의 세계야말로 존재론적으로 가장 리얼한 것이다.

들뢰즈의 시뮬라크르는 플라톤적인 환영도 아니고 보드리야르적인 하이퍼리얼 이미지도 아니다.[4] 시뮬라크르는 개체의 수준에서든 전체의 수

---

[3] 카메라의 지각 방식이 지성의 인식 작용과 유사하며, 둘 다 움직이는 실재를 그대로 인식하는 데 부적합하다는 베르그송의 부정적 평가와 달리, 들뢰즈는 오히려 카메라의 지각이야말로 자연 지각의 한계를 넘어서 진정한 실재를 포착하는 데 기여할 수 있다고 긍정적으로 평가한다. 고정된 시점과 정해진 속도를 벗어날 수 없는 자연 지각과 달리, 카메라의 탈중심성과 가변적인 속도는 너무 빠르거나 너무 느려서 포착할 수 없었던 운동과 지속을 지각할 수 있기 때문이다. 어떤 영화 이미지나 어떤 다큐멘터리 이미지는 이런 의미에서 그 자체로 운동하는 이미지의 리얼리티를 보여 줄 수도 있다. 김재희, 《물질과 기억: 반복과 차이의 운동》, 살림, 2008, 165~170쪽.

[4] 보드리야르Jean Baudrillard의 '시뮬라크르'는 실재와 이미지 사이의 차이를 완전히 무화시키고 더 이상 자기 배후에 실재를 두고 참조하거나 모방하지 않는 독자적인 이미지다. 실재 원본이 없는, 그러나 실재 원본이 없다는 사실 자체를 숨기는 시뮬라크르들이 실재보다 더 리얼하게 현실적 삶에 영향력을 행사하는 사태를 일컬어 '하이퍼리얼리티hyperreality'라 한다.

준에서든 존재의 진상을 일컫는 것인데, 어떤 수준에서든 시뮬라크르로서의 존재는 자기동일적인 통일체가 아니라, 이질적이고 불일치한 차이들이 상호소통하며 공명하고 있는 체계다. 동일성과 유사성은 오히려 내재하는 차이들의 소통과 공명으로 산출된 표면 효과일 뿐이다. 시뮬라크르는 어느 모습이 진짜이고 가짜인지 선별하는 것이 무의미할 정도로 끊임없이 다른 모습을 산출하며 자기 차이화하는 운동을 영원히 반복한다. '실재는 이데아가 아니라 시뮬라크르다'라는 말은, 변화무쌍한 외양 이면에 불변하는 본질이 참모습으로 있다는 것이 아니라, 잠재적인 차이들이 현실화하면서 잠재적인 내면과 현실적인 외면 사이의 차이를 끊임없이 산출하는 운동을 반복하며 자기 변신을 거듭하는 것 자체가 참모습이라는 것을 말한다. 들뢰즈는 모든 존재자들이 초월적으로 이미 주어져 있는 본질에 종속되지 않고, 그 자체로 동등하게 존재론적 위상을 부여받는 독특한 차이들로서 긍정될 수 있는 세계를 진정한 실재로 확립한다.

그렇다면 대중매체의 리얼리티는 고착화된 상식의 시선으로는 포착할 수 없는 통일성도 동일성도 없는 "잡동사니의 세계,"[5] 따라야 할 규범도 모델도 이상도 없이, '세상에 이런 일이'처럼 특이하게 부유하는 노마드들을 보여 준다는 점에서 진정 리얼한 것은 아닐까? 그러나 대중매체가 창출하는 리얼리티는 아무리 낯선 것이라 해도 가장 대중적인 믿음의 현실 속에 흡수될 수 있도록 만들어져야 한다는 점에서, 그래서 여전히 공통감과 재현의 틀에 사로잡혀 있는 대중매체의 관습적인 문법과 코드화된 장치들이 마치 그러한 틀을 벗어난 것처럼 '리얼리티 효과'를 산출할 뿐이라는 점에서, 또한 자본에 의한 전통 규범의 파괴와 가치의 해체가 아무리 극심하다 해도 자본의 동일성과 가치 자체는 불변으로 고수하는 자본의 권력에서 매체 자체가 자유롭지 못하다는 점에서, 대중매체의 리얼리티

---

5 질 들뢰즈, 《들뢰즈가 만든 철학사》, 박정태 엮고옮김, 이학사, 2007, 134쪽.

는 전혀 들뢰즈적 실재에 근접하지 못하고 있다.

플라톤주의를 전복시키고 시뮬라크르의 생성 운동을 실재로 보는 것은 어디까지나 새로운 가치를 창조하기 위해서고, 현상에 지나지 않는 고착화된 규정들과 동일성·통일성·유사성의 체계들을 계속해서 잠재적인 생성의 역량으로, 강도적 차이들의 내재면으로 되돌려 해체함으로써 빠르거나 느린 자기 나름의 강도와 리듬으로 구현되는 모든 독특한 삶들을 긍정할 수 있기 위해서다. 대중매체의 리얼리티는 새로운 가치의 창조에 기여하는 것인 한에시민, 모든 차이들을 농일성의 체계로 환원시키지 않는 한에서만, 들뢰즈적 관점에 부합할 수 있을 것이다.

현전하는 것보다 더 리얼한 흔적이나 유령

대중매체의 리얼리티는 '현재 일어나고 있는 것,' 그래서 '생생하고 직접적인 것'을 전달한다고 간주된다. 그러나 서구 형이상학의 역사 전체가 '음성중심주의'였다고 진단한 데리다Jacques Derrida에 의하면, 현재성actuality(현전성presence)이 그렇게 특권화될 수 있을 정도로 직접성을 갖는 것이 아니다.

음성은 의미를 '직접적으로 생생하게' 전한다는 점에서 왜곡의 소지가 있는 문자보다 우월한 것으로 여겨지지만, 실은 의미라는 것이 유지되고 전달되려면 일회적으로 사라지고 말 음성이 오히려 문자로 재생되고 반복 가능해야 한다는 점에서, 음성을 대체보충하는 문자 기록이야말로 더 근원적이고 리얼한 것이다. 의미는 그 자체로 기원이자 출발점이 아니라 어떤 기록 가능성으로서의 원초적인 기록 이후에 생산된 것, 어떤 흔적의 흔적으로서 가능하게 된 것이다. 텍스트의 의미라는 것이 처음부터 분명하게 규정되어 있어서 이를 맞거나 틀리게 파악하는 여러 해석들이 가능한 것이 아니라, 끊임없이 상이한 시공간적 맥락에 따라 무한히 다르게 산출되고 또 산출될 해석들로 완결되지 못한 채 항상 열려 있을 수밖에 없는, 무수한 흔적들의 겹침에 지나지 않는 것과 마찬가지로, "'생생한' 통신과 '실시간'은 결코 순수하지 않다."[6]

생생한 현전을 보여 준다고 여겨지는 실시간 생방송의 리얼리티는 사실 기록 기술로 만들어진 '리얼리티 효과'를 제공할 뿐이다. 중계되기 이전에 이미 온갖 종류의 여과망을 통해 선별된 사실들로 구성되고 만들어진 "인공적 현재성artefactualité[7]은 잠재성에 대립하는 것으로서의 실재성(잠재성이 실현된 것으로서의 현실성)이 아니라 인공적 시공간으로 재구성된 '가상적인 것'이다. 살아 있는 흐름, 돌이킬 수 없는 것, 두 번 다시 반복될 수 없는 독특한 존재의 운동을, 생생하게 직접적으로, 실시간으로, 먼 거리에서 실어 나르기 위한 원격기술télétechnologie은 동시에 어떤 형식, 리듬, 맥락의 구성 등을 개입시키지 않을 수 없다. 문자와 마찬가지로 카메라나 녹음기 같은 기록 기술들은 '현재의 생생함을 보존함으로써 현재를 가능하게 하면서 동시에 조작 가능성을 허용하여 현재를 불가능하게 하는' 상반된 효과를 지닌다. 게다가 방송 매체의 기술적 공간 자체가 이미 그 안에 들어선 육체와 사유의 리듬에 간섭하기 때문에, 또한 여러 가지 정치적 고려로 계산되고 제약되며 양식화되고 주도되기 때문에, 생생한 현실, 있는 그대로의 자연스러운 사실이라는 것은 그 자체로 포착 불가능하며 끊임없이 지연될 수밖에 없다. 생생한 현재성(되풀이 불가능한 것)을 가능하게 하면서(재생하고 전송하면서) 동시에 불가능하게 하는(조작하고 선별하는) 원초적인 "'텔레비제télévisée' 특유의 되풀이(불)가능성"[8] 때문에, "실시간의 효과는 그 자체로 '차연différance'의 한 특수한 효과"[9]에 지나지 않는다.

---

[6] 자크 데리다·베르나르 스티글러, 《에코그라피》, 김재희·진태원 옮김, 민음사, 2002, 23쪽.

[7] 앞의 책, 19쪽.

[8] 앞의 책, 168쪽.

[9] 앞의 책, 224쪽.

데리다에게 리얼한 것은 현전을 가능하게 하는 차연의 운동이다. 현전은 달라지면서 지연되고, 지연된 것은 장차 도래하여 현전에 재기입된다. 현전은 항상 끊임없이 재기록될 것으로서만 현전한다. 따라서 데리다는 대중매체의 리얼리티가 아무리 인공적이고 가상적인 현재성의 면모를 보인다 해도 보드리야르적인 시뮬라크르의 과잉으로만 환원시켜서는 안 된다고 지적한다.[10] 시뮬라시옹 기술을 빌미로 독특한 모든 사건들을 허구화하거나 중립화하면서 억압하고 망각해서는 안 된다는 것이다. 데리다는 언론 매체가 신동하는 현새성의 인공적 리얼리티가 아니라, 비동시대적이고 비연대기적으로 침입하는, 예측 불가능한 메시아적인 것의 형태로 도래하는, 또 다른 현재성의 리얼리티에 주목해야 한다고 주장한다. 그것이 바로 '유령의 리얼리티'다. 실재가 아님에도 불구하고 실재보다 더 실재적으로 작동하는 시뮬라크르의 초과실재성hyperréel이 아니라, 현재 있는 것이 아님에도 불구하고 생생하게 현재하는, 살아 있는 현재를 넘어서는 유령의 '초과현재성hyperactuel'.

데리다에 의하면, 텔레비전·라디오·인터넷 등의 원격기술 시대에 드러나는 리얼리티는 '생생한(살아 있는) 현재성'이 아니라 오히려 '(죽은) 유령의 현재성'이다. 카메라 앞에서 "생생한 현재 자체가 스스로 분할되는 것이지요. 지금 이 순간부터 이 현재는 자기 자신 안에 죽음을 포함하게 되고, 자신의 직접성 속에 어떤 식으로든 자신의 사후까지 살아남게 될 어떤 것을 재기입하게 됩니다. 이 현재는 자신의 삶 속에서 현재의 삶과 사후의 삶 사이에서 분할됩니다. 이러한 분할이 없이는 어떠한 이미지도 존재하지 않을 것이며, 촬영도 존재하지 않을 것입니다. 자신의 유령을 자신 안에 포함하고 있는 생생한 현재의 이러한 분열, 이러한 분할 가능성이 없이는 어떠한 기록도 존재하지 않을 것입니다. 유령, 즉 환영, 망령

---

[10] 보드리야르의 신관념론에 대한 데리다의 비판적 언급에 대해서는 《에코그라피》, 23, 142쪽 참조.

또는 이미지의 가능한 이미지 말입니다.”[11]

텔레비전의 환영들이나 유령들은 단순히 시뮬라크르들이 아니다. 한번 촬영되고 나면 이 이미지는 촬영된 대상이 사라지고 없어도 언제 어디서 든 재생될 수 있고, 유령처럼 되돌아올 수 있다. 카메라 앞에 선 대상은 자신의 죽음을 품고 있는 장래에 이미 귀신 들려 있는 셈이다. “유령이란 볼 수 있으면서 동시에 볼 수 없는 것, 현상하면서 동시에 현상하지 않는 것입니다. 즉 현재를 현재의 부재로 미리 표시하는 흔적인 것입니다. 유 령의 논리는 사실상 해체의 논리입니다.”[12] 현재는 가장 생생하게 살아 있 는 순간이면서 동시에 유령으로 도래할 자신의 죽음을 품고 있는 순간이 고, 그래서 죽음 이후까지도 죽지 않고 살아 돌아올 정도로 지연될 수밖 에 없는, 전미래적으로 완결될 삶이기도 하다.

데리다가 가장 리얼한 것으로 여겨져 온 현재성을 인공적 가상성이라 고 해체하면서 동시에 가장 리얼하지 않은 것으로 간주되어 온 유령을 진 정한 현재성 속에 도입하는 것은 바로 타자에 대한 정의의 문제를 제기하 기 위해서다. 예컨대 이미 현전하지 않는, 또는 더 이상 살아 있지 않은 누군가의 재생된 영상을 볼 때, 나를 바라보는 그 누군가를 정작 나는 보 지 못한다는 ‘면갑面甲 효과’가 나타난다. 이때 그 비디오 영상이 산출하는 ‘리얼리티 효과’는 인위적으로 분해하거나 합성할 수 없는 어떤 현실이 단 지 ‘거기에 있었다!’는 것 때문이 아니라, 유령처럼 도래하여 나를 바라보 고 있는 그 타자 때문이다. 지금 여기의 세계로 환원 불가능한, 지금 여기 와는 다른 현실 세계를 함축하는 독특한 타자의 시선, 살아 있지도 않으 면서 죽지도 않은 채로 나를 바라보는 그 유령의 시선은 정의에 대한 요 구와 책임을 촉구한다. 이 타자는 리얼리티 쇼에 노출되는 사적 생활 속

---

11 앞의 책, 104~105쪽.

12 앞의 책, 205쪽.

의 개인이 아니라, 사회적·법적 경계망에서 배제된 '호모 사케르homo sacer'[13] 같은 타자, 떠나고 싶어도 떠나지 못하고 유령으로 돌아올 수밖에 없는 용산참사의 희생자들처럼, 생방송 뉴스의 현재 속에는 현재하지 않지만 여전히 현재 진행 중인 사건의 독특한 타자들이다. 원격기술이 가상성만이 아니라 망각할 수 없는 책임과 기억의 정치적 기회도 제공할 수 있다는 점에서, 대중매체의 진정한 리얼리티는 인공적 현재성이 아닌 유령의 현재성에서 실현될 수 있을 것이다.

리얼이 아닌 하이퍼리얼

요즘 대중문화를 '주름잡고 있는' 리얼리티는 외부 세계와 이미지 사이의 대응 관계를 전제로 객관적 현실을 그대로 재현하려는 '경험주의적 리얼리티'도 아니고, 현실의 겉으로 드러난 모습을 단순히 재현하기보다 삶의 진실과 진정한 본질을 드러내려는 '본질주의적 리얼리티'도 아니며, 새로운 가치를 창조하고 정의를 실현할 독특한 타자들의 '반시대적인 리얼리티'도 아니다. 마치 공적인 생활보다는 사적인 생활이 더 리얼한 것인 양, 거리나 집 안이나 할 것 없이 카메라를 들이대며 그동안 노출되지 않았던 사적 세계를 거리낌 없이 또는 은밀하게 보여 주면서 참여의 욕망까지 부추기는 '관음증적 리얼리티'다.[14]

객관적 사실이냐, 삶의 본질이냐, 일상의 사생활이냐, 리얼리티의 내용

---

[13] 호모 사케르는 '살해는 가능하되 희생물로 바칠 수는 없는 생명'을 말한다. 신의 법과 신성한 제의적 살해로부터 배제되어 '희생물로 봉헌될 수 없는' 존재이면서 동시에 인간의 법에서도 배제되고 추방되어 죽인다고 해도 '살인죄가 성립하지 않는' 존재, 따라서 희생 제의도 아니고 살인도 아닌 죽음의 위험과 폭력에 노출되어 있는 자, 요컨대 정치적으로는 죽은 목숨이지만 생물학적으로는 목숨을 유지하는 헐벗은 삶을 의미한다. (조르조 아감벤, 《호모 사케르》, 박진우 옮김, 새물결, 2008 참조)

[14] 이종수, 《TV 리얼리티》, 한나래, 2004, 79쪽.

적 초점이 아무리 달라진다 해도, 또 원재료로서의 현실이 실제로 존재하든 안 하든, 대중매체의 리얼리티는 사람들이 '리얼하다'고 느낄 수 있는 효과를 산출하는 다양한 코드화 작업과 기술적 장치들에서 분리될 수 없다. 인위적인 조작과 허구성을 전제하는 광고, 드라마, 게임뿐만 아니라 리얼리티 쇼에 등장하는 사물들과 인물들조차도 어느 정도의 설정, 편집, 조작, 과장 등이 개입한 결과라는 것쯤은 디지털 카메라가 상용화되어 있는 디지털 테크놀로지 시대엔 거의 상식에 속한다.

요컨대 철학적 관점에서 보자면, 대중매체의 리얼리티는 결코 리얼한 것이 아니라 '리얼리티 효과(리얼리티처럼 느껴지는 것, 또는 리얼리티의 산물)'에 지나지 않는다. 리얼리티 효과를 많이 소비한다고 진정한 리얼리티에 도달할 수 있을까. 결코 그럴 수 없을 것이다. 대중매체의 리얼리티야말로 보드리야르 말마따나 '하이퍼리얼리티' 아닌가. 미국 사회가 하나의 거대한 시뮬라크르에 지나지 않음을 감추기 위해 디즈니랜드가 존재하듯이, 대중매체의 리얼리티야말로 리얼리티의 부재를 감추기 위해 존재하는 것 아닌가. '하이퍼리얼하다'는 것을 다 알고 있음에도 여전히 '리얼하다'는 것을 강조하는 디지털 시대 대중문화의 분위기는, 그렇다면, 불가능한 실재에 도달하려는 충동이 개인의 윤리적 진실임에도 불구하고, 실재를 있는 그대로 보지 않으려는 것 또한 욕망의 심리적 현실이라는 정신분석학적 진단에 따라서, 상징계의 안정성을 흩뜨리지 않는 한에서만 실재계의 침입을 허용하며 상실한 것(리얼한 것)에 대한 향수를 다독이고 충동을 보상하려는 윤리적인 제스처라고나 해야 할까? 아무튼, 붕어빵에는 분명 붕어가 없다.

■ **참고문헌**

김재희, 《물질과 기억: 반복과 차이의 운동》, 살림, 2008.

데리다, 자크·스티글러, 베르나르, 《에코그라피: 텔레비전에 관하여》, 김재희·진태원 옮김, 민
　　음사, 2002.

들뢰즈, 질, 《들뢰즈가 만든 철학사》, 박정태 엮고옮김, 이학사, 2007.

아감벤, 조르조, 《호모 사케르》, 박진우 옮김, 새물결, 2008.

이종수, 《TV 리얼리티》, 한나래, 2004.

II

문화산업과 이미지의
근본 문제들

문화산업과 예술의 키치화

기술매체로서의 키치

김 혜 련

'키치 문제'란 무엇인가?

생각하기에 따라 '문화산업'과 '예술'은 서로 잘 어울릴 수도 있고 그렇지 않을 수도 있다. 여기서 내가 말하는 '생각하기'란 '문화'나 '예술'을 어떤 종류의 담론 세계에 속하는 것으로 볼 것인가 하는 것을 가리킨다. 다시 말해, 문화나 예술은 근본적인 가치 이념이 체현된 외양일 수도 있고 또 는 단순한 사물들, 이 경우 특정 목적을 위해 제작된 인공물들의 집합에 속하는 것일 수도 있다. 물론 맥락에 따라 단순한 범주적 분류조차 결코 중립적이지 않은 정치 구호나 전투 수행 명령이 되기도 한다. '고래다!' 또 는 '그는 백인이다'라는 문장은 맥락과 청중에 따라 '죽여라!'라는 명령일 수도 있다.

이른바 키치 담론의 경우도 마찬가지다. '키치kitch'는 처음부터 내재적 으로 부정적 함의를 갖는 분류어로서 등장했던 것이 사실이다.[1] 그러나 키치를 가능하게 하는 두 축이 한 편으로 상반된 사회계층의 존재와 그 차이를 둘러싼 복잡한 사회적·심리적 갈등과 욕구의 존재, 그리고 다른 한편으로 키치 생산과 연관된 발전된 테크놀로지임을 자각하게 될 때, '키 치'가 단지 바람직하지 않은 사회현상이나 사물인지는 생각만큼 그다지 선명하지 않다.

키치에 관한 개념적 분석과 사회적 기호로서의 기능에 대한 설명은 이 제까지 충분할 정도로 많이 시도되었다.[2] 나는 그러한 논의들을 바탕으로 삼되 '기술매체로서의 키치'라는 관점에서 예술, 문화산업, 그리고 키치 의 관계를 재구성하고자 한다. 이 관점은 문화산업을 포함하여 어떤 산업

---

[1] '키치kitsch'는 19세기 독일에서 창안된 용어이며, 키치와 긴밀하게 연관된 감수성의 유형인 '센티멘털리 즘'은 18세기에 영국에서 등장한 예술 사조의 하나다. 18세기에는 센티멘털리즘이 단순히 '민감한 감정', '부드러운 감정', '풍부한 감정'을 의미하는 기술記述적인 용어였다. 키치 역시 처음에는 '긁어모으다'라는 뜻의 중립적인 개념이었는데, 여기서 파생된 'verkitschen'이라는 낱말이 '다른 것으로 속여서 물건을 강 매한다'는 뜻으로 사용되면서 키치 자체도 점차 '도덕적 부정직'이나 '가짜'라는 함의를 갖게 되었다.

이든지 기술적 발명과 디자인 구성으로 형태를 갖추게 된다는 것, 예술의 향수자가 '대중mass'으로 동일시될 때 자칫 논의가 대중문화나 키치 담론의 세계에 함몰되어 '하위주체'[3]의 미학적 주제처럼 다루어지기 쉬운 경향성에 기초한다. 나는 키치의 정체성과 기능에 대한 특수한 태도에 대해 다면적multifaceted 접근을 옹호하면서, 기술매체로서 키치가 갖는 문화 담론적 성격을 드러내 보이고자 한다.

안에서 문제 찾기 : 예술과 매체본질주의

예술과 문화산업, 그리고 키치를 함께 보여 주는 내부 지형도는 어떤 종류의 지도일까? 간단히 말해서, 그것은 이 세 항목들이 하나의 근원에서 발흥된 것임에도 상이한 지류들로 나뉜 것으로 볼 경우에 그리게 되는 그림이거나, 또는 각기 나름대로 고유한 역사를 갖지만 산업혁명 이후 함께 조명되면서 상호연관 속에 놓이게 된 것으로 간주하고 세 항 사이의 관계

---

[2] 키치에 관한 비판적 논의로서 가장 탁월한 것은 아마도 밀란 쿤데라Milan Kundera의 논의일 것이다. 미적 범주로서 키치를 주제로 삼은 주목할 만한 논의는 쿨카Tomas Kulka에게서 볼 수 있다. 클레멘트 그린버그는 대중문화의 저급함에 예술이 오염될 것을 염려하는 입장을 대표한다. 나는 센티멘털리즘과 연관하여 키치를 비판적으로 다룬 적이 있다. 김혜련, 《아름다운 가짜 : 대중문화와 센티멘털리즘》, 책세상, 2005. 미술의 순수주의를 고집하는 그린버그로서는 대중문화의 범람이 예술을 키치로 전락하게 만드는 주요 맥락이라고 보는 것이 당연하다. Clement Greenberg, "The Present Prospects of American Painting and Sculpture", *The Collected Essays and Criticism*, vol. II(1962), p. 162 ; "Avant-Garde and Kitsch", *Partisan Review 6*, no.5(1939년 가을) 참조.
Anthony Saville, "Sentimentality", Alex Neill & Aaron Ridley eds., *Arguing About Art*(New York: McGraw-Hill, Inc., 1995), pp. 223-227. Ira Newman, "The Alleged Unwholesomeness of Sentimentality", *Arguing about Art*, pp. 228-240.

[3] '하위주체'는 탈식민주의 담론에서 가야트리 스피박Gayatri Chakravorty Spivak이 주류 문화와 주변 문화의 접경지대에 놓인 주체들, 특히 여성 주체들의 행위성을 특징짓고자 사용하는 용어이다. 나는 이 용어가 여성주의 담론의 경계를 넘어 주변화된 영역에 처한 다양한 유형의 주체들을 가리키는 데 사용될 수 있다고 생각한다. 첨단기술 시대의 키치 담론에서, 항상 그러한 것은 아닐지라도, 때때로 대중은 키치 향수자로, 따라서 하위주체로 전락한다. 나는 그 현상을 담아내고자 이 용어를 사용한다. 가야트리 스피박, 《다른 세상에서》, 태혜숙 옮김, 서울 : 여이연, 2003 참조.

를 분석하는 그림이 될 것인데, 결국 어느 경우이건 세 항목에 관한 일종의 개념 지도가 된다. 첫 번째 그림은 전형적으로 연대기적인 서술인 동시에 예술의 데카당스적 이력을 보여 준다. 이 그림이 데카당스적 연대기를 보여주게 되는 이유는 '예술'은 본디 좋은 것인데 어떤 이유에서, 특히 대중화라는 격류에 오염되기 시작하면서 본래적 가치나 이념의 수준에서 멀어지는 내리막길 역사를 보여 줄 수밖에 없기 때문이다.

우리의 주제인 세 항목이 함께 들어 있는 이런 지도를 그리는 사람은 암묵적으로 '예술'의 외미를 평가적으로 이해한다. 산혹 어떤 소설을 읽거나 영화를 보고난 후 우리는 '이것은 소설이 아니다'라거나 '이런 것은 영화가 아니다'라고 말하는 경우가 있는데, 이때 우리는 '영화'를 평가적 의미로 이해하고 있는 것이다. 바꾸어 말해, 평가적 의미의 예술은 형이상학적 견지에서 미나 선의 실재성을 담지하는 것이거나, 적어도 실제의 삶에서 인성을 고양시키는 목적에 이바지하거나 지식 획득을 위한 도구로서 유용한 것이어야 한다는 믿음을 함축한다. 만일 예술이 한갓 그림자 같은 환영에 불과하다면, 혹은 예술이 우리의 소중한 자원이나 시간을 축낼 뿐이라면, 예술은 일과 후 마시는 한 잔의 맥주나 흡연에서 얻는 즐거움에도 미치지 못할지 모른다.

사회에서 예술이 차지하는 입지에 대한 미학자들의 견해는 엇갈린다. 20세기 영미 미학을 대표하는 몬로 비어즐리Monro Beasley는 인간이 최소한의 의미로나마 인간답게 살기 시작한 문명사회에서 예술이 본질적 요소가 되는 것으로 본 반면,[4] 조지 디키George Dicky 같은 제도론자는 모든 인간 사회에 예술이 본질적인 요건인 것 같지 않다는 견해를 보인다.[5] 극단적

---

[4] 조지 디키, 《예술사회》, 김혜련 옮김, 문학과 지성사, 1998, 제4장, 50~78쪽.
　　Wreen, Michael and Donald M. Callen, (eds.) *The Aesthetic Point of View: Selected Essays of Monroe C. Beardsley*, Ithaca, N.Y.; Cornell University Press, 1982, chap.16. "Aesthetic Experience".

[5] 조지 디키, 앞의 글, 제5장, 70~110쪽.

으로 말해, 디키는 예술 없는 인간 사회도 있을 수 있을 것 같다고 생각한다. 물론 서양 인문학의 역사에는 그리스 비극의 도덕적 학습 효과를 말했던 아리스토텔레스를 필두로 하여, 예술 활동을 인간화 과정의 필수적인 요소로 보았던 셸링, 그리고 근래에는 '감정교육'을 통한 학습 도구로서 문학의 유용성을 언급하는 마사 너스바움과 제니퍼 라빈슨 같은 이들이 있다. 동아시아권에서 예술은 그 자체로 가치 있는 것으로 생각되기보다 근본적으로 인격 도야와 진리 추구를 위한 기능적 가치를 갖는 것으로 생각되었다.

예술이 그러한 본래적 또는 도구적 가치를 잃어버리기 시작했다면 과연 예술에 무슨 일이 있었던 것일까? 내가 이 물음을 던지는 이유는 우리가 처한 상황을 그릇되게 판단하는 일을 막기 위해서다. 예술이 문화산업과 밀착되고 더욱이 키치화의 오명까지 얻게 된 상황은, 마치 20세기 후반에 정치 스캔들이 급증한 점을 들어 오늘날의 정치인들이 과거보다 도덕적으로 타락했다고 속단하는 상황과 유사하다. 왜냐하면 예술은 본디 좋은 것인데 예술가나 감상자들에게 어떤 문제가 생겨, 즉 사회가 도덕적으로 느슨해지면서 예술도 저급해지기 시작했다고 말하는 것은 마치 정치인들은 본디 훌륭한 사람들이었는데 근래에 좋지 않은 사람들이 정치계에 입문하는 경향이 있다고 말하는 것과 논증 구조가 비슷하기 때문이다. 문제의 발단은 우선적으로 '예술'이나 '정치인'을 평가적으로 정의내리는 것에서 비롯되는 것이다.

법정에 정황 증거만을 제시한다면 아무리 훌륭한 직관도 합리적 설득력을 가질 수 없다. 예술이 문화산업의 콘텐츠로 이용됨으로써 대중화될 때, 예술의 대중화가 예술의 전락이나 수준 하락을 부추긴다는 주장은 정황 증거나 대인 논증ad hominem에 기반한 비형식적 오류일 뿐이다. 그러므로 예술의 대중화와 예술의 키치화를 직접 연관짓는 방식을 피하면서, 문화산업이 예술의 키치화를 돕는다는 주장을 위해 내가 제시하려는 '물적 증거'는 '매체본질주의'이다.

물론 여기서 키치화가 곧 저급화를 함축하는 것은 아니다. 그러나 매체본질주의가 취하는 전략은 예술의 대중화와 예술의 키치화를 인과적 관계의 틀에 넣는다. 그 전략이 개념적으로나 물리적으로 오류인 것은 쉽게 알 수 있다. 그럼에도 나는 논의를 위해 매체본질주의가 제시하는 논증을 잠시 검토해 볼 것이다. 물론 나는 이 논증에 심리적으로 또는 미적 스타일상으로는 동의할 수도 있겠지만, 논증으로서는 너무 단순하고 강한 것이기에 동조하기 어렵다. 예술과 대중이 만나는 공석 터locus로 기능하는 문화산업이 키치화의 주범이라고 진단하고자 할 때, 허수아비 논증을 피해 그 진단을 뒷받침하고자 동원할 수 있는 가장 강력한 논증을 구성해 본다면, 내가 보기에 가장 유력한 선택지가 매체본질주의라는 것, 그리고 그것이 오류라는 것을 보이고자 할 뿐이다.

매체본질주의는 여러 상이한 판본을 가질 수 있지만, 그 판본들의 공통점은 마샬 맥루언Marshall Mcluhan의 '매체 곧 메시지'라는 모토를 인과적 프레임으로 수용하는 방식에서 발견된다. 뜨거운 매체와 차가운 매체의 구별은 단순히 매체들 간의 구별로 끝나는 것이 아니라 각 매체 유형마다 고유한 메시지가 있고, 심지어 도덕적 함의까지 잠복할 수 있다는 식의 논의로 발전된다. 이 논리에 따르면, 같은 영상 매체라도 TV는 수신 속도와 범위가 확산적이고 화면의 질이 제한적인 까닭에, 뉴스 보도처럼 일상에 관한 것이나 부담 없는 소재를 다루기에 적합하다. 프로그램이 오락 위주로 편성될 경우, 특히 도덕적으로 무책임한 메시지를 비의도적으로 전달할 위험이 있다. 반면에 영화는 상대적으로 관람자의 감상 태도가 진지하고, 메시지 송신자는 비교적 책임 있는(관람자는 자기가 무엇을 볼 것인지를 스스로 고를 것이기 때문에) 태도를 취한다. 이러한 차이는 이들 매체의 구성적 면모들에 기인한다. 예컨대, TV 매체는 롱테이크 기법을 구사하기 어렵다. 제한된 화면을 고려하여 주로 배우들의 얼굴을 교차하여 보여 주거나 방 안 풍경 정도를 보여 줄 뿐이다. 매체의 차이는 관람자의 태도에도 차이를 초래한다. TV 관람자는 전화로 이야기하거나 식사를 하는 등 덜 집중적이고 다분히 무성의한 태도를 취한다. 반면에 영화 감상자는 극장 환경이 아니더라도 대체로 화면에 주목하고 관람 시에는 다른 일을 삼가는 경향이 있다.

　관람자가 매체가 제공하는 것에 전적으로 집중해야 하는 것은 예술계의 오래된 규칙이다. 특히 시각이나 청각 외에 다른 감각들을 철저하게 제어하는 것은 바람직한 것으로 간주된다. 미케 발은 '시각 문화'라는 개념의 비정합성과 '시각 대상'의 이데올로기성을 비판하는 곳에서 문제의 근원이 매체본질주의에 있음을 지적한 바 있다.[6] '시각 대상visual object'으로서 우리가 쉽게 떠올릴 수 있는 것은 '이미지'인데, 이미지가 무엇인가 하는 것은 쉽게 결정할 수 없는 문제이다. 이미지는 종교적·형이상학적 체계를 바탕으로 하고, 심리적·정치적·사회적인 필요와 의제를 위해 다양한 방식으로 창안되고 사용되어 온 개념이다. 이미지는 차치하더라도 '대상', 곧 '사물'이라는 식으로 등치화할 수 없다. 대상은 물질적 사물뿐만 아니라 목적이나 목표를 포함하는데, 말하자면 주체의 의도나 목적하는 바와 연관되는 것이다.[7] 바꾸어 말해서, 대상 위에는 주체의 의도나 목표가 그림자처럼 드리워져 있다.

　상술된 의미에서 이른바 '키치 문제'는 키치라는 대상의 구조를 분석하거나 평가하고 모범적인 것으로 간주되는 대상인 '예술 작품'과 비교하는 식으로 이해되거나 다루어질 수 없는 문제이다. 영화에 관한 철학적 논의에서 노엘 캐럴은 '부디 매체는 잊어다오!'라는 식으로 애원하다시피 한

---

[6] Mieke Bal, "Visual Essentialism and the Objec of Visual Culture", *Visual Culture: Critical Concepts in Media and Cultural Studies*, (eds.) Joanne Morra & Marquard Smith, 2006, pp. 272–273.

[7] Chambers Dictionary, 2000, p. 104.

다.[8] 아직도 여전히 '영화'를 무성영화 시대의 영화로 이해하는 발터 벤야민 같은 이도 있고, 카메라 촬영과 무관한 부분들이 첨가되어 있는 진화된 유형의 영화들이야말로 '진정한' 영화라고 생각하는 젊은 세대도 있다. 이 문제는 순수한 철학적 문제가 아닐지도 모른다는 것이 나의 생각이다. 한 사물 또는 사물들의 집합에 대해 어떤 특정한 형태나 구조를 가정한 후 그것에 걸맞은 내용을 가질 때만 그 사물이 '진짜'라는 관념은 다분히 정치적이다. 모종의 책략이 암묵적으로 스며들어 있다는 말이다. 따라서 '키치 문제'는 자연스럽게 밖에서 문제를 찾는 순서로 이어진다.

밖에서 문제 찾기: 차이와 사이의 함수로서의 키치

키치 담론의 주제로 삼을 만한 대중소설이 2003년에 전 세계를 강타했다. 여러 문화와 담론 세계들 중에서 기독교 세계가 가장 심하게 타격을 입은 것으로 평가되기도 한다.[9] 키치의 정체성과 사회적 기능, 미적 스타일의 문제와 관련하여 내가 언급하고자 하는 사례는 댄 브라운Dan Brown의 소설 《다 빈치 코드The Da Vinci Code》이다. 이 소설은 종교적 도그마가 역사적 구성물이라는 사실을 추리소설 형식을 빌려 풍자적으로 제시한다. 열렬한 추리소설 독자인 나는 소설을 읽으면서 처음에는 흥미와 서스펜스를 느꼈지만, 후반부로 갈수록 직업의식에 기초한 모욕감 같은 것을 느꼈다. 그것은 신성모독 같은 문제와는 무관한 것으로, 소설가로서의 성실성 요건

---

[8] Noël Carroll, *Engaging the Moving Image*, Yale UP, 2003, pp. 1–9. 우리가 시각예술, 청각예술 등으로 구분하여 부르는 것은 18~19세기에 창안된 예술 형식과 예술 범주 체계에 토대한다. 그러나 각 예술 범주는 특정 매체와 일대일로 대응하는 것도 아니다. 단적으로 문학처럼 매체가 없는 예술도 있다. 그리고 디지털 기술이 도래함에 따라 기존의 매체 개념이 무효화되는 일도 있다.

[9] Dr. Erwin Lutzer, www.cnn.com/2006/SHOWBIZ/books/03/28/life.davinci.reut/index.html, March 28, 2006.

과 연관된다. 역사적 사실들을 원용하여 리얼리즘을 부추기는 것은 소설 기법 중 하나이겠지만, 마치 '그것 말고 이것이 진짜다'라는 식으로 이야기를 몰고 가는 것은 픽션 작가로서 자신이 하는 일을 잠시 잊은 소치다.

《다빈치 코드의 비밀Secrets of the Code The Da Vinci Code》에서 철학자 댄 버스틴Dan Burstein은 댄 브라운의 문제점을 몇 가지로 요약한다. 첫째, 플라톤식으로 설명하면 브라운은 모방의 모방을 하고 있을 뿐이므로 결국 그의 이야기는 사실에 미치지 못한다. 둘째, 댄 브라운은 소설가로서의 능력보다 타깃 시장을 파악하는 능력이 탁월했다. 이 말은 그가 요즘 사람들이 무엇을 원하는지를 간파하고 바로 그것을 재치 있게 제공했다는 것이다. 한 마디로, 요즘 사람들은 이른바 '진실'을 들여다보기 좋아하지만 근거 찾기에는 관심이 없다. 셋째는 호라티우스 식 설명으로, 모든 것은 결국 유희이자 장난이며 풍자극일 뿐이다. 전문적으로 말해서, 《다 빈치 코드》는 픽션 소설일 뿐이다. 따라서 객관적인 증거를 제공하는 데에는 별로 관심이 없고 그래야 할 필요도 없다. 댄 브라운은 예수 신화, 템플 기사단, 오푸스 데이 등에 대한 대중들의 편집증적 호기심을 그럴듯하게 이용하고 희극적으로 훌륭히 활용했다. 넷째, 소설의 효과는 하이데거 식 설명과 맥을 같이하는데, 모든 문제들은 역사도 과학도 아닌, 오직 심리적 의미밖에 없다. 이 관점에 따르면, 결국 중요한 것은 관련 서술들이 앞뒤가 맞는지의 여부가 아니라, 사람들에게 필요한 것이 무엇인지 파악하고 그 필요를 채워 주면 그만인 것이다.[10] 소설가는 마치 공부 못하는 학생의 머리를 쓰다듬으며 '둔스 스코투스 모자'를 씌어 주는 선생님과도 비슷하다. 그렇지만 스코투스 모자를 쓴다고 해서 게으른 학생이 명석해지는 것은 아니지 않은가?[11]

---

[10] 《다 빈치 코드의 비밀》, 댄 버스틴 편집, 곽재은·권영주 옮김, 2005, 루비박스, 509~511쪽.

키치에 관해 여기서 내가 지적하려는 것은, 키치가 내재적으로 의심쩍은 구석을 가진다는 혐의보다는 키치가 사실상 '예술적 실패'의 사례라는 것이다. 공부 못하는 학생도 학생이듯이 나쁜 예술도 여전히 예술이다. 그러나 만일 '지어낸 이야기'를 거짓이 아닌 사실처럼, 즉《다 빈치 코드》의 경우, 정말로 사람들로 하여금 예수의 족보나 사료를 다시 뒤지게 만든다면, 그것은 소설가로서 가질 만한 온당한 의도가 못 된다. 그리고 그런 의도가 산출한 작품은 여전히 작품이긴 하지만 실질적으로virtually 키치가 된다. 그렇다면 브라운은 왜 그런 작품을 만들었을까? 그리고 어떻게 그 작품은 단시간 내에 엄청난 경제적 성공을 거두었을까? 조앤 K. 롤링의《해리 포터》는 순전한 판타지임에도 키치 논쟁과 연결되지 않는 이유는 무엇인가? 소설은 소설일 뿐이라는 말은 결코 소설을 평가절하하는 말이 아니다. 소설가의 임무는, 그가 묘사하는 허구 세계와 허구적 사건과 등장인물을 일관성 있게 성실하게 그리고 생생하게 그려 내는 것이다. 결코 어느 지점에서도 '진실인 체'해서는 안 된다.

'키치 문제'는 모종의 음모론처럼 접근할 문제가 아니다. 거짓 위안을 제공하려는 것, 멜로적 따뜻함을 느끼게 만들고자 하는 것, 따분한 일상에서 책임과 의무를 회피할 구실을 제공하는 것, 그런 심리적 효과를 자아내기 위해 작품 구성을 끝까지 탄탄하고 철저하게 몰아가지 않는 것이 바로 (키치)작품을 예술로서 실패하게 만드는 것, 즉 예술이 되지 못하게 만드는 것이다. 왜냐하면 그럴 경우 예술가는 독자나 관람자에 대해 경의를 갖고 대하는 것이 아니라, 환각제를 구하러 온 손님을 대하듯 시장 전

---

11 소설 작가가 '교사' 역할을 해야 할 필요는 없겠지만, 소설에 인용된 라틴어들과 인물의 이름, 장소 같은 것 사이의 연관성을 강하게 암시하기 위해서는 올바른 이해를 바탕으로 해야 할 것이다. 예를 들어, 알비노 수사 사일러스의 이름은 성배를 의미하는 '챌리스'와 관계되는 것처럼 서술되어 있다. 그러나 사실 그 관계는 모호하다. 결국 '챌리스', '실러스', '사일러스'를 차례로 영어 발음대로 읽으면 자연스럽게 서로 연결되는 것이다. 댄 버스틴, 앞의 글, 523쪽.

략으로 전환하는 것이기 때문이다.

쿨카Tomas Kulka는 키치를 미적 범주의 하나로 보고 무엇보다도 예술적 실패의 사례로 다룬다.[12] 예술적 실패의 원인에는 여러 가지가 있을 수 있다. 예술가가 의도한 구도 자체가 잘못된 경우, 예술가가 적절한 매체를 선택하지 못한 경우, 예술가의 기술 미숙으로 작품이 조야해진 경우, 예술가의 창의성이나 독창성이 결여된 경우, 예술가의 취미가 저급한 경우 등이다. 예술적 실패의 결과는 심미적으로 탁월하지 못한 예술, 진부한 예술, 평범한 수준의 나쁜 예술이지만, 탁월하지 못한 예술 작품이 곧 키치와 동일한 것은 아니다. 예를 들어 야수파나 초현실주의 작품들은 기법의 탁월함이나 취향의 고급스러움을 보여 주지 않지만, 그럼에도 불구하고 예술사적으로 유의미한 가치를 지니며, 따라서 키치로 전락하지 않는다. 반면에 소위 고급 키치들은 수준 높은 취향을 보여 주고 제작 기법도 섬세하다.

고급 키치의 예로는 디자이너 명품 컬렉션을 들 수 있다. 디자이너의 이름을 상표로 쓰며, 때로는 별도의 준예술적 제목을 갖기도 하는 오트쿠튀르는 예술 작품인 양 소개된다. '명품'이란 예술의 '명작'을 흉내 낸 이름이다. 그러나 디자이너의 이름과 제목이 주어졌다는 이유로 고급 키치가 예술로 승격되지는 않는다. 물론 순수예술과 고급 키치의 경계가 항상 분명한 것은 아니며, 어떤 뚜렷한 구별 기준이 주어질 수 있는지 가늠하기란 쉽지 않다. 이 문제는 단순히 분류법의 수정을 통해 언어적으로 해결될 수 있는 것이 아니다. 예술의 항구적 본질을 거부하는 제도론자인 디키조차 '내가 예술이라고 부르면 어느 것이나 예술이 된다'는 식의 논리를 비판한다.[13] 예술은 일종의 원초적 개념으로서 현실 세계의 역사적 지평

---

12 Tomas Kulka, *Kitsch and Art*, Pennsylvania : The Pennsylvania State University Press, 1996, p. 1.

과 삶의 양식 내에서 배태된 것이다. 원초적 개념으로서의 예술이라는 개념은 '인간', '사랑', '도덕' 같은 개념처럼 우리가 자라면서 자연스럽게 배우게 되는 것으로서, 개인이 자의적으로 변경시킬 수 없는 것이다.[14]

　서구 예술사에서 예술을 예술로서 다루는 것은 비참여 원리principle of non-participation로 확립된 것인데, 나는 예술가나 전시자가 그 규약을 위반함으로써 예술 감상자를 예술적 소비artistic consumption(전통적인 어법에 따르면, '감상' 또는 '향수'에 해당한다.)가 아닌 심리적 소비로 인도할 때 예술의 키치화가 발생하는 것으로 본다. 그러나 예술의 키치화는 문화산업의 직접적인 결과 때문이 아니다. 혐의가 짙음에도 불구하고 문화산업이 예술을 키치로 만든다는 '증거'는 뚜렷하지 않다. 연극 포스터를 붙이거나 영화 광고 전단을 나눠 주는 일이 곧 연극이나 영화를 키치로 만드는 것은 아니다. 문제는 작품의 매체적 구성과 무관하게 외적인 분위기나 후광을 '거짓 인용'하는 것이 매우 비합리적이고 저급한 마케팅 전략이라는 것이다. 나는 '거짓 인용'[15]에 토대한 마케팅 전략을 '센티멘털리즘'으로 특징 짓는다.

　상품을 상품으로서 판매하기 위해 취할 수 있는 전략에는 수사학이 포함된다. 수사학은 인간을 사고-감정-행위의 총체적 연결망처럼 접근한다. 주목을 얻고자 주체의 감정을 적절하게 환기시키는 일이 필요한 것은

13　예술제도론을 대표하는 조지 디키도 예술의 정의 불가능성 논제가 '어느 것이나 예술이 될 수 있다'는 결과를 초래한다고 보는 모리스 와이츠와 폴 지프의 입장을 '새로운 예술관'으로 다루면서, 그 견해의 난점들을 논리적으로 비판한다. George Dickie, *The Art Circle*, New York : Haven Publications, 1984;《예술사회》, 김혜련 옮김, 문학과지성사, 1998, 49~77쪽.

14　조지 디키, 앞의 글, 120~125쪽.

15　단토는 거짓 인용을 예술을 무효화시키는 조건으로 본다. 대표적인 예는 표절 행위다. "일반적으로 인용에 있어서, 인용자는 문장을 언표하고 한 문장을 의미하며, 그리고 의도가 수사적일 경우 그는 청중이 발견하기를 기대하는 문장을 발견할 수 있게 해주는 함수를 청중이 찾아낼 것을 의도하는 것이다. 보통의 경우 청중은, 문장이 수사적 미끼로서 만들어진 것일 때, 자기가 발견하는 문장에 대해 선택권을 갖는다. 성공적인 의사소통이 이루어질 때 그들은 각기 아마도 상이한 그러나 대체로 동일한 방식으로 수사적 행위를 완결시킨다." 아서 단토, 《일상적인 것의 변용》, 김혜련 옮김, 한길사, 2008, 378~382쪽.

당연하다. 그렇지 않다면 사람은 아무런 행위도 하지 않을 것이다. 감정 충전이 없을 때 인간은 다만 끝없이 사고할 뿐이다. 결정을 내리고 행동으로 옮길 수 있으려면 감정의 협력이 필요하다. 그러나 구매 행위를 유도하기 위해 잠재적 구매자의 감정을 부당한 방식으로 부채질하는 것은 센티멘털리즘의 늪에 빠지는 것이다.

그렇다면 센티멘털리즘은 항상 그릇된 것인가? 어느 사회에서든지 늘 키치는 제작되고 판매되어 왔다. 사회주의국가에서조차 그런 일은 있어 왔다. 대중이 원하는 것이 바로 키치적 감정, 곧 센티멘털리즘이라면 그것을 주어야 하는 것이 아닐까? 《다 빈치 코드》는 바로 그것을 주었고 그 때문에 대중의 환영을 받았다. 물론 대중적 성공이 센티멘털리즘이라는 비난을 면제해 주는 것은 아니지만. 문제는 센티멘털리즘의 기능적 가치다.

로버트 솔로몬Robert C. Solomon은 우리가 때때로 부드럽고 여성적인 감정을 느껴야 할 때가 있음을 역설하며 이를 제공하는 키치를 옹호한다. 특별히 솔로몬이 옹호하려는 종류의 키치는 '스위트 키치sweet kitsch'라고 불릴 수 있는 것으로서, 부드럽고 민감하고 향수鄕愁적인 감정을 환기할 목적으로 만들어지거나 사용되는 키치 산물들이다. 먼저 솔로몬은 키치가 정당한 예술의 지위를 얻을 수 없는 이유들을 살펴보고, 심미적·예술적 가치의 관점에서 키치에 가해지는 비난들은 상대주의 논변으로 해소되거나 예술 개념에 대한 상이한 견해 차이로 극복될 수 있다고 주장한다. 그렇기 때문에 예술로서의 키치 논쟁은 어떤 경우에도 비판자나 옹호자 모두 결정적인 논변을 갖지 못한다고 말한다. 솔로몬은 키치의 비합리성 또는 불건전성을 비판하는 가장 강력한 근거는 키치의 '감상성'에 있다고 본다. 따라서 그는 키치의 감상성을 자신의 감정 이론을 토대로 옹호하려 한다.

솔로몬은 키치의 감상성을 비판하는 유형을 여섯 가지로 분류하고, 이 비판들을 차례로 해소한다. 그가 제시하는 키치의 감상성에 대한 비판 유형은 다음과 같다.

1. 키치는 과도하거나 미성숙한 감정을 표현한다.
2. 키치와 감상성은 우리의 감정을 조작한다.
3. 키치와 감상성은 '거짓된false', '가짜faked' 감정을 표현하거나 환기시킨다.
4. 키치와 감상성은 '값싼cheap', '손쉬운easy', '피상적인superficial' 감정을 표현하거나 환기시킨다.
5. 키치와 감상성은 '자기만족적self-indulgent'이며 '적절한appropriate' 행동을 방해한다.
6. 키치와 감상성은 우리의 지각을 왜곡시키고 합리적 사고와 세계에 대한 적절한 이해를 방해한다.[16]

솔로몬의 기본 입장은 두 가지 명제로 요약될 수 있다. 첫째, 키치의 문제는 순전히 미적인 문제에 국한된다. 이것은 키치의 미적 측면과 센티멘털리즘을 별개의 것으로 보는 것이다. 둘째, 여섯 가지 유형의 비판들의 기저에는 감정의 합리성에 대한 그릇된 견해가 숨어 있다고 진단한다. 더 나아가 그는 유연하고 부드럽고 세련되지 못한 감정들은 때때로 윤리적으로 건전할 뿐만 아니라 특정한 상황에서는 다른 어떤 것보다 더 적절한 반응이라고 본다.

전술된 솔로몬의 두 명제를 차례로 검토해 보자. 첫째, 키치는 순전히 미적인 문제라는 명제에 대해서다. 예술이나 키치에 대한 담론은 심미적인 영역에 국한되며 윤리적 평가는 면제되는가? 어떤 사물이 갖는 순수

---

16 Robert Solomon, "On Kitsch and Sentimentality", *Journal of Aesthetics and Art Criticism* 49(1991), p. 5.

한 심미적 가치로 인해 그것이 예술의 지위를 얻게 되거나 키치로 분류되거나 하는 것이라면 솔로몬의 주장은 타당할 것이다. 그러나 예술의 지위는 사물이나 사건이 갖는 심미적 면모로만 획득되는 것이 아니며, 오히려 예술사적 유의미성이나 독창성 등에 의해 주어진다. 또한 솔로몬의 견해에서 불분명한 것은 그가 사용하는 '심미적인 것'이라는 말의 의미다. 협의의 미적인 것the aesthetic이란, 대상의 지각적이고 형식적인 측면들을 지칭한다. 그러나 지각을 인도하는 시각에는 세계를 보는 인식론적 시각뿐만 아니라 사태나 상황을 대하는 윤리적 시각도 포함된다. 특히 내러티브적 요소를 포함하는 미적 대상의 경우, 행동이나 사건들에 대한 심미적 감상과 평가는 윤리적 시각으로 인도된다. 따라서 키치에 주어진 비판들이 윤리적 관점에 기초한 것이기 때문에 난센스라고 말하는 것은 '심미적인 것'의 자율성을 지나치게 과장하는 것이 된다. 앞에서 언급했듯이, 정치적·윤리적 평가가 면제되는 영역은 없으며, 키치 논쟁의 경우에는 특히 그러하다. 따라서 나는 심미성을 윤리적인 것과 독립된 것으로 보는 솔로몬의 견해에 동의하지 않는다.

둘째로, 키치가 환기시키는 전형적인 감정들, 즉 유치하거나 유약하고 부드러운 감정들은 비합리적이거나 미성숙한 인격의 표지로 다루어질 수 없다는 솔로몬의 주장에 나는 동의한다. 솔로몬이 특히 강하게 거부하는 현대 예술의 경향은 그가 '가장 나쁜 종류의 감정'이라고 부르는 종류의 감정들로서 많은 사람들이 바람직하거나 고상한 감정으로 보는 유형들이다.[17] 예를 들면, '진지한', '숭고한', '장대한', '호방한' 감정들이 그러한 경우인데, 이 감정들은 두드러지게 남성적인 감정들이다. 일상적으로 그리고 비평적 맥락에서 남성적인 감정들은 바람직하거나 합리적인 것으로

---

[17] Robert Solomon, 앞의 글, p. 13.

간주되는 경향이 싵다. 그렇지만 상황에 따라서는 소위 '여성적'이라고 불리는 부드러운 감정들이 강하게 권고될 만한 합리적인 감정일 수도 있다. 꾸밈없고 소박한 감정 표현, 사소한 듯이 보이는 대상이나 평범한 상황에서 느낀 대로 보여 주는 제스처는 정직함과 도덕적 성실성, 또는 정치적 올곧음의 표지일 수 있다. 솔로몬의 이 비판은 매우 온당하고도 시의적절한 것이다. 오늘날 대부분의 사회는 여전히 가부장적이며, 가부장제는 특정한 감정 유형을 선호하면서 여성적이라고 불리는 '부드럽고' '유약한' 감정들을 경시하는 경향이 있다.

솔로몬의 스위트 키치 옹호 논증을 통해 나는 키치의 문제점으로 자주 지적되는 주요 면모 중 하나인 감상성이 그 자체로 부정적이거나 비합리적인 것이 아님을 밝혀 보았다. 그러므로 이른바 키치 문제는 내부주의적 접근이나 맥락주의적 접근 중에서 택일하여 풀어낼 수 없는 다면적인 것이다. 어쩌면 상황은 유죄가 입증되지 않는 한 무죄로 간주되는 법정 원칙과 흡사한지도 모른다. 키치는 철학적·미학적·도덕적 혐의를 받아 왔지만, 키치의 문제점은 사례별로 세심하게 다루어져야 한다. 앞에서 언급했듯이, 오늘날의 키치는 기술의 발전에 지대하게 의존하므로, 키치 문제는 기술의 산물이자 기술적 매체로 접근할 때 문화산업과 키치의 관계가 더 선명하게 드러난다고 생각한다. 다음 절에서는 기술매체로서의 키치가 갖는 특징을 살펴볼 것이다.

기술매체로서의 키치

앞에서 나는 예술, 문화산업, 키치의 상호연관을 안에서 그리고 밖에서 조망해 보았다. 키치는 일종의 자기기만의 양상이라는 점에서 근본적으로 의식과 지향성의 문제인 반면, 어떤 인지cognition도 사적일 수 없다는 현상학의 교훈을 되새겨 볼 때, 키치 문제는 주체의 내부와 외부를 넘나드는 문제로서 특히 복잡한 사회관계에 대한 고찰을 요청한다. 키치와 연관된 많은 사회현상 중에서 여기서 특별히 초점을 두려는 것은 키치를 뒷받침하는 기술technology 또는 기술체제technocracy라는 하부구조이다. 한 마디로, 키치는 고도로 발전된 기술에 의해 그리고 기술의 형태로 비로소 실현된다. 라식, 틀니, 보청기 같은 것을 키치라고 부르는 사람은 없을 테지만, 짝퉁 명품이나 복제화, 그리고 주름살 제거 시술에 쓰이는 보톡스 같은 것은 분명 키치적이라고 느낄 것이다. 현저하게 키치적이건 아니건 간에, 사회적 범주로서 키치를 떠받치는 두 축은 사회계층 간 격차의 존재와 기술적 실현 가능성이다. 계층 간의 격차는 선망의 시선을 낳고, 그 시선은 기술이라는 수단으로 대리 만족 또는 유희와 풍자를 즐길 수 있게 한다. 기술의 발전이 우주탐사 같은 거시적 차원에서, 그리고 나노 공학 같은 미시적 차원에서 가속화될 때 우리의 욕망은 보정적補正的 기능을 넘어 순수한 유희에 대한 탐닉으로까지 향한다.

키치 문제뿐만 아니라 오늘날 어떤 주제를 다루든지 반드시 대면하게 되는 것이 첨단기술이다. 기술은 구체적인 변화를 수행하는 작용인 반면, 그 변화를 욕구하고 촉구하는 것은 우리의 의지다. 기술의 핵심부에는 의지가 있는 것이다. 변화를 시도하는 것이 반드시 좋은 결과를 가져오는 것은 아니며, 키치 또한 '외양의 변화'에 머물 수도 있다. 성형미인이 미인인 것은 틀림없지만 그 자녀가 예쁠지는 미지수이듯이 말이다. 그러나 사회관계의 관점에서 이런 문제는 중요하지 않다. 아름다워진 외모는 본인의 자존감을 높이고 대인 관계를 유연하게 만들며 원하는 직업을 얻게 해준다. 중요한 것은 '사회 안에서 어떤 역할을 맡고 어떤 과제를 수행할 수 있는가?'이지, '네가 진정 무엇인가?'가 아니다. 이렇듯 키치는 존재 담론을 넘어 생성 담론으로 전환한다. 바꾸어 말하면, 이 전환은 언어적 전환의 지평을 넘어 매체적 전환의 성격을 띤다.

이 시섬에서 키치와 기술의 상보적 관계는 사이와 차이의 함수로서, 구체적으로 후기 자본주의 문화를 형성하는 기술매체로서 키치를 특징지을 수 있게 한다. 김동규는 《하이데거의 사이-예술론》에서 '사이Zwischen'와 '사이항'들 간의 관계를 다섯 가지 명제로 요약한다.[18] 1)사이는 사이항들에 선행하는 '존재사건Ereignis'이다. 2)사이항들은 차이로 인해 서로 갈등·투쟁하지만 그 와중에 자신의 정체성, 친밀성을 확인한다. 3)존재를 선사하는 밝힘Lichtung의 시-공간이다. 4)사이는 결국 차-이Unter-Schied다. 5)사이의 시-공간을 지배하는 것은 우연이다.

이 중에서 키치 담론과 더 밀접한 명제는 네 번째와 다섯 번째 명제, 즉 사이는 결국 차이이기도 하다는 것, 그리고 사이의 시공간을 지배하는 것은 우연이라는 것이다. 존재Being의 세계는 필연적인 반면, 생성Becoming과 변화(Coming-into-being)의 세계는 비확정적이고 유동적이다. 키치가 비난받는 데에는 여러 가지 이유가 있고 그중에는 타당한 것도 있지만, 키치를 적극 옹호해야 할 측면이 있다면 그것은 키치의 유동성 자체, 바꾸어 말해 변화의 매체로 기능하는 적극적인 힘이다.

실제로 '매체'라는 단어는 맥루언의 표현대로 '그 사이Dazwischen', 즉 양쪽을 동시에 개념적으로 규정하는 간격을 가리킨다.[19] 이 개념은 매체학적 전환의 시발점이 된다. 맥루언은 매체가 사물들보다 앞선다는 매체선험성Medienapriori을 제시함으로써 기초존재론Fundamentalontologie의 혁신을 선도하는 역할을 했다.[20]

키치의 비확정적 유동성의 힘은 과학까지 키치화할 수 있다. 스콧 몽고메리Scott L. Montgomery는 키치로서의 과학 이야기를 들려준다.[21] 키치의 의

---

[18] 김동규, 《하이데거의 사이-예술론》, 그린비, 2009, 13~19쪽.

[19] *Absolute Marshall McLuhan*, Freiburg, 2002, p. 212. 디터 메르쉬 지음, 《매체이론》, 문화학연구회 옮김, 2009, 연세대출판부, 119쪽(재인용).

[20] 디터 메르쉬, 앞의 글, 144쪽.

미는 확장되어 형태와 동기의 다자성을 포함하게 된다. 특히 이 경우는 키치의 일종의 '용병 미학', 즉 소망과 현실이 융합되는 만족감을 제공하는 독특한 미적 범주의 극명한 사례이다. 실제로 키치는 심적·시각적 이미지가 현대사회에서 수행하는 역할의 중요한 측면들을 부각시켜 준다. 주요 수행적 국면들은 다음과 같다.

a) 사고와 감정을 공식화formula시킴으로써 소비를 위한 상품으로 만드는 능력
b) 인간과 자연 세계에 관한 현존하는 사고 양태들을 각인시키고 순환시키는 능력
c) 특수한 제도적 구조를 안정화시킬 수 있도록 기여하는 다양한 방식

그렇다면 키치와 과학은 어떤 관계에 있는가? 이제껏 이 물음이 제기된 적은 없었던 것 같다. 그 이유는 아마도 과학적 사고에서 심미적 차원은 존재하지 않거나 중요하지 않은 것으로, 또는 과학이 인간적 경험에 관해 초연하고 중립적일 것이라는 오랜 통념 때문인 듯하다. 과학과 예술은 정말로 그렇게 다른가? 몽고메리는 과학이 예술 못지않게 해석적 실재론을 추구하는 활동이라고 본다. 즉, 언어, 숫자, 지도, 그래프, 예시, 도표 등을 사용함으로써 물리적 우주를 인간적 또는 문화적 우주로 재─제작하는 '세계제작'(Nelson Goodman의 주요 개념) 방식들 안에 과학을 놓는 것이다. 어떤 의미에서 과학 활동은 이미지 제작, 그림 구성 등으로 물리적 세계를 시각화하는 작업이다. 또한, 과학은 세계를 표상하는 동시에 그 표상으로 스스로를 표상한다.

---

21 Scott L. Montgomery, "Extract from Science as Kitsch: the Dinosaur and Other Icons", *Science as Culture* 2(10), 1991, pp. 7–16.

그러면 키치가 과학적 사고와 활동에 관해 취할 수 있는 두 가지 형태는 무엇일까? 첫째, 마치 '자연'의 일부인 것처럼 만듦으로써 특정한 문화적 태도를 강화하려는 경우에 볼 수 있듯이 '과학적인 것' 자체 안에 위치하는 키치가 있을 수 있다. 둘째, 용기나 공포를 동반하는, 전설과 로맨스 위에서 번성하는 키치가 있고 그것은 '과학'을 상품화 또는 심지어 기업화할 수도 있다. 이러한 키치 형태는 특별한 이점이 있다. 특정한 문화 형태를 강화하는 표상 수단으로서 서구 사회에서 흔히 사용되는 말이 '과학적'이라는 용어이다. 이것은 표싱 자체일 뿐만 아니라 사고와 경험의 양태들이기도 하며, 따라서 과학 키치 또는 키치 과학을 마주할 때 사람들은 과학이 무엇이고 어떤 일을 할 수 있는지를 생각해야 하는 강제성을 느낀다. 그렇기 때문에 치열하게 고민하지 않는 한 이른바 '과학적' 키치에 대한 비판은 실패하기 쉽다.

그러면 언제 과학이 키치가 되는가? 과학 연구의 대상이 문화적 아이콘이 될 때 키치가 등장한다. 이 경우 중독성 집착이 추동력으로 작용하면서 문제의 대상은 일종의 페티시fetish가 된다. 일반 대중은 물론이고 연구자의 경우에도 문화 아이콘이 된 과학적 대상은 일종의 도취적 거품으로 그것이 본디 갖는 평범하고 정상적인 유의미성을 모호하게 만들 수 있다. 영화 〈주라기 공원〉 이후 공룡은 대중의 열광적인 문화 아이콘이 되었다. 이러한 과학 아이콘은 회화나 조각의 경우와는 달리 '진리'의 담론으로 간주된다. 경이와 매혹enchantment은 실재 모습에 관한 위장된 호기심에 기초하여 윤리적으로 쉽게 정당화되기 마련이다. 과학 아이콘의 경우, 관건은 시간이다. 오랜 세월에 걸쳐 용도가 변하거나 친숙해질 때, 아이콘은 복합적인 문화적 반향을 획득한다. 즉, 하나의 전형으로 당연시되고 심지어 정의적 의미로 이해될 수도 있다.

대중적인 소통 수단으로서 키치

이 글에서는 키치를 특정 관점에서 평가하기보다 한 사회의 문화 영역에서 키치가 맡는 사회적 역할을 기술하는 데 주력했다. 첨단 과학기술이 일상 속에 깊이 뿌리내리기 시작한 오늘날, 키치가 인간 주체와 문화, 심지어 과학까지도 재구성하는 기술매체로 기능할 수 있음을 보이는 것만으로도 이 글의 목표를 이룬 셈이다. 본디 반예술anti-art로서 출발한 키치는 오늘날 주요 기술매체로 진화하고 있는데, 이러한 전개는 키치가 사회적·경제적·정치적 변화를 가져올 수 있는 문화적 교두보임을 시사한다. 이 예기치 못한 새로운 가능성은 '디자인 전략design tactics'[22]으로 알려진 세르토의 개념과 제휴할 수 있을 것으로 보인다. 전략을 특정 집단에 속한 구성원들이 자신의 목적과 욕구를 위해 현 제도나 다른 집단들과 타협하고자 개발하는 수단이라고 이해한다면, 키치는 투사를 위한 수단으로, 그리고 대중적인 소통 수단으로 활용될 수 있다. 존 듀이John Dewey가 확신했듯이, 대중은 만들어지는 것이기 때문이다. 물론 항상 결과가 좋은 것은 아니다.

---

[22] Disalvo, Carl, "Design and the Construction of Publics", *Design Issues*, Vol. 25, no.1, 2009, pp. 48–63.

134 | 문화산업 이미지 예술

■ 참고문헌

Greenberg, Clement, "The Present Prospects of American Painting and Sculpture", *The Collected Essays and Criticism,* vol. II. 1962. p. 162.

_____, Clemet, "Avant-Garde and Kitsch", *Partisan Review* 6, no.5. 1939 Fall.

긴동규, 《하이데기의 사이-예술론》, 그린비, 2009.

Newman, Ira, "The Alleged Unwholesomeness of Sentimentality", *Arguing about Art,* New York : McGraw-Hill, Inc., 1995.

댄 버스틴 편, 《다 빈치 코드의 비밀》, 곽재은·권영주 옮김. 루비박스, 2005.

Disalvo, Carl, "Design and the Construction of Publics", *Design Issues,* Vol. 25, no.1. 2009, pp. 48-63.

디터 메르쉬, 문화학연구회 옮김, 《매체이론》, 연세대출판부, 2009.

Wreen, Michael and Donald M. Callen. (eds.) *The Aesthetic Point of View: Selected Essays of Monroe C. Beardsley,* Ithaca. N.Y. : Cornell University Press, 1982.

Montgomery, Scott L., "Extract from 'Science as Kitsch: the Dinosaur and Other Icons", *Science as Culture* 2(10), 1991. pp. 7-16.

Bal, Mieke, "Visual Essentialism and the Objec of Visual Culture". *Visual Culture: Critical Concepts in Media and Cultural Studies.* (eds.) Joanne Morra & Marquard Smith, 2006. pp. 272-273.

Beardsley, Monroe, "Is Art Essentially Institutional?", *Art and Culture.* (ed.)

Saville, Anthony, "Sentmentality", Alex Neill & Aaron Ridley eds. *Arguing About Art,* New York : McGraw-Hill, Inc., 1995.

Solomon, Robert, "On Kitsch and Sentimentality", *Journal of Aesthetics and Art Criticism* 49, 1991, p. 5.

아서 단토, 김혜련 옮김, 《일상적인 것의 변용》, 한길사, 2008.

조지 디키, 김혜련 옮김, 《예술사회》, 문학과지성사, 1998.

Carroll, Noël, *Engaging the Moving Image,* Yale UP, 2003.

Kulka, Tomas, *Kitsch and Art.* Pennsylvania : The Pennsylvania State University Press, 1996.

예술을 재창안하기

벤야민의 인간학적 유물론과 예술이론을 중심으로

강 수 미

"파괴적 성격은 단 하나의 구호만을 알고 있다. '공간을 마련하기'가 바로 그
것이다. 파괴적 성격은 또한 단 하나의 행위만을 알고 있다. '물건들을 치우기'
가 바로 그것이다. 신선한 공기와 확 트인 공간에 대한 그의 욕구는 그 어떤
증오보다 강하다."

—Walter Benjamin, "파괴적 성격"[1]

새로운 예술의 정체와 기능

모더니즘과 그 이후로 이어지는 인간 현존, 그리고 문화의 변동을 사유하
고 논의한 사상가와 이론가의 목록을 작성한다면, 그 길이는 짧지 않을
것이다. 또 그 명단만큼이나 길고 큰 개별 이론 혹은 주장들의 내용적 다
양성, 관점의 차이, 논의의 폭·넓이·질적 층위의 상이성으로 구성된 지적
지도가 가능할 것이다. 그런데 우리가 이 글에서 논하려는 독일 현대 철
학자이자 미학자 발터 벤야민Walter Benjamin(1892~1940)은 그 지성의 지도
에서 매우 특수하고 독보적인 자리를 차지한다. 우리는 그 근거를 벤야민
의 이론 자체, 그리고 그 이론적 성과가 오늘의 지적 영역에 수용되어 현
재화되는 양상 속에서 찾을 수 있다.

먼저, 벤야민의 철학과 미학은 서구 모더니즘 시대와 그 속성으로서 모
더니티를 총체적으로 동시에 지극한 구체성의 차원에서 탐사하고, 그로
부터 이론화를 꾀했다는 점에서 특수하고 독보적이다. 이를테면 그는 "현
실을 구성하는 구체적 세부, 개념적이지 않은 세부들을, 언제나 경험의
영역을 떠나지 않으면서도 초월적 의미를 해방시키는 방식으로 자세히

---

1 Walter Benjamin, "Der destruktive Charakter", 김영옥·윤미애·최성만 옮김, 《발터 벤야민 선집 1》, 서울:
   길, 2007, 176~177쪽.

조사"²함으로써, 형이상학과 경험론의 이분법적 철학 전통을 넘어서고자 했다.

그 다음으로, 벤야민은 역사적·사회적 구조와 동시대의 객관적 현상들, 경험 세계의 요소들, 예컨대 20세기 자본주의, 대도시, 테크놀로지, 매체, 예술 작품, 대중문화처럼 범위가 큰 것에서부터 과거 한때 유행했던 상품, 길거리의 광고 전단지처럼 극히 하찮은 것까지를 연구 대상으로 동시에 고찰하여 자신의 역사철학·인간학·예술이론을 형성하였다. 이 같은 연구 방법론은 일종의 '망원경적 대상을 현미경적으로 보기'이자 '현미경적 대상을 망원경적으로 보기'³라 할 수 있다. 벤야민의 이러한 이론적 체계와 방법론은 대략 1970년대 중후반 영미와 유럽 권역의 지성계가 '문화 연구', '매체 미학', '학제 연구'와 같은 이름으로 본격화한 학문 범위 및 연구 방법론의 모태 역할을 했다. 이런 점에서 벤야민의 영향은 뚜렷하다.

다소 길게 벤야민의 지성사적 위치와 이론적 범위를 소개했는데, 이는 벤야민이라는 사상가를 평가할 목적에서 그런 것은 아니다. 오히려 필자의 의도는 우리가 본론으로 논할 그의 인간학적 유물론과 예술이론이 분과적으로 구분되는 것이 아니라 종합적·상호 내재적 탐구로서 연관 관계에 있음을 예시하는 데 있다. 특히 이 글의 주제인 '예술의 정체와 기능을 새롭게 고안하는 문제'와 관련해서, 벤야민이 단순히 관념론 미학과 유미주의 예술이론을 비판하고 부정하는 입장이 아니라, 역사철학적이고 인간학적이며 동시에 당대 경험의 세부 차원을 아우르는 시각에서 그 문제의 답을 도출하고자 했음을 미리 주지하고자 함이다.

문화사 일반론에 따르면, 서구 18세기 관념론 미학의 체계 안에서 정립

2 Susan Buck-Morss, *The Origin of Negative Dialectics: Theodor W. Adorno, Walter Benjamin and the Frankfurt Institute*, England: The Harvester Press, 1977, p. 6.

3 Esther Leslie, "Telescoping the Microscopic Object: Benjamin the Collector", in Alex Coles (ed.), *The Optic of Walter Benjamin*, London: Black Dog Publishing, 1999, pp. 58−91 참조.

된 '순수예술Beaux-Arts'은 19세기를 거치며 예술 제도의 차원에서나 개별 예술 작품의 내용 층위에서나 매우 정교한 형태로 정착됐다. 그러나 그 세기에 이미 순수예술은 조종弔鐘을 울렸다고 보는 이가 있다. 그런 주장에 입각하면, 적어도 19세기 말에는 새로운 예술 형태가 출현했거나 요구됐을 것이다. 하지만 당시 사람들은 그에 대해 인식하지 못했다. 정작 20세기 초중반 현재의 시공간을 사는 사람들이 그 예술의 종언을 과거로부터 들려오는 변혁의 소리로서 자신들의 시대적 요구와 겹쳐 듣는다. 그렇게 해서 새로운 예술에 대한 꿈과 그것의 실제적 구현을 도모해야 하는 것이다. 이것이 우리가 이하에서 논할 벤야민의 사유가 자체의 역사철학에 바탕을 두고 구체화한 모더니티 예술이론의 첫 전제이자 가장 중요한 전제이다. 요컨대, '현재 예술의 변혁과 과거 예술의 위기에 대한 변증법적 인식'이 그것이다.

벤야민은 1936년 완성한 〈기술복제시대의 예술작품〉의 주제가 "[19세기부터 시작된] 예술에 닥친 운명"이라 확정했다.[4] 그리고 실제로 〈기술복제시대의 예술작품〉을 비롯해 그가 유물론적 입장에서 쓴 1920년대 말부터 1940년까지의 저작들은 "[당시] 현재의 예술 속에 숨겨진 구조적 성격"을 19세기 유럽의 사회역사적 조건의 변화 양상들에서 추출하고, 그것을 논거로 예술의 새로운 정체성을 미학적으로 정립하고자 한 내용으로 채워져 있다. 이때 사회역사적 조건의 변화란 단적으로 사진술이 발명·공표되고, 영화가 처음 만들어졌으며, 자본주의 생산 방식/생산 관계의 변경과 더불어 대도시의 형성, 대중의 출현, 사회 형식의 기계화 및 산업화, 문화의 대중화가 급속하게 이뤄진 상황들을 의미한다. 그리고 벤야민이

---

[4] Walter Benjamin, *Gesammelte Schriften V/2*, Unter Mitwirkung von Theodor W. Adorno und Gershom Scholem hrsg. von Rolf Tiedemann und Hermann Schweppenhäuser, Frankfurt a. M.: Suhrkamp Verlag, 1989, p. 1148. (이하 이 전집은 GS로 약칭하고, 권수와 면수만 표기한다.)

5 예술을 재창안하기 | 141

주장한 새로운 개념의 예술이란, 자본주의의 위기로 그 폐기가 점쳐지고, 기술이 사회적 의식을 압도하며, 파시즘적 전쟁과 정치적 억압으로 사회집단의 존망이 위협받던 20세기 전반기에 기존의 '예술을 위한 예술'과 '예술적 기능'에서 벗어나 '집단의 삶과 해방적 미래에 기여하는 예술', 그렇게 '사회적·정치적으로 기능하는 예술'이라 요약할 수 있다.

벤야민은 "현재로 통하는 과거의 망원경적 시선(Telescopage)"[5]이라는 역사철학적·인식론적 기술, 또는 그가 제안한 개념을 빌리면 "변증법적 이미지"로 모더니즘 시기 자본주의 산업사회의 도래와 함께 그때까지 전승된 예술이 처한 위기 상황을 통찰한다. 그리고 그 통찰 속에서 새롭게 발견/인식한 과거의 잠재적 가능성과 현재의 한계/문제를 각성하여, 전통을 정당하게 청산함과 동시에, 그 "과거 속에 [불발된 채 남아 있는] 희망"을 일깨워 새로 시작하는 예술 형태, 그 특수성과 기능을 제시한다.

이러한 벤야민의 시도를 이 글에서는 '예술을 재창안하기'라 명명하며, 본론 첫 장에서는 그의 '인간학적 유물론anthropologische Materialismus'과 '유물론적 예술이론materialistische Theorie der Kunst'을 주요 논의 대상으로 삼아 그 내용을 분석하고자 한다. 그리고 다른 한 장에서는 지젝Slavoj Žižek의 이론을 참조하여 벤야민의 자본주의와 유미주의 예술에 대한 비판, 사진과 영화에 걸었던 기대, '예술의 정치화'로 '파시즘 정치의 심미화'에 맞서라는 요구의 현재적 논리와 의미를 재고해 볼 것이다. 현재 관념론, 유물론, 정신분석학, 대중문화 이론을 횡단하고 종합하며, 논쟁적 담론을 펼치는 지젝의 논의는, 벤야민이 모호한 설명에 그쳤거나 '제안'의 형태로만 내놓은 사유의 일정 지점을 지금 우리 시대의 조건 속에서 더 분명히 읽어 내는 데 도움이 될 것이다.

---

5 GS V/1, p. 588.

인간학에 입각한 유물론적 예술이론

인간 삶의 보편성, 즉 탄생, 죽음, 사랑, 노동, 인식, 놀이, 행위, 정서와 같은 인간의 보편적 존재 조건이자 활동은 언제나 철학의 중심 주제이다. 이러한 주제들은 인간을 단순히 생물학이나 동물학의 관점에서 종種의 한 유형으로 파악하는 것으로는 충분하지 않고, 더 내밀하면서도 관계적인 무엇으로 이해해야 함을 전제로 한다. 특히 '인간이란 무엇인가'에 대한 답을 인간의 자기 이해를 통한 반성적 인식에서 찾는 '철학적 인간학'은, 전全인간에 관해서 인간의 본질, 인간의 원리, 근본적 특수성에 대한 해명을 목표로 한다. 이는 셀러Max Scheler가 철학적 인간학을 "인간의 본질과 본질 구조에 관한 기본과학"이라 정의했던 데서도 분명히 드러난다.

그렇다고 해서 이 인간학이 인간에게 본래부터 확정된 정신상의 특성 혹은 불변하는 완성된 존재 구조, 본성에 주어진 필연성이나 규범 등을 가정하는 것은 아니다.[6] 여기 벤야민 또한 인간의 본질, 원리, 특수성이 초역사적이거나 초경험적으로 결정돼 있다고 보지 않는다. 그의 인간학은 오히려 인간이라는 존재가 특정한 시공간적 조건의 변화와 맥을 같이 하면서 형성되고 변화한다고 가정한다. 또 그렇기 때문에 인간 존재에 대한 철학적 물음과 답 또한 변경될 수밖에 없다는 입장이다.

이를 잘 보여 주는 것이 벤야민이 1920년대 중반 마르크스주의를 이론적으로 참조하기 전, 그의 사유가 신학적·형이상학적 단계에 머물러 있을 때 쓴 '도덕과 인간학을 위한Zur Moral und Anthropologie' 노트들이다. 여기에는 칸트의 윤리학에 대한 단편적 질문에서부터 종교의 '객관적 허위'에 대한 물음에 이르기까지, 도덕의 문제에서부터 지각과 신체Leib, 자연의 역

---

[6] Michael Landmann, *Philosophische Anthropologie*, 진교훈 옮김, 《철학적 인간학》, 서울: 경문사, 1998, 3~9, 31~61쪽 참조. 인용은 42쪽.

사에 대한 숙고 사항에 이르기까지, 전통 형이상학의 논리만으로는 간단히 답할 수 없는 논제들이 펼쳐져 있다. 또 죽음, 결혼, 창녀 등과 같이 존재론적이거나 세속적 경험 영역에 속하는 주제들, 혹은 '수치심'처럼 철학적 인간학이 인간만의 개별 현상으로 꼽은 주제가 앞선 논제들 사이에 파편적으로 끼여 있다.[7]

이러한 것들이 '인간학'의 표제 아래 묶여 있다는 것은 무엇을 의미하는가? 간단히 말해서 이는 벤야민이 사유의 초기 단계에서부터 인간학의 연구 대상을 형이상학의 범주 넘어, 또는 그 범주 아래와 바깥에 있는 것까지 포괄적이고 구체적으로 사고하려 했음을 보여 준다. 그리고 유물론적 이론을 개진한 후기 사유 단계의 벤야민이 〈초현실주의〉 예술비평문에서 언급한 '인간학적 유물론'이란, 유물론에 인간학을 도입하는 것만이 아니라, 인간학을 유물론적 관점에서 개진하는 이론임을 알려 준다.[8] 실제로 벤야민은 〈기술복제시대의 예술작품〉의 서두에서 마르크스가 자본주의적 경제구조를 분석하여 그 체제의 폐지를 예견했다면, 자신은 "예술의 발전 경향에 대한 명제들이 갖는 투쟁적 가치"를 정당하게 평가하며, 그 명제를 통한 상부구조 분석을 수행할 것임을 표명했다.[9] 이는 마르크스주의 유물론의 이론적 빈 공간을 벤야민 자신의 인간학에 입각한 유물론적 예술이론으로 채운다는 의미로 읽을 수 있다.[10]

또, 벤야민은 자연을 제1자연과 제2자연으로 구분하고, 기술 또한 제1기술과 제2기술로 나누며, 인간은 그러한 자연과 기술의 변화 속에서 그

---

[7] GS VI, pp. 54–89.

[8] 강수미, 〈인간학적 유물론과 예술의 생산과 수용 – 발터 벤야민의 '초현실주의'를 중심으로〉, 《미학》, 한국미학회, 2007(52집), 31~70쪽 참고. '마르크스주의와 철학적 인간학'에 대해서는 Landmann, 《철학적 인간학》, 57~61쪽 참고.

[9] Walter Benjamin, "Das Kunstwerk im Zeitalter seiner technischen Reproduzierbarkeit(Zweite Fassung)", 최성만 옮김, 《발터 벤야민 선집 2》, 서울: 길, 2007, 41~43쪽 참고.

전송존재 방식뿐만 아니라 지각의 종류와 방식까지도 새롭게 조직되는 존재라 본다. 이는 벤야민이 인간학의 탐구 대상으로서 인간을 역사적 유물론의 시각에서 전제하고 있음을 보여 준다. 그렇다면 이제 그 주장들의 세부 논의를 살펴보자. 그렇게 함으로써 벤야민이 제시한 새로운 예술의 인간학적이고 유물론적인 바탕 혹은 그러한 예술이 합당하게 주장되는 역사적이고 현존적인 차원의 조건을 설명할 수 있을 것이다.

1) 인간 지연·기술의 구조와 관계 변화

〈기술복제시대의 예술작품〉에 나오는 다음 구절은 얼핏 읽기에는 간단해 보이지만, 사실 이 논문 전체를 지탱하고 이끌어 나가는 중요한 철학적·미학적 단언이다.

> 비교적 큰 규모의 역사적 시공간 내부에서 인간 집단들의 전 존재 방식과 더불어 그들의 지각의 종류와 방식도 변화한다. 인간의 지각이 조직되는 종류와 방식, 즉 인간의 지각이 조직화되는 매체는 자연적으로뿐만 아니라 역사적으로 조건지어져 있다.[11]

이 주장을 통해 우선적으로 벤야민은 논문 제목에서 시사한, 유일무이한 예술 작품(정확히는 그 시청각 이미지)을 기술적으로 대량 재생산 reproduction할 수 있게 되었다는 사실, 또 그로 인한 "전통의 동요" 때문에

---

[10] 혹자는 벤야민의 유물론이 인간학적으로 전환함으로써, 정통 마르크스주의와 상당한 거리를 두게 됐다고 본다. Nobert Bolz & Willem van Reijen, *Walter Benjamin*, 김득룡 옮김, 《발터 벤야민: 예술, 종교, 역사철학》, 서울: 서광사, 2000, 113쪽. 그러나 벤야민은 자신의 연구를 마르크스주의에 결여된 '구체성'을 "마르크스주의적 방법론의 성취와 결합"하는 시도로 설정했다. GS V/1, p. 575 참고. 또한 그가 마르크스의 이론을 속류화한 마르크스주의 유물론의 한계를 지적하고 그 이론을 비판적으로 개정했다는 점도 간과할 수 없다. GS I/3, pp. 1230–1250 참고.

[11] "Das Kunstwerk…", 《발터 벤야민 선집 2》, 48쪽.

"예술의 영역을 훨씬 넘어서 …… 현재의 인류가 위기와 변혁"의 한가운데에 서게 됐다는 논리를 무리 없이 펼칠 수 있었다. 뒤집어 말해서 인간의 존재 방식, 그 지각의 종류와 방식,[12] 그리고 매체가 역사 과정 속에서 변화한다면, 〈기술복제시대의 예술작품〉이 명시적으로 주제로 삼은 예술의 생산과 수용의 양상 또한 인간 활동의 한 영역으로서 당연히 변화할 수밖에 없는 것이다.

하지만 이 주장이 더 큰 파괴력을 갖는 지점은, 인간을 자연과 역사를 선도해 나가는 '자율적이고 불변하는 주체'가 아니라, 그 집단의 존재 방식에서부터 개별적 지각의 종류와 방식에 이르기까지 자연과 역사라는 외적 조건("강압")에서 '자유롭지 않은 가변적 존재'로 보는 점이다. 이는 푸코Michel Foucault가 '인문주의적 주체란 근대성의 "배치"에 따라 "서구 지식의 무대에 등장"한 지 2세기가 채 안 된 하나의 형상'[13]이라 선언했던 구조주의 사유를 선취하는 것으로, 인간학의 근본적 인식의 전환을 배면에서부터 요구하는 것이다. 벤야민은 〈기술복제시대의 예술작품〉뿐만 아니라 〈사진의 작은 역사〉, 〈역사의 개념에 대하여〉 등 여러 크고 작은 글들에서, 고대적 인류에서부터 현재의 인류에 이르기까지 이어지는 인간에 대한 자연의 강압, 시간의 강압, 집단적·사회적 강압에 대해 언급한다. 그러한 인간 외적 강압들은 시대와 사회구조, 기술(생산) 수준의 변화에 따라 조금씩 그 양태와 강도의 차이는 있을지언정 원천적으로 인간 존재를 지배하고 조건짓는 것들이다. 예컨대 기술이나 과학 분야에서 카메라를 사용해 자연의 구조적 특성들, 세포조직을 밝히는 사례를 들어 양자를 "친근 관계"로 설명하는 벤야민의 주장은,[14] 인간이 기술을 발전시키는 원

---

[12] 철학적 인간학이 인간을 불변하는 완성된 존재 구조로 보지는 않지만, "지각과 행위의 특수한 방식만은 본래부터 인간에게 고정된 세습으로 주어졌다"고 가정하는 반면, 벤야민은 그 지각의 종류와 방식까지도 변화 속에 있다고 본 점을 주목해야 한다. Landmann, 《철학적 인간학》, 5쪽과 비교.

[13] Michel Foucault, *Les Mots et les choses*, 이광래 옮김, 《말과 사물》, 서울: 민음사, 1997, 11~22쪽 참조.

인이 자연의 지배적이고 비밀스러운 힘에 대한 인간적 극복, 그 지속적 시도와 어려움에 있다는 생각을 바탕에 깔고 있다. 또 과거에 대한 진정한 인식은 '인식의 지금 시간'에만 가능하다는 주장은 시간이 인간 이성에 행사하는 힘을 의식하고 내놓은 것이다.[15] 이에 더해 술집이나 대도시 거리 같은 곳이 "우리를 절망적으로 가두어 놓은 …… 감옥의 세계"라는 주장은 어떠한가? 그것은 예를 든 공간의 물리적 폐쇄성만이 아니라 사회구조적 차원의 억압과 기술적 한계 조건이 우리의 인식과 지각에 행사하는 강압을 의미하는 것이다.[16]

벤야민의 이와 같은 관점에서 보면 인간의 문명은 원천적인 자연의 강압에서 해방되려는 삶의 활동인 동시에, 매 역사적 시간대의 사회적 조건이 유발하거나 고착화하는 지배와 착취를 극복하려는 집단의 의식적·무의식적, 정신적·물질적 추구의 소산이 된다. 또 그의 의미에서, 인간의 진정한 해방이란 자연과 사회의 힘(폭력Gewalt), 이 둘에 대한 동시적 해방이지, 단순히 자연과 물질을 인간의 편에서 소유/이용한다거나 특정 계급을 중심으로 한 계급 관계의 전복만은 아니다. 이 관점에서 인간이라는 존재는 근대 인간중심주의적·이성중심주의적 주체, 또는 "내적 인간, 영혼Psyche, 개인"[17]이라기보다는 거대한 우주적 자연과 시간 속에서 변화하는 개체 중 하나이다.

하지만 여기서 우리는 성급하게 벤야민이 인간을 자연, 사회구조와 같은 것에 종속된 피동적 존재, 혹은 구조주의 철학에서 보듯 구조 속의 한 변수 정도로 규정했다고 결론 내려서는 안 될 것이다. 왜냐하면 벤야민의

---

14 Walter Benjamin, "Kleine Geschichte der Photographie", 《발터 벤야민 선집 2》, 168쪽.

15 Walter Benjamin, "Über den Begriff der Geschichte", 《발터 벤야민 선집 5》, 334쪽 이하.

16 "Das Kunstwerk…", 《발터 벤야민 선집 2》, 83쪽.

17 Walter Benjamin, "Der Sürrealismus. Die letzte Momentaufnahme der europäischen Intelligenz", 《발터 벤야민 선집 5》, 166쪽.

궁극적 논점은 인간 존재가 그렇게 자신을 둘러싼 조건들, 구조들, 세계에 함몰돼 있다는 것이 아니기 때문이다. 그와 반대로 신화의 시대를 넘어 '역사'가 구성돼 왔던 것처럼 인간과 인간의 삶이 그것들과의 투쟁에 있다는 것이고, 당대 모더니즘 시대의 강압과 지배를 벗어나는 길 또한 역사와 현실에 대한 각성, 나아가 "보편적이고 완전한 현재성Aktualität의 세계"[18]를 지금 여기서 실현하는 인간 집단의 "행동(실천)"에 있음을 분명히 하는 데 있기 때문이다. 벤야민을 참조해서 말하자면, 인간 문명화의 역사는 생산 관계와 생산 방식의 발전을 통해서만이 아니라, '기술'[19]의 목적telos과 그 사용에 대한 인간의 사회적/집단적 의식의 실현을 통해서 이뤄진다. 또한 집단의 꿈과 소망을 지각 가능하고 공유 가능한 '이미지공간Bildraum'으로 변환하고, 반대로 그대로 두면 "인간 자신에게 파괴적으로 실현될 사회적 경향들이 이미지 세계에서 그 정당한 권리를 갖도록 도와주는"[20] 예술을 통해서 전개된다. 그 문명화 과정에서는 인간, 자연, 기술이 서로 맞물린 관계에 있다.

벤야민은 주술 시대 혹은 전근대 사회까지의 기술을 "[인간을 중점적으로 투입하는] 제1기술"이라 명명하고, 그때 기술의 목표는 "[자연의 강압에 맞서는 인간의] 자연 지배"라 정의했다. 반면 산업화와 기계장치의 시대 "[인간을 적게 투입하는] 제2기술"은 "자연과 인류의 어울림(협동, 상호작용Zusammenspiel)을 지향"한다.[21] 이것이 〈기술복제시대의 예술작품〉 2판에만 담겨 있는 '인간-자연-기술의 제 관계'에 대한 벤야민의 논설이다. 이 짧

---

18 같은 책, 같은 곳을 앞선 인용과 함께 참고할 것. 또한 강수미, 〈인간학적 유물론과 예술의 생산과 수용〉 중 '신체공간', '이미지공간'에 대한 논의(50~61쪽)를 참고할 것.

19 벤야민의 '기술Technik' 개념에 대해서는 강수미, 《아이스테시스-발터 벤야민과 사유하는 미학》, 파주: 글항아리, 2011, 78~80쪽 참고.

20 이 인용은 벤야민이 "예술의 두 기능"이라 메모해 둔 항목 중 하나이다. GS I/3, p. 1047.

21 "Das Kunstwerk…", 《발터 벤야민 선집 2》, 55~58쪽 참고할 것.

은 논의 속에서 그는 인간의 긴 문명사를 압축한다. 하지만 사실 논의의 더 큰 의도는 서구 근대가 제2기술을 앞세워 제1기술 시대와 마찬가지로 자연을 지배하려 들고 심지어 착취를 당연시하는 현실, 또한 제국주의적이고 전체주의fascism적인 전쟁에 기술이 오용되고, 인간이 그러한 전쟁을 일으켜 스스로를 폭력의 가해자 및 피해자, 구경꾼으로 전락시키는 현실을 비판하는 데 있다. 그런 현실에서 인간―자연―기술의 관계는 상호 폭력의 가해와 피학으로 얽혀 있었던 것이고, 벤야민은 이를 인간학적 의식에서부터 바로잡고자 했던 것이다.

이상이 벤야민이 명시적 서술과 체계적 이론으로 집대성하지 않았지만, 1920년대 후반부터 시작된 그의 후기 사유 저작들 속에 녹아 들어 있는 '인간학적 유물론'의 핵심 내용이다. 매체철학의 입장에서는 벤야민의 미학이 "정치적·사회적·기술적 조건들을 내포"함으로써 지각에 관한 순수 학문이 아닌 "대중매체의 미학"으로 변화했다고 설명한다.[22] 하지만 그보다는 인간학적 유물론이 그 미학과 예술이론에 깊이 뿌리내리고 있다고 말하는 것이 더 타당할 것이다. 어쨌든 이제부터 보겠지만, 그 이론에서 가장 흥미롭고 독창적인 점은 벤야민이 가까운 과거로부터 현실에 이른 문제적 상황, 이를테면 인간―자연―기술의 왜곡되고 폭력적인 관계를 교정하는 중심에 예술을 상정했다는 사실이다.

2) 예술의 정치학, 예술에서 사회로의 기능 전환

예술은 자연에 대한 개선 제안이라고 정식화할 수 있을 것이다. 그것은 따라 하기Nachmachen이지만, 이 행위의 가장 내밀한 본질은 먼저 해 보이기Vormachen

---

22 예컨대 Frank Hartmann, *Medienphilosophie*, Wien: WUV, 2000, p. 211을 볼 것.

이다. 달리 말해, 예술은 완성시키는 미메시스vollendende Mimesis이다.[23]

이 인용구는 벤야민의 단편 노트들 중 하나에서 발췌한 것으로, 여기서 우리는 앞서 논한 인간-자연-기술의 관계를 예술을 중심으로 다시 생각해 볼 수 있다. 크게 보면, 예술과 자연의 관계는 전자가 후자를 '모방mimesis'하는 것이다. 하지만 벤야민에 따르면, 예술의 모방은 단순히 자연을 따라 하는 식이 아니라, 본질적으로 자연에 앞서서, 또는 자연의 불완전하고 미결정적인 부분을 채워 '더 좋게 완성하는verbessern, vollenden' 식이다. 어째서, 그리고 어떻게 그러한가?

먼저 자연은 인간 의지의 산물이 아니고, 인간을 넘어서 있는 것이다. 그러므로 인간으로서는 그것에 적응하고, 그것이 무의지적으로 행사하는 힘을 통제하며, 그것과 더불어 살아갈 수 있는 개선된 조건들을 만들어가야 한다. 벤야민은 예술이 이러한 인간과 자연 사이에서 둘의 "어울림을 훈련시키는 일(Einübung)"을 맡는다고 본다. 즉, 인간의 활동으로서 예술은 자연을 '앞서 하고, 완성하는' 모방을 통해 인간과 자연의 상호작용을 연습시키는 장場인 것이다. 이런 예술에 기술은 일종의 '동력'이다. 다다이즘dadaism의 혁명성과 한계를 논하면서 벤야민이 내린 판단을 참조해 말하자면, 예술은 그 내용상 혁명적인 것을 선취했다 하더라도 기술 수준의 변화가 뒷받침되지 않는다면 '예술 형식의 위기'를 맞는다. 또는 바꿔 말해, "위기의 시기에 이 예술 형식들은 변화된 기술 수준, 새로운 예술 형식을 통해서만 아무런 무리 없이 생겨날 수 있는 효과를 앞질러 억지로 획득"하려 한다. 예를 들어, 다다이즘은 영상 기술의 출현으로 가능해진 효과를 회화나 문학 수단으로 이루려 했다.[24] 벤야민이 과거 19세기 예술

---

[23] GS VII/2, pp. 667-668.

[24] "Das Kunstwerk…", 《발터 벤야민 선집 2》, 86~87쪽.

이 신진 기술의 발흥에 위협을 느껴 기술을 배타하고, 순수와 관념의 길을 걸은 것을 비판하는 것은 이러한 맥락에서다. 또한 기술이 사회의 기관器官으로 병합되지 못하고, 근원의/근대사회의 폭력적 에너지를 감당하지 못한 채 전쟁 도구로 전락했던 데에는 미래파와 같은 '눈먼 기술주의 예술'이 있었다고 지적하는 이유도 여기에 있다. 요컨대 벤야민에 따르면, 예술과 기술은 엄격히 분리되어 서로의 위계와 헤게모니를 다툴 것이 아니라 오히려 상호 연동 관계에 있어야 하는 것이다. 이렇게 해서 벤야민이 제안한 인간-자연-기술-예술의 지향적 관계가 해명됐나고 할 수 있다. 정리하자면 인간과 자연은 피차 지배와 강압 없는 상호 조화로운 관계를 형성해야 하고, 그 관계에 기여하는 것은 기술에 힘입어 자연의 불완전하거나 미완성인 지점을 개선하는 예술이다.

벤야민은 시대를 초월한 보편적 예술을 가정하지 않는다. 오히려 특정한 역사적 시대의 예술과 각 시대의 예술을 지배하고 있던 지각의 조직을 해명하는 데 그 이론적 전제를 둔다. 벤야민 미학의 목적은 순수한 감각 지각의 관념론적 규명에 있는 것이 아니라, 경험 세계 속 예술을 분석하여 사회적 변혁과 인류의 자기 구원 방향을 제시하는 데 있었기 때문이다. 특히 그는 인간이 자기소외 상태로 살아가는 근대사회를 문제시한다. 이를 더 정확히 말하면, '자기소외'를 '자기만족complacency'이라는 전도된 형태로 경험하는 근대 집단의 마취 상태[25]와 그것을 구조적으로 조장하고 관리한 모더니티 사회조직의 환등상Phantasmagoria에 대한 비판적 고찰이다. 마르크스는 테크놀로지가 점차 모든 생산력을 결정하는 19세기를 "산업이 자연"[26]이 된 역사적 시간대로 보았다. 이에 공명하듯이, 벤야민은 "유물론적 예술이론"의 관점에서 근대 테크놀로지를 "새로운 자연형상

[25] S. Brent Plate, *Walter Benjamin, Religion, and Aesthetics*, New York: Routledge, 2005, p. 1.
[26] GS V/2, p. 800.

Naturgestalt"으로, 그 시대를 '기술적 재생산 가능성의 시대'로 정의한다. 산업 기술이 새로운 생산력으로서, 경제 영역뿐 아니라 사회 문화 전반에 깊숙이 영향을 미친 이 시대는 유기적 자연이 아니라 산업 기술 중심의 "제2자연"을 맞이했다. 여기서 벤야민의 '제2자연' 개념은 인간이 테크놀로지를 자연에 합당하게 수용함으로써 기술적이며 인공적이고 문화적으로 새롭게 조직되는 상태의 사회를 지칭한다.[27] 이 새로운 자연–사회에는 새로운 이미지가 대응할 것이다. 그러나 20세기 전반의 망원경으로 본 19세기, 가까운 과거의 예술 상황은 다른 것을 보여 준다.

　19세기 중엽 이후 서구 근대사회에서는 전승된 미적 형식과 미적 가치에 입각한 유미주의 예술, 그리고 새로운 테크놀로지 기반의 예술, 이 양자가 갈등과 경쟁 관계 속에서 병존했다. 유미주의 예술은 부르주아 계급에 독점된 미적 향유 영역으로서, 사회의 물질적 조건과 인간 현존이 복합화될수록 현실과의 직접적 연관 관계나 그로부터의 기능을 배제하고 '예술의 자율성'과 '예술적 기능'만을 고수했다. 반면, 사진과 영화같이 당시 산업 기술적 조건과 과학적 인식의 추구가 빚어낸 새로운 (예술)형식들은 한편으로는 예술의 영역에 편입되고자 기존 예술의 효과를 모방하거나, 다른 한편으로는 태생적인 특성에 따라 산업과 과학의 영역으로 나아갔다. 이렇게 미묘하게 얽히면서도 분리된 두 예술의 양상이 이를테면 모더니티 예술의 정치학적 상황이다.

　〈기술복제시대의 예술작품〉에서 밝히듯, 벤야민은 전통적으로 예술의 가치와 기능은 "제의祭儀 속에" 있었다고 파악한다. 그러나 전통 사회에서 현대사회로의 이행이라는 역사적 과정에서, 인간은 세계와의 마법적이고 주술적인 관계를 벗어나 인간 중심의 객관적이고 합리적인 현존을 목표하게 되었고, 이에 예술 또한 "제의 가치"에서 "전시 가치"로 중심 이동한다.

---

[27]　Esther Leslie, *Walter Benjamin: overpowering conformism*, London: Pluto Press, 2000, p. 91.

그러나 벤야민에 따르면, 낭대 유미주의 예술은 "아름다움에 대한 봉사"를 표방하며 그 스스로를 숭배하고, 현실과의 모든 관계 및 기능을 거부한 "부정적 신학", 세속화된 제의일 뿐이다. 이에 맞서 벤야민은 이미지를 기술적으로 재생산할 수 있고, 인간의 달라진 현존을 객관적으로 현상할 수 있는 사진과 영화를 새로운 예술, 전시 가치의 예술로 내세운다. 이 둘의 우선적인 역할은 전통의 청산에 있다. 어떤 전통의, 어떠한 청산인가?

사진의 경우에 이것의 일차적 의미는, 사진으로 복제된 예술 작품이 그것이 탄생하고 존재해온 전통의 배타적 영역에서 숭배되는 것이 아닌, 사회의 상이한 영역들에서 다양한 내용으로 전유되고 여러 형식으로 재생산된다는 뜻이다. 영화에서는 전통적 형식과 가치 체계 속에서 생산된 예술 작품들이 영화로 재창조되는 것, 예컨대 셰익스피어의 소설이 영화화되고, 베토벤의 음악이 영화 속에서 시각 이미지와 결합하는 것, 그렇게 해서 전통이 기술적 영상의 생산 방식과 재현 메커니즘에 따라 새로운 사회 조건 속으로 확대 계승된다는 뜻이다. 이 일차적 의미의 저변에서 중요한 내용은, 사진과 영화에서는 전통적 예술의 "예술적 기능"이 아니라 예술의 새로운 "사회적 기능"을 기대할 수 있다는 것이다. 요컨대 이러한 사진술과 영화로써 테크놀로지로 변화한 제2자연, 바야흐로 대중이 중심이 된 사회에서 집단적 이미지의 생산과 수용이 가능해진다는 의미다.

모더니티 사회로 접어들면서 서구에서는 대도시가 형성됐다. 이와 함께 전통 사회의 집단과는 다른 대중이 출현했으며, 자본주의제의 심화와 더불어 문학을 포함한 대부분의 예술이 전면적으로 시장에 노출됐다. 그에 따라 예술 영역에서는 "예술가가 대중에 영향을 미치고, 거꾸로 대중이 예술가에게 반응하는 과정이 거부할 수 없고 저항할 수도 없는 법칙"[28]이 됐다. 이렇게 예술과 대중이 상호 긴밀해진 사회적 상황에서 사진과 영화가 수행할 수 있는, 정확히 말하면 벤야민이 '기대한' 예술의 사회적 기능은 '현실 사회를 변혁하는 정치적 실천의 매개체' 역할이다. 그에 따르면, 사진과 영화예술은 예술이 모태로 삼았던 제의에서 해방되어, 이제 대중이라는 새로운 모태를 얻었다. 이 변화는 기술 복제의 가능성과 더불어 예술 작품이 제의 가치에서 전시 가치를 갖는 것으로 이행하는 현상과 같은 맥락에 있다.[29] 즉, 기계적으로 복제된 예술 작품은 대량생산 기술로 대중과의 접촉 기회를 아우라적 존재 방식의 예술 작품과는 비교도 할 수 없을 만큼 넓히게 되었다. 그런 만큼 이제 예술 작품은 숭배되는 것이 아니라 대중이 보고 즐기는 유희의 대상이 되었다. 이러한 수용은 전통적 예술 작품에서 "아우라를 파괴하는" 일이라는 점에서 몰락의 징후이다.

하지만 사진과 영화의 측면에서 보면, 대중의 유희적 수용은 근대 대량 생산과 소비사회의 지각 조건에 상응하며, 생산적인 것이다. 특히 벤야민은 영화의 사회적 기능들 가운데 "가장 중요한 기능은 인간과 기계장치 사이의 균형을 만들어 내는 것"이라 강조했는데, 여기서 우리는 '유희적 수용'에서 '유희'의 의미, '전시 가치'에서 '전시'의 의미를 분명히 이해할 수 있다. 그것은 오늘날 우리가 고된 노동에 대비시켜 말하는 쾌락적 놀이만은 아니고, 문화예술 생산물의 한 가지 제시 방식으로서 전시만은 아니다. 이와 달리 벤야민의 의미에서 '유희'는 예컨대 "제물로 바쳐지는 인간", "도구에 봉사하는 일에 노예화[되는 인간]", "[상품 물신과 오락산업의 판타스마고리아가 조작하는] 자기소외와 타인으로부터의 소외를 즐김", "대중의 부패한 상태를 촉진하는 파시즘", "인류 스스로의 파괴를 최고의 미적 쾌락으로 체험"하기 등 인간이 자연과 사회적 강압에 구속된 상태에서는 확보할 수 없는 행위의 자유, 상상력의 자유, 관계 맺기의 자유이다. 그리

---

28 이는 보들레르가 미술 비평 〈1859년 살롱〉에서 현대성에 대응하는 현대 화가의 조건으로 주장한 내용이다. 벤야민은 이를 전거를 밝히지 않은 가운데 "현실이 대중에 맞추고 대중이 현실에 맞추는 현상"으로 바꿔 썼다. Charles Baudelaire, *Baudelaire selected writings on art & artists*, trans. P. E. Charvet, Cambridge University Press, 1988, p. 297과 GS Ⅶ/1, p. 355 참조.

29 GS Ⅶ/1, pp. 357−358.

고 '전시'는 자연의 절대적 힘과 사회구조의 불투명성, 근대 이성의 신화적 변질 때문에 가시화될 수 없었고, 집단이 인식·지각할 수 없었던 것들의 객관적 가시화 또는 드러냄이다.

벤야민에 따르면, 영화가 바로 이 과제를 수행할 수 있다. 영화는 이 과제를 인간 행위가 개입할 수 없는 기술적 장치 자체의 자동성 또는 자동적 프로그래밍으로 수행하는 것이 아니라, 인간이 기계장치의 도움을 받아 자신을 둘러싼 환경을 표현하는 방식으로 해결한다. 영화는 인간이 일상 생활의 습관 속에서 자각하지 못하는 자신이 주변 환경과 사물의 세부를 클로즈업하고, 렌즈의 움직임 아래서 낯설게 객관화함으로써, 한편으로 "우리의 현존재를 지배하는 필연성에 대한 통찰을 증가시켜 준다". 그리고 다른 한편으로는 영상적 속도와 리듬, 운동으로 상상력과 지각 경험의 유희 공간을 확보하게 한다. 또, 벤야민은 기술 복제 이미지의 "전시 가치"가 단순히 보고 즐기는 차원을 넘어 대중 교육에 중요한 역할을 하는 예술의 기능적 성격이 될 것이라 보았다. 즉, 계급 없는 사회의 도래, 또는 파시즘이 위협하는 당대 사회의 억압 조건을 타파할 혁명의 힘을 집단이 스스로 갖추는 데 예술의 전시 가치가 일정한 역할을 하리라 기대한 것이다.

그러나 실상 20세기 초중반 영화는 자본주의 오락산업의 첨병으로서 대중에게 말초적 자극과 마취적 환상을 부가하는 매체였을 뿐이다. 또는 리펜슈탈Leni Riefenstahl이 1930년대 중엽 나치 제국을 위해 제작한 영화들에서 보듯이, 파시즘 체제의 이데올로기 프로파간다를 관객에게 선동적으로 주입하는 도구였다. 심지어 벤야민이 공산주의 혁명의 마지막 희망을 걸었던 러시아에서도 이 인민혁명의 매체로서 영화는, 이후 스탈린 시기의 문화 정책 하에서 오용됐다. 이런 영화 초창기 상황을 인지하고 있던 벤야민은, 그럼에도 불구하고, 아니 바로 그 때문에 영화의 변질된 상태로부터 애초 영화가 잠재하고 있던 혁명적 성격을 복구해 내고자 했다.

예술을 재창안하기

가까운 과거 집단의 유토피아적 꿈과 소망을 원천으로 탄생했으나, 현재의 집단을 자본주의와 파시즘 체제의 환등상적이고 신화적인 꿈에 잠기게 하고 지배와 착취, 억압의 사회관계에 묶어 두는 데 이용되는 예술을 '다시' 혁명적이고 해방적인 의식으로 충전시키고 조직/정치화하기. 이것이 벤야민의 인간학적 유물론에 입각한 예술이론이 사진과 영화를 두고 수행한 '예술의 재창안'이다. 그러나 왜 과거의 실패한 예술로부터 그 일을 시작하는가? 간단히 새로운 예술을 고안하면 되지 않는가? 이에 대해 "예술의 중요하고 기본적인 진보는 새로운 내용도 아니고 새로운 형식도 아니다"[30]라는 벤야민의 단언을 옮기는 것으로 족할지 모른다. 하지만 문제는 그리 단순하지 않다.

가령 강단미학이나 예술사藝術史가 미적 형식, 미적 경험, 재능, 양식과 같은 개념으로 정의하듯 예술이 예술 내재적인 것이라면 새로운 예술의 창안은 새로운 형식과 내용의 창안일 수 있다. 하지만 인간학적 지평에서 예술은 공동체 집단, 세대, 신체, 정신, 꿈, 소망, 지각 등등과 결부된 문제이고, 그런 만큼 예술의 진보는 내적으로 새로운 형식/내용을 찾아 앞을 향해 달리는 것으로는 이뤄지지 않는다. 벤야민의 역사철학에 입각해 보면, 현재의 세대는 과거 선조로부터 기대된 사람들이고, 현재의 인류에게 결과적으로 실패/부정의 형태로 건네진 의식적·물질적·사회적 조건에는 그것의 형성 단계에 과거 집단이 투여했던 꿈과 소망의 이미지가 무의식의 형태로 새겨져 있다. 그래서 벤야민은 집단의 역사 또는 집단의 기억을 (재)구성하는 가운데 '집단적 무의식'을 가늠하고, 세대들과 그 세대들이 새로운 기술과 새로운 생산물들에 투여한 소망 간의 창조적 연관 관

---

30 Walter Benjamin, "Erwiderung an Oscar A. H. Schimitz", 《발터 벤야민 선집 2》, 240쪽.

계를 제시한 것이다.[31] 그러나 우리가 반드시 벤야민의 언어만으로 이를 이해해야 하는 것은 아니다. 필자는 지젝을 경유하여 이에 답하고자 한다. 이 경우 우리는 벤야민이 말하는 집단적 의식/무의식을 유물론적이며 정신분석학적 차원에서 더 객관적으로 설명할 수 있고,[32] 나아가 벤야민이 영상 매체 예술의 원原 조건으로 내건 해방적 기능을 지금 우리의 조건 속에서 담론화할 수 있을 것으로 보이기 때문이다.

지젝은 마르크스주의와 정신분석학을 동시에 고찰하여 전지구적 자본주의라는 우리 시대의 새로운 진제주의와 신사유주의의 이데올로기 포퓰리즘을 극복할 수 있는 이론적 방향을 찾는다. 마르크스주의와 정신분석은 최근까지 실패한 이론으로 낙인찍혔고, "[두 이론의] 시대는 끝난 것처럼 보인다". 하지만 지젝은 "과거에 대한 향수 어린 집착과 '새로운 환경'에 너무 매끄럽게 적응하는 양쪽의 덫을 피해 가면서 어떻게 이런 실패 속에 있는 해방의 잠재성을 부활시킬 것인가?" 묻는다. 지젝에 따르면, 그 답은 요컨대 포스트모더니즘의 유행적 독견doxa 속에서 "잃어버린 대의", 즉 "보편적 해방"을 위해 과거 실패한 혁명적 이론을 "재창안"하는 데 있다. 또는 "모든 폭력을 동원하여 …… 대의원인noble cause의 완전한 실현을 받아들이는 것, 불가피하다면 파국적인 재앙까지 무릅쓰는" 메시아적 관점에 서는 일이다.[33]

여기서 주목할 점은 이러한 지젝 이론의 문제의식과 방법론이 명백히 벤야민적이라는 것이다. 앞서 누차 강조했듯이, 벤야민은 역사철학적 입장에서 현재를 통해 발견한 과거의 실패로부터 미래의 희망을 만들어 내

---

[31] Esther Leslie, "Telescoping the Microscopic Object: Benjamin the Collector", p. 61.

[32] 필자는 이미 벤야민의 후기 예술이론을 정신분석학적 맥락에서 고찰한 바 있다. 강수미, 〈꿈과 각성의 시각적 무의식 공간—프로이트 정신분석학과 함께 벤야민 후기 예술론 읽기〉, 《미학》, 한국미학회, 2008(55집), 1~38쪽 참고.

[33] Slavoj Žižek, In Defense of Lost Causes, 박정수 옮김, 《잃어버린 대의를 옹호하며》, 서울: 그린비, 2009, 10~17쪽 참고.

고자 했다. 그리고 〈역사의 개념에 대하여〉에서 보듯이, 그는 '지배와 착취 없는 사회'라는 집단의 유토피아를 현재화하기 위해서는 혁명을 통해 모든 억압과 기만, 신화와 환등상에 오염된 기성 공간과 기성 사물을 파괴할 필요가 있으며, 그렇게 해서 대파국에서 새로운 유토피아를 건설하는 종말론적 메시아가 출현해야 한다고 역설했다.[34] 정리하자면, 벤야민과 그를 참조하는 지젝은 인류의 해방 또는 그 대의의 실현에는 반드시 혁명의 폭력성/파괴성이 수반된다는 입장이다. 그렇게 할 때에만 과거 속류 마르크스주의자들의 진보에 대한 근거 없는 낙관적 전망, 오늘날 상식의 지평에 제약된 경험주의적이고 회의주의적인 독견으로 혼탁해진 세계로부터 "부활의 계기를 분리해 내는 것", 벤야민 식으로 말하면 "공간을 마련하기"가 가능하기 때문이다.

　그런데 이론의 차원에서 마르크스주의와 정신분석학의 "심오한 연대"를 기획하는 지젝의 의도는 그의 다른 저서 《시차적 관점The Parallax View》을 통해 더 분명하게 이해할 수 있다. 여기서 지젝은 두 개의 양립 불가능한 현상, 상호 번역이 불가능하며, 어떠한 종합이나 매개도 불가능한 두 지점 사이에서 끊임없이 동요하기 때문에 일종의 '시차적 관점the parallax view'으로만 포착할 수 있는 현상들의 시차적 간극을 "적절히 이론화"하는 것이 자신의 목표라 밝힌다. 그에 따르면, 시차적 간극은 고차원적인 종합을 향해 변증법적으로 매개/지양될 수 없는 근본적 이율배반을 뜻하는 것이 아니라, 변증법의 전복적 핵심이기 때문이다. 요컨대 시차적 관점은 결코 만날 수 없지만 그럼에도 불구하고 시차적 간극의 긴장 속에 형성되는 깊은 연대 관계로서의 변증법을 간파할 수 있는 열쇠이다.[35] 마르크스

---

[34] Walter Benjamin, "Über den Begriff der Geschichte", GS I/2, pp. 697–703. 그는 또 이렇게 썼다. "아무리 파괴적인 행동이라도 메시아적 행동으로서 인식할 필요가 있다." GS I/3, p. 1231.

[35] Slavoj Žižek, *The Parallax View*, 김서영 옮김, 《시차적 관점》, 서울: 마티, 2009, 11~34쪽.

의 유물론과 프로이트·라캉의 정신분석학이, 또 마르크스에서 '상품에 대한 논리를 언급하는 정치경제학 비판'과 '적대의 논리를 개진하는 정치적 투쟁'이 그렇게 서로를 가리키지만 시차적 간극 속에서 만난다. 이제 필자는 이 글의 논점인 '예술의 재창안' 문제와 관련하여 지젝의 이 시차적 관점이 주장하는 바를 참고해 보고자 한다.

앞서 살폈듯 무엇보다 벤야민의 미학적 비판은 마취와 환등상의 모더니티 사회 속에서 외적으로는 예술지상주의의 자기 신학적 강령에 따라 '순수성'과 '지율성'을 표방하면서도, 사실은 사본수의 시장의 상품과 똑같은 것이 된 유미주의 예술을 향했다. 마르크스가 《자본》 제1장에서 상품에 대해 말한 바로 그 의미에서, 유미주의 예술은 상품과 같은 것이다. "상품은 일견 자명하고 평범한 사물로 보인다." 그러나 상품에 대한 분석은 "그것이 형이상학적 정묘함과 신학적 미묘함으로 가득 찬, 매우 기묘한 사물"임을 보여 준다. 이러한 상품의 성격은 어디에서 유래하는가? 마르크스는 인간 노동의 사회적 성격이 노동 생산물 자체의 대상적 성격으로 반영되고, 그에 따라서 사적 개인들의 노동 총계로 형성된 '총노동'에 대한 생산자들의 사회적 관계가 그들 외부에 존재하는 관계로 보이게 되는 "착오" 때문이라 답한다. 이러한 착오로 노동 생산물은 상품이 되고, 감각적임과 동시에 초감각적인, 즉 사회적인 사물이 된다. 인간 노동의 산물인 상품이 "상품의 물리적인 성질이나 그로부터 발생하는 사물적 관계와는 아무런 관련도" 없이, 스스로의 생명을 가진 자립적인 것들로 등장해 그것 자체의 사이 그리고 인간들 사이에서 일정한 관계를 맺는 것이 "물신숭배 Fetischismus"이다. 이는 "노동 생산물이 상품으로서 생산되자마자 그 생산물에 부착되며, 그러므로 상품 생산으로부터 분리시킬 수 없다".[36]

이러한 서술에서 보듯이, 마르크스에게 상품의 물신성은 "착오"이긴 할

---

36 Karl Marx, *Das Kapital. Kritik der politischen Ökonomie Bd.1*, Berlin: Dietz Verlag, 1988, pp. 85–87.

지언정 환등상이 아니라 사회적 관계의 객관적 사실이다. 그러나 벤야민은 마르크스의 이론을 확장시켜 사회문화적 의식의 현상적인 맥락에 적용한다. 그는 상품의 물신적 성격을 상품 생산 사회가 상품을 생산하고 있다는 사실을 도외시할 때 발생하는 인간의 집단의식 내 한 현상으로 본다. 그것은 자본주의가 집단을 대상으로 조장하는 환등상인 동시에, "사회가 스스로 생산하고 습관적으로 사회의 문화로서 기록하는 이미지"[37]다. 지젝은 마르크스의 상품-물신숭배를 재차 "단순히 주관적인 환영이 아니라 객관적인 환영으로서 사실(사회 현실) 자체에 각인된 환영"[38]으로 설명하는데, 이는 벤야민적인 의미의 상품에 더 가깝다. 즉, 사회가 생산하고 자체 현실에 기록·각인하는 환등상/환영으로서 상품과 그 물신숭배는, 주체가 존재의 중심을 구성하고 보증하는 주관적 경험의 근본적 환상이 아니라 자본주의에 의해 그 경험과 환상이 박탈된 집단의 사회적·객관적 환영인 것이다. 지젝의 설명을 빌리면, 그것은 사물이 '우리에게 보이는 방식'이 아니라 '우리에게 그렇게 보이기 위해 보이는 방식'이다.

　유미주의 예술이 상품과 같다는 것은, 그 예술이 사회 속에서 이러한 객관적 환영이라는 점에서 그러하다. 이를테면 작품의 물리적인 성질이나 대상의 소재를 통한 규정, 그로부터 발생하는 사물적 관계를 일체 부정하고, '미美'를 그 자체로 생명을 가진 것으로 숭배하면서 우리 의식에 '예술'로 보이기 위해 보이는 것, 이것이 유미주의 예술인 것이다. 객관적 환영으로서 자본주의 상품과 유미주의 예술이 문제적인 것은 나의 주체적인 경험이 그러한 것들, 즉 객관적인 무의식적 기제로 조종된다는 것이 아니다. 오히려 "사물이 실제로 내게 보이는 방식, 내 존재의 중심을 구성하고 보증하는 근본적 환상의 가장 친밀한 주관적인 경험까지도(내가 결코

---

[37] GS V/1, p. 823.

[38] Žižek, 《시차적 관점》, 342~351쪽 참고. 인용은 344쪽.

ㅡ것을 의식적으로 경험하거나 추측할 수 없으므로) 박탈"한다는 데 문제의 심각성이 있다. 따라서 여기서 주체는 "무의식의 주체"일 뿐인데, 프로이트를 따라 무의식이 가장 근본적인 차원에서 접근 불가능한 현상이라는 점을 인정하면, 논리상 주체는 자기의식적 경험에 접근할 수 없음으로 텅비게 된다. 이것은 벤야민이 근대사회의 부르주아 집단을 "꿈꾸는 집단"으로 규정했을 때 함의하고자 했던 바이기도 하다. 즉, 세계의 변혁과 혁명을 도외시하고 자기 내면세계로 침잠해 들어간 그 계급이 자기 경험의 우주라고 믿었던 것은, 사실 텅 빈 주체의 경험이있다는 것이다.

1920년대 초현실주의 예술운동의 주창자들은 바로 이 텅 빈 부르주아 주체, 그 내적 자아를 도취를 통해 개방 혹은 유연하게 만드는 실험을 했다. 또 과거의 낡아 버린 사물들로부터 나타나는 혁명적 에너지를 무의식적이고 황홀경적인 경험("이론이나 심지어 환상이 아니라")으로 맞닥뜨릴 줄 알았다. 벤야민은 초현실주의의 선구자 브르통André Breton의 사진-소설 《나자Nadja》에서 여주인공 나자가 "[대도시] 대중의 대변자이고 그 대중을 혁명으로 고취하는 무의식의 대변자"라고 단언한다. 여기서 예술 작품 《나자》이자 작품 속 페르소나 나자는, 우리가 앞서 지젝을 참조해 논의했던 바를 통해 해석하면, 주체가 접근 불가능한 자기 경험의 근본적 환상(무의식)을 외화하고 대중이 그것을 세속적인 형태로 각성하여 혁명의 집단으로 조직되도록 고취하는 매개체이다.[39] 이런 점에서 벤야민은 초현실주의 예술을, 꿈꾸는 집단을 깨우는 '세기의 알람'으로 봤다. 그에 따르면, 오직 초현실주의만이 대중산업사회가 인간 현존을 기계화하고 집단성과 기계화된 자연Physis을 생산하는 방식을 정확하게 이해했다. 그리고 오직 그들만이 어떻게 새로운 기술 현실이 해석될 필요가 있는 꿈과 신화에 마취됐는지, 그 윤곽을 그릴 수 있었다.[40] 하지만 동시에 이 운동은 "잘 파악

---

[39] Walter Benjamin, "Der Sürrealismus", 《발터 벤야민 선집 5》, 143~167쪽을 참고할 것.

되지 못한 기계문명의 기적을 성급하게 추종"했고, 사물 세계의 혁명적 에너지를 '정치적 에너지'로 맞바꾸는 데는 실패했다.

벤야민이 부르주아 개인 주체의 해체를 주장하고, 그간 피지배자로서 억압받은 프롤레타리아 집단의 의식적 무장과 그들에 의한 혁명을 역사의 과제로 제기한 사실을 이와 같은 맥락에서 이해할 수 있다. 그는 프롤레타리아 대중이 단순한 '덩어리'가 아니라 혁명의 주체로서 거듭나고, 그것을 실행하는 데 사진과 영화와 같은 영상 매체 예술이 기여할 것을 기대했다. 그것이 벤야민이 의미한 '예술의 정치화'이다. 그러려면 이 예술이, 재생산하고 증식하려는 자본주의의 충동, 확장하고 이익을 축적하려는 충동에서 벗어나 교환과 소유의 관계를 지양하고 그로부터 자유로운 향유(사진술은 무엇이든 제 가까이로 끌어오고자 하는 대중의 요구에 부응하는 이미지 생산 기술이고, 영화는 집단 창작과 집단 수용의 매체이다.)를 촉진해야 한다. 또 집단이 일상 표면의 꿰뚫어 볼 수 없고 비밀스러운 측면을, 카메라라는 기계장치가 재현하는 "시각적으로 무의식적인 세계"[41]의 이미지로 마주함으로써 스스로 현대적 실존을 인식하고 각성하는 계기로 만들어야 한다. 시각적 무의식을 통해 영화와 사진은 깊이 묻힌 변화의 잠재력을 실제로 개발한다. 그러한 시각은 또한 새로운 테크놀로지, 적어도 나치 독일에서 사회적 분석보다는 사회적 권력에 더 많이 기여한 그 기술을 이용하여 집단의 구제redemption를 가능케 한다. 이것이 벤야민이 유미주의 예술의 폐기와 더불어 사진과 영화를 사회 현실의 변혁을 위해 기능하는 예술로서 재창안·정치화하는 데 핵심적으로 고려한 점이다.

---

40 Esther Leslie, "Telescoping the Microscopic Object: Benjamin the Collector", p. 71.
41 GS VII/1, p. 376.

예술의 자율성과 사회적 역할을 위해

오늘날 우리가 익숙하게 전제하는 예술의 개념들, 속성들은 18세기 서구에서 '미학'이 철학에서 독립된 분과 학문으로 정립되고, 그것이 순수미학으로 정착하는 과정에서 산출된 이론에 빚지고 있다. 그런데 그 연원을 들여다보면 철학자이자 미학자였던 초기 학자들이 본래 신학적 전통 안에서 만들어진 개념들, 예컨대 '상상력'이나 '창조자' 같은 개념들을 예술 영역에 도입해 '미적 상상력'이라든가 '창조자로서의 예술가'와 같은 예술 개념으로 재주조했음을 알 수 있다.[42] 벤야민은 이렇게 신학적 서사를 바탕으로 구축된 미학과 예술의 역사를, 인간학적 유물론으로 갱신하고자 했다. 왜냐하면 예술은, 무엇보다도 사회적 관계 속에 있는 인간의 생산이자 수용이며, 그 활동들의 소산이기 때문이다.

그런데 여기서 벤야민이 모더니티를 본격적으로 연구한 시기가, 사람들이 자본주의의 끝을 점쳤던 때임을 주목하자. 당시 많은 유럽 지식인들이 자본주의의 대안으로서 사회주의/공산주의를 염두에 뒀지만, 레닌 치하 러시아의 실체적 상황을 보며 답을 찾지 못하고 있었다. 벤야민의 인간학적 유물론과 유물론적 예술이론은 그러한 상황에서 나온 것이며, 일종의 자본주의와 공산주의의 위기에 대한 대안적 성격으로 제기한 것이다. 그렇다면 우리는 어떻게 벤야민의 인간학적 유물론, 유물론적 예술이론, 미학을 두고 그 이론적 효용성을 오늘 현재 인간 현존의 층위에서 가늠할 수 있는가? 그것은 다음과 같이 질문하는 일에서 시작한다. 즉, 자본주의의 전지구화

---

[42] 부르디외에 따르면, 미학의 창시자로 공인된 바움가르텐Alexander Baumgarten이 1735년 쓴 《시에 관한 철학적 성찰》은 미학적 질서 속에 라이프니츠의 신적 세계관을 이전시키고 있다. "이 세계관에 따르면 신은 가능한 세계들 중에서 가장 나은 것을 창조하면서 무한한 세상들 가운데서 공존 가능하고 특수한 내적 법칙들로 규제되는 요소들로 형성된 모든 것들을 선택하였다. 그리고 시인을 하나의 창조자로 만들었고, 시를 자기 자체의 법칙에 종속된 세계로 만들었다." Pierre Bourdieu, *Les règles de l'art: Genèse et structure du champ littéraire*, 하태환 옮김, 《예술의 규칙-문학 장의 기원과 구조》, 서울: 동문선, 1999, 384~385쪽.

globalism와 사회주의의 급진적 자본주의화처럼 겉으로만 다른 체제를 유지하면서 내밀하게는 기이한 연대를 실행하는 이 정치경제적 난맥상의 시대에 예술이 무엇을 하고 있는가? '글로벌리즘', '글로벌 스탠더드'라는 이름의 새로운 경제정치적 전체주의 속에서 '상품'과 '산업'의 형태로(오직 그 형태로만) 제도에 기입돼 각광받고 있는 오늘의 예술은 위기인가? 아니면 그 '체제로부터의 각광받음'이야말로 예술의 존재 원리이자 숙명인가?

부르디외Pierre Bourdieu는 유미주의 예술의 대중적 제도들, 즉 "[대중이] 교양적인 성향에 접근할 수 있도록 조처된" 제도들, 예컨대 예술 아카데미, 미술관, 전문 잡지 및 비평 서적, 대중 음악회, 안내지 등은 "사회적 단절을 제도화하는 효과를 가지고 있다"고 본다. 이로부터 우리는 사회의 대중적 제도가 오히려 예술을 사회와 단절시키고, 예술에 '예술적 기능'만을 부여하며, 그 고착화를 순환 논법을 따라 제도적으로 엮어 내는 핵심적이고 결정적인 이데올로기 장치라는 사실을 새삼 깨닫는다. 그렇다면 왜 사회제도는 예술에 대해 그렇게 하는가? 그렇게 해서 무엇을 얻는가?

그것은 한편으로 예술의 자율성을 보장하기 위함이고, 그러한 자율성을 통해 예술이 여타 사회 영역이 할 수 없는 역할을 수행하도록 하기 위함이다. 하지만 다른 한편으로 예술과 사회를 단절시키고, 예술에서 공동체 집단을 위한 잠재적이고 현실적인 다양한 기능들을 제도적으로 박탈함으로써, 이데올로기 장치는 예술을 정치사회적 기만과 폭력의 도구로 전(오)용할 수 있다. 이 글에서 논한 벤야민의 인간학에 입각한 유물론적 예술이론은, 바로 그러한 위험성에 맞서 예술이 역사적이고 사회 현실적인 맥락 속에서 자체의 정체성과 기능을 매번 새로이 창안할 것을 이론화했다는 데 그 의의가 있다. 그러니 벤야민의 역사 이론에서 혁명은 '엄격한 창조적 행위'를[43] 의미한다고 한 지젝의 말은 그에 대한 최상의 긍정이 아닌가.

---

[43] Slavoj Žižek, *The Sublime Object of Ideology*, London: Verso Books, 1989, p. 143.

■ 참고문헌

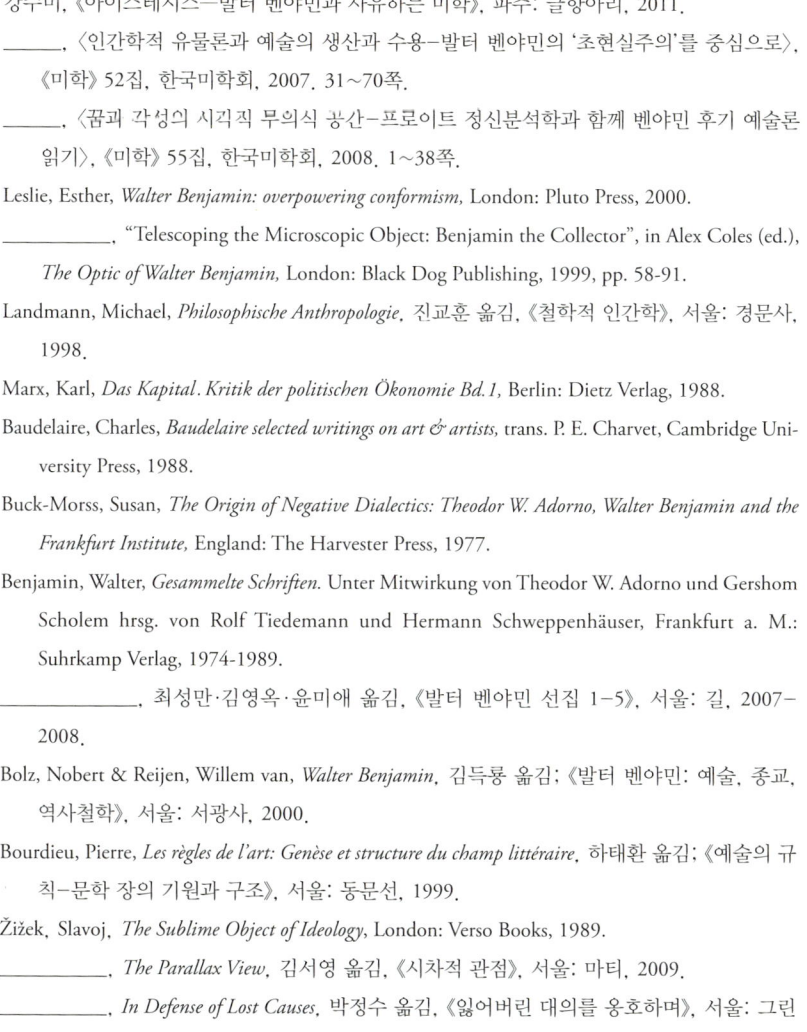

강수미, 《아이스테시스—발터 벤야민과 사유하는 미학》, 파주: 글항아리, 2011.

_____, 〈인간학적 유물론과 예술의 생산과 수용—발터 벤야민의 '초현실주의'를 중심으로〉, 《미학》 52집, 한국미학회, 2007. 31~70쪽.

_____, 〈꿈과 각성의 시각적 무의식 공산—프로이트 정신분석학과 함께 벤야민 후기 예술론 읽기〉, 《미학》 55집, 한국미학회, 2008. 1~38쪽.

Leslie, Esther, *Walter Benjamin: overpowering conformism,* London: Pluto Press, 2000.

_____, "Telescoping the Microscopic Object: Benjamin the Collector", in Alex Coles (ed.), *The Optic of Walter Benjamin,* London: Black Dog Publishing, 1999, pp. 58-91.

Landmann, Michael, *Philosophische Anthropologie,* 진교훈 옮김, 《철학적 인간학》, 서울: 경문사, 1998.

Marx, Karl, *Das Kapital. Kritik der politischen Ökonomie Bd.1,* Berlin: Dietz Verlag, 1988.

Baudelaire, Charles, *Baudelaire selected writings on art & artists,* trans. P. E. Charvet, Cambridge University Press, 1988.

Buck-Morss, Susan, *The Origin of Negative Dialectics: Theodor W. Adorno, Walter Benjamin and the Frankfurt Institute,* England: The Harvester Press, 1977.

Benjamin, Walter, *Gesammelte Schriften.* Unter Mitwirkung von Theodor W. Adorno und Gershom Scholem hrsg. von Rolf Tiedemann und Hermann Schweppenhäuser, Frankfurt a. M.: Suhrkamp Verlag, 1974-1989.

_____, 최성만·김영옥·윤미애 옮김, 《발터 벤야민 선집 1-5》, 서울: 길, 2007-2008.

Bolz, Nobert & Reijen, Willem van, *Walter Benjamin,* 김득룡 옮김; 《발터 벤야민: 예술, 종교, 역사철학》, 서울: 서광사, 2000.

Bourdieu, Pierre, *Les règles de l'art: Genèse et structure du champ littéraire,* 하태환 옮김; 《예술의 규칙—문학 장의 기원과 구조》, 서울: 동문선, 1999.

Žižek, Slavoj, *The Sublime Object of Ideology,* London: Verso Books, 1989.

_____, *The Parallax View,* 김서영 옮김, 《시차적 관점》, 서울: 마티, 2009.

_____, *In Defense of Lost Causes,* 박정수 옮김, 《잃어버린 대의를 옹호하며》, 서울: 그린

비, 2009.

Foucault, Michel, *Les Mots et les choses*, 이광래 옮김, 《말과 사물》, 서울: 민음사, 1997.

Plate, S. Brent, *Walter Benjamin, Religion, and Aesthetics,* New York: Routledge, 2005.

Hartmann, Frank, *Medienphilosophie,* Wien: WUV, 2000.

문화산업 시대 문학의 존재론

레비나스와 바흐친의 외재성 개념을 중심으로

이장욱

문화산업 시대의 인간학

1970년대 미국과 일본 사회에 대한 코제브A. Kojève의 잘 알려진 '동물성-스노비즘' 분석은 부정성을 상실한 현대인 전반의 심리적 조건에 연계되어 있다. 헤겔의 재해석자 코제브에게 '동물성'이란, 소비사회나 문화산업 시대로 규정될 수 있는 현대적 환경 속에서 자아 및 세계에 대해 인간의 고유한 내면성과 부정성을 상실한 인간 유형을 일컫는다.

> 만일 인간이 다시 동물이 된다면, 그의 예술, 그의 사랑, 그리고 그의 놀이 또한 다시 순수하게 "자연적인" 것이 되어야 한다. 따라서 역사의 종언 이후 인간들이 그들의 건축물과 예술 작품을 짓는다고 해도, 그것은 새들이 둥지를 짓고 거미들이 거미줄을 치는 것과 같은 것이며, 개구리와 매미의 방식으로 음악 콘서트를 열고 새끼 동물처럼 노닐고 다 큰 짐승들처럼 사랑에 탐닉하는 것과 같은 것으로 이해되어야 할 것이다.[1]

코제브의 이 유명한 구절은 '부정성negativity'에 의한 인간과 세계의 대립이 '종언'을 고한 이후 환경의 산물로 기각된 인간성의 양태를 소묘하고 있다. 이러한 관찰은 '문화산업'이라는 개념을 처음 활용한 아도르노와 호르크하이머Max Horkheimer뿐 아니라, 내면적 독자성이 결여된 채 타인들의 욕망을 욕망하는 '타인 지향형' 인간에 대한 리스먼David Riesman의 통찰에도 연계될 수 있다.[2] 중요한 것은 코제브의 분석이 당대 미국 사회의 '동물

---

[1] A. Kojève, *Introduction to the Reading of Hegel*, Trans. by J. Nichols, JR, Ithaca & London: Cornell Univ. Press, 1980, p. 159. 코제브는 이 책의 초판에 실린 각주에서 '역사의 종언'이후에도 예술, 사랑, 유희 등 "인간을 행복하게 만드는" 모든 것들은 남아 있을 것이라고 적었으나, 이 글에 이어 2판에 추가된 각주에서는 "우리는 이 모든 것이 '인간을 행복하게 만든다'고는 말할 수 없다"고 적었다.

[2] 데이비드 리스먼은 주저 《고독한 군중The Lonely Crowd》(1950)에서 전통 지향형, 내면 지향형, 타인 지향형 인간 유형을 설정하고, 이를 각각 전근대, 근대, 탈근대적 유형에 적용한 바 있다.

성'을 일본의 '스노브snob'와 대조하면서 논리적 진전을 이루는 대목이다.

최근(1959년)에 일본을 여행한 후 나는 근본적으로 내 의견을 수정하게 되었다. (중략) "역사 후 시대"의 일본 문명은 "미국적 방식"과는 정반대의 길을 걸었다. 의심의 여지없이, 일본에는 더 이상 "유럽적" 혹은 "역사적"인 의미에서의 종교, 도덕, 정치가 없을 것이다. 그러나 거기서는 순수한 형태의 스노비즘Snobbery이 "자연적" 또는 "동물적"인 소여given들을 부정하는 규율을 만들어 내고 있었다. 이것은 그 효력에서 일본이나 다른 나라들에서 "역사적" 행동을 통해 발생한 것, 즉 전쟁이나 혁명 투쟁 혹은 강제노역에서 발생한 규율을 훨씬 능가했다. 확실히 노가쿠能樂나 다도茶道나 꽃꽂이 등과 같은 일본 특유의 스노비즘의 정점(이에 필적할 것은 어디에도 없다.)은 귀족 및 부유층의 전유물이었으며 지금도 그러하다. 그러나 집요한 경제적·정치적 불평등에도 불구하고, 모든 일본인들은 예외 없이 **완전히 형식화된formalized 가치**에 기초하여, 즉 "역사적"이라는 의미에서 "인간적"인 내용을 완전히 결여한 가치에 기초하여 현재를 살아가고 있다. 그래서 궁극적으로는, 모든 일본인은 순수한 스노비즘을 통해, 원칙적으로는 완전히 무상의gratuitous 자살을 행할 수 있는 것이다.(고전적인 사무라이의 칼싸움은 비행기나 어뢰로 바뀔 수 있겠지만) 이 자살은 사회적·정치적 내용을 가진 "역사적" 가치에 기반하여 수행되는 투쟁 속에서 감수하게 되는 생명의 위기와는 아무런 관계도 없다. 최근 일본과 서구 세계 사이에 시작된 상호 교류는 결국 일본인을 다시 야만으로 바꾸는 것이 아니라, (러시아인을 포함한) 서양인을 '일본화'하는 것으로 귀착될 것이다.[3](이하 진한 글씨 강조는 인용자)

코제브의 맥락에서 스노비즘snobbism(고상한 체하는 속물근성)은 '실질이

---

[3] 같은 책, pp. 161-2.

결여된 형식'으로 삶을 규정하는 태도를 일컫는다. 역사적 '실질'과 '내용'이 사라진, 혹은 더 이상 요청되지 않는 종언적 상황 속에서 인간은 삶의 텅 빈 '형식'으로 자신을 규정한다. 코제브는 이러한 일본적 형식주의가 인간의 미래를 규정할 것으로 내다보았다.

흥미로운 것은 코제브의 관찰에 이어서 현대 일본의 논자 아즈마 히로키東浩紀가 다시 탈근대의 인간형을 호명하는 장면이다. 아즈마에게 코제브가 말한 '동물성'과 '스노비즘'은 근대에서 탈근대로의 '이행기적' 현상으로 이해된다. 그렇다면 아즈마의 '탈근대적' 인간형은 어떻게 설명되는가?

스노비즘과 허구의 시대가 끝나고 데이터베이스 모델이 우세해진 시대의 주체 형성 양식이 문화 소비의 구조를 통해 매우 알기 쉽게 나타나 있다. 근대의 인간들은 작은 이야기에서 큰 이야기로 거슬러 올라갔다. 근대에서 포스트모던으로 이행하는 시기의 사람들은 이 양자를 연결하기 위해 스노비즘을 필요로 했다. 그러나 포스트모던의 인간들은 작은 이야기와 커다란 비非이야기라는 두 수준을 연결하지 않고 따로따로 공존시켜 간다. 알기 쉽게 말하면, **어떤 작품**(작은 이야기)에 깊이 감동을 받았다고 하더라도 그것을 **세계관**(커다란 이야기)과 연결짓지는 않고 살아가는, 그런 기술을 배우는 것이다. 필자는 앞으로 이와 같은 절단의 형태를 정신의학의 용어를 빌려 '**해리적**解離的'이라고 부르고 싶다.[4]

탈근대적 문화 소비는 20세기의 전형적인 스노비즘이 아니라 작은 이야기와 큰 이야기의 단절적 운영에 기초해 있다. 아즈마 히로키의 표현으로 이것은 "해리적" 세계이며, 소위 탈근대적 세계의 산물이다.

---

[4] 아즈마 히로키, 《동물화하는 포스트모던》, 이은미 옮김, 문학동네, 2007, 144~5쪽.

스노비즘은 작은 이야기를 관할하는 큰 이야기의 가능성을 냉소함으로써 큰 이야기에 연루되는 것을 거부한다. 이 냉소주의는 페터 슬로터다이크P. Sloterdijk의 '냉소적 이성' 개념에 부합하는 측면이 있는데, 이는 세계의 유토피아적 개혁에 대한 비관적 전망('역사의 종언')과 연관이 없지 않다. 이러한 냉소적 이성이 "우리가 주장하고 추구하는 모든 것이 궁극적으로는 아무런 의미가 없다는 것을 의식적으로든 무의식적으로든 알면서도 그것을 주장하고 추구하는 것"[5]을 의미한다면, 이에 상응하는 탈근대적 문화산업 시대는 인과성(선형성)을 배제한 "커다란 이야기" 아래 무수한 작은 이야기들이 중성적으로 배치되어 있는 세계로 이해될 수 있다.

인과성을 배제한 "커다란 이야기"란 무엇인가? 그것은 계몽과 이성, 혹은 역사 발전의 선형성을 지향하지 않는 이야기이며, 수많은 하위 서사가 중성적으로 종합되어 있는 배경 세계를 가리킨다. 이 세계에는 하위 항들의 단독성이 부재하며, 동시에 상위의 커다란 이야기 역시 하위 항들에 대해 지배적 위치를 점유하지 않는다. 아즈마 히로키는 이를 '데이터베이스 모델'이라고 부른다.

우리의 맥락에서, 이 '데이터베이스 모델' 개념을 루카치적 '전형' 개념과 비교하여 이해하는 것은 흥미롭다. 사회주의 리얼리즘 시대의 루카치György Lukács에게 '전형'이 개별성을 세계의 보편적 전체성totality[6]과 연결짓는 고리로 기능하는 문예학상의 개념이라면, '데이터베이스 모델' 속의 주인공들은 세계의 전체성과의 사이에 복원 불가능한 단절이 기입된 세계에 존재한다. 근대소설의 주인공이 인과적 사건으로 그 이면의 '큰 이야기grand narrative'로 수렴됨으로써 단독자로서의 고유성이 약화된다면, 데이

---

5 페터 슬로터다이크, 《냉소적 이성 비판》, 이진우·박미애 옮김, 에코리브르, 2005, 7쪽 역자 해제.

6 루카치적 맥락에서 이 용어는 일반적으로 '총체성'으로 번역된다. 그러나 이 글에서는 레비나스 및 바흐친의 맥락에 맞추어 '전체성'이라는 용어로 번역한다.

172 | 문화산업 이미지 예술

터베이스 모델 속의 작은 이야기들은 상위의 배경과 접속하되 큰 이야기로의 '승화'를 추구하지 않는다. 전자가 보편적이면서 동시에 잉여나 잔여물이 없는 세계상과 연결되는 데 비해, 후자는 단지 커다란 배경 세계의 하위 항을 이루는 중성적 구성물이라고도 말할 수 있다. 데이터베이스 모델은 인과론이 부재하며 개별적 리얼리티와의 연관이 결여되어 있는 중성적 '차이들'의 세계이다. 슬로터다이크의 표현을 바꿔 말하자면, 문화산업 시대란 궁극적으로 이 복원 불가능한 단절을 무의식적으로 승인하는 '냉소적 텍스트'들이 시대라고 할 만하다.

오늘날 저 '냉소적 텍스트'들의 세계를 벗어나기 위해 필요한 것은 무엇일까? '전형'과 '전체성'을 재호명하고 '차이들'이 지배하는 세계의 문제점을 적시하는 것은 다분히 과거 회귀적으로 보인다. 요컨대, 오늘날 문화산업 시대에 편재하는 '차이'에 대해 다시 역사적 중력과 현실 인식의 중요성을 강조하는 방식, 혹은 '해리적' 파편성에 대해 전체성의 회복을 강조하는 방식, 거칠게 말해서 루카치적 '큰 이야기'의 귀환으로는 불충분해보인다. 이는 '차이들'의 세계를 승인하는 것만으로는 불충분한 것과 같은 맥락이다.

이 경우 중요한 것은 차이와 전체성의 문제를 양자택일적 선택지로 간주하지 않는 것일 터이다. 그렇다면 차이 혹은 단독성singularity을 전체성의 내부로 환원시키지 않으면서, 동시에 그 고유성들의 창조적 관계를 사유하는 일은 어떻게 가능할까? 의미들이 단일한 평면에 고정되지 않으면서, 동시에 역동적인 '성좌'를 이룰 수 있는 가능성은 어떻게 찾아지는 것일까? 이 양가적 긴장을 절충적 방식으로 해소하지 않으면서, 동시에 창조적 차이, 타자의 발생, 혹은 대화적 이질성을 우리 시대의 문화에 접속시킬 수 있는 가능성은 없는 것일까? 이 질문들과 관련하여 이 글이 주로 참조하는 것은 레비나스I. Levinas와 바흐친의 '외재성' 개념이다.

'외재성exteriority'은 초기와 후기를 통틀어 레비나스의 철학적 여정을 이해하는 키워드이다. 레비나스에게 외재성은 주체의 자기 초월적 계기의 다른 이름이면서, 타자 개념의 재구성에 필수적인 고리다. 외재성 개념은 레비나스 이전에 활동했던 바흐친에게도 공히 발견되는데, 바흐친의 '외재성vnenakhodimost'[7]은 레비나스와 흥미로운 대칭적 유사성을 보이면서 '대화' 개념의 미학적 근간을 형성한다. 이 글은 우선 두 사상가의 '외재성' 개념을 전체성 및 차이의 관점에서 이해하되, 대체로 문학예술의 경우로 한정하여 논의한다.

레비나스 : 타자와 외재성

오늘날 '레비나스'라는 이름은 (특히 예술의 측면에서) 하이데거Martin Heidegger에 대한 비판자이자 들뢰즈를 비롯한 탈근대 사상가들에게 자양분을 제공한 철학자로 등록되어 있다. 레비나스에 따르면, 플라톤에서 하이데거에 이르기까지 서구 철학의 중요한 문제점은 그것이 '전체성'의 구성을 목표로 했다는 데 있다.

> 플라톤은 이데아 세계를 모사할 수 있는 공화국을 구상했다. 그는 빛의 세계, 시간이 없는 세계의 철학을 했다. 플라톤에서 시작하여 사람들은 사회적인 것의 이상을 융합의 이상에서 찾았다. 그래서 주체는 타자와의 관계에서 타자를 자신으로 동일시하는 경향이 있고 그리하여 **집단적 표상이나 공동의 이상**을 갖게 된다고 사람들은 생각했다. 이것은 '우리'라고 말하는 집단성이고, 인식 가능한 태양이며, 진리로 향하면서 타자를 자신과 얼굴과 얼굴을 맞댄

---

[7] 바흐친의 '외재성'은 클락과 홀퀴스트의 영역판에는 'extralocality'로 표기되어 있으며, exteriority, outsideness, exotopie 등의 번역어들이 혼용된다. 여기서는 레비나스의 영역판을 기준으로 'exteriority'로 통일한다.

존재로 보지 않고 단지 자신과 나란히 있는 자로서 인식하는 집단성이다. (중략) 코스모스, 즉 플라톤의 세계와 맞서서 정신의 세계가 있다. 이 세계에서는 에로스가 함축하는 의미를 유의 논리로 환원하지 않을뿐더러 자아는 동일자를, 타자the Other는 타인the other를 대치한다.[8]

헤겔에서 정점에 이르는 서양 철학이 모두 그렇다. 헤겔은 철학 그 자체의 정점이라고 해도 무리가 아니다. 어떻든 영의 차원이든 분별력의 차원이든 모두 앞으로 헤겔히려고 한 시양 철학 속에서는 어디서나 **전체성의 향수**를 볼수 있다. 전체성이 사라지기라도 한다면 그것이 곧 죄인 것처럼 말이다. 현실의 전체를 봐야 진리를 찾았다고 생각했으며 만족감을 느꼈다.[9]

이 인용문에 드러나 있듯이, 레비나스의 서구 철학 비판은 동일자로 환원되지 않는 주체의 고유성에 대한 철학적 요청과 연관되어 있다. 레비나스가 철학적 작업의 첫머리에서 '존재에서 존재자로'의 이행, 즉 주체의 '자기정립hypostase'이라는 과제를 설정하고, '고독'을 그 주체의 본성으로 설명했던 것은 이 때문이다. 레비나스의 주체들은 전체성으로 수렴되지 않는 단독자로서 '고독'을 감내하는데,[10] 동일자로 환원되지 않는 주체성의 구성이 서구적 사유의 향수인 전체성 철학에 대한 비판을 위한 것임은 물론이다.

---

[8] 에마뉘엘 레비나스, 《시간과 타자》, 강영안 옮김, 문예출판사, 2001, 116~118쪽. 앞으로 《시간과 타자》의 인용은 이 번역본을 참조하되, 다음 영문판을 기준으로 일부 수정하였음을 밝혀 둔다. E. Levinas, *Time and the Other*, Trans. by R. Cohen, Pittsburgh: Duquesne Univ. Press, 1987.

[9] 에마뉘엘 레비나스, 《윤리와 무한: 필립 네모와의 대화》, 양명수 옮김, 다산글방, 2005, 98쪽. 물론 하이데거에 대한 레비나스의 입장을 단순히 비판적 부정의 위치로만 이해해서는 안 된다. 주지하듯이 레비나스의 문화적 원천은 유대교, 러시아 문학, 프랑스어, 그리고 독일 철학이었다. 이때 독일 철학은 (후설의 현상학이 포함되지만) 무엇보다도 하이데거의 철학을 지칭한다. 레비나스는 하이데거와의 근본적 차이를 생산함으로써 자신의 철학적 토대를 구축했다고도 말할 수 있다. 마치 마르크스가 헤겔의 패러다임에 의지하면서 이를 혁신했듯이, 레비나스 역시 하이데거의 패러다임에 의지하고 이를 비판함으로써 자신의 철학 체계를 구성한다.

이 요청이 유대인 철학자로서 레비나스 개인의 역사적 체험과 연관되어 있음은 주지의 사실이다.[11] 레비나스에게 홀로코스트와 같은 20세기의 비극은 전체주의의 산물일 뿐만 아니라, 잉여가 없는 철학적 전체성과 체계의 산물이기도 하다. 레비나스가 자신의 후기 대표작에 대해 '전체성과 무한Totality and Infinity'이라는 이름을 붙였을 때, 여기서 '무한'은 저 환원 불가능한 외재적 타자성의 자리를 지시하는 것이며, '전체성'은 '무한'의 반대 항으로서 타자를 자신의 체계로 환원시키는 '지식knowledge'의 자리를 의미하는 것이다.[12] 무한을 결여한 이 전체성의 세계는 레비나스에게 비윤리적 세계에 다름 아니다. 이러한 맥락에서 레비나스의 철학적 기획은 타자의 외재적 위치를 복원시킴으로써 윤리학을 '제1철학'의 지위로 승격시키는 것이 된다.

종합이 아니라 사람끼리 **서로 마주하는**(face-to-face) 가운데 있으며 사귐sociality 가운데 있다. 그게 윤리다. 그러나 윤리라는 것은, 전체성이나 전체성의 위험에 대해 이리저리 추상화된 생각을 한 후에 뒤따라오는 그런 것이 아니다. 윤리는 그보다 먼저 그리고 독립된 차원이다. **제1철학은 윤리다.**[13]

---

10 1940년대 레비나스의 전체성 비판은 이후 해체주의자들의 비판을 선취한 것이라고 볼 수 있다. 그러나 해체주의의 전체성 비판이 전체성 기획의 발원지로서 주체의 해체까지 나아가는 데 비해, 레비나스는 근원적 주체성의 자리를 정성 들여 재구성한다. 가령 하이데거의 주체와 비교할 때에도 레비나스의 주체는 그 위치와 역할이 강조된다는 것을 알 수 있다. 하이데거의 탈존 개념에 비해 레비나스의 '존재자 없는 존재' 개념은 애초부터 주체의 자기정립을 가능하게 하는 전제이다. 《시간과 타자》에서 대부분의 지면을 할애할 뿐만 아니라, 《존재에서 존재자로》 전체를 관통하는 주제 역시 이러한 새로운 주체성의 수립이다. 《존재와 시간》에서 하이데거의 현존재는 곧 '탈존Ex-istence'이며, 그렇기 때문에 현존재는 탈존 자체를 주체의 성립 근거로 삼는다. 탈존적 존재가 곧 현존재라는 것은 주체의 자리가 이미-먼저 그곳에 있지 않다는 의미다. 하이데거의 '탈존'과 '현존재' 개념의 상관성에 대해서는 차건희, 〈오해의 철학과 철학의 오해〉, 《인문학연구》 1집, 1997 참조. 그러나 이에 대해 레비나스의 철학은 자기정립을 통해 발생한 존재자로서 고독한 주체의 자리를 먼저 설정하고 있다.

11 "내가 전체성을 비판하게 된 것은 우리 모두가 잊지 못하는 정치 사건[나치즘]을 체험한 후이다." 에마뉘엘 레비나스, 《윤리와 무한》, 102쪽.

12 E. Levinas, *Totality and Infinity: an Essay on Exteriority*, Trans. by A. Lingis, Pittsburgh: Duquesne Univ. Press, 1961, pp. 21−30 참조.

대상-사물과 대상-타자의 환원 불가능한 고유성을 지향적 인식 주체의 외부에 정초하고, 이 외재성을 인식 주체의 자기 초월의 계기로 사유하는 것, 이를 레비나스 '윤리학'의 핵심이라고 할 수 있을 것이다. 그러므로 전체성으로의 종합이 아니라 외재적 존재들과 마주하는 '대면'(마주 보기)이 중요해지는 것이다. 이 대면의 윤리학은, 서로 동등한 지평에서 계약에 합의함으로써 사회를 구성한다는 사회계약론의 합리성을 위배하는 것이며, 또한 보편적이며 균등한 인간성에 기반을 두고 있는 휴머니즘 철학 일반을 부인하는 것이나. 가령 하이데거의 타자 개념은 '공존재'(서로 함께 있음)의 상황에서 발생하는데, 레비나스에게 이는 차이의 창조적 가능성을 몰각한 철학으로 간주된다.

> 결국, 하이데거의 타자는 공동존재Miteinandersein, 서로 간의 상호적 관계라는 기본적 상황에서 나타난다. (중략) [그러나] 나의 입장에서는, 타자와의 본래적original 관계는 '함께mit'라는 전치사로 묘사될 수 없다는 것을 보여 주고 싶다.[14]

주지하다시피 '세계-내-존재'로서 하이데거의 주체는 지향적 구조의 일부를 이루는 '현존재'로 설명된다. 하이데거의 동일자와 타자는 동일한 지향성intention의 평면 위에 위치하는 데 반해, 레비나스의 주체는 이 지향성의 구조 밖으로 나아가서야 타자/대상과 조우할 수 있다. 하이데거와 달리 레비나스의 동일자와 타자의 위상학은 동일성을 적극적으로 배제함으로써 비대칭적인 구도를 이루는 것이다.

---

[13] 에마뉘엘 레비나스, 《윤리와 무한》, 99쪽.

[14] E. Levinas, *Time and the Other*, pp. 40-1.

자아는, 존재자의 존재자성보다 예리한 이 자아의 새로운 의미를 **비대칭**dissymmetry으로 구조화된 타인과의 근접성 속에서 발견한다. 이웃에 대한 나의 관계는 이웃에게서 자아에게로 오는 상호적인 관계가 전혀 아니다. 왜냐하면 나는 타자에 대해 면책되어 있지 않기 때문이다. 타자에 대한 관계는 역전시킬 수 없는 관계이다.[15]

뒤에서 다시 논의하겠지만, 이 비대칭적인 주체−타자의 역학은 바흐친의 경우에도 특징적이다. 레비나스의 주체−타자와 바흐친의 '대화dialogue'는 합리적이며 조화로운 사회적 '커뮤니케이션'을 지향하지 않는다. 레비나스와 바흐친은 공히 균질적인 상호주체성이라는 근대적 합리성의 외부에 주체와 타자의 위치를 자리매김하고 있다.

바흐친의 대화와 레비나스의 주체−타자가 전제하는 비대칭성은 그들의 사유를 (합리적인 대립과 지양을 통한 동일자의 '승화' 과정으로서의) 변증법적 회로를 벗어난 곳으로 인도한다. 당연하게도 '잉여'와 '외재성'이 결여된 헤겔적 변증법은 레비나스의 철학과 불편한 관계에 놓인다.

이러한 전개 과정이 변증법을 포함할 수 있다고 하더라도 이것은 어떤 경우에도 **헤겔적인 것이 아니다.** 이 논의는 모순들을 가로지르는 일에 대해서, 역사를 화해시키고 멈추게 하는 일과는 관련이 없다. 반대로, 이것은 오히려 단일체unity 안에 용해할 수 없는 다원론pluralism을 지향한다. 무모할지도 모르지만, 나는 어쨌든 파르메니데스와 결별하고자 하는 것이다.[16]

변증법적 승화 과정이 독백적인 자기−지양으로 합리적 전체성의 회로

---

[15] 에마뉘엘 레비나스, 《존재에서 존재자로》, 서동욱 옮김, 민음사, 2003, 12쪽.

[16] E. Levinas, *Time and the Other*, p. 42.

를 구성한다면, 레비나스의 사유는 변증법적 전개 과정으로 환원될 수 없는 잉여/잔여물들을 사유한다고도 말할 수 있다.

이 지점에서 우리에게 중요한 것은 레비나스의 예술론이 외새성에 대한 형상적 사유로 요약될 수 있다는 점이다. 외재적인 것은 주체의 자기 매개 과정으로 통합될 수 없는 타자/대상의 자리며, 주체는 타자와의 대면(face-to-face)을 통해서 지향적 구조(세계)의 밖으로 나아간다. 그래서 레비나스에게 예술이란, 이미 구조화되어 익숙한 세계−체계에서 대상−사물과 대상−타자들을 떼어 내는 행위 자체이다.

> 예술은 사물들이 이 세계의 실천의 연쇄 고리에 파악되어 있는 상태에서 대상들이 세계로부터 벗어나게끔 해주며, 이를 통해 주체에 귀속되지 않고 **떨어져 나오게 해준다.** (중략) 예술, 심지어 가장 사실주의적인 예술조차도 재현된 대상에 이타성이라는 특성을 부여한다. 대상은 진정한 벌거벗음 속에서 나타난다. 형식의 부재이다. 벌거벗음은 외재성이, 형상이 이루어 내는 내재성으로 변환되지 않는다. 실재는 주어진 것으로서의 세계와는 이질적인 것이다. 예술 작품은 자연을 모방하는 동시에, 가능한 한 멀리 자연으로부터 **떨어져 나간다.**[17]

레비나스는 재현된 대상을 자연으로부터 "떨어져 나"오도록 만드는 예술의 기능을 일컬어 '엑조티시즘exoticism'[18]이라고 표현하는데, 레비나스의 엑조티시즘이 20세기 초 형식주의자들의 "낯설게 하기ostranenie; defamiliarization' 개념과 상동성을 보인다는 점은 흥미롭다. 차이가 있다면, 형식주의자들에게 이 '떼어 놓기'가 그 자체로 실재를 지각하는 과정으로

---

[17] 에마뉘엘 레비나스, 《존재에서 존재자로》, 83−5쪽.

[18] 같은 곳.

이해되는 데 비해,[19] 레비나스에게 '엑조티시즘' 효과는 자기동일성의 외부, 타자, 실재와의 조우를 통한 자기초월의 계기로 사유된다는 데 있다. '예술적 사건'은 이 지점에서 발생하는 것이다.

주지하다시피 '사건'은 주체의 인식론에 균열을 일으키며 도래하는 외재적 타자의 틈입으로 발생하는데, 레비나스에게 예술 작품은 그러한 '사건'의 발생지가 된다.

> 우리는 이 **사건**을 예술 속에서 보여 주고 싶다. 예술은 리얼리티의 특정한 타입을 알지 못한다. 그것은 지식에 반대된다. 그것은 모호한 **사건** 자체이며 밤의 향기며 그림자의 **침입**an invasion of shadow이다.[20]

저 '그림자'의 침입은 '무한'의 도래로 발생하는 미적 '사건'이라고 할 수 있다. 레비나스에게 예술은 외부에서 도래하는 미지의 타자에 대한 주체의 형상적 반응이다. 저 "밤의 향기"와 "그림자의 침입"은 그런 의미에서 실재와의 조우를 은유하는 훌륭한 사례라고 할 수 있다. 이 은유들이 이성의 언어로 번역할 수 없는 모호성을 예술 작품의 본질로 부각시키는 것은 자연스럽다.

예술의 기능은 이해에 있는 것이 아니지 않은가? 모호성이 그 자체의 요소와

---

[19] 이는 레비나스와 형식주의자뿐 아니라 레비나스와 브레히트 사이에도 흥미로운 비교가 가능함을 말해 준다. 잘 알려져 있다시피 브레히트의 '소격 효과'는 형식주의자들의 '낯설게 하기'와 자주 비교되어 왔다. 그러나 형식주의자(정확하게는 빅토르 시클롭스키)의 '낯설게 하기'와 브레히트의 '소격 효과'는 문제의식의 유사성에도 불구하고 결정적 차이를 내장하고 있다. 브레히트의 '소격 효과'는 아리스토텔레스적 카타르시스나 감정이입을 비판하여 예술 작품에 의한 이성적 판단의 가능성을 강조하려는 의도가 있는 반면에, 형식주의자들의 '낯설게 하기'는 이성적이며 논리적인 세계 인식으로 수렴되지 않는다. 같은 맥락에서 레비나스의 예술론은 브레히트보다는 형식주의자들에게 (언어학과 철학이 노정하는 근본적인 차이에도 불구하고) 상대적으로 근접해 있다.

[20] E. Levinas, "Reality and its Shadow," *Collected Philosophical Papers*, Trans. by A. Lingis, Dordrecht: Martinus Nijhoff Publishers, 1987, p. 3.

독사적인 완성태로써, 변증법과 이데아의 삶에는 낯선 이해를 제공하는 것은 아닌가? 우리는 그래서 예술가가 실재the real의 모호성 자체를 알고 표현하는 것이라고 말할 것인가?[21]

레비나스에게 예술은 인식의 기능을 수행하지 않는다. 즉, 지성과 이성의 투명함으로 환원되는 한 그것은 이미 예술이 아니다. 예술의 모호성은 (명료한 로고스로 환원될 수 없음 자체가 예술의 조건이라는 점에서) 필연적이다. 말라르메Stéphane Mallarmé이 모호한 시를 명료한 언어로 해석하는 비평가의 행위는 정확하게 예술의 예술성을 파괴하는 것이다.

말라르메를 해석interpret하는 것은 그를 배신하는 것은 아닌가? 그의 작품을 신뢰할 만하게 해석하는 것은 그것을[예술의 불가피한 모호성을] 억압하는 것이 아닌가? 그가 모호하게 말한 것을 명확하게 말하는 것은 그의 모호한 발화의 허망함을 누설하는 것이다.[22]

그렇기 때문에 예술 작품의 형상성을 지성/이성의 회로로 소환하는 해석학적 비평은 일종의 왜곡이다. 말라르메의 모호한 작품을 명확한 의미의 체계로 구획짓는 작업은 역설적으로 말라르메의 작품 자체가 근거하고 있는 미적 지반을 훼손하는 것으로 간주된다. 그런 의미에서 예술은 길 찾기가 아니라 오히려 길 잃어버림이다.

지향은 대상에까지 도달하지 못하고 감각 자체 안에서 길을 잃는다. 그리고 감각 속에서, 즉 아이스테시스aisthesis 속에서의 **길 잃어버림**이 미감적 효과를

---

[21] 같은 책, p. 3.
[22] 같은 책, p. 1.

일으킨다.[23]

인식/진리의 반대편에서 예술을 인식하는 레비나스의 예술론은 여기서 다시 한 번 하이데거의 예술론과 대비된다. 하이데거의 예술론은 근본적으로 사물의 사물됨을 탈은폐aletheia하는 것으로 정의된다. "고흐의 그림은 도구, 즉 촌부村夫의 한 켤레 구두가 진실로 무엇인지를 해명해 주고 있다. 구두라는 존재자가 자기 존재의 탈은폐 가운데로 나타난 것이다. 그리스인들은 이러한 존재자의 탈은폐를 '알레테이아'라고 불렀다. 우리는 오늘날 이 단어를 그저 진리라고 부르고 있으나, 이 말의 본래적 의미에 대해서는 거의 생각하지 않는다. (중략) 예술의 본질은 존재자의 진리의 작품 가운데로의 자기정립이다."[24] 이로써 예술 작품은 "존재의 밝음" 안에 있게 된다. 이 과정에서 하이데거의 예술론은 본질/진리의 소환으로 규정되는데, 이는 진리에서 감각으로 전회했던 근대 철학을 다시 진리의 방향으로 돌리려는 시도로 볼 수 있다.

예술은 이제 미가 아니라 진리와의 관계 안에서 고찰된다.[25]

진리는 인식과 사실의 일치다. 그런데 사실이 인식(명제)을 구속해야 하고 그러려면 스스로를 드러내야만 한다. 즉, 숨어 있지 않아야 한다.[26]

이로써 하이데거에게 예술 작품은 진리를 탈은폐함으로써 진리가 자기

---

[23] 에마뉘엘 레비나스, 《존재에서 존재자로》, 85쪽.

[24] 마르틴 하이데거, 《예술작품의 근원》, 오병남·민형원 옮김, 경문사, 1979, 102쪽. 인용문은 영문판을 참조하여 수정하였다.

[25] 같은 책, 41-2쪽.

[26] 같은 책, 62-3쪽.

정립하는 장소가 된다. 그러나 레비나스의 예술론은 인식을 예술 작품의 외부로 배제함으로써 시작된다.

> 예술의 가장 기본적인 과정은 대상을 그 이미지로 대체하는 데 있다. 그 이미지이지 그 개념이 아니다. 개념concept은 사로잡힌grasped 대상이고 인식 가능한 대상이다. 이미 행위로써 우리는 실재 대상과의 생생한 관계를 유지한다. 우리는 그것을 사로잡고 그것을 소유한다. (중략) 이미지는, 과학적 인식과 진리와는 달리, 개념 직용conception을 발생시키지 않는다.[27]

　예술 작품의 핵심은 이미지이며, 이미지는 개념 작용을 발생시키지 않는다. 레비나스가 말하는 이미지로서의 예술은 '개념' '진리' '인식'의 반대 항으로서 로고스로부터의 일탈을 초래하는 것으로 간주된다. 예술 작품을 진리가 일어나는 장소로 인식하지 않는다는 점에서 레비나스의 예술론은 하이데거의 예술론과 대립적 위치에 있는 셈이다.[28]
　이 지점에서, 예술 작품을 이미지의 생산과 동일시하고 이미지와 인식을 배타적 대립상으로 이해하는 레비나스의 예술론이 확실히 서구 철학의 고유한 이분법을 반복하고 있다는 점은 지적이 필요하다. 진리의 정립인가 탈로고스적인 이미지인가라는 (플라톤 이후 하이데거에 이르기까지의) 서구 철학의 전통적 이분법을 예술 일반에 대입함으로써, 레비나스는 예술과 진리의 관계에 대한 양자택일적 사고를 재소환하는 셈이다. 이는 레비나스의 사유 전반에서 미학의 영역이 철학과 윤리학의 영역에 비해 부정적으로 자리매김되는 원인이기도 하다.[29]

---

[27]　E. Levinas, "Reality and the Shadow," p. 3.

[28]　레비나스와 하이데거, 레비나스와 사르트르의 예술론을 정치하게 비교한 글로 서동욱, 〈시와 타자〉, 《프랑스 철학과 문학비평》, 한국프랑스철학회 엮음, 문학과지성사, 2008, 77~103쪽 참조.

이 지점에서 레비나스와 변별적이면서도, 타자론과 외재성에 대한 사유를 일관되게 문학에 적용한 이론가로 바흐친을 호명할 필요가 있다. 1920년대에 주요 저작을 완성한 바흐친의 작업은 미학에서 인식과 진리를 배제하지 않음으로써 타자론과 윤리학, 그리고 미학을 잇는 사유의 고리를 완성하고자 하는 시도이다.

바흐친 : 대화와 외재성

1920년대에 이미 전체성으로 환원 불가능한 주체(들)의 위치를 설정하고 이를 문학 이론의 영역에 적용한 사람은 미하일 바흐친Mikhail Bakhtin이다. 바흐친은 초기 저작《행동철학에 대하여K filosofii postupka》에서 이미 '삶의 세계'와 '문화의 세계'라는 대립 항을 설정함으로써 '단독성edinstvennost'과 '통일성edinstvo'의 대립, 주체성과 이를 종합하려는 객관성의 대립에 대한 사유를 보여 준 바 있다.[30] 이 양자 사이의 간극을 소멸시키지 않으면서 동시에 이 간극 자체를 긍정적으로 재구성하는 것은 초기 바흐친 미학의 소명이라고 할 수 있다. '책임성otvetstvennost; responsibility'의 문제는 이 지점에서 핵심적 역할을 수행한다.

바흐친에게 '책임성/응답 가능성response+ability'은 단순한 도덕률이 아니라 존재의 유일성에 근거하여 '행동'과 '의미'의 발생을 가능하게 하는

---

[29] 이는 윤리학을 제1철학으로 설정하는 레비나스의 사유가 미학에 미친 영향이라고도 할 수 있다. '타자'의 자리를 미지의 영역으로 설정하고 철학적 사유의 접근을 제한하는 것은 레비나스 윤리학의 고유한 특성이다. 레비나스의 계승자이자 비판자인 바디우A. Badiou의 표현을 빌려 말하자면, 이는 "윤리학을 위해 철학을 파면하는 것"에 해당한다. 바디우에게 레비나스의 철학은 "윤리적 급진주의"에 해당하는 바, 우리는 이러한 비판이 윤리학과 철학의 관계뿐만 아니라 윤리학과 미학의 관계에도 해당하는 것으로 이해할 수 있다. 알랭 바디우,《윤리학》, 이종영 옮김, 동문선, 2001, 27쪽.

[30] M. Bakhtin, "K filosofii postupka", *Raboty 20-kh godov*, Kiev: Next. 1994, pp. 11–68.

조선이다. 그가 "의미smysl는 언제나 어떤 질문에 대한 응답이다"[31]라고 말할 때, 이 '의미'는 기호학의 맥락에서 산출되는 기표와 기의의 상호작용으로서의 '의미znachenie'가 아니다. 바흐친의 '의미'는 추상적 기호 체계의 구조적 효과가 아니라, 주체의 말이 타자의 말과 만나 발생하는 '사건sobytie'의 산물인 것이다.[32]

주체의 유일성과 그 존재의 '책임'에 대한 바흐친의 강조는 그를 포스트모더니즘의 맥락으로 전유하려는 서구 이론가들의 시도를 무산시킨다. 가령 1960년대에 바흐친을 서구에 소개한 줄리아 크리스테바J. Kristeva는 바흐친의 이론을 설명하고자 '상호텍스트성intertextuality'이라는 용어를 사용했는데, 이 용어는 이후 포스트모더니즘 문학 연구의 종핵을 이루는 개념들 가운데 하나로 승격된다. 그러나 크리스테바의 바흐친 전유는 바흐친의 이론을 구성하는 철학적·미학적 기초를 제한적으로만 적용한 측면이 있다. 예컨대, 바흐친의 대화주의를 '인용의 모자이크a mosaic of quotations'로 설명하는 순간, 크리스테바는 바흐친의 '대화'를 '언어적 차이' 모델로 기각하고 있는 셈이다.[33] 바흐친이 형식주의와 구조주의의 언어 모델을 지속적으로 비판했다는 점을 떠올린다면,[34] 언어의 중성적 차용을 강조하는 '인용의 모자이크'라는 표현은 바흐친의 대화 개념에 적용하기 어렵다. 왜냐하면 바흐친의 대화는 언어들 사이의 관계이기 이전에 이미 주체들 사이의 관계로부터 발원하는 것이기 때문이다.

레비나스가 '존재자의 고독한 자기 정립'을 사유의 근거지로 삼았던 것

---

[31] M. Bakhtin, "Iz zapisei 1970-1972 godov," *Estetika slovesnogo tvorchestva*, M.: Iskusstvo, 1979, p. 350.

[32] 러시아어의 '사건so-bytie'은 '존재bytie'와 '존재' 사이의 조우(so-)를 통해 이루어진다.

[33] J. Kristeva, *Desire in Language*, Oxford: Basil Blackwell, 1982, p. 66.

[34] 바흐친은 이미 1910년대 말에 네벨학파의 동료들과 함께 《문예학의 형식적 방법》을 통해 형식주의자들을, 《마르크스주의와 언어철학》을 통해 소쉬르 등의 구조주의를, 《프로이트주의》를 통해 프로이트의 정신분석을 역사주의적 맥락에서 비판한 바 있다.

처럼, '존재의 비알리바이ne-alibi b bytii; non-alibi for being'라는 바흐친의 은유는 시공간 차원에서 대체 불가능한 주체의 위치를 지시한다.[35] 보편성이나 전체성으로 환원되지 않는 단독자야말로 바흐친적 의미의 '삶'의 담지자 이다.

> 아무도 나와 타자에 대해 중립적인 위치를 차지할 수 없다; 추상적인 인식적 관점은 가치적 접근을 결여하고 있는데, 왜냐하면 가치적인 태도는 존재의 통일적인 사건 속에서 **유일한 위치**를 차지할 것을 요구하고, **육화**될 것을 요 구하기 때문이다. 모든 가치 평가는 존재 속에 개인적인 위치를 차지하는 행 위이다; 신조차도 자비를 베풀고, 고통받으며, 용서하기 위해서는 육화되어 야 했다. **추상적인 정의의 관점에서** 벗어나야 했던 것이다.[36]

이 '전체성' 혹은 '추상적인 정의의 관점'은 《행동철학에 대하여》에서 이 미 '이론주의teoretizm'라는 비판적 명칭을 부여받은 바 있다. 그러나 다른 한편으로, 바흐친이 삶의 환원 불가능한 유일성만으로 모든 것을 정당화 시킨 것은 아니다. 바흐친은 (전체성에 대한 평균적인 비판자들과 달리) '삶' 혹 은 고유한 '차이'들에 대해 배타적 가치를 부여하지 않는다. '외재성' 개념 을 중심으로 이루어지는 바흐친의 사유는 이런 맥락에서 중요하다.

바흐친 미학에서 '외재성' 개념이 등장하는 것은 초기 저작 《미학적 활 동에서의 작가와 주인공》이다. 레비나스에게 자기동일성으로 환원되지 않는 타자의 외재성이 주체의 자기초월에 주요한 계기로 작동했듯이, 바

---

[35] 레비나스가 타자에 대한 '책임'(응답 가능성)을 강조했던 것 역시 사유의 상동성을 보여 준다. "나는 책 임 없이 존재하지 않는다"라는 《시간과 타자》의 명제는 레비나스 타자론의 핵심을 이룬다. '책임'에 대 한 사유가 존재의 유일성, 주체의 유일성과 동전의 양면이라는 점은 자명하다. 가령 다음과 같은 언급을 보라. "나는 둘도 없는 자다. 다른 무엇으로 바꿀 수 없다. 책임지는 자로서 나는 나다."(레비나스, 《윤 리와 무한》, 132쪽)

[36] M. Bakhtin, "Avtor I geroi v esteticheskoi deiatel'nosti," *Estetika slovesnogo tvorchestva*, p. 113.

흐친의 존재론적 구성학architectonics에서 외재성은 존재의 독백적 발화를 역동적으로 재구성하는 준거점으로 기능한다. 외재성이 결여된 상태는 바흐친의 구성학에서 '나 자신에 대한 나ia-dlia-sebia; I-for-myself'로 수렴되는 상태이다.

> 삶은 내적으로만, 내가 나 자신으로서 그것을 체험하는 곳에서만, 그리고 나
> 자신에 대한 관계 속에서만, 내가 나를 '나'로서 체험하는 곳에서만, 그리고
> 자신에 대한 관계의 형식 속에서만, '**나 자신에 대한 나**'라는 가치적인 범주
> 속에서만 이해할 수 있고 사건적으로 무게 있는 것이 된다. (중략) 삶을 외부로
> 부터 육화하게 하는 모든 힘들은 비본질적이며 우연한 것으로 여겨지며, **모**
> **든 종류의 외재성에 대한 깊은 불신**이 전개된다.[37]

바흐친의 이론적 패러다임에서 '나 자신에 대한 나'는 외재적인 시선과 만나지 못하고 자기 자신의 동일성 안에 안주하는 존재론적 위기의 상태이다. 초기의 바흐친에게 외재성 개념은 미학적 거리의 확보와 작가의 의미 부여(즉, 객관화)의 계기로 기능한다. 이 경우 외재성은 주인공에 대한 '시선의 잉여'를 확보하고 이를 통해 작가의 '미학적 활동'을 가능하게 만드는 가치적 위치를 지시한다.

> 여기서 **외재성이라는 위치**가 외면의 미학적 가치를 성립시킨다. 공간적 형식
> 이 주인공에 대한 작가의 관계를 표현하는 것이다. (중략) 언어예술 작품은 주
> 인공 각각의 외부로부터 창조되는데, 그래서, 우리는 독서를 하면서 내부가
> 아닌 외부에서 주인공을 따라가야만 한다.[38]

---

[37] 같은 책, p. 176.

[38] 같은 책, p. 85.

외재성을 미학적 완결의 계기로 파악한다는 점에서 초기 바흐친의 사유는 (외재성을 '무한', 즉 비완결의 계기로 바라보는) 레비나스와 변별된다. 주인공에 대한 작가의 객관화는 미학적 작업의 필수적인 요소로 이해된다.

그러나 이러한 외재성 개념은 바흐친의 철학적 여정 안에서 도스토옙스키를 계기로 하여 극적인 반전을 맞는다.[39] 《도스토옙스키 창작의 제 문제Problemy tvorchestva Dostoevskogo》에서 바흐친은 도스토옙스키의 소설에 초기 저작과는 다른 방식으로 접근한다. 실제 삶의 세계에서 나–타자의 구성학이 개별 주체의 외부에 존재하는 타자들의 시선을 전제로 상호적 관계를 구성하듯이, 소설 속에도 비완결적인 현실 원리가 도입된다. 토도로프Tzvetan Todorov는 이 존재자들의 상호관계성에 대해 '상호인간inter-human'이라는 명명을 부여한 바 있는데, 이제 외재성은 미학적 완결의 계기로서가 아니라 대화적 다성성의 계기로 활용되는 것이다.[40]

> 도스토옙스키는 견고하고 완결적인 작가적 규정을 주인공 스스로가 내리게 하는 계기를 만듦으로써, 작은 규모라 할 수 있는 코페르니쿠스적 변혁을 수행했다. (중략) 작가가 수행했던 바를 이제는 주인공 스스로 가능한 모든 시점에서 자기 자신을 비춰 보며 수행하고 있다.[41]

바흐친에게 도스토옙스키는 주인공에 대한 작가의 외재적 위치를 미학

---

[39] 이 이론적 전회의 문제는 바흐친의 이론적 유산을 어떻게 바라볼 것인가 하는 문제의 핵심적인 사안이기도 하다. 이 문제는 바흐친학의 권위자인 보네츠카야를 비롯해 수많은 연구자들의 관심을 끈 바 있다. 이미 보네츠카야는 〈형식논리로서의 바흐친 미학〉이라는 글을 "바흐친학의 가장 중요한 문제들 중 하나는, 이 사상가의 창작 유산의 통일성에 대한 문제이다"라는 문장으로 시작한 바 있다. N. Bonetskaia, "Estetika M. Bakhtina kak logika formy," *Bakhtinologiia*, C. P.: Aleteiia, 1995, p. 79.

[40] 도스토옙스키론에 이르러서야 '대화주의'라는 개념이 활용된다는 점 역시 이와 관련이 있다.

[41] M. Bakhtin, "Problemy tvorchestva Dostoevskogo," *M. M. Bakhtin Sobranie Sochinenii 2*, M.: Russkie slovari, 2000, p. 45.

적 완결의 계기로 삼지 않은 작가이다. 다성적 소설은 인간의 시선이 완결적 전체성과 등치되지 않는다는 것을 문장의 차원에서 자각한 예술가에 의해 가능하다. 다성성은 다른 가치들의 지속적인 틈입과 다른 시선들의 지속적인 경쟁으로만 성취된다. 다성성의 미학이 시보다 소설에서 더 잘 실현될 수 있다는 것이 바흐친의 소설론이었던 셈이다.

비유컨대, 초기 저작에서 강조되던 작가의 외재성이 구약적 신성에 근접해 있다면, 도스토옙스키론에서는 그리스도적 강림(육화肉化)에 해당한다고 할 수 있다. 이제 작가는 주인공에 대해 선제성을 부여하는 1차적 외재성의 위치에서 내려와, 주인공들을 완결되지 않는 대화적 투쟁으로 인도하는 '심층의 외재성'에 도달한다. 이 경우 작가는 주인공의 의식에 대해 (작가 자신의 완결적 가치판단이 아니라) "주인공과 동등한 권리를 가진 다른 의식들의 세계"만을 대립시킨다. 소설 속에 구현되는 외재성의 복선율적複旋律的 교차가 바로 '다성적 소설'의 핵심인 셈이다. 이는 조화로운 '전체성'의 완결적 세계를 끊임없이 교란시키는 결과를 낳는다.

이러한 대화적 세계에서 안정되거나 영원한 것은 없다. 모든 고정적인 가치들은 외재적 가치들과의 조우 속에서 유동적 상태로 들어간다. 후기 바흐친이 위계적 가치 질서의 '대관 박탈'을 핵심으로 하는 '카니발carnival' 개념을 제시하고 '웃음'과 '희극'의 미학적 가능성에 주목했던 것 역시 이러한 맥락이다.[42]

주체와 타자의 (조화로운 합일이 아니라) 비대칭적 불일치를 강조했던 레

---

[42] 바흐친이 라블레와 고골, 도스토옙스키의 희비극에 매혹되는 지점은 레비나스가 고골, 몰리에르, 세르반테스 등에 매혹되는 지점과 일치한다. "시시한 삶은 삶의 캐리커처이다. 그 현존은 그것 자체를 덮지 못하고 모든 측면들 위를 흘러넘친다. 그것은 그 자신의 손 안에 인형의 줄을 쥐고 있지 않다. 우리는 비극의 개인화 속에서 인형에 참여할 수 있으며 코메디프랑세즈를 보며 웃을 수 있다. 모든 이미지는 이미 캐리커처이다. 그러나 이 캐리커처는 무언가 비극적인 것으로 변한다. 같은 사람이 과연 희극시인이며 비극시인인 것이다. 이것이 고골, 디킨스, 체홉, 그리고 몰리에르, 세르반테스, 무엇보다도 셰익스피어와 같은 시인들의 부분적인 마력을 구성하는 모호성인 것이다." E. Levinas, "Reality and the Shadow," p. 9.

비나스의 철학과 마찬가지로, 바흐친은 주체와 타자의 불일치, 불화의 관계를 전면화시킨다. "사건의 생산성은 모든 것들을 하나로 통합하는 데 있지 않고, 사건의 외재성과 비통합성에서 생기는 긴장에 있"[43]는 것이다.

바흐친의 주체와 타자는 합일에 이르지 못한다는 바로 그 이유로 대화적 관계를 이룬다. 그러므로 바흐친의 '대화'란 의사소통(커뮤니케이션)이 아니다. 사회학의 '의사소통 이론'(하버마스)이나 기호학의 '커뮤니케이션 도식'(야콥슨)은 원칙적으로 바흐친의 대화와 거리가 먼 셈이다.[44] 또한 바흐친의 대화는 하이데거적 의미의 동일자적 '대화'[45]와도 결정적인 차이가 있다.

바흐친에게 대화는 조화로운 균형과 완결성이 와해되는 지점에서 발생하는 것이며, 하이데거적인 동일자의 회귀가 저지되는 지점의 산물이다. 진리가 미리 전제되어 있는 한, 대화는 불가능하다. 대화와 진리 사이에 존재하는 간극은 비극이 아니라 잠재성이며, 또한 삶의 생동성을 구성하는 원동력 그 자체이다. 그렇기 때문에 바흐친의 대화가 단일한 전체성이 지배하는 독백의 세계를 부정하는 것은 자연스럽다.

물론 이는 이질적 가치들의 무차별적 공존을 긍정하기 위함이 아니다.

---

43 M. Bakhtin, "Avtor I geroi v esteticheskoi deiatel'nosti," p. 79.

44 '합의'의 원리를 부정하는 이러한 인식을 정치철학에 적용할 때 우리는 급진민주주의 기획(무페와 라클라우)과의 상동성을 떠올릴 수 있다. 가령 샹탈 무페Ch. Mouffe는 《민주주의의 역설》(이행 옮김, 인간사랑, 2006)에서 바흐친과 레비나스의 것을 연상시키는 다음과 같은 문장을 적고 있다. "진정한 타자가 되기 위해서 타자는 '우리'와 통약 불가능한 것이어야 하는 동시에 우리가 등장하는 데 조건이 되어야 한다."(29쪽) 일종의 갈등의 정치학이라고 할 급진민주주의 기획은, 조화로운 합의제 정치의 문제와 불가능성을 직시하고 갈등과 적대를 부인하지 않는 '경합적 다원주의' 모델을 제시한다.

45 하이데거에게 '대화'는 다음과 같은 의미를 지닌다. "대화할 수 있음과 들을 수 있음은 같은 근원을 가지고 있다. 우리가 하나의 대화라는 것은 곧 우리가 서로에게서 들을 수 있다는 것을 뜻한다. 이와 동시에 언제나 우리가 '하나'의 대화라는 것을 의미한다. 그러나 대화의 통일은 그때그때 본질적인 낱말 속에서 '하나의 동일한 것das Eine und Selbe'이 나타나는 데에서 성립한다. 이러한 동일한 것에서 우리는 서로 합일에 이르게 되고, 또한 이러한 동일한 것을 바탕으로 삼아 우리는 하나가 되며, 그리하여 본래적으로 우리 자신이 된다. 대화 및 대화의 통일은 우리의 현존재를 지탱해 준다. (중략) 하나의 동일한 것은 오로지 언제나 지속적으로 상주하는 것의 빛 속에서만 나타날 수 있다." 마르틴 하이데거, 《횔덜린 시의 해명》, 신상희 옮김, 아카넷, 2009, 72~3쪽.

바흐친의 대화는 독단주의dogmatism는 물론이고 상대주의relativism와도 차별된다. 상대주의는 대화를 불필요하게 하고, 독단주의는 대화를 불가능하게 한다. 예술적 방법으로서의 바흐친적 '대화'는 상대주의나 다원주의로 수렴되지 않는 것이다. 이 지점에서 바흐친의 외재성은 극적으로 레비나스적 문맥과 만난다. '대면'의 윤리학이 바로 그것이다.

> 모든 본질적인 것은 대화 속에 용해되어 있으며 **얼굴과 얼굴을 맞대고 서 있는 것이다.**[46]

> 인간은 자신의 외관을 실제로 볼 수 없으며 그것을 전체 속에서 의미화할 수도 없다. 어떤 거울도 사진도 그를 돕지 못한다. 그의 진정한 외관을 보고 이해할 수 있는 것은 오직 타자들뿐인데, 이것은 그들의 공간적 외재성과 그들이 타자들이라는 사실 덕분이다.[47]

이 구절들이 레비나스적 대면의 윤리학과 같은 맥락에 있음은 부연할 필요가 없을 것이다. 이때 '얼굴' 혹은 '얼굴의 맞댐'이라는 은유는 동일성이 와해되는 차이의 존재론, 외재적 타자와의 대면이라는 의미를 담고 있다. 바흐친의 대화주의는 이러한 얼굴의 맞댐을 전제로 삼고 있는 것이다.[48]

---

[46] M. Bakhtin, "K pererabotke knigi o Dostoevskom," *Estetika slovesnogo tvorchestva*, p. 325.

[47] M. Bakhtin, "Otvet na vopros redaktsii 〈Novogo mira〉," *Estetika slovesnogo tvorchestva*, p. 334.

[48] 서구와 러시아의 연구자들이 동원되어 바흐친의 이론적 유산을 총정리하고 있는 최근의 중요한 논문집 제목이 '대면face to face'이라는 점은 그런 의미에서 의미심장하다. *Face to face: Bakhtin in Russia and the West*, ed. by C. Adlam, V. Makhlin etc, Shaffield: Academic Press, 1997.

레비나스와 바흐친, 그리고 그리스도

문화산업 시대는 무차별적 차이, 대화가 결여된 차이에 근거한다. 전체성의 영역은 효용 및 교환가치의 차원에서 상품들 사이의 '차이'에 종속된 상태로서만 의미를 지닌다. 그것은 아즈마 히로키의 표현을 빌려 말하자면 '해리적' 상황이다.

이러한 해리적 상황이 조화로움과 전체성의 재도입을 통해 극복될 것이라는 회귀적 판단은 실효성을 지니기 어렵다. 그런 의미에서 레비나스와 바흐친의 사유는 전체성 및 진리의 귀환인가, 중성적 '차이'들의 무한복제인가라는 인문학적 관심사에 대해 중요한 참조점을 제공한다. 전체성의 귀환이나 차이의 전일성이라는 양자택일적 사유를 넘어서서, 이 두 사상가의 사유는 전체성과 진리의 자기동일성을 재호명하지 않으면서도 문화산업 시대의 '해리적' 현상을 넘어설 수 있는 가능성을 보여 주기 때문이다. 여기서 '외재성' 개념이 핵심적으로 기능한다는 점은 앞서 살펴본 바와 같다.

레비나스와 바흐친의 사유가 공히 신학적 특징을 보인다는 점은 이러한 맥락에서 의미심장하다. 유대인으로서의 지적 배경 안에서 사유했던 레비나스의 경우는 말할 것도 없지만, 정교orthodox의 지성사 안에서 성장한 바흐친의 경우도 이와 다르지 않다.

바흐친의 예언적 어조는 **신학적인 것**에 가깝다. 초기 저술에서 그는 그리스도를 신적인 외재성을 전혀 상실하는 일 없이 살아서 이 세계 내에 진입한 유일자라고 생각한다. 바흐친이 품고 있던 신학은 부활신학이 아니라 육화신학이다. 그것은 '믿음'(정통에 대한 믿음, 진보에 대한 믿음, 인간에 대한 믿음, 혁명에 대한 믿음 등 특정한 믿음이라는 의미에서)을 권고하지 않는다. 왜냐하면 이런 유의 믿음은 독백적 교조일 것이기 때문이다. 오히려 바흐친은 전혀 다른 것, 즉 '믿음의 감각sense of faith, 말하자면, 좀 더 높은 궁극적인 가치를 향한……. 필수적인 태도', 《카라마조프 가의 형제들》의 조시마 장로가 지니고 있었던, 또는 《안나 카레니나》의 결말 부분에서 레빈이 불확실하게 이르렀던 유의 믿음을 권고한다. (중략) 이러한 대화적 믿음에 대한 바흐친의 궁극적인 이미지는 특징적이게도 **그리스도와의 대담**이다. "어떤 개성적인 것으로서의 말. 진리로서의 그리스도. 나는 그에게 질문을 던진다."[49]

물론 저 그리스도는 초월적 신앙의 대상이 아니다. 그리스도는 역동적이며 규정 불가능한 방식으로 존재하는, 도래할 진리의 다른 이름이다. 이 외재적 존재에 대해 바흐친은 '제3자Tretii'라는 이름을 붙인다. 바흐친에게 '제3자'는 나-타자의 이항 대립을 매개하는 보이지 않는, 규정 불가능한, 미래의 존재이다. 이 '제3자'의 존재가 레비나스에게서 다시 한 번 반복된다는 점은 흥미롭다.

유대 신비주의의 특징 하나를 말해 주겠다. 권위 있게 내려오는 아주 오래된 기도문에 보면 기도하는 사람이 하느님에게 '당신'이라는 말을 시작했다가 끝날 때는 '그분'이라고 한다. 내가 책에서 무한을 **'3인칭'**이라고 부른 것이 바로 그것이다. (중략) '내가 여기 있나이다'라고 말하는 주체가 무한을 증언한다. 이 증언의 진실성은 재현 또는 지각의 진실성이 아니다. 무한의 계시가 열리는 것은 이 증언을 통해서다.[50]

'계시'는 저 미래의 '제3자'(바흐친) 혹은 '3인칭'(레비나스)으로부터 하나의 '사건'으로서 도래한다. 이 제3의 영역은 '나'(1인칭)와 '너'(2인칭)의 이

---

49 게리 솔 모슨·캐릴 에머슨, 《바흐친의 산문학》, 오문석·이진형·차승기 옮김, 책세상, 2006, 128쪽.

50 에마뉘엘 레비나스, 《윤리와 무한: 필립 네모와의 대화》, 137~8쪽.

항 대립을 넘어서서 존재하는 영역이며, 이 영역에 의해 주체—타자의 비대칭성이 성립한다. 동시에 진리의 영역을 방기하지 않는 고유한 개별자들의 '대화'가 가능해지는 것이다.

문학예술이 변증법의 논리적 승화 과정과 변별되는 언어의 존재 양식이라면, 그것은 저 계시의 순간과 무관하지 않을 터이다. 주체의 자기 회로 외부에 존재하는 타자와의 대면, 그리고 이 자기초월적인 대면을 통한 에피파니épiphanie의 순간이야말로 문학예술의 존재 근거일 것이다. 바흐친과 레비나스의 맥락에서, 세계의 진실 혹은 실재는 이러한 방식을 통해 관례적 언어 체계와 상징 질서의 바깥으로 나아가 세계의 맨 얼굴로서 현시되는 것이다.

■ 참고문헌

레비나스, 에마뉘엘, 《시간과 타자》, 강영안 옮김, 문예출판사, 2001.

_____, 《존재에서 존재자로》, 서동욱 옮김, 민음사, 2003.

_____, 《윤리와 무한: 필립 네모와의 대화》, 양명수 옮김, 다산글방, 2005.

Levinas, E., *Time and the Other*, Trans. by R. Cohen, Pittsburgh: Duquesne Univ. Press, 1987.

_____, *Totality and Infinity: an Essay on Exteriority*, Trans. by A. Lingis, Pittsburgh: Duquesne Univ. Press, 1961.

_____, "Reality and its Shadow", *Collected Philosophical Papers*, Trans. by A. Lingis, Dordrecht: Martinus Nijhoff Publishers, 1987.

모슨, 게리 솔 & 에머슨, 캐릴, 《바흐친의 산문학》, 오문석 외 옮김, 책세상, 2006.

무페, 샹탈, 《민주주의의 역설》, 이행 옮김, 인간사랑, 2006.

바디우, 알랭, 《윤리학》, 이종영 옮김, 동문선, 2001.

Bakhtin, M., "K filosofii postupka", *Raboty 20-kh godov*, Kiev: Next, 1994.

_____, "Iz zapisei 1970-1972 godov", *Estetika slovesnogo tvorchestva*, M.: Iskusstvo, 1979.

_____, "Avtor i geroi v esteticheskoi deiatel'nosti", *Estetika slovesnogo tvorchestva*, M.: Iskusstvo, 1979.

_____, "K pererabotke knigi o Dostoevskom", *Estetika slovesnogo tvorchestva*, M.: Iskusstvo, 1979.

_____, "Otvet na vopros redaktsii <Novogo mira>", *Estetika slovesnogo tvorchestva*, M.: Iskusstvo, 1979.

_____, "Problemy tvorchestva Dostoevskogo", *M. M. Bakhtin Sobranie Sochinenii 2*, M.: Russkie slovari, 2000.

Bonetskaia, N., "Estetika M. Bakhtina kak logika formy", *Bakhtinologiia*, C. P.: Aleteiia, 1995.

서동욱, 〈시와 타자〉, 《프랑스 철학과 문학비평》, 한국프랑스철학회 엮음, 문학과지성사, 2008.

슬로터다이크, 페터, 《냉소적 이성 비판》, 이진우·박미애 옮김, 에코리브르, 2005.

아즈마 히로키, 《동물화하는 포스트모던》, 이은미 옮김, 문학동네, 2007.

차건희, 〈오해의 철학과 철학의 오해〉, 《인문학연구》 1집, 한국외국어대학교 인문과학연구소

편, 1997.

Kojève, A., *Introduction to the Reading of Hegel,* Trans. by J. Nichols, JR., Ithaca & London: Cornell
    Univ. Press, 1980.

Kristeva, J., *Desire in Language,* Oxford: Basil Blackwell, 1982.

하이데거, 마르틴,《예술작품의 근원》, 오병남·민형원 옮김, 경문사, 1979,

_____,《존재와 시간》, 이기상 옮김, 까치, 1988.

_____,《횔덜린 시의 해명》, 신상희 옮김, 아카넷, 2009.

문화산업 시대의 글쓰기와 '날이미지'의 시

오규원의 시를 중심으로

강웅식

문화산업 시대와 시인의 고뇌

널리 알려진 대로 '문화culture'란 말은 라틴어 'colere'에서 파생되었다. '돌보다', '부양하다', '경작하다'라는 뜻을 지닌 이 낱말은 처음에는 토지 경작 목적을 나타내는 데 사용되었다. 그래서 토지를 인간의 욕구에 따라 쓸모 있게 만드는 것을 'agriculture'라고 불렀다. 나중에 영혼 및 정신의 도야를 통해 인간의 능력과 재능을 기르고 갈고 닦으며 완성하는 것도 'cultura'라고 부르게 된 것은 필연적인 과정이었을 것이다. 이것이 이성과 계몽의 시대인 17세기와 18세기에 이르러 '자연 상태 인간이 부가한 것이자 인간이 자기완성에 도달하는 데 필요한 것'이라는 의미로 자연스럽게 확대되었다.

이러한 맥락에서 볼 때, 문화라는 낱말의 함의 속에는 자신의 유한성과 관련한 인간의 고뇌와 그 유한성을 극복해 보려는 의지와 기획이 잠재해 있다. 인간의 노동, 즉 경제활동이 역사 속에 모습을 드러낸 것은 인구가 증가하면서 토지에서 자연적으로 산출되는 결실만으로는 부족해졌기 때문이다. 인구 증가에 따라 새로운 녹지대가 벌채되고 개간 및 경작되어야 했다. 역사의 매 순간에 인류는 죽음의 위협을 받으면서 계속 노동을 해야 했다. 사실 인간의 경제활동은 노동을 통해 자연의 필연적인 결핍을 극복하고 일시적이나마 죽음을 극복하는 유일한 방법이다. 어쩌면 '경제적 인간'이란 노동으로 필요를 충족시키는 사물들을 생산하는 인간이 아니라 죽음의 내재성을 피하고자 노동에 생애를 바치는 인간일지도 모른다. 구조적 유사성의 맥락에서, '문화적 인간'은 이성으로 설정된 목적을 이루도록 촉진하는 모든 능력 일반을 계발함으로써 세계 속에서 자신을 상실하지 않고 자기 안으로 세계를 끌어당겨 자기 이성의 통일성 아래 종속시키는 인간이 아닐 수 있다. 차라리 죽을 때까지 고된 노동에 온 생애를 바쳐야 하는 경제적 인간의 어두운 숙명을 잠시나마 잊게 하는 일련의 정신적 활동으로 스스로를 위로하는 인간에 불과한 것이 문화적 인간일 수 있다. 이렇듯 문화를 아무리 적극적인 의미 내용으로 규정한다고 하더라도 거기에는 인간의 유한성에 대한 인식이 개입된다. 그러한 한계에 대한 인식은 삶의 의미와 가치에 대한 질문을 수반한다. 어떤 의미에서 문화는 그러한 질문과 그에 대한 대답이 이루어지는 장이라 할 수 있다.

문화는 내면적이고 근원적 존재로서의 인간, 즉 자기 자신의 완성에 이르려고 노력하는 존재로서의 인간을 전제로 한다. 문화의 하위 범주인 예술과 문학 역시 인간에 대한 내면적 이해에 기반을 두고 있다. 그런데 최근 신자유주의에서는 인간 삶의 토대는 자유로운 시장 체제이며, 이 시장 체제를 유지하고 확대하는 것이 모든 국가의 유일한 정치적 과제라고 말한다. 이 시대 사회에서 국가나 기업 또는 개인이 해야 할 일은 최대한의 경제적 이익을 확보하는 것이다. 시장 체제의 경계 안에서 이루어지는 행위 이외에 인간 행동의 모든 가능성은 이제 박탈되었다. 인간의 생활 또는 삶을 경험의 내면적 축적으로는 설명할 수 없게 되었다. 최대한의 경제적 이익을 목표로 작동되는 시장 체제의 사회 상황에서는 '경험'이라는 범주 자체가 사멸한다. 사회에서 이루어지는 모든 활동은 오로지 외면적이고 기계적이 된다.

기계적 움직임이란 어떤 움직임을 작동에만 제한시키는 형식이다. 그러한 형식은 동작이나 행동의 잉여 부분을 용납하지 않는다. 생산 과정의 기술공학적 관점에서 그리고 시장 체제의 이익 극대화의 관점에서는 그러한 잉여가 비효율적일 수밖에 없다. 그것은 작동 순간에 곧바로 소비되지 않기 때문이다. 결국 고통과 황홀이라는 경험의 내면적 층위는 물론이고 아예 경험 자체가 사라지게 된다. 심지어 죽음의 절대성도 소멸하게 된다. 한 인간 주체의 죽음은 기계의 낡은 부품이 교체되듯이 사회의 부분적 교체 과정에 통합되기 때문이다. 체험의 소멸은 내면적 존재로서의 인간의 소멸과 등가를 이룬다. '문화산업'이라는 말에서도 확인되듯이,

이미 문학(혹은 예술)은 시장 법칙이 지배하는 체제에서 소비주의 경제 안에 편입되어 오락과 여흥이 되어 가고 있다. 이러한 추세에 저항하려는 문학도 인간 체험의 소멸 앞에서 그 존재 기반을 잃고 비틀거리게 된다. 문학은 과연 어디로 가고 있는가?

이 시대를 살아가는 문인으로서 '문학은 과연 어디로 가는가?'라는 질문 앞에서 난감함을 느끼지 않을 사람은 없을 것이다. 어쩌면 이 질문은 대답을 찾아내는 그런 성질의 것이 아닐지도 모른다. 차라리 그것은 문학과 관련한 또는 인간 삶과 관련한 절망적인 자의식의 표현일 것이다. 김우창 교수는 문학이 세상과 더불어 미묘하게 바뀌고 있음을 생각하게 하는, 시대를 대표하는 시집으로 황지우의 《어느 날 나는 흐린 酒店에 앉아 있을 거다》를 거론한 바 있다.[1] 이 시집이 과연 시대를 대표하는 것인지는 논란의 여지가 있겠지만, 바뀌는 현실을 생각하게 하는 시집이라는 점에서는 폭넓은 동의를 얻어 낼 수 있을 것이다.

> 그러므로, 어느 날 나는 흐린 酒店에 혼자 앉아 있을 것이다
> 완전히 늙어서 편안해진 가죽부대를 걸치고
> 등뒤로 시끄러운 잡담을 담담하게 들어주면서
> 먼 눈으로 술잔의 水位만을 아깝게 바라볼 것이다
>
> 문제는 그런 아름다운 廢人을 내 자신이
> 견딜 수 있는가, 이리라
>
> —〈어느 날 나는 흐린 酒店에 앉아 있을 거다〉 부분

---

[1] 김우창, 〈흐린 주점의 시, 청동에 새긴 시〉, 《시와 시학》, 2000년 봄호, 18~29쪽.

이 시에서 시인은 불원간 도래할 자신의 미래상을 그려 보인다. 그러면서 그는 어떤 에너지의 상실에 대해 한탄한다. 가죽부대는 젊음을 잃어버린 육체를 말하는 것이겠지만, "술잔의 수위"도 그렇거니와 그것은 단순히 점점 늙어 간다는 의미에서 인생의 축소만을 가리키는 것은 아니다. 인용한 구절 앞쪽에서 시인은 아프리카 기민들의 사진이 걸려 있고, "사랑의 빵을 나눕시다"라는 포스터(그 밑에는 가족이 낸 성금을 표시하는 난이 마련되어 있다.)가 걸린 딸아이의 방을 나와 "바깥을 거닌다"고 말한다. 가족의 참여를 호소하는 "성금란"을 외면하고 바깥을 거니는 시인의 모습에서 우리는 세상을 향한 정치적이고 인도주의적인 에너지에서 멀어진 자신에 대한 자괴감을 읽게 된다. 인용된 시를 표제작으로 한 시집 이전에 씌어진 황지우의 시들에서 우리는 당대의 정치적·문화적 현실의 지형도와 관련한 정치적 드라마를 엿볼 수 있었다. 그것들에 어떤 활력을 부여하는 것은 유머와 아이러니였다. 그는 그러한 말투에서 비롯하는 독특한 거리 감각과 전통적인 시 규칙을 따르지 않는 다양한 시적 발화의 실험을 통해 우리 시대의 거짓된 질서와 형상을 풍자했다. 인용한 시에서 시인은 "등 뒤로 시끄러운 잡담을 담담하게 들어주면서/먼 눈으로 술잔의 水位만을 아깝게 바라볼 것이다"라고 말한다. 아마도 젊은 시절의 황지우라면, '시끄러운 잡담'의 시적 수용을 통해 거짓 질서에 사로잡힌 현실의 지형학을 보여 주고자 했을 것이다. 그러나 이제 시인은 "흐린 주점"에 앉아 있을 자신을, 자신이 그처럼 "아름다운 廢人"이 되어 가는 것을 괴로워한다.

《어느 날 나는 흐린 酒店에 앉아 있을 거다》는 단순히 개인적인 시는 아니다. 오히려 우리 사회의 일반적인 상황을 말하는 시다. 이 시의 의미론적 매듭점은 '흐린 주점'이고, 이 시가 우리 사회의 일반적인 상황을 말하고 있다는 판단의 근거는 '주점'의 사회학적 의미망에 있다. 그러한 의미망과 관련하여 우리는 황지우의 '흐린 주점'을 김수영이 말한 '주점'과 연결해 볼 수 있다.(김수영은 황지우 시의 영향사에서 중요한 계기 가운데 하나이다.) 김수영은 유명한 시론인 〈시여, 침을 뱉어라〉에서 이렇게 말한 바 있다. "…… 나의 판단으로는 아무리 너그럽게 보아도 우리의 주변에서는 기인이나 바보얼간이들이, 자유당 때하고만 비교해 보더라도 완전히 소탕되어 있다. 부산은 어떤지 모르지만, 서울의 내가 다니는 주점은 문인들이 많이 모이기로 이름난 집인데도 벌써 주정꾼다운 주정꾼 구경을 못한 지가 까마득하게 오래된다. 주점은커녕 막걸리를 먹으러 나오는 글 쓰는 친구들의 얼굴이 메콩강변의 진주를 발견하기보다도 더 힘이 든다. 이러한 '근대화'의 해독은 문학주점에만 한할 일이 아니다."[2]

인용문 앞쪽에서 김수영은 지나치게 주도면밀하게 조직되어 가고 있는 현대사회에서 "사람이 고립된 단독의 자신이 되는 사유에 도달할 수 있는 간극間隙이나 구멍"의 중요성을 지적한 로버트 그레이브스Robert Graves의 말을 인용하고 있다. 인용문에서 김수영이 말하는 '근대화'는 지나치게 주도면밀하게 조직된 사회의 형상과 관련이 있다. 따라서 그가 말하는 '주점'은 그레이브스의 문맥에 나오는 '간극'이나 '구멍'과 유비 관계에 있다 할 것이다. '기인'이나 '바보얼간이들'이나 '주정꾼다운 주정꾼'은 동일한 범주에 속하는 형상들인데, 이는 촘촘하게 조직된 지배질서의 척도에서 볼 때 병적인 것, 빗나간 것, 미친 것으로 규정되고 분류되는 것들이다. 그것들은 지배 질서의 허위와 편협함을 뒤집고자 지배적인 세계상을 왜곡하여 형상화했던 카프카적 '변신'의 상관물들인 것이다. 건강해 보이는 지배 질서가 사실은 병든 것임이 판명되는 순간, 이제까지 병적인 것으로 치부되던 것이 오히려 진정으로 건강한 어떤 것을 위한 회복 세포임이 드러난다. '문학주점'에서 "주정꾼다운 주정꾼"이 사라져 가는 현실에 대한 김수영의 개탄은 그러한 회복 세포의 소멸에 대한 경고일 것이다. 이러한 맥락에서 볼 때, 김수영의 웅변조 개탄과 '흐린 주점'에 홀로 앉아 나직이

---

2 김수영, 〈시여, 침을 뱉어라〉, 《김수영전집2-산문》, 민음사, 1981, 253쪽.

7 문화산업 시대의 글쓰기와 '날이미지'의 시 | 203

내뱉는 황지우의 독백조 탄식은, 발화 방식은 다르지만 그 언표의 내용은 동일하다고 할 수 있다. 〈어느 날 나는 흐린 酒店에 앉아 있을 거다〉에서 시인의 괴로움은 개인적인 것이기도 하지만, 문제는 시인의 그런 괴로움을 오늘의 상황 자체가 그렇게 할 수밖에 없게 한다는 데 있다. 요컨대 시인을 둘러싼 상황 전체가 '흐린 주점'과 같게 된 것이다.

1990년대와 함께 시작된, 문학이 세상과 더불어 미묘하게 바꾸고 있다는 증후에 대한 검토는, 우리 문학의 미래를 전망하는 데 필수적으로 요청되는 작업일 것이다. 앞에서 살펴보았듯이, 김수영은 이미 30여 년 전에 현재 진행되고 있는 변화의 증후들을 감지하고 경계하였다. 그러나 그는 현실에서 감지되는 빙산의 일각과도 같은 증후들을 역설적이게도 독서 체험으로 구체화하였다는 인상이 짙다. 이에 비해 황지우는 자신을 둘러싸고 있는 '흐린 주점'의 시대를 체감하고 있다. 문제는 그런 시대를 돌파해 갈 어떤 가능성에 대해 그가 절망하고 있다는 점이다.(김우창 교수가 지적하듯이, 최근 황지우의 시에서 그런 절망에 대한 우울한 탐닉의 기미가 감지되는 것도 사실이다.)

문학이라는 제도가 특권적 위치에 있을 때, 적어도 그 자체의 안정성에 대한 회의가 일어나지 않았을 때, 글쓰기 예술에 종사하는 사람들은 한 가지 걱정밖에 하지 않았던 것 같다. 어떻게 하면 잘 쓸 수 있을 것인가, 다시 말해 통상의 언어를 최고로 완벽한 수준에 올려놓는 것, 또는 자신들이 말하고자 하는 바와 정확히 일치하게 만드는 것이 모든 작가와 시인들의 고민이었다. 그러한 고민의 유효성이 완전히 사라진 것은 아니지만, 오늘의 시인이나 작가는 그보다 더욱 근원적이고 심각한 고민과 마주하게 되었다. 그것은 바로 문학이라는 제도 자체에 대한 고민이다. 지난 시대에 글쓰기는 문학이라는 제도의 경계 안에서 자신만의 독특한 비밀의 건축을 생성하는 일이었다. 그러나 모든 언어와 신념이 이지러진 전체의 일부를 이루면서 타락한 상태인 우리 시대에는 문학이라는 제도도 그러한 전체의 부정적 형상과 성질에서 자유로울 수 없다. 이런 맥락에서, 어쩌면 우리 시대에 작가나 시인의 과제는 문학이라는 제도 자체와의 투쟁에 있는지도 모른다. 여전히 글쓰기는 언어와 양식과 문체와 같은 기존 규칙에 따르는 것, 시처럼 보이는 것이나 소설의 관습을 따르는 어떤 것을 만드는 것이지만, 동시에 그런 규칙들을 경멸하면서 그것을 초월하려는 활동이어야 한다. 그 자체의 한계를 노출하고 비판하면서 기존의 것과는 다르게 쓸 때 과연 무엇이 일어날 것인지를 실험하는 어두운 모색이 글쓰기의 핵심이고, 그것이 또한 작가와 시인의 본질적인 고뇌여야 하는 시대를 우리는 살고 있는 것이다.

시를 가리켜 흔히 '언어예술'이라고 말한다. 이때 언어는 타자와의 의사소통의 장場 안에서 사용되는 보편적 언어의 명백성과 상징적 기능에 기반하면서도 그것의 초월을 지향하는 성질을 띤다. 그럼에도 모든 언어 행위의 주체는 타자와의 의사소통 장소 안에서 정의된다. 시인 역시 그러한 장소 안에 있고 또 그 안에서 정의된다. 그런데 모든 언어와 신념이 타락한 전체의 일부를 이루고 있는 우리 시대에도 조작되지 않고 왜곡되지 않은 진정한 언어 행위의 장소가 존재할 수 있을까? 신이나 그 밖의 다른 가치들에 대한 믿음이 허물어진 이 시대에 새로운 또는 진정한 의미를 추구할 수 있는 단위('나' 혹은 '우리')는 과연 존재할까? 이러한 의문들과 관련한 중압감이 지배하는 상황에서 시의 언어에 내재한 초월 지향은 기존의 상징적 질서를 파괴하려는 '부정성'에 집중될 수 있다. 그리고 그런 집중은 절망에 대한 우울한 탐닉에서 벗어나려는, 절망 자체의 근본화로써 어떤 새로움의 가능성을 모색하려는 시도이다. '부정성'의 언어는 지금 당장은 모호하고 무의미한 분열적인 언어 행위로 비칠 수도 있다. 그러나 '부정성'을 토대로 한 그런 실험과 모색들이 존재하지 않는다면, 보편적 언어의 명백한 의미 그 저변에 의미의 다가치성多價値性의 기반을 구축하고 언어 행위의 주체들에게 내재되어 있는 다음성多音性의 심연을 열 수 있는 가능성 자체가 근원적으로 봉쇄되고 말 것이다.

황지우는 우리 시대를 '흐린 주점'의 시대라고 말하였고, 이는 나름으로 이 시대의 증후를 드러낸다. 그러나 이는 한편으로 지나치게 낭만적인 묘사라는 느낌을 주는 것도 사실이다. 우리 시대는 광란적이다. 그런 시대에 조심스럽게 적응하려는 사람은 자신을 광기의 협조자로 만드는 우를 범할 수도 있다. 현대 시는 이 광란의 시대에 저항하며 시대의 광기를 저지하려 해야 한다. 그러한 저항의 형상을 우리는 이 시대의 시 쓰기와 관련한 오규원의 고뇌와 그 산물들에서 확인할 수 있다. 모르긴 해도 진지한 시인 치고 이 시대에 '저항' 할 방법론을 고민하지 않는 시인은 없을 것이다. 그럼에도 여기서 특히 오규원의 저항에 주목하고자 하는 것은 그 집요함과 일관된 지속성 때문이다.

오규원의 시와 부정성의 시학

오규원은 1965년 〈겨울 나그네〉로 1회 추천을 받고, 1967년에 〈우계雨季의 시〉로 2회 추천을 받은 다음, 1968년 10월에 〈몇 개의 현상〉으로 완료 추천을 받아 문단에 데뷔했다. 등단 이후 그는 이제까지 모두 여덟 권의 시집을 상자上梓했다. 《분명한 사건》(1971), 《순례》(1973), 《왕자가 아닌 한 아이에게》(1978), 《이 땅에 씌어지는 抒情詩》(1981), 《가끔은 주목 받는 生이고 싶다》(1987), 《사랑의 감옥》(1991), 《길, 골목, 호텔, 그리고 강물소리》(1995), 《토마토는 붉다 아니 달콤하다》(1999). 황현산에 따르면, 오규원은 "적어도, 자신의 전 작품을 거슬러 복기할 수 있는 거의 유일한 시인"이다.[3] 그 점에서 과연 오규원이 유일한 시인인가 하는 문제는 판단을 유보한다고 하더라도, 자신의 시적 변화의 매듭점들을 오규원만큼 명확

---

3 황현산, 〈새는 새벽 하늘로 날아갔다〉, 《말과 시간의 깊이》, 문학과지성사, 2002, 228쪽.

하고 냉철하게 인식하고 있는 시인을 좀처럼 만나기 어려울 거라는 점에는 동의할 수 있다. 자신의 시 세계와 관련한 대담에서 어떤 시기에 씌어진 작품들이 논의의 대상으로 떠오를 때면, 그 시점을 전후하여 자신이 겪었던 고민의 맥락을 그는 항상 분명하게 제시한다. 그의 작품들을 구체적으로 논의하기에 앞서, 우선 오규원이 자신의 시 세계의 변화 과정에 대해 언급한 구절을 검토해 보자.

> 그러니까 언어를 믿고 세계를 투명히게 그려 내리는 노력을 하던 시기(초기)를 거쳐, 언어와 세계에 대한 불신이 내 나름으로 관념과 현실을 해체하고 재구성하려던 시기(중기)를 지나, 명명하고 해석하는 언어의 축인 은유적 수사법을 중심축에서 주변축으로 돌려 버린 지금의 위치에 서 있는 셈이다.[4]

시인 자신의 시기 구분과 그의 시집들을 연결해 보면, 초기에《분명한 사건》(1971)과《순례》(1973)를, 중기에《왕자가 아닌 아이에게》(1978)와《이 땅에 씌어지는 抒情詩》(1981)와《가끔은 주목받는 生이고 싶다》(1987)와《사랑의 감옥》(1991)을, 그리고 시인이 '지금'이라고 지칭한 시기에《길, 골목, 호텔 그리고 강물소리》(1995)와《토마토는 붉다 아니 달콤하다》(1999)를 각각 배분해 볼 수 있다.

"언어를 믿고 세계를 투명하게 드러내려는 노력"의 시기라고 규정한 초기는, 그가 비록 언어에 대한 민감한 자의식을 선명하게 보여 주고 있다 하더라도, 우리가 앞서 언급했던 전통적인 시작詩作의 고민에서 크게 벗어나 있지 않다. 어떻게 하면 잘 쓸 수 있을 것인가 하는 것, 다시 말해 통상의 언어를 최고로 완벽한 수준에 올려놓는 것, 또한 자신이 말하고자 하는 것과 정확히 일치하게 만드는 것, 그런 것들이 시인의 핵심적 고민

---

4 오규원, 이광호 엮음, 〈구성과 해체〉,《오규원 깊이 읽기》, 문학과지성사, 2002, 423쪽.

이었던 것이다. 그렇다면 초기에 우리가 가장 눈여겨보아야 할 대목은 언어의 한계에 대한 자의식이다.

　수면은 가장 음험한 얼굴로
　우리를
　길 밖에 머물게 한다

　수면에 비쳐 있는 세계
　잡을 수 없으나 가장 명확한
　그러나
　명확한 만큼 우리의 말을
　정면으로 빈정대누나

　인용 부분은 시집 《순례》에 실린 〈別章 3편〉에 나오는 구절이다.(이 시는 '1. 像', '2. 소리', '3. 말' 세 부분으로 구성되어 있다.) 여기서 '우리'는 세계와 사물의 '상像'을 명확히 포착하려는, 나아가 그 진실에 이르려는 길을 나선 시인들이다. 시인이 보기에, 수면은 세계를 명확하게 담아낸다. 그렇다고 수면에 비친 세계의 '상'이 세계 그 자체인 것은 아니다. 그것을 손으로 움켜잡으려 한다면 곧 사라지고 말 것이다. '우리의 말'은 그러한 명확함(혹은 생생함)에 이를 수 없기 때문이다. 오규원은 다른 곳에서 그 당시 언어의 한계에 대한 자신의 자의식을 이렇게 고백하기도 한다. "그러니까 세계는 생성과 변화를 간직하고 있는 대상인데 언어는 개념화되어 굳어 있는 존재라는 깨달음 속에 있었던 것입니다."[5]

　첫 시집이 발간된 해인 1971년, 오규원은 태평양화학 홍보실로 근무처

---

[5] 오규원, 앞의 책, 32쪽.

를 옮겼다. 그의 두 번째 시집은 1973년에 출간되었다. 그는 어느 대담에서 언어의 한계에 대한 나름의 깨달음에 이르게 된 것이 태평양화학으로 옮기고 약 2년쯤의 시간이 흐른 뒤라고 밝힌 바 있다. 여기서 시인의 개인사와 관련한 정보들을 새삼 확인하는 것은 그의 깨달음의 맥락을 강조할 필요가 있기 때문이다. 오규원은 그 점에 대해 이렇게 설명한다. "그 시기는 제가 자본주의의 심장인 홍보실에서 근무하며, 책 속의 자본주의나 거리의 자본주의가 아닌 현장의 한국적 자본주의의 실상을 어느 정도 파악하고 경험한 후가 되는 셈입니다. 즉, 생산 시설의 허와 실, 세품의 허와 실, 생산 과정의 허와 실, 영업 정책의 허와 실, 자본주의의 허와 실, 그 자본주의의 언어의 허와 실 등등을 어느 정도 알고 난 다음인 셈입니다."[6]

어째서 그는 화장품 회사의 홍보실 근무 경력을 통해 '자본주의의 언어의 허와 실'을 알게 되었다고 주장하는 것일까? 그의 주장에는 일리가 있다. 자본주의 시장경제 체제에서 '홍보실'은 그 메커니즘의 최종 단계를 마무리하는 곳이기 때문이다. 대중들이 전반적으로 궁핍한 생활을 넘어서게 된 산업사회가 되면서, 긴급하고 절박한 필요를 충족시키는 것만이 상품의 용도가 아니게 되었다. 대량 생산된 상품들 중에는 실제 사용가치와는 무관한 것들이 많다. 이처럼 꼭 필요하지 않은 것을 사게 하려다 보니 판매 전략이 필수적이 되었고, 이 경우에 가치의 유일한 척도는 그것이 얼마나 이목을 끄는가 또는 그것을 얼마나 잘 포장하는가이다. 흥미 유발과 센세이셔널리즘은 판매 전략의 가장 대표적인 방법이자 기술이라 할 수 있다. 홍보실에서 이루어지는 모든 작업의 목표는 새로운 흥미 유발과 더욱 강력한 센세이셔널리즘의 개발이다. 기존의 틀을 벗어나지 않으면서 새로운 효과를 창출해야 한다는 부단한 압력을 받기 때문이다. 이는 홍보실이라는 기능적 공간 안에만 닫혀 있는 현상이 결코 아니다. 그

---

[6] 오규원, 앞의 책, 32쪽.

러한 현상은 사회의 모든 조직으로 확대된다. 따라서 모든 언어와 신념이 이지러진 전체의 일부를 이루면서 타락하게 되고, 부단히 조작되고 왜곡되게 된다. 이러한 맥락에서 오규원이 스스로 '중기中期'라 규정한 세 번째 시집 맨 처음에 수록된 〈용산에서〉는 시사적이다.

詩에는 무슨 근사한 얘기가 있다고 믿는
낡은 사람들이
아직도 살고 있다. 詩에는
아무것도 없다
조금도 근사하지 않은
우리의 生밖에는.

믿고 싶어 못 버리는 사람들의
무슨 근사한 이야기의 환상밖에는
우리의 어리석음이 우리의 의지와 이상 속에서 자라며 흔들리듯
그대의 사랑도 믿음도 나의 사기도 사기의 확실함도
확실한 그만큼 확실하지 않고
근사한 풀밭에서 잡초가 자란다

확실하지 않음이나 사랑하는 게 어떤가.
詩에는 아무것도 없다. 詩에는
남아 있는 우리의 生밖에.
남아 있는 우리의 生은 우리와 늘 만난다
조금도 근사하지 않게.
믿고 싶지 않겠지만
조금도 근사하지 않게.

이 시는 '신은 죽었다'는 니체의 차라투스트라적 선언의 패러디다. '신은 죽었다'는 것은 신이 누리던 절대적 가치를 상실했다는 뜻이다. 그처럼 '시는 죽었다', 아니 "시에는 아무것도 없다". 그럼에도 시인이 '우리의 生'이 시에 남아 있다고 말하는 것은 인상적이다. 모든 것이 타락해 있는 세계 상황에서 '우리의 生'이 근사할 수 없는 것은 당연하다. 그렇지만 우리는 늘 '우리의 生'과 만난다. 즉, 살아간다. "시에는 아무것도 없다"는 시인의 도발적 선언은, 그러므로 시 자체에 대한 원초적 부정이 아니다. 그것은 투명한 언어로 세계의 이떤 의미를 담아낼 수 있다는 순진한 믿음에 대한 반성이자 부정이다.

오규원은 이미 앞에서 인용한 바 있듯이, 스스로 '중기'라고 규정한 시기를 가리켜 "언어와 세계에 대한 불신이 내 나름으로 관념과 현실을 해체하고 재구성하려던 시기"라고 진술하였다. 이 진술대로 그는 이 시기에 언어와 세계에 대한 불신(혹은 절망)에도 불구하고 그것들의 순수성을 회복하려는 시적 방법을 모색한다. 그 과정에서 이상李箱의 방법론적 기교와 김수영의 요설적 화법을 적극 도입한다. "시란 결국 한 시인이 부닥친 세계와의 조응"[7]이라고 믿는 그가, 이상과 김수영에게서 받아들인 것은 단순히 기교와 화법이 아니었다. 그가 수용한 것은 자신이 부닥친 세계 속에서의 절망에도 불구하고 앞으로 나아가고자 하는 전투적 정열이었다. 여기서 이 시기에 시도된 그의 시적 방법론을 일일이 열거하여 분석하기보다는 그러한 모색의 핵심에 놓여 있는 언어의 문제를 살펴보는 것이 더 유익할 것이다.

샤하리아르, 당신의 벌거벗은 몸이 아름답다
육체는 욕망의 본거지다 본적지에서 보면
어둠 속의 별처럼 젖꼭지도 배꼽도 반짝인다

---

[7] 오규원, 앞의 책, 411쪽.

나는 당신의 욕망을 내 몸으로 받고

당신의 죽음을 내 자궁으로 가둔다 나는

당신의 언어이므로 당신 속에서 일용할

사랑을 얻는다 사랑을 얻고 당신의 발바닥이며

혓바닥이며 무엇무엇이며 온몸에 불을 지른다

불을 질러 내 우주에 불을 밝힌다

샤하리아르, 나는 유프라테스강이다 아니다

티그리스강이다 아르메니아고원이다 아니다

아라비아의 샤하리아르 대왕이다 아니다

네푸드사막이다 아니다 루브알할리 라는

공허 지대이다 아니다 비가 와야 물이 흐르느

누쿠니와디이다 비샤와디이다 세헤라쟈드이다

아니다 아니다······································

—〈세헤라쟈드의 말〉 제3, 4연

'〈천일야화〉 별곡'이라는 부제가 붙은 이 시는 1991년에 발간된 여섯 번째 시집 《사랑의 감옥》 맨 마지막에 실려 있다. 어느 대담에서 시인도 밝혔다시피, 이 시는 알레고리로 이루어져 있다. 알레고리는 어떤 표현이 무엇을 뜻하면서 동시에 그와 다른 것을 뜻하는 의미 효과다. 계속 처음 뜻을 지니면서 차원을 달리하여 다른 무엇을 가리킨다. 일차적으로 이 시는 그 부제에서도 알 수 있듯이, 생명이 최소한 하루는 더 보장된 세헤라쟈드의 고통스런 독백이다. 밤이 지나고 아침이 되어 샤하리아르를 감동시킬 만큼 재미있는 이야기를 생각해 내지 못하면 그녀는 죽게 된다. 샤하리아르를 죽이거나 그로부터 도망한다면 고통에서 벗어날 수 있겠지만 그것은 현실적으로 불가능하다. 더욱이 그녀는 그를 사랑한다. 그녀가 살기 위해 그는 죽어야 하지만, 그녀가 그를 사랑하기에 그는 죽어서는 안 된다. 사랑 안에서 그의 죽음은 그녀의 죽음이기도 하기 때문이다. 따라서 그녀도 살고 그도 살기 위해서 그는 '다른 그'가 되어야 한다.

이 시에서 세헤라쟈드는 그의 죽음을 그녀의 자궁으로 가둔다. '나는 당신의 언어'라는 구절에서도 확인되듯이, 시인은 세헤라쟈드와 샤하리아르의 기묘한 관계 위에 현실(세계)과 시(언어)의 관계를 겹쳐 놓는다. 타락한 현실은 항상 시를 죽음으로 내몬다. 시가 그런 현실을 그대로 수용하면 생명(시의 진정성)을 잃게 된다. 반대로 그것을 단순히 부정하여 외면하면 시 자체가 소멸한다. 그럴 경우 시는 그야말로 아무것도 아닌 것이 되기 때문이다. 시는 타락한 현실에 대해 부단히 무엇인가 말하지 않으면 안 된다. 시의 '부정성否定性'은 타락한 현실을 부정적否定的으로 수용함으로써 그것을 '다른 그 무엇'으로 만들어야 한다. 그것이 바로 시와 현실의 진정한 화해이자 시의 초월이다.

이른바 중기에 이루어지는 오규원 시의 다양한 실험과 모색은 그와 같은 화해와 초월의 방법을 찾으려는 것이었다. 이 시에서 우리는 그의 실험과 모색의 저변에 깔려 있는 문제의식의 핵심을 만나게 된다. 그런데 이 시만을 놓고 볼 때 우리는 그가 추구하는 화해와 초월이 논리(방법론)의 수준에 머무르고 있다는 인상을 받는다. 이제까지 분석한 3연에 이어지는 4연에서 반복되는 '아니다'의 울림이 어딘가 공허하게 느껴지는 것은 그 때문이다. 4연에서 '이다'와 결합된 모든 형성들은 그것의 죽음(부정)을 통해 자궁에 잉태되기 전의 것들이다. 반복되는 '아니다'를 통해 '부정'이 강화되고 있긴 하지만 새로운 생성은 이루어지지 않았다.(여기서 말하는 생성은 어떤 관념을 의미하지 않는다. 그것은 작품의 구성적인 계기들의 짜임 관계로 이루어지는 작품 자체의 형상이다.) 그러한 생성은 이 시의 바깥에 있고 다른 시간으로 연기된다. 스스로 중기라고 규정한 시기에 씌어진 오규원의 시들에서는 그의 말대로 부정의 방법론에 입각한 기존 관념의 '해체'와 '재구성'은 있지만 '생성'은 없다. 다른 말로 바꾸면, 이 시기 그의 시들에는 '미적 형상'의 구축화가 결여되어 있다. '미적 형상'은 보기에 좋은 것과 같은 소박한 의미의 아름다움이 아니다. 그것은 '미美'와 '추醜'를 포괄하는 어떤 것이다. 부정적인 세계 상황 속에서는 '추'가 오히려 어떤 진실을 드러내 주는 '미적 형상'이 될 수 있기 때문이다. 오규원이 최근에 "개념화되거나 사변화되기 이전의 미, 즉 '날(生)이미지'로서의 현상으로 이루어진 시"[8] 형상에 골몰하게 된 것도 자신의 시작詩作과 관련한 나름의 반성과 긴밀한 연관이 있다.

'날이미지'의 현상학

최근 오규원은 시에 "'날(生)이미지'로서의 현상"을 구축하는 작업을 지속적으로 전개하고 있다. 그러한 작업의 의미나 이유와 관련하여 그는 나름의 정치精緻한 시론들을 발표하기도 하였다. 그의 시론의 논리적 맥락을 분석하기 전에 그러한 시론에 입각한 작품을 먼저 살펴보자.

    작약꽃이 한창인 아파트 단지에서
    나비 한 마리가 길을 가고 있다
    어린 후박나무를 지나 향나무를
    지나 목단을 넘고 화단 가장자리의
    쥐똥나무를 넘어 밖으로 가더니
    다시 속으로 들어와
    한창인 작약꽃을 빙글빙글 돌더니

8   오규원, 앞의 책, 420쪽.

아무것도 없는 허공을

혼자 훌쩍 날아올라 넘더니

비칠대는 온몸의 균형을 바로잡고

날아넘은 허공을 뒤돌아본다

뒤돌아보며 몸을 부풀린다

—〈나비〉 전문

　오규원이 가장 최근에 펴낸 시집《토마토는 붉다 아니 달콤하다》에 실려 있는 이 시에서 화자는 객관 서술을 바탕으로 나비가 날아다닌 동선動線을 추적한다. 이 시에서 나비와 그 움직임은 다른 어떤 것에 대한 알레고리적 상관물로서 기능하지 않는다. 시인의 감정이 이입된 곳도 찾을 수 없으며, 나비의 어떤 자태나 속성이 인간적 덕성으로 치환되어 있지도 않다. 나비의 동선을 쫓아가는 과정에서 포착된 '어린 후박나무'나 '향나무'나 '목단'이나 '쥐똥나무'나 '작약꽃'의 경우도 그 자체 이외의 다른 그 무엇을 가리키거나 의미하지 않는다. 최근 오규원의 작업에서 가장 두드러진 특징은 매우 금욕적인 언어 사용이다. 그는 어떤 풍경이나 사물을 묘사하기 위해 동원한 낱말들이 기능할 수 있는 다양한 의미작용을 엄격하게 통제함으로써 그것이 가장 단순하고 기초적인 지시 연관만을 갖게 한다. 이는 풍경이나 대상의 시적 수용에서 흔히 사용돼 온 이른바 '선경후정先景後情' 방식에서 '후정' 부분을 탈락시키고 '선경'만을 주도적으로 활용하는 데서 일차적으로 기인한다. 다시 말해, 외부 대상이 주관의 내면으로 수용되는 과정에서 촉발될 수 있는 정서적 환기나 알레고리적 추상화의 가능성을 애초부터 배제해 버리는 것이다. 보다시피 〈나비〉는 매우 단순한 형태로 되어 있지만, 그렇게 되기까지의 이면에는 일련의 복잡한 과정이 은폐되어 있다. 그러한 과정을 잘 보여 주는 것이 다음의 두 작품이다.

내 앞에 안락의자가 있다 나는 이 안락의자의 시를 쓰고 있다 네 개의 다리 위에 두 개의 팔걸이와 하나의 등받이 사이에 한 사람의 몸이 안락할 공간이 있다 그 공간은 작지만 아늑하다…… 아니다 나는 인간적인 편견에서 벗어나 다시 쓴다 네 개의 다리 위에 두 개의 팔걸이와 하나의 등받이 사이에 새끼 돼지 두 마리가 배를 깔고 누울 아니 까마귀 두 쌍이 울타리를 치고 능히 살림을 차릴 공간이 있다. 팔걸이와 등받이는 바람을 막아 주리라 아늑한 이 작은 우주에도…… 나는 아니다 아니다라며 낭만적인 관점을 버린다 안락의자 하나가 형광등 불빛에 폭 싸여 있다 시각을 바꾸자 안락의자가 형광등 불빛을 가득 안고 있다 너무 많이 안고 있어 팔걸이로 등받이로 기어오르다가 다리를 타고 내리는 놈들도 있다…… 안 되겠다 좀 더 현상에 충실하자

—〈안락의자와 시〉 부분

나는 해변의 모래밭에 지금 있다
바다는 하나이고 모래는 헤아릴 길 없다
모래가 사람이라면 아니 절망이라면 꿈이라면
모래는 또한 죽음, 공포, 허위, 모순, 자유이고
모래는 또한 반동, 혁명, 폭력, 사기, 공갈이다

수사적으로, 비유적으로, 존재적으로,
모래(사물)와 사랑, 절망(관념)……은
동격이다 우리는 이를
원관념=보조관념의 등식으로 표시한다
그래서 모래는 끝없이 다른 그 무엇이다
오, 그래서 모래는 끝없이, 빌어먹을

—〈나와 모래〉 부분

인용한 두 작품은 모두 1995년에 펴낸 《길, 골목, 호텔, 그리고 강물소리》에 실려 있다. 얼른 보면 단순한 말장난처럼 보이는 이 작품들은 기존의 시작詩作 관행에 대한 시인 나름의 근본적인 문제 제기를 담고 있다. 시인에 따르면, "우리의 담론 체계를 지배하는 것은 관념이며, 그것은 체계이다. 이 관념 체계는 음유 구조가 주축을 이룬다. …… 은유 구조에 의하면 '나는 ○○'이다. '나는 △△'이다. '나는 ××'이다……가 모두 가능하다. 그것은 대체 관념이다. 나는 그 대체 관념, 즉 재해석·재구성이 아닌 '그 어떤 것'을 찾고 있다. 그래서 나는 '아니다'라고 부정하고 있다."[9]

　시인의 문제 제기는 인용한 두 작품의 존재 이유가 된다. 그것은 시인이 '그 어떤 것'을 찾는 과정의 산물이다. 시인의 문제 제기대로, 어찌 보면 시란 그저 하나의 기호를 만들어 내는 방법, 어떤 것을 가리키는 동시에 그것 주위에 기호를 배열하는 방법에 불과할 뿐이다. 시 쓰기는 이름 붙이는 기술, 지시적이고 장식적인 재복제再複製를 수단으로 하여 그 이름을 포획하는 기술이자 그것을 봉하여 감추는 기술, 그렇게 붙여진 사물의 이름에다 그것의 비유 형상이거나 수사적 장식인 다른 이름을 차례로 붙여 보는 기술일 뿐이다. 그렇다면 시가 그와 같은 지시적이고 장식적인 재복제의 무한 순환에서 벗어날 수 있는 방법은 무엇인가?

　…… 인간인 '나'만이 아닌, 세계와 함께 언어를 '사는' 방법은 없을까? 만약 우리가 명명하는 것이, 즉 정定하는 것이 세계를 끊임없이 개념화시키는 것이라면, 명명하는 사고의 근본인 은유적 사고의 축을 버리고, 그리고 그 언어도 이차적으로 두고, 세계를 '그 세계의 현상'으로 파악하면 어떻게 되는 것일까—라는 것이 지금의 나, 나의 세계이다. 현상은 굳어 있는 개념도 아니며, 추상적인 관념도 아니다. 그것은 존재의 살아있는 의미망—즉, '날이미

---

[9] 오규원, 앞의 책, 421쪽.

지'가 아닌가.[10]

　시인의 답변 내용 가운데서 보충 설명이 없으면 이해하기 어려운 부분이 있다. 그것은 '정하는 것'과 '날이미지'의 '날'과 관련된 것이다. 시인은 중국 당나라 시대의 선승 조주의 어록을 정리한 《조주록趙州錄》에 나오는 다음 구절에서 이에 대한 영감을 얻었다.

　　한 스님이 물었다.
　　"무엇이 정한 것입니까?"
　　"정定하지 않은 것이다."
　　"무엇 때문에 정하지 않은 것입니까?"
　　"살아 있는 것, 살아 있는 것이기 때문이다."[11]

　결국 시인이 찾고자 하는 것은 '존재의 살아 있는 의미망, 즉 날이미지다'. 그리고 그 방법은, 반복되는 '현상'이라는 낱말에서도 시사되다시피, 일종의 현상학적 환원이다. 앞에서 인용한 〈안락의자의 시〉가 보여 주는 것도 부단한 환원의 과정이다. 〈나비〉의 경우에 가시적으로 드러난 작품의 형태 이면에 은폐되어 있는 것도 바로 그러한 환원의 과정이다. 대개의 경우 시 쓰기는 어떤 사물이나 시적 정황 혹은 시적 사건에서 출발하여 그것에다 어떤 의미를 부여하는 방향으로 전개된다. 오규원의 경우 시 쓰기는 그것들 각각의 본질인 '살아 있음'의 상태(현상)에 이를 수 있도록 부단히 환원하는 방향으로 전개된다. 현상학적 환원 역시 어떤 본질을 향해 나아가는 운동이다. 현상학에서 본질은 대상화할 수 있는 것이 아니다.

10　오규원, 앞의 책, 423쪽.

11　오규원, 앞의 책, 422쪽.

그것은 세계 그 자체이고, 내가 그 세계 속에 이미 속해 있음이며, 이미 정해져 있어서 분명한 어떤 것이 아니라 나의 실존이 세계 안에서 체험하는 세계의 모호함이자 불투명함이다. 현상학은 구체적이고 개별적인 실존의 체험을 같은 체험을 소유하고 있는 사람들에게 납득할 수 있도록 선험적인 반성을 통하여 기술하려고 한다.

오규원의 시 쓰기는 이와 같은 일련의 현상학적 방법론을 창조적으로 변용한 것이라 할 수 있다. 그의 시에서 작품의 구성적 계기들은 우연적인 것들이며, 그것들을 결합하는 요인은 은유적 대체 작용이나 추상적 확대 해석 없이 신체(주로 시각)에 지각된 것만을 기록하려는 관찰자(이자 서술자)의 단호하고 완강한 의지다. 현상학적 기술은 "은유적 수사법이 아닌, 사물을 묘사하고 서술할 때 주로 사용하고 있는 환유적 수사법"을 중심축으로 한다. 그 이유는 "환유의 축은 함부로 명명하거나 해석할 수 있는 언어 체계가 아니므로 인간 중심적 사고의 횡포를 최소화할 수 있으리라는" 그 나름의 믿음 때문이다. 시인 스스로 '지금'이라고 규정한 시기에 속한 두 권의 시집, 즉《길, 골목, 호텔 그리고 강물소리》와《토마토는 붉다 아니 달콤하다》에 수록된 작품들은 시인 삶의 부단한 환원의 산물이다. 그 작품들 대부분이 우리에게 모호하게 다가오는 것은, 그것들이 시 쓰기의 제도 변경으로 구축된 새로운 지평 위에 놓여 있기 때문이며, 사물과 세계의 본직인 불투명성과 모호함으로의 환원을 지향하기 때문이다. 오규원이 구축한(아니 탈구축한!) 시적 현상들 속에서는 '호텔'이나 '불상佛像'이나 '절'과 같은 인공물들도 자연물과 동등한(혹은 평등한) 수평적 지위를 누릴 뿐이며(〈호텔〉, 〈부처〉, 〈절과 나무〉 참조), 인간 역시 그 지배적 권위를 상실한다. 오규원의 '날이미지'의 시들은 미세하지만 저마다 중요한 차이를 내재하고 있으나, 피상적인 관찰에만 의존하면 다 비슷하게 보인다. 비교적 가장 최근에 발표한 〈아이와 망초〉(《문학과 사회》 2001년 가을호)라는 작품을 살펴보자.

길을 가던 아이가 허리를 굽혀

돌 하나를 집어 들었다

돌이 사라진 자리는 젖고

돌 없이 어두워졌다

아이는 한 손으로 돌을 허공으로

던졌다 받았다를 몇 번

반복했다 그때마다 날개를

몸 속에 넣은 돌이 허공으로 날아올랐다

허공은 돌이 지나갔다는 사실을

스스로 지웠다

아이의 손에 멈춘 돌은

잠시 혼자 빛났다

아이가 몇 걸음 가다

돌을 길가에 버렸다

돌은 길가의 망초 옆에

발을 몸 속에 넣고

멈추어 섰다

—〈아이와 망초〉 전문

　이 시에서 우리가 일차적으로 발견할 수 있는 것은, 시인의 용어를 빌려 말하자면, "상호 수평적 연관 관계의 구조"이다. 작품에 등장하는 사물들('돌', '망초')과 공간적 배경('허공', '돌이 사라진 자리')과 '아이'는 그 어느 것도 작품에서 주도적이고 지배적인 위치를 차지하지 못한다. 시인은 그것들을 하나의 전체로서의 작품에 구성적 계기로 포섭하면서도 그것들의 자율적인 독립성을 침해하지 않는다. 길을 가던 아이가 돌 하나를 집어 들어 한 손으로 던졌다 받는 동작을 반복하다가 그 돌을 길가에 다시 버리기까지 아이의 동선動線에 관한 객관 서술이 바탕을 이루는 이 시에서, 아이의 움직임과 연관된 사물과 공간적 배경은 시인이 의도하는 이른바 '상호 수평적 연관 관계의 구조' 속에서 그 나름의 생명력으로 빛을 발한다. 보라, 돌이 사라진 자리가 젖고, 돌이 스스로의 날개로 날아올랐다 다시 내려앉으며, 허공이 돌의 지나간 자리를 스스로 지우는 모습.

최근 오규원의 시에서 중심 화법으로 사용되는 철저한 객관 서술에서 우리는 어떤 힘을 느끼게 된다. 사물들을 말로 표현하고자 멀리 떨어뜨려 놓는 것 같은, 그것들을 빛나게 하려고 긴격을 유지하는 것 같은 힘. 변형하고 해석하는, 보이지 않는 것을 보이게 만들고 보이는 것을 투명하게 만드는 그런 힘. 그 힘은 시인이 구축한 작품이라는 하나의 공간을 생성하는데, 그 공간은 '텅 빔'과 '꽉 참'이 기묘하게 공존하는, 무한과 공기와 빛과 사물들과 인간이 상호 수평적 연관 관계를 이루는 망상 조직으로 짜여 있다. 오규원은, '시와 이미지'라는 제목의 글에서 '구원'이나 '해탈'이나 '진리'나 '사상'과 같은 요소들은 "인간이 문화라는 명목으로 덧칠해 놓은 지배적 관념이나 허구"의 산물이므로 시에서 제거해야 한다고 말한 바 있다. 아마도 시인은 그와 같은 관념들이 사물들과 또한 그것들의 관계를 우상이나 편견과 같은 인습적인 빛으로 비추면서 변질시킨다고 믿는 듯하다.

지난 시집을 포함하여 최근 오규원의 시 쓰기는 관념의 우상과 편견으로 이지러진 세계를 해체하여 이전에 없었던 방식으로 다시 만들어 내려는 의지의 표현이다. 그는 어떤 관념이나 이야기를 배제한 백색의 시적 공간으로 사물들을 초대하여 그 안에서 그것들이 진정한 형상과 내밀한 크기로 드러날 수 있게 한다. 최근에 이루어지고 있는 오규원의 일련의 작업을 지켜보면, 그가 한국 시의 시사적 맥락에서 시 쓰기라는 제도 자체를 새롭게 실험하고 있다는 생각이 든다.

시적 관상학의 가능성과 한계

시작 초기에서 현재에 이르기까지 오규원이 시 언어에 대한 고민의 과정에서 도달한 지점은 매우 복잡하고 미묘한 문제가 얽혀 있는 곳이다. 그곳은 인식론과 기호론과 존재론이 서로 충돌하면서 갈등을 일으키는 지점이다. 오규원이 말하는 '날이미지'는 '존재의 살아 있는 의미망'이다. 시를 통해서 그 '날이미지'에 도달한다는 것은 나름의 방법으로 그것을 인식한다는 뜻이다. 오규원에 따르면, 이름 붙이기를 통해 세계를 끊임없이 개념화시키는 사고(은유적 사고)로는 거기에 도달할 수 없다. 그가 비판하는 '은유적 사고의 축'을 확대하면 기호론의 체계가 된다. 그러한 체계에서 시 쓰기는 이름 붙이는 기술, 지시적이고 장식적인 재복제를 수단으로 하여 그 이름을 포획하는 기술이자 그것을 봉하여 감추는 기술, 그렇게 붙여진 사물의 이름에다 그것의 비유 형상이거나 수사적 장식인 다른 이름을 차례로 붙여 보는 기술일 뿐이다. 그러한 시 쓰기는 세계와 사물을 개념적 사유의 인식 과정에 내재한 것으로 보는 관념론자의 사유 방식과 유사하다.

현상학은 개념 체계 안에 갇힌 관념적 주체 대신에 생생하게 살아 있는 주체, 항상 무엇을 향해 있으면서도 이미 거기에 있는 세계 안에 거주하면서 사물과 세계의 본질인 모호함과 불투명성 속에서 세계의 경이를 생생하게 체험하는 주체를 찾아냈다. 오규원의 문맥에서 특히 '살아 있음'이 지속해서 강조되는 것도 그의 시 쓰기가 현상학적 문제의식에 뿌리를 내리고 있기 때문이다. 오규원이 말하는 '존재의 살아 있는 의미망'에 이르는 것이 가능하려면 그 존재를 아무런 인식론적 전제 없이 직접 서술할 수 있어 마치 그것이 스스로 있는 것처럼 되어야 한다. 그러나 시는 언어라는 질료를 떠나서는 존재할 수 없다. 오규원이 이른바 '은유적 수사법의 축'을 완전히 배제하지 않고, 다만 그것을 중심축에서 주변축으로 이동시키는 것도 그러한 사정에서 연유한다.

이제 오규원의 시 쓰기에서 중심축을 차지하는 것은 "사물을 묘사하고 서술할 때 주로 사용하고 있는 환유적 수사법"이다. '환유적 수사법'이 주도하는 서술을 통해서 오규원이 드러내고자 하는 것은 사물과 세계의 생생한(혹은 살아 있는) 표정과도 같은 것이다. 한 인물의 표정, 즉 성내거나 슬퍼하거나 즐거워하는 그런 표정은 그 자체로 이미 정해져 있는 개념 같은 것이 아니다. 슬퍼 보인다는 점에서는 여러 인물의 표정이 유사할지 모르나, 그들 각각의 표정은 그 나름의 고유함을 간직하고 있으며 따라서 슬픔 자체도 다르다. 한 인물의 표정은 그의 얼굴을 구성하고 있는 다양한 요소들의 배열을 통해서 이루어지는 것이다. 오규원은 사람의 표정과 마찬가지로, 사물들에게는 그 자체의 언어이며 스스로를 구성하고 있는 요소들의 배열에서 발생하는 저마다의 표정이 있다고 믿는 듯하다. 그런 맥락에서 오규원의 시 쓰기는 사물들과 세계의 감각 가능한 요소들의 배열을 완전히 복원함으로써 그것들의 관상학을 회복하려는 시도일지도 모른다.

그런데 세계와 사물의 관상학을 복원하려는 오규원의 시도는 작품 자체에서는 본래의 의도와 다르게 굴절되는 경향이 있다. 그런 굴절은 위험하다. 앞서 우리가 살펴보았던 〈아이와 망초〉에서도 그러한 굴절이 포착된다. 이 작품에서는 사물들('돌', '망초')과 공간적 배경('허공', '돌이 사라진 자리')과 '아이'는 시인이 의도하는 이른바 '상호 수평적 연관 관계의 구조' 속에서 그 나름의 생명력을 발한다. 그것들은 그 나름으로 생생하게 살아 있다. 문제는 그 '살아 있음'이 지나치게 기계적이라는 사실이다. 돌이 자신의 몸속에 감춘 날개로 새처럼 날아오르고, 허공이 보이지 않는 손으로 자신의 몸에 남겨진 돌의 행로를 스스로 지운다고 해서 '돌'과 '허공'이 진정으로 '살아 있는' 어떤 것이 되지는 않을 것이다. 오규원이 《조주록》의 구절에 근거하여 제시하는 '살아 있음'은 '정하지 않은 것'이다. 그것은 하나의 의미 방향으로 굳어져 있지 않기 때문에, 스스로의 내부에 다양한 의미화의 방향(길)을 내재하고 있기 때문에 살아 있는 것이다. 그러한 '살아 있음'은 모호함과 불투명성을 통해 우리에게 어떤 경이를 체험하게 한다. 〈아이와 망초〉에서 세계와 사물은 '살아 있음'으로 정(定)해지게 된다. 그렇게 되면 시인의 애초 의도와는 다르게 사물과 세계는 오히려 생생한 표정을 잃게 된다.

 '날이미지'로 이루어진 오규원의 작품들에서는 또 다른 위험도 포착된다. 시가 '날이미지'를 지향하게 되면서, 그의 사고와 시작의 중요한 작동 계기 가운데 하나인 '부정의 역학'이 자취를 감추었다는 점이다. 그 때문에 '날이미지'로 구축된 작품들은 대부분 화해의 밝은 빛깔을 띠고 있다. 화해(혹은 구원)의 가능성이 보이지 않는 현실에서 스스로 화해의 빛을 반짝이는 공간을 우리는 어떻게 받아들일 수 있을까? 그것은 이 어둡고 암울한 시대에 이른바 등대와도 같은 희망의 상징이 될 수 있을까? 대답은 시인의 몫이지만, 이 지점에서 우리는 앞서 살펴본 〈세헤라쟈드의 말〉을, '당신의 죽음'을 가둔 '내 자궁'을 상기하게 된다.

 오규원은 시와 현실의 진정한 화해와 시의 초월이라는 본질적인 문제에 직면하여 '날이미지'의 구축이라는 작업을 통해 그 문제를 해소하고자 하였다. 다시 말해, 비켜 간 것이다. '날이미지'의 시 역시 조작되고 왜곡되는 언어와 세계의 현실에 맞서려는 전투적 열정의 소산임은 물론이다. 이제 오규원의 '날이미지'는 시의 자궁 속에 다시 가두어져 그 무엇인가로 거듭나지 않으면 안 되는 지점에 이르렀다. 우리는 앞으로 오규원의 시 쓰기가 어떤 방향으로 어떤 궤적을 그리며 나아갈지 알지 못한다. 그러나 그 방향이 부정적 현실과 거기에 맞서려는 전투적 열정으로 이루어지는 벡터가 될 것이라는 사실을 의심하지 않는다. 우리가 논의 장으로 그를 초청하고, 또 그의 시가 부르는 호출에 응해야 하는 것도 그러한 원초적 신뢰 때문일 것이다.[12]

■ 참고문헌

김수영, 《김수영전집2−산문》, 민음사, 1981.
김우창, 〈흐린 주점의 시, 청동에 새긴 시〉, 《시와시학》, 2000년 봄.
Merleau-Ponty, M., *Phenomenology of Perception,* Trans. Colin Smith, New Jersey : The Humanities
    Preꜱꜱ, 1987.
오규원, 《오규원의 시전집 1》, 문학과지성사, 2002.
_____, 《오규원의 시전집 2》, 문학과지성사, 2002.
이광호 엮음, 《오규원 깊이 읽기》, 문학과지성사, 2002.
황현산, 《말과 시간의 깊이》, 문학과지성사, 2002.

---

12 이 글은 《돈암어문학 제15집》(2002, 돈암어문학회)에 게재된 것이다. 오규원 시인은 2005년에 《새와
   나무와 새똥 그리고 돌멩이》를 펴냈고, 저 바다와 산 너머로 태양이 사라지듯 그렇게 2007년 우리 곁을
   떠났다. 그리고 그가 남긴 작품들은 태양이 지고 난 뒤 붉은 노을과 함께 하늘에 떠 있는 구름처럼 그의
   존재의 흔적으로 우리에게 남아 있다. 이 글에서 함께 다룰 수 없었던 시집의 작품들을 포함하여 그가
   남긴 작품들 모두를 대상으로, 견고하고 투철한 한 정신이 답파한 인간의 마음과 사물의 심처들을 나 나
   름으로 답사해 보고 싶은 강한 열망을 느낀다. 이 시대의 문화적 궁핍함 속에서 인간과 세계의 어떤 완
   전무결함integrity을 회복하기 위해 지칠 줄 모르고 성실했던 오규원 시인의 창조적 직관과 상상력에 깊
   은 사랑과 경의를 표한다.

III

대중문화와 문화산업
극복하기

글로벌 문화산업과
젠더 역학의 징후적 독해

이수안

초국가적 문화산업과 여성의 삶

지구화의 물결은 이제 지구상의 모든 사람들에게 어떠한 형태로든 영향을 미칠 수밖에 없는 단계에 이르렀다. 몇 년 전 일이지만 우리나라에서 한미 FTA 협상을 계기로 평소에는 만날 일도 없을 것 같은 영화인들과 농민들이 소위 '쌀과 영화의 만남'을 시도하는 상황에서도 보듯이, 어느 사이 지구화의 여파는 우리의 일상생활에 직접적으로 그 파동을 전하고 있다. 이렇게 시장경제 차원에서 무역과 국제적인 노동력의 이동으로 가시화되어 나타나는 지구화 현상이, 문화적인 차원에서는 우회적으로 진행되고 있다.

후기산업사회의 기술 발달은 특히 정보산업을 중심으로 하여 엄청난 진전 속도를 보이고 있는데, 앞으로 얼마나 더 폭발적으로 발달할지 예측 불허인 상태이다. 컴퓨터를 시작으로 디지털영화, 모바일, 그리고 스마트폰, SNS, 트위터 등의 소셜미디어들까지 새로운 미디어들은 개별적으로도 발전하고 새로이 고안되지만 또한 끊임없이 융합되는 모습을 보인다. 이러한 뉴미디어의 융합은 결과적으로 기존의 문화산업을 더욱 세분화하고, 정보통신의 발달은 이를 전지구적 차원에서 즉각적으로 공유되도록 만들고 있다. 새로운 미디어의 출현과 더불어 문화산업은 이를 최초로 개념화했던 아도르노와 호르크하이머가 살았던 시대와는 엄청나게 다른 환경에 놓이게 되었다.

이제 컴퓨터를 매개로 한 정보통신의 발달과 지구화가 시공간을 초월하여 초국가적 문화산업을 생산 및 확대 재생산하고 있는 현실을 부인할 사람은 없다. 그렇다면 지금 상황에서 문화적 지구화와 IT 발달이 가져온 초국가적 문화산업과 여성의 삶은 어떠한 관계가 있을까? 또, 이러한 재현 체계가 젠더gender와는 어떠한 관계를 가질까? 이 문제를 풀어 가는 과정에서 지구화에 따른 문화다양성 혹은 문화혼종성이 과연 지구화 과정의 어떠한 층위에서 논의될 수 있을지, 특히 여성의 이미지와 젠더 정체성과 관련하여 어떠한 의미를 갖는지를 집중하여 살펴볼 것이다.

문화산업과 젠더와의 관계는 문화 생산 주체가 갖는 성별 정체성의 측면에서 무엇보다 중요한 문제이지만, '미디어 리터러시Media Literacy'의 방법론 차원에서도, 즉 문화 콘텐츠에 나타나는 성별 사회적 관계나 여성 이미지 및 재현에 대한 해석의 정치학 측면에서도 중요한 쟁점이다. 이는 미디어 리터러시에서 단순하게 현상적으로 재현되는 여성 이미지의 긍정적 또는 부정적인 효과라기보다는, 재현의 정치적 의미를 추적하여 그 해석이 전체적인 문화의 전개 방식에 어떠한 의미를 갖는지를 정의내리고 이를 토대로 여성이 문화 생산 주체로서의 역할을 수행할 수 있는 가능성을 타진하는 중요한 고려 사항이다.

전지구적 문화산업 혹은 '맥도널드화'

문화 영역에서 나타나는 지구화 효과는 인간의 내면을 깊숙이 지배하고 그로써 인간의 사회적 관계를 변화시키는 방식으로 작용하는데, 이것이 바로 지구화의 문화적 파동이 가져오는 궁극적인 과정이자 결과다. 문화적 파동은 직접적인 문화 행위가 일으키는 파동과, 글로벌 문화 환경 속에서 형성되는 사회관계로 만들어지고 전달되는 더 폭넓은 의미의 문화적 파동 등 두 가지 형태가 있을 수 있다. 문화적 파동은 여러 가지 방식으로 전달될 수 있지만, 가장 직접적으로는 영화나 TV 드라마 등 대중매체와 인터넷으로 대표되는 컴퓨터를 통해서 전달된다. 이 매체들을 이용한 문화산업은 때로 엄청난 파급효과를 발휘하며 전지구촌 사람들의 가치관을 변화시키고 정체성과 이미지 등을 변화시키는 역할을 한다. 이것은 울리히 벡Ulrich Beck이 지적한 '문화적 파동'의 효과로 요약될 수 있다.

벡은 문화적 파동을 지구화의 효과로 설명하는 데 그 배경이 되는 지구화를 돌이킬 수 없는 역사적 흐름으로 보면서 지구화가 수정될 수 없는 여덟 가지 이유(벡, 2000:31)를 제시한다. 그중 젠더 역학과 관련된 문화적 이유는 정보 및 커뮤니케이션 기술의 지속적인 혁명, 전지구적인 문화산업의 이미지 흐름, 그리고 여러 지역에서 벌어지는 초문화권적 갈등 등이다. 이 이유들 중에서 여성의 삶에 영향을 미치는 요소들은 금융시장의 전지구적 네트워크화로 인한 경제적인 지구화와 다중심적 세계정치 등 사회 전체적으로 직접적인 변화를 초래하는 것들과 이러한 파동이 전달되는 방식, 즉 문화적인 파동이 될 것이다.(Beck, 1997:34)

지구화가 진행되면서 형성되는 문화적 환경의 가장 기본적인 토대는 기술의 발달과 이와 맞물린 매체의 발달에 힘입어 만들어지고 있다. 실제로 70년대 생산 중심의 사회로부터 80년대 후반의 소비대중화 시대로 접어들면서 문화에 대한 소구력은 급격히 늘었다. 한국의 경우, 특히 90년대에 들어서면서 정보화 사회로 진입하고 국민소득이 급격히 상승하면서 문화가 더 이상 특정 집단의 전유물이 아닌, 의식 속에서나 실생활 속에서 사회 구성원들이 보편적으로 '향유할 수 있는 대상'으로 구체화되었다. 이처럼 넓은 의미의 문화는 생활양식과 가치관, 일상생활의 패턴까지 포함하는데, 이때 문화가 산업이 되는 과정은 테크놀로지, 특히 IT산업과 관련된 컴퓨터 기술의 발달과 긴밀히 연결되어 있다.

예를 들어, 인터넷 등으로 정보가 공유되면서 관념이나 이미지 등이 여러 방식으로 온라인상에서 급속히 전파되고 있다. 이렇게 볼 때 지구화는 거리의 소멸, 말하자면 파악되지도 의도하지도 않은 초국민적인 생활 형식에 휩쓸리는 것을 의미한다. 또한 기든스Anthony Giddens의 정의에 따르면, 지구화는 거리를 뛰어넘는 행위와 공동생활이다. 외견상으로는 분리된 듯 보이는 국민국가, 종교, 지역, 대륙 등이 지구화가 진행되면서 서로 간의 거리를 급격히 줄이고, 수많은 지역에 존재하는 수많은 시간들이 단

하나의 규범화된 또는 규범화하고 있는 세계시간으로 통합된다. 현대적인 매체들에 의해 비동시적인 사건의 동시성이 '가상적'으로 만들어질 수 있고, 그래서 모든 비동시적인 지역적·지방적 사건들이 세계사의 일부가 된다. 뉴스 프로그램을 통해서 지구 어느 한구석에서 벌어진 사건이 즉각적으로 전세계로 알려져, 지리적으로 멀리 떨어져 있는 사람들이 그에 대한 정보를 공유하고 감정을 공유하게 된다.

이뿐만이 아니다. 공시적인 동시성이 통시적인 비동시성으로 전환되고, 이로 인해 인위적인 인과 연쇄들이 창조될 수도 있다. '시간이 압축된 지구'가 등장하는 셈이다. 다시 말하자면, 지구는 이제 텔레커뮤니케이션으로 잘 짜인 시장들이 밀집해 있는 작고 좁은 지구일 뿐이다.(Beck, 1997: 51) 이렇게 시간이 압축된 '좁은 지구'라고 해서 문화적 지구화가 전일적全一的으로 이루어진다고 볼 수는 없다. 세계시장이 전개됨에 따라 문화, 정체성, 생활양식상에 근본적인 변화가 일어난다. 경제행위의 지구화는 '문화적 지구화'라고 부르는 문화적 변형의 물결을 동반한다. 이 관점은 이른바 '맥도널드화'[1]라는 이름으로 불리기도 한다. 이에 따르면 생활양식, 문화적 상징, 초국민적인 행동 방식 등이 획일화되는 일반화 과정이 갈수록 심화된다. 요컨대 '전지구적 문화산업'이란 문화적 상징과 생활 형식들이 점차 서로 수렴되는 것을 의미한다.

이와 같은 시각에서 볼 때 문화적 지구화가 다양성과 상호개방성, 즉 다원주의적·세계시민적 자아상과 타자상을 인정하는 형식이 아니라 이와는 정반대로 단 하나의 상품세계로서 대변되리라는 것을 짐작할 수 있다. 즉, 모든 것이 상품화되는 세상이 되는 것이다. 이러한 세계에서는 지역

---

[1] 조지 리처George Ritzer는 원래 베버의 합리화 이론과 패스트푸드 사업으로서 맥도널드 지점들이 확산되는 현상을 연결하여 설명하고자 '맥도널드화McDonaldization'라는 개념을 창안하여 사용했다. 논의가 진행되면서 맥도널드뿐 아니라 각종 패스트푸드와 음료의 전지구적 확산을 보면서 사회비평 개념으로 '맥도널드화'가 사용되기 시작했다. 조지 리처, 김종덕 옮김, 《맥도널드 그리고 맥도널드화》, 시유시, 1999.

문화와 지역정체성이 뿌리째 뽑히고 그 대신에 다국적 거대 기업의 광고 및 이미지 디자인에서 유래하는 상품세계의 상징들이 들어서게 된다. 이로써 진정한 의미의 문화적 지구화는 긍정적인 세계관의 확대가 아닌 오히려 부정적인 소비문화의 급속한 확산으로 이해되기 쉽다. 따라서 지구화와 여성을 연결시킬 때 여성이 소비하는 주체로서 피동적인 위치에 서느냐, 아니면 급속히 파급되는 문화의 긍정적 창조자로 존재할 것인가 하는 문제는 '문화적 지구화'의 과제와 밀접하게 연관될 수밖에 없다.

젠더 관계와 문화적 지구화

지구화 과정을 통해 문화 측면에서 지속적으로 진행되는 논의의 핵심에는 문화적 차이를 사이에 두고 일어나는 문화의 접속과 교섭, 적응과 갈등, 수용과 배제의 역학이 자리잡고 있다. 즉, 지구화는 기본적으로 탈영토화한 상태를 전제로 하며 이에 따라 단일한 민족국가의 본질적 토양이 아니라 이질성과 다양성의 발현 과정을 수반한다. 그러므로 지구화 과정에서는 스튜어트 홀(Hall, 1994)의 지적대로 문화혼종성 또는 문화다양성을 바탕으로 문화적 정체성이 변형과 차이를 통해 끊임없이 스스로를 새롭게 생산하고 재생산한다.

　문화적 지구화와 관련하여 가장 심각하게 논의되는 점은 문화제국주의이다. 이는 일련의 탈식민주의 문화이론가들에 의해 제기되어 왔는데, 지구화 논의가 본격화되면서 불균형한 지구화 과정을 짚어 내는 데 유용한 설명 틀을 제공해 준다.《오리엔탈리즘Orientalism》의 저자인 사이드(Said, 1978: 40)는 어떻게 오리엔탈리즘이 동양을 지식과 서구 지배의 대상으로 구성하고 유지했는지를 살펴봄으로써 동양에 대한 지적인 권위가 서구 문화 속에서 오랜 역사를 통해 성립해 왔음을 보여 주었다. 고대 그리스

시대부터 시작된 동양의 타자화other는 18세기 중엽 제국주의 시대에 들어서면서 체계석으로 수집된 동양에 대한 지식으로 더욱 공고히 되었다. 이에 따라 동양은 '비합리적이고, 사악하며depraved, 어린아이 같아서' 서구와는 '다른different'것으로 이해된 반면, 서구는 '합리적이고 덕이 있으며virtuous 성숙한' 문화로서 '정상적인normal'것으로 파악되었다.

사이드는 서구가 일방적으로 동양에 대한 막강한 담론의 힘을 형성해왔다고 본 반면, 탈식민주의 문화이론의 대표적인 이론가 중 한 명인 바바Homi K. Bhabha는 '식민담론이 피식민 주체에게 갖는 힘의 역학은 일방적인 것이 아니라 양가적인 것으로 이해해야 한다'고 주장한다. 다시 말해서, 바바는 서구 제국주의의 식민지배가 야기한 서로 다른 인종 간의 만남과 충돌이 구성해 온 두 문화의 혼종상태hybridity를 인식할 필요성을 제기하며 이제 문화에서 더 이상은 단일 정체성의 형성이 불가능함을 일깨웠다.

바바는 제국의 문화와 제3세계의 민족문화 사이에 끼어 있는 이산자離散者로서 '문화적 차이'를 개념화한다. 바바가 인종적·문화적·민족적 구분에 기반하여 유지되는 일정한 정체성 대신 제국의 문화와 식민지 문화의 상호작용과 변형으로 구성되는 정체성의 혼종성을 부각시키는 것은 이런 관점이 문화들 사이의 접촉이 초래하는 갈등과 충돌, 병합이나 동화와 같은 복잡한 지형들을 이해하도록 해 주기 때문이다. 그래서 현재 포스트식민 시대에 혼종성을 재현하는 문화적 차이야말로 대상화된 타자들이 그들의 역사와 경험의 주체로 전환될 가능성을 갖게 하는 중요한 요인이라는 것이 탈식민주의 문화이론이 이해하는 문화혼종성의 저항적 동력이다.

바바를 차용하여 말하자면, 문화적 차이는 기본적으로 '사이에 낀in-between' 공간에서 생성되는 새로운 정체성 형성의 필수 조건이다. 민족성이나 공동체적 이해, 문화적 가치라는 상호주관적이고 집단적인 경험이 교섭되는negotiated 것은 틈새들, 곧 차이의 영역들의 중첩과 치환이 발생하는 곳인데, 차이의 사회적 분절은 역사적 변화의 계기들에서 나타나는 문화적 혼종성들을 인정하려는 복합적이고 진행적인 교섭negotiation(Bhabha, 2002: 29)이라는 것이다.

이것이 베트남계 미국 작가이자 영화 제작자인 트린 민하에 와서, 제3세계 여성으로서의 타자의 정치학이 근대적 개념인 주관성에 대한 인식론이 제기한 내부자/외부자의 이분법을 거부하는 것으로 개념화된다. (Minh-ha, 1989) 남성의 타자로서의 여성, 서구의 타자로서의 원주민에 대한 논의는 정체성이 식민화를 드러내는데, 이 또한 내부자/외부자 이분법에 따른 것이기 때문에 이 경계를 해체하는 것이 중요하다. 외부자에 의한 타자성 확인은 문화적 차이를 지속적으로 유지, 강화하려는 외부자의 의지가 작용한 결과이기 때문이다. 특히 지구화가 여성의 삶을 재현하는 방식을 분석해 보면, 문화적 지구화 과정에서 이러한 이분법에 따른 문화적 차이가 어떻게 구체적으로 드러나는지를 추적할 수 있을 것이다.

문화적 지구화로 인하여 지역적 특성과 전통, 역사가 반영된 문화다양성이 강조되고는 있지만, 한편으로는 결과적으로 문화혼종성으로 드러나기도 하고 때로는 이것이 서구 문화의 일방적인 침투로 완성되기도 한다. 그런데 여기서 주목할 것은, 특히 젠더와 관련된 부분에서는 여전히 민하의 해석과 유사한 방식의 문화적 지구화가 두드러지게 나타난다는 점이다. 즉, 동남아 출신 여성 결혼이민자의 대량 출현이라든가, 외국 여성의 연예유흥계로의 유입 등으로 섹슈얼리티의 일방적 전유가 재현되는 현상을 보면 더 승화된 단계의 문화혼종성의 발현보다는 위계적 성별 관계가 전지구적으로 고착됨을 확인할 수 있다. 따라서 젠더 관계에서는 문화적 지구화의 부정적인 측면이 더욱 구체적으로 강화된다고 할 수 있다.

테크놀로지 발달과 스펙터클 사회의 문화산업

지구화가 본격적으로 논의되기 훨씬 전부터 우리는 이미 우리도 모르는 사이에 여러 가지 방식으로 지구화를 체험했는데, 그중 영화나 TV 드라마 등을 통한 문화적 파동은 어쩌면 일상의 표피를 쓰고 있기 때문에 더욱 의식하기 힘들었을 것이다. 전반적으로 전형적인 서구 문화가 동양 문화로 이입되는 방식으로 전달된 문화적 파동은 문화산업을 통해 구체적으로 그 물결을 이어 왔다.

아도르노와 호르크하이머가 '문화산업'이라는 개념을 최초로 사용하던 시기에는 주로 대중문화의 상업화가 논의의 초점이었다. 즉, 자본주의적 논리에 따라 문화가 산업화되는 과정을 비판하면서 문화산업 개념이 등장한 것이다.(노성숙, 2002: 203) 대중매체가 발달하면서 획일적인 문화상품의 대량 유포가 가능해졌고, 여기에 대중을 정치적으로 무기력하게 만드는 자극적인 오락물들이 대중문화의 중심으로 들어서면서 문화산업의 부정적인 측면이 부각되었다. 이렇듯 근대 산업사회에서 대중문화가 대중을 무기력하게 만들고 문화의 생산과 소비에서 대중의 주체적 지위를 제한해 왔다면, 탈근대 및 후기산업사회에서는 어떤 양상이 전개되고 있는가? 신기술이 등장하면 할수록 상업화 정도도 증가하여 대중들에 의한 문화의 창조적이고 주체적인 생산은 불가능해질 것인가? 이에 대한 전망은 지역적으로 신기술의 발전 정도와 지구화의 영향 정도에 따라 다르게 나타날 것이다.

사회학자 다니엘 벨은 저서 《탈산업사회의 도래The Coming of Post-Industrial Society》에서 비교적 유토피아적 미래를 전망한다.[2] "인간 역사의 대부분의

---

[2] 벨과 토플러의 논의는 필자의 다음 글을 참조. 이수자, 〈지구화와 테크놀로지 시대의 여성노동〉, 《여/성이론》 11호, 도서출판 여이연, 2004.

기간 동안 실재reality는 자연이었고, 사람들은 시나 상상에서 자아를 자연과 관련시키려 하였다. 그 다음에 실재는 기술, 즉 사람이 만든 도구와 사물이 되었다. …… 탈산업사회는 불가피하게 새로운 공학적이고 환각적인 유토피아주의를 낳고 있다. 사람들은 개조되거나 해방될 수 있고 행위의 조절이나 의식의 개조 또한 가능하다. 과거의 제약들은 자연과 사물의 종말과 함께 사라진다."(Bell, 1976: 488) 이러한 전망은 일군의 탈산업 유토피안 이론가들[3]에게 이어지면서 소규모, 탈중심화된 민주적인 대안적 생활양식에 관한 언급들로 이어진다.(Frankel, 1997: 40)

탈산업사회의 구체적인 지표로 테크놀로지의 발달과 정보사회의 도래를 꼽는다고 할 때, 문화산업은 이제 아도르노와 호르크하이머가 비판하던 상황과는 상당히 다른 상황 속에서 발전하고 있다. 드보르Guy Debord가 선언한 바와 같이 "현대의 생산조건에서 삶은 그것 자체로서 하나의 거대한 스펙터클의 축적을 고지하고 있다".(Best & Kellner, 2006: 2) 스펙터클의 사회는 여전히 일상적 소모품을 생산하는 사회로서 자본주의 생산양식에 그 근본적인 뿌리를 내리고 있기는 하나, 다른 한편으로는 소비와 여흥entertainment의 사회로 재구조화되고 있다.

드보르에 의하면 '스펙터클spectacle'이란 겉으로 보이는 현상의 거대한 다양성을 통합하고 설명하는 복합 용어로서, 한편으로는 이미지와 일상 소모품 그리고 실행된 이벤트의 소비를 둘러싸고 구조화되어 미디어와 소비사회를 설명하는 개념으로서, 또한 동시대 자본주의의 거대한 제도적이고도 기술적인 기구apparatus를 가리키며 동시에 주체를 수동적인 것으로 위축시키고 자본주의의 힘과 결핍의 본성과 효과를 감추는 모든 수

---

[3] 루돌프 바로, 앙드레 고르, 배리 존스, 앨빈 토플러 등이 여기에 해당된다. 이들의 입장이 반드시 한 방향으로 일치되는 것은 아니나, 큰 테두리에서 이들은 탈산업 유토피안으로 분류된다. 보리스 프랑켈, 김용규·박선권 옮김, 《탈산업사회의 이상과 현실》, 일신사, 1997 참조.

단과 방법을 가리킨다. 특히 매스미디어를 통한 광고는 상품 소비의 스펙터클을 각종 이미지로 보여 주며, 테크놀로지의 발달은 더 다양한 방식의 스펙터클을 제공한다. 예를 들어 9·11테러 당시 뉴욕 세계무역센터 쌍둥이 빌딩의 폭발 장면은 거의 실시간으로 전세계의 안방으로, 마치 건물 잔재들이 바로 화면 밖으로 튕겨져 나올 듯이 생중계되었다. 이런 방식으로 스펙터클은 때로 특정 정치집단의 목표를 정당화하는 정치화politicization의 도구로 이용되기도 하고, 거꾸로 정치에 대한 관심을 오락이나 일상생활로 우회시켜 탈정치화depoliticization하는 도구로 쓰이기도 한다.

이것은 드보르의 표현대로 한다면 "영구적인 아편전쟁permanent opium war"으로서, 스펙터클은 사회 주체들의 지각을 마비시키고 그들의 마음을 실제 삶의 가장 긴급한 과제로부터 다른 데로 돌리는 기능을 가지고 있다. 즉, 스펙터클한 사회는 주로 여가와 소비, 서비스와 여흥 기제를 통해, 그리고 광고와 상업화된 매체문화를 통해 마취성을 확산시킨다. 아도르노와 호르크하이머가 행한, 대중문화가 대중의 삶을 '전적으로 관리하여 일차원의 사회로 만들었다'는 비판과 같은 맥락에서 제기된 드보르의 비유에 의하면, 스펙터클은 상품이 사회적 삶의 완전한 점령을 달성한 계기로 명명된다. 오늘날 컴퓨터가 매개하는 스펙터클은 단순히 물질적인 상품의 구매를 넘어서서 음악과 비디오 등 갖가지 자료를 다운로드받고, 게임 프로그램에 접속하고, 여행 정보를 얻는 등 소유가 아닌 정보의 공유라는 새로운 상품으로 구현되고 있다. 그런데 스펙터클이 환호되는 사회에서는 여성의 몸이 주요한 광고 수단이 된다. 특히 영상매체를 통한 상품광고는 여성의 몸을 섹스어필하는 방식으로 자동차나 위스키, 침대 등을 광고한다. 여기서 여성의 몸은 스포츠와 함께 가장 강력한 "영구적 아편"으로서의 스펙터클 이미지로 제공되고 소비된다.

스펙터클의 사회는 디지털 기술의 발달로 새로운 국면에 접어들고 있다. 문화는 이제 문화 그 자체로서뿐 아니라 기술과 합해지면서 문화기술

culture technology(CT)로 진화하고 있다. 더욱이 IT산업의 발달로 인해 우리의 일상은 빠른 속도로 유비쿼터스ubiquitous⁴ 환경으로 변화하고 있다. 이렇게 기술의 발달과 함께 문화의 전지구적 공유가 이루어지는 과정에서 문화산업과 정보산업이 결합하고 이를 다시 기술이 촉진하면서, 단순히 경제적인 부가가치를 창출하는 차원을 넘어서 전반적인 문화의 포섭과 다양한 문화의 갈등, 그리고 생활양식의 변화 등이 전면적으로 확산되고 있다. 유비쿼터스 환경은 사회구조를 급속도로 변화시키고 있을 뿐 아니라, 사회 구성원들의 감성과 정체성까지 새롭게 규정해 나가고 있다.

글로벌 문화산업과 여성의 이미지

글로벌 문화산업의 가장 광범위한 효과는 서구의 생활양식을 직·간접적으로 비서구 사회, 또는 전지구적인 차원에서 무차별적으로 확산시키는 과정에서 나타나고 있다. 여기에는 영화와 TV 드라마, 광고와 명품으로 분류되는 일상 소모품, 그리고 다양한 잡지 등이 포함된다. 글로벌 문화산업의 가장 전형적인 형태는 인터넷을 비롯한 컴퓨터 관련 문화산업과 영상산업, 음반산업을 들 수 있다. 여기서 주목할 것은 최근 들어서 본격화되고 있는 컴퓨터 게임 중심의 문화산업에서 이른바 '국적 없는 동영상'의 출몰이다. 글로벌 문화자본에 의한 산업이 갖는 영향력은, 문화산업의 콘텐츠 그 자체뿐 아니라 그것이 우리의 실생활에 미치는 파급력 때문에 더욱 주의 깊게 다룰 필요가 있다. 예를 들면, 인터넷으로 전파되는 국적

---

⁴ '물이나 공기처럼 시공을 초월해 언제 어디에나 존재한다omnipresent'는 뜻의 라틴어로, 사용자가 네트워크나 컴퓨터를 의식하지 않고 장소에 상관없이 자유롭게 네트워크에 접속할 수 있는 정보통신 환경을 말함. 1988년 미국의 사무용 복사기 제조회사인 제록스의 와이저Mark Weiser가 '유비쿼터스 컴퓨팅'이라는 용어를 사용하면서 처음으로 등장했다.

이 불분명한 포르노그래피나 소위 '야한 동영상'은 온라인 접속뿐 아니라 오프라인상의 성매매로도 이어질 수 있다.

이와 연관하여 문화산업의 발달 과정에서 비서구 여성들에게 벌어지는 양극화 현상이 문제가 될 수 있다. 즉, 서구 물품의 소비자로서의 위치와 다른 한편으로 글로벌 문화산업에서 대상화된 이미지로서 소비되는 현상, 다시 말하자면 소비자로서 수동적인 위치에 놓이는 소비화 현상과 소비되는 대상화의 양극화 현상이 비서구 여성들에게 일어나고 있다. 이는 여전히 진행 중인 문화제국주의적 지구화 양상을 보여 준다.

더 미시적인 차원에서 보면, 비서구 여성들은 백인으로 대표되는 서구 여성의 지성과 품위를 소유하고자, 즉 그들과 자신을 동일시하고자 명품 디자인을 소비한다. 이러한 서구지향성은 비서구 여성들이 소비자로서 갖는 능동성의 한 표현이라고 할 수 있다. 반면에 오페라 〈나비부인〉이나 애니메이션 〈뮬란〉, 뮤지컬 〈미스 사이공〉 등에서 보듯이 서구 문화산업에서 신비하고 순결하게 재현되는 동양 여성의 이미지는 시공을 초월한 동서양의 전지구적 교통交通처럼 보이지만, 이는 여전히 적극적인 문화 해석 없이 대상화된 이미지를 소비하는 '이국 취향'의 충족에 불과하다.

비서구 여성의 영상 재현

컴퓨터가 등장하기 전까지 가장 파급력이 큰 글로벌 문화산업 분야는 영화산업이었다. IT의 발달로 점차 컴퓨터에 밀리는 추세이지만, 영화는 여전히 막대한 자본과 다양한 장르의 복합체로서 전지구적으로 영향력을 미치는 문화산업의 커다란 축이다. 앞서 언급한 서구와 비서구의 대비되는 이미지와 역할도 이 영화 분야에서 극명하게 나타난다. 전세계 영화계에서 서구 출신 감독들이 변함없이 중심적 역할을 하는 가운데 일부 비서구 지역 출신 영화감독들이 서구의 주류 영화계에 등장하고 있다. 비서구 출신으로 주목받는 장이머우이나 왕자웨이 감독 등이 성공한 배경에는 바바가 지적한, 대비되는 양쪽 문화 '사이에 낀in-between' 상태에서의 문화 혼종성이 존재하고 있음을 알 수 있다.

비서구 출신의 세계적 영화감독들이 서구의 주목을 받기 시작한 것은 베를린이나 칸, 베니스 등 국제적인 영화제에서 수상하면서부터이다. 그런데 수상작들의 면면을 보면, 그 중심 내용이 여전히 비서구적 이국 풍경과 동양적 내면세계를 재현한 것으로 '사이에 낀' 문화적 혼종성을 보여 준다. 이를테면 장이머우 감독이 베를린영화제에서 금곰상을 받은 〈붉은 수수밭〉(1987)이니 1990년 칸영화제에서 루이 브뉘엘상을 받은 〈국두〉, 이듬해 베니스영화제에서 감독상을 받은 〈홍등〉(1991), 그리고 〈영웅〉(2002), 〈연인〉(2004) 등이 그 예가 될 것이다. 이 영화들이 서구 영화계에서 각광을 받은 배경에는 전통적인 중국의 무술과 동양적인 사랑이 깔려 있고 이것이 서구 영화계의 극찬을 이끌어 냈다. 또한 왕자웨이 감독은 〈열혈남아〉(1988)를 비롯하여 〈아비정전〉(1990), 〈중경삼림〉(1994), 〈화양연화〉(1997) 등으로 영국 식민지였던 홍콩의 독특한 역사와 젊은이들의 암울한 세계를 섬세하게 그려 내어 찬사를 받았다.

이 영화들은 문화혼종성을 보여 주는데, 특히 〈홍등〉을 비롯한 장이머우 감독의 작품들은 동양 여성에 대한 서구적 시선의 젠더 관계를 잘 나타낸다. 영화 분석에서 일반적으로 지적되는 여성에 대한 남성의 시선gaze에 더하여, 이 영화들에 대한 서구 남성들의 시각은 사이드가 정의한 오리엔탈리즘이 수용된 것으로 볼 수 있다.[5] 한편 문화산업으로 부각되는 이상적인 여성 이미지와 실제로 성산업으로 소비되는 여성 이미지는 약간의 차이를 보인다. 섹슈얼리티를 매개로 한 문화산업에서는, 가령 영화

---

[5] 이지연은 박사논문을 통해 특히 장이머우 감독의 사례를 분석하면서 '사이에 낀in-between'존재로서 동아시아 출신 영화감독에게 명명된 '셀프 오리엔탈리즘'에 대한 논쟁점을 부각시키고 있다. Lee, Ji Yeon, "Travelling Films: Western Criticism, Labelling Practice and Self-Orientalised East Asian Films, Goldsmiths College University of London(Ph. D. Thesis), 2005.

의 영상이나 가상공간을 통하여 이상적이고 매력적인 여성의 이미지로 '금발의 8등신 백인 미인' 이미지가 소비되면서 실제 현실 공간에서는 국제 성매매 방식으로 '서양적(개방적)'이라고 분류되는 성적 태도를 견지하면서 동시에 순종적인 동양 여성의 이미지를 재현하는 아시아의 여성들이 소비된다.

문화제국주의적 관점뿐 아니라 더 근본적인 논쟁점은, 여성이 타자other로 재현되는 기재器材이다. 그런데 이러한 문제점을 제기한 탈식민주의 문화이론가 중 대표적인 인물인 민하는 제3세계 여성들, 특히 아시아 여성들이 이중적으로 타자화되는 상황에 대해서 남성의 타자로서의 여성, 서구의 타자로서의 원주민에 대한 논의가 중요함을 시사하면서도 근대적 개념으로서의 내부자/외부자의 이분법을 경계해야 함을 역설한다. 이는 비록 원론적으로는 여성에 대한 남성의 타자화와 동양에 대한 서양의 원주민화를 비판적 시각으로 보되, 이를 뚜렷하게 이분법적으로 가를 수 없는 지구화 과정 속에 놓여 있는 탈근대적 시대 상황을 암시적으로 보여주는 것이라고 하겠다.

주로 아시아 지역에서 불고 있는 '한류'열풍의 근원에는 또 다른 각도에서 볼 수 있는 문화적 지구화가 내재되어 있다. 동양의 문화적·정서적 공통점을 근간으로 한 소비자들의 감정이입을 바탕으로 하여 글로벌 문화산업 유통망과 생산/유통 시스템이 이른바 글로컬(globalization+local)한 '한류'열풍을 몰고 오는 기폭제가 되고 있기 때문이다. 즉, 정서적인 토대로 보아서는 로컬이지만, 문화산업의 유통 과정에서 보면 글로벌과 로컬의 요소들이 함께 작동되고 있는 것이다.

여기서 우선 글로벌 문화산업과 여성의 관계를 분석하는 데 왜 이미지가 중요한지를 간략하게 살펴보자. 이미지가 주목받는 가장 큰 이유는 그것이 사회 구성원인 개인이 자아를 구성하는 과정, 즉 개인의 정체성 형성 과정에 깊숙이 관여하기 때문이다. 이미지와 정체성은 유사한 것처럼 보이지만, 특정 대상을 규정하는 시각의 출발점에 따라서 근본적인 차이를 보인다.

특정 사회의 특정 대상에 대한 이미지는 이 특정 대상을 객체화하여 사회 구성원이 공유하는 집합적 표상이다. 집합적 표상이라는 점에서 이미 개인의 다양한 특성은 묻혀 버리고, 그 대상이 처해 있는 사회의 집단적 의식이 집합적 또는 선별적으로 집결된 지각과 사회적 기대가 합쳐져서 이미지를 구축한다. 이때의 이미지를 구성하는 표상은 대상을 가시적이고 인식 가능한 형태로 객체화objectification한 것이며, 이 객체화는 한 사회의 집합적 지향점이 외화externalization된 것이다. 한 사회의 가치, 규범, 그리고 집단적 무의식이 투사되는 외화 과정을 거쳐 이루어진 대상에 대한 객체화, 즉 집합적 표상들은 그러므로 대상에 대한 그 사회의 집합적으로 이루어진 선별적 지각으로 그 사회의 잠재적 기대와 욕망을 근저에 깔고 있다.

이미지를 구성하는 표상이 한 사회의 집합적 지향점이 외화된 것이라고 한다면, 글로벌 문화산업으로 재현되는 여성의 이미지는 특정 지역이나 특정 시공간에 한정된 표상이 아니라 글로벌한 평균적 이미지라고 규정할 수 있을 것이다. 그러나 이는 텔레커뮤니케이션telecommunication(원거리 통신) 기술에 근거한 인터넷 기반 문화산업의 경우에 한정적으로 적용할 수 있는 것으로, 영화산업에서는 특히 지역적·문화적 차이에 따라 특정한 이미지가 외화되고 있음을 알 수 있다.

초국가적 게임 캐릭터 이미지와 젠더 정체성

여성의 이미지와 젠더 관계가 글로벌 문화산업을 매개로 하여 가장 극명하게 강조되어 드러나는 범주는 컴퓨터게임과 모바일게임이다. 그런데 모바일게임의 경우에 유료 동영상의 폐해가 컴퓨터게임보다 심각하고, 더욱이 지구화가 가져온 극심한 부정적 결과로서 해외 서버 이용으로 규제권 밖에 놓여 있다. 따라서 모바일게임은 게임 캐릭터의 왜곡된 이미지 차원이 아니라 포르노그래피 문제를 논의해야 하므로 여기서는 게임 캐릭터에 한정하여 살펴보기로 한다.

먼저 게임 캐릭터가 가진 글로벌 이미지는 국적 없는 몸과 정형화되지 않는 젠더 정체성이라고 하겠다. 아바타가 인터넷에서 의사소통을 하고자 자신의 특성을 동원하여 자신과 동일시하여 만들어 내는 몸 이미지라고 한다면, 게임 캐릭터는 이미 만들어져 있는 게임 안의 캐릭터에 자신의 의지를 부여하여 그 이미지 안에 자신의 의식을 합치시키는 대상물이다. 같은 온라인 공간에서 여러 명이 동시에 즐기는 머드 게임에서 캐릭터가 생성되는 과정을 보면 가장 핵심적인 부분이 바로 이러한 정체성 부여 단계이다. 플레이어의 이름 선택은 그 사람이 가상공간에서 시작하는 삶의 출발점이다. 그 다음에는 새롭게 탄생하고 명명된 데이터베이스 명부에 활동성을 모방하는 특성을 부여한다. 플레이어는 자신의 명부에 텍스트적인 묘사와 의상, 그리고 캐릭터가 가져야 할 육체적 형태를 정의내리고, 우리가 실제 삶에서 중요성을 부여하는 정체성을 드러내는 상징을 첨가하여 이를 젠더화하고, 생물학적 성별과 신원을 갖도록 하여 가상 신체를 생성한다. 여기에서 정체성은 이미 주어진 것이라기보다는 스스로 정의내리고 조합한 자기 정체성을 의미한다. 다시 말하자면 '물질적 영역의 그 너머에 있는 자아에 대한 선언'(Reid, 1994: 76)이다. 이러한 맥락에서 머드 게임으로 형성되는 게임 캐릭터의 이미지나 의상, 행동 양식 등은 여기서 파생하는 하위문화에 지대한 영향력을 미친다. 이 하위문화 중 특히 행동 양식과 은연중에 행해지는 의식의 변화는 신체와 자아의 연결 관계에 도전하고, 현실 세계에서 지배적으로 작용하는 젠더와 섹슈얼리티의 범주를 전복하도록 유도한다.

게임 캐릭터로 재현된 여성 이미지 중에서 가장 빈번하게 나타나는 유형[6]은 첫째로, 전통적인 여성의 역할에 부합하는 순응적인 이미지다. 대체로 애니메이션으로 제작된 시뮬레이션 게임에 등장하는 인물들이 이에 속한다. 〈나의 신부〉와 〈신혼일기〉 등은 그 내용 자체가 '여성의 행복=결혼'이라는 전형적 스토리로 이루어져 있어 등장하는 여성들의 이미지도 얌전하고 예쁘게 치장한 캐릭터로 설정되어 있다. 좀 더 진취적인 내용으로 구성된 〈안젤리크〉의 경우에도 소녀 취향의 여성상을 크게 벗어나지는 못한다. 여주인공은 금발 머리 소녀로 우주의 여왕으로서의 리더십보다는 가냘픈 소녀의 모습을 벗어나지 못하는, 기존의 여성성을 그대로 반복하는 이미지로 구축되어 있다. 〈스위키랜드〉는 주인공의 직업을 의사로 설정하여 기존의 성역할을 뒤집은 듯 보이지만, 여성의 사회적 역할보다는 주인공의 모성애를 강조하여 기존의 여성적 덕목과 성역할 기준을 수용한다. 따라서 젠더 정체성에 근본적인 변화가 있다고 보기 어렵다.

전형적인 여성 게임 캐릭터의 두 번째 유형은, 여전사 이미지이면서 동시에 성별화된 여성의 몸 이미지를 보여 주는 캐릭터이다. 성인용 게임에서 전투적인 여전사 이미지로 상징화된 캐릭터는 〈툼레이더〉의 라라 크로포트가 대표적이다. 남자 캐릭터를 능가하는 총 솜씨며 재빠른 몸동작은 첫 번째 유형으로 소개한 여성답고 아기자기한 캐릭터와는 근본적으로 대조되는 여전사 이미지를 만들어 낸다. 이와 유사한 유형으로 〈노원리브스 포에버〉의 케이트 아처와 〈오더 오브 더 플레잉〉의 린, 그리고 〈헤비메탈 F.A.K.K.2〉의 줄리가 있다. 이들의 공통점은 라라 크로포트처럼 능란한 사격 솜씨와 몸동작, 그리고 빼어난 미모와 지나칠 정도로 강조된 섹시한 몸매다.

두 번째 유형의 여성 캐릭터는 기존의 순응적 여성 이미지와는 다른 역

---

6 여기에서 언급되는 세 가지 유형에 대한 분석은, 필자의 앞의 논문(2004)에서 행한 유형 분석에 기초를 두고 재구성하였다. 앞의 논문에서는 여성의 몸과 관련된 세 유형을 주로 다룬 것에 비해, 이 글에서는 이 외형들과 함께 몸의 수행성과 관련된 분석이 첨가되었다.

할을 맡지만, 외형적인 몸은 오히려 남성들의 관음증적 시각을 충족시키는 성적 매력을 강조한 몸으로 재현되어 양가적인 이미지를 낳는다. 즉, 지금까지 남성적 가치로 인식되었던 공격성과 전투적 투지, 그리고 총기류를 능란하게 다루는 기술 등을 보유하여 게이머가 명령하는 모든 임무를 완벽하게 수행하면서, 동시에 남성들이 여성에게 기대하는 몸 이미지를 완벽하게 갖추고 있다. 그들은 하나같이 빼어나게 아름다운 얼굴과 자신감 넘치는 표정, 지나치게 팽팽한 가슴과 개미 같은 허리, 늘씬한 팔다리 등 현대 여성들에게 요구되는 성적 매력이 기형적으로 강조된 몸매를 갖고 있다. 여성의 능력을 확장시킨 점에서는 첫 번째 유형과 뚜렷이 구별되기는 하나, 몸 이미지에서 섹슈얼리티가 강조된 에로티시즘을 동반하면서 남성 게이머의 명령에 따라 임무를 수행하는 지극히 피동적 관계에 놓인다는 점에서 여전히 젠더 정체성의 전복을 보여 주지 못한다.

최근의 경향을 살펴보면 각 캐릭터들의 마법·전투력과 이런 능력을 얻을 수 있는 아이템의 다양성이 캐릭터를 선택하는 중요 요인이다. 즉, 두 번째 유형에서 주로 등장하는 여성 캐릭터는 대개 구색용으로, 남성 소비자의 응시를 충족시키는 대상으로서의 역할을 충실히 수행한다면, 최근 들어 유행하는 〈제라〉의 레인저나 〈썬〉의 엘리멘탈리스트, 〈샤이아〉의 에테인 등은 꽃미녀이면서 섹시한 몸매에 강력한 전투력과 마법술, 그리고 우아함과 신비로움 등을 부여받음으로써 현실 세계에서는 존재할 수 없는 여성의 몸과 특성을 보여 준다.

첫 번째나 두 번째 유형의 경우, 게임 캐릭터로서 소비자본주의 시장에서 유통되기 위한 상품으로서의 여성을 그려 냄으로써 사실상 여성주의적 관점이 부여될 수 있는 여지가 원천적으로 봉쇄되어 있다. 그런데 최근 들어서 여성 캐릭터들이 얼굴은 더 귀여워지고 몸매는 더욱 섹시해진 반면에 전투력 또한 크게 강화된 점이 두드러진다. 이는 결국 게임을 즐기는 젊은 여성들의 자기 투사를 고려한 것일 텐데, 점차 중성적인 매력을 첨가하는 둥 소비되기만 하는 여성 몸의 이미지를 조금씩 벗어나는 것으로 보인다.

세 번째 유형은 사이버걸주의cybergirrlism를 표방한 전복적이고 유동적 이미지다. 이 유형은 게임 캐릭터의 범주에 들어가지는 않으나 인터넷 사이트에서 소위 말하는 girrl자후 돌림의 언어적 이미지다. 브라이도티가 소개한 'riot grrrls', 'guerrilla girls', 그리고 'bad grrrls'(Braidotti, 1996: 3) 등은 반어적이고 역설적이며 익살스럽고 열정적이며 분노에 차있거나 공격적인 작업들을 통하여 담론을 통한 전복적 여성 이미지를 구축하고 있다. 일련의 사이버걸 이미지는 해러웨이의 '몬스터로서의 사이보그monstrous cyborgs' 개념을 토대로 했는데, 'grrrl' 시리즈는 이것의 형상화로 이해된다. (Wilding, 2002: 4) 이 이미지들은 인터넷 게임에서 지금까지 여성적인 몸매로 형상화되던 성별화된 여성 이미지를 근본적으로 바꾸려는 시도들로, 하나의 정형화된 이미지가 아닌 수시로 변화하는 몸 이미지를 보여 준다.

최근 들어 성별과 크게 관계없이 몸 가꾸기와 외모 가꾸기가 열풍처럼 몰아치고 있다. 남성의 경우에 일반적으로 근육질 몸매를 선호하던 오랜 경향이 서서히 사그라지면서, 람보 스타일의 근육질 남성에서 남성다운 외모와 여성다운 섬세함을 함께 갖춘 메트로섹슈얼로 그 유행의 지표가 바뀌더니, 어느새 거친 듯 부드러운 위버섹슈얼을 넘어 꽃미남과 동안童顔 선풍으로 빠르게 바뀌고 있다.

그런데 게임 캐릭터 분야에서 이러한 유행이 남성 캐릭터에서는 다양하게 전개되는 반면, 여성 캐릭터들은 앞서 살펴본 전복적인 이미지를 빼고는 과장된 S라인 몸매와 강력한 전투력이 결합된 기묘한 이미지가 반복되고 있다. 이러한 캐릭터가 절대적으로 많은 수의 남성들에게 소비되고 있기는 하나, 10대와 20대 초반의 젊은 여성들 또한 이 이미지를 소비하면서 그것에 자신을 동화시킨다는 점은 예의 주시해야 할 점이다. 또한 이 게임들은 온라인을 통해 세계 곳곳에서 소비된다는 소비/생산의 측면에서, 그리고 이 캐릭터들의 얼굴이 대부분 인종적으로 구별하기 어렵다는 점에서 이러한 게임의 유통은 문화적 지구화의 일단을 보여 주는 현상이다. 이 현상에 대한 가치판단 문제는 차치하고, 이러한 인종적 모호함과 국경 없는 유통을 배경으로 생산되고 소비되는 여성의 이미지가 현실 여성을 대상화하는 데 무의식적인 영향을 미친다는 점에서 게임 캐릭터 문제는 비판적으로 논의되어야 할 것이다.

텔레테크놀로지와 유비쿼터스 환경의 젠더 역학

문화사회학적 관점에서 텔레테크놀로지teletechnology(원거리 기술)는 전자 이미지, 전자 텍스트, 전자음이 실시간으로 흐르는 전지구화된 정보 및 커뮤니케이션 네트워크를 만들어 모더니즘 사회에서 축출되었던 초월성, 도덕, 정서가 되돌아오게 하는 데 핵심적인 역할을 한 것으로 논의된다.

이 논의에 따르면 "텔레테크놀로지를 통해 사회적 시공간은 끊임없이 영토화, 탈영토화, 재영토화의 순환을 가속적으로 거듭하고, 이 과정에서 텔레커뮤니케이션은 주술, 세계종교, 과학이라는 모든 상징체계들을 해체하는데 이는 각 상징체계의 계열체 안에서 은유적 연쇄로 묶여 있던 요소들을 해체하여 그 맥락에서 해방된 기표들로 만들기 때문이다. 이러한 기표들은 무엇보다도 영상적 이미지의 앙상블로 나타나는데, 이 이미지의 앙상블은 그 참조대상과의 시각적 유사성을 통해 의미를 얻는 퍼스 Charles S. Peirce의 아이콘도, 논리적 정합성에 의해 결합된 통일체도 아니며 오히려 무한한 환유적 연쇄에 의해 그 의미가 끊임없이 미끄러지는 흐름 flux(최종렬, 2006: 148)"으로 정의된다.

최종렬의 논의에 따르면, 이 이미지들은 데리다가 말하는 '유령specters' 처럼 떠돌아다니다가 카이로스적으로 회귀한다. 이러한 이미지의 출몰 방식은 선형적이고 누적적인 시간을 따라 이루어지는 크로노스chronos가 아니라, 과거·현재·미래의 시간 연쇄를 파괴하는 순간을 따라 이루어지는 가이로스_kairos_이나. 이제 의미작용은 탈맥락화한 기표들의 우연한 인접성 contiguity에 의한 결합으로 이루어진다. 텔레테크놀로지의 발달 덕분에, 이전에는 전혀 시공간적으로 인접하지 않은 것으로 생각되던 것들조차도 인접할 수 있게 된다. 텔레테크놀로지로 전송되는 이미지들이 이렇게 카이로스적으로 회귀할 수 있는 이유는, 텔레테크놀로지가 모든 것을 비주얼하게 만들어 그것을 만인에게, 모든 곳에, 언제나 전송하려는 드라이브 drive to transmission에 의해 작동하기 때문이다.[7] 이러한 방식으로 작동하는 텔레테크놀로지가 지금의 IT기술에서 말하는 유비쿼터스 기술이며, 이로 인하여 만들어지는 환경이 유비쿼터스 환경이라고 하겠다.

그렇다면 이러한 유비쿼터스 환경에서 이루어지는 젠더 역학이란 어떤 모양을 할 것인가? 젠더 역학에서 무엇보다도 두드러지는 현상은 이미 사이보그 논의에서 논쟁점으로 부각된 바 있는 몸의 물질성과 사라지는 몸의 가능성, 즉 육체의 소멸과 재형상화, 그리고 언제든지 바뀔 수 있는 젠더의 유동성일 것이다. 문화산업의 더욱 진화된 형태인 문화기술culture technology의 영역에서 이러한 젠더 역학은 새로운 지평을 보일 것으로 전망된다. 따라서 여기서는 문화기술로 표현되는 젠더 역학을 따라가 봄으로써 과연 새로운 미디어 환경에서 해러웨이의 사이보그 선언이 촉발한 논의가 어떻게 변화하는지를 재조명할 수 있다. 즉, 사이버공간에서 여성 육체에 드리워진 긴 역사의 그림자를 벗어 버릴 수 있다는 해러웨이의 밝은 전망(Haraway, 1997)과 젠더와 관련하여 미래 사회에도 여전히 여성 육체에 대한 문화적 재구성이 이루어질 것이라는 발사모의 어두운 전망(Balsamo, 1997)이 어떠한 젠더 역학을 만들어 내는지를 살펴보기로 한다.

유비쿼터스 기술은 '사람을 포함한 현실 공간에 존재하는 모든 대상물

---

[7] Dienst, Richard, *Still Life in Real Time*, Durham: Duke University Press, 1994; 최종렬(2006), 앞 글에서 재인용.

을 기능적·공간적으로 연결해 사용자에게 필요한 정보나 서비스를 곧바로 제공'하려는 기술이다. 정보가 자유롭게 흘러 다니는 가운데 인간과 사물이 인터페이스interface의 주체로 떠오르는 셈이다. 반도체 기술을 기반으로 세계적인 기업들은 데이터의 복잡성을 해결하는 딥 컴퓨팅deep computing, 스스로 알아서 인간을 대신하는 자율 컴퓨팅autonomic computing, 공간과 분산 컴퓨팅 시스템의 결합을 통해 인간에게 가장 편리한 삶의 공간을 제공하는 이지리빙easy living 등의 프로젝트를 진행하고 있다. MIT 미디어랩의 유럽연구소가 2003년에 발표한 바 있는 해비타트Habitat 프로젝트는 공간을 초월한 새로운 개념의 인간관계가 가능해진다는 것을 보여줌으로써 컴퓨터 기술이 더 이상 인간의 삶을 보조하기만 하는 것이 아니며, 컴퓨터가 매개하여 전달하는 감성에 의거하여 인간관계가 새롭게 형성될 수 있는 가능성을 제시했다.

유비쿼터스 환경이 머지않은 장래에 그 어느 문화산업보다도 강력하게 인간의 삶에 문화적 파동을 전달할 것이라는 점은 다음의 해비타트 프로젝트에 대한 설명과 이를 통해 구현되는 일상에 대한 묘사를 통해 짐작해볼 수 있다.[8] 이 프로젝트에 의하면, 미래형 가정은 지능적으로 작동하는 스마트 홈이다. 잠자는 동안에는 스마트 잠옷과 스마트 침대를 이용하고, 아침에 일어나서 화장실 문을 여는 순간 손잡이에 장착된 센서로 건강 상태를 점검한다. 스마트 주방은 거주자가 선택한 아침 식단을 준비하고자 스마트 냉장고에서 필요한 요리 재료를 확인하고, 부족한 재료는 알아서 인근 마켓에 배달을 요청한다. 휴대해야 할 물건이나 서류, 교통 상황, 자동차 정비 상태 등도 모두 미리 점검된다.

여기에서 묘사되는 일상을 살펴보면, 전자 칩이 내장된 장치의 자동 판독으로 가사노동이 상당 부분 해결될 수 있다는 것을 알 수 있다. 지금처

---

[8] "[유비쿼터스]혁명이 시작됐다—MIT 미디어랩 '해비타트 프로젝트'", 《전자신문》(2003. 12. 22)에서 인용.

럼 그때마다 주부의 판단과 움직임이 수반되어야만 해결되는 가사노동의 상당 부분이 집과 연결된 유통 부문의 말단과 전자적 소통으로 자동적으로 해결되는 방식이 유추된다. 이로써 가사노동을 전담하다시피 하던 여성의 역할이 줄어들거나 아예 성별과 관계없이 필요한 사람이 손쉽게 가사노동을 수행할 수 있는 환경이 조성된다는 것이다.

이 프로젝트는 가사노동의 연장선상에 있는 일들을 이렇게 해결하는 것 외에 영상 이미지로 심리 상태를 보여 주는 일종의 심상心想 이미지, 즉 마음이 영상을 이미지화하는 기술의 개발이 가능하다는 것을 시사한다. 해비타트 프로젝트의 중심은 주방이나 거실의 테이블이다. 테이블에는 단파나 초단파를 이용해 각종 정보를 주고받는 고주파인식Radio Frequency IDentification(RFID) 태그 판독기가 설치된다. 테이블에 놓이는 열쇠나 컵, 책 등 모든 물건에 이 태그가 붙는다. 태그 판독기로 원격지의 테이블에 놓이는 사물들을 판독해 그 이미지를 테이블 밑에 부착된 컴퓨터로 작동하는 프로젝션으로 투사해 원격지 테이블의 인터넷으로 전송한다. 예컨대 누군가 커피 잔을 테이블에 올려놓으면 컵의 이미지가 자동적으로 상대방 테이블에 나타나는 식이다. 원격지에 있는 사람은 이미지가 지속되는 시간에 따라 상대방의 행동을 파악할 수 있다. 테이블 위에서 어떤 사물이 사라지면, 상대방의 테이블 위에서도 그 이미지가 색깔을 잃고 천천히 사라진다. 반대로 어떤 사물이 테이블 위에 놓이면 그 이미지가 테이블에 점점 크게 나타난다. 테이블에 등장하는 물건을 통해 상대방의 감정을 읽을 수도 있다. 만일 책 이미지가 나타나면 휴식을 취하는 것이고, 담뱃갑이 등장하면 스트레스를 받았다는 식으로 파악하는 것이다.

이 프로젝트에서 이미지의 재현은 현 단계에서는 일종의 아이콘으로 대행되는 심리 상태 묘사로 이루어지지만, 지금의 기술 속도로 본다면 머지않아 이미지를 매개로 하여 공간과 거리를 뛰어넘어서 마음을 읽을 수 있고 서로의 감정을 공유할 수 있는 기술이 개발될 수도 있을 것이다. 그런데 이러한 기술의 적용과 해석에서 문화가 중요한 이유는, 바로 사람의 심리 상태를 해석하는 문화적 독창성과 지역에 따라 다르게 발현되고 표현되는 이미지 재현 방식이 다를 수밖에 없기 때문이다. 또한 성별에 따라 상황에 반응하는 방식이 다르기 때문에 성별에 대한 고려가 없는gender blinded 해석은 디지털 기술을 적용하는 데에도 커다란 제한을 가져올 수 있다.

이처럼 유비쿼터스 환경은 우리의 공간 개념, 특히 거주 공간 개념을 바꾸고 실제적인 거리 감각을 바꾼다. 최근의 아파트 광고에서도 심심찮게 등장하는 이러한 거주 공간은 직접적으로 가족 구성원의 인간관계를 규정하고, 무엇보다도 주부로서 여성의 정체성에 대한 재고를 요구한다. 다시 말하자면, 이제는 공간과 시간 개념의 변화에 따라 사회적으로 요구되는 성역할에 대한 이미지도 다양하게 재현되고 있다. 이 경우에 실제로 요구되는 성역할 자체가 바뀌었다기보다는 이미지의 변화가 서서히 진행되고 있으며, 따라서 아직도 실질적인 변화의 단계에 있지는 못하다는 점은 유념할 대목이다.

어떻게 문화 생산의 주체가 될 것인가

급변하는 테크놀로지의 발달 환경에서 문화산업은 다양한 분야에서 기술과 융합하고 있다. 영화와 TV 등 기존의 대중매체에 정세도 높은high definition 기술이 도입되는 것뿐만 아니라, 컴퓨터게임이나 인터넷 정보시스템을 이용한 광고 등의 문화산업은 이제 말 그대로 세계 전역으로 확대되는(world wide web) 산업이 되었다. 이로써 문화산업이 젠더 관계에 미치는 영향 또한 지대하다고 할 것이다. 이제 문화적 지구화를 단순히 문화제국주의적 관점에서 일방으로 영향을 미친다고 볼 수는 없게 되었다.

생산의 측면에서 볼 때, 이후의 글로벌 문화산업은 특정한 정치적 지향을 갖기 어렵고 하나의 일관된 방향으로 콘텐츠를 구성할 수 없는 상황에서 문화 생산과 소비가 정교한 계산으로 연동되는 환경을 맞고 있다. 따라서 글로벌 문화산업에서 재현되는 여성 이미지와 젠더 정체성 역시 하나의 일관된 방향에 따라 분석하기 어려운 단계에 이르렀다고 하겠다. 그러므로 문화다양성 또는 문화혼종성과 테크놀로지의 발달은 급격히 변화하는 문화산업의 제반 환경과 함께 여성 이미지의 재현 양상과 젠더 정체성이 새로운 조합에 여러 가시 가능성을 제공하고 있으며, 앞으로 이 조합의 필요성은 더욱 강조될 것이다.

　'글로벌 문화산업'이란 지구화로 인한 문화적 지구화가 실현됨으로써 만들어지는 구체적인 매체의 글로벌 네트워크로 정리할 수 있다. 지금의 테크놀로지 발달 단계에서 보이는 매체의 융합 현상은, 앞에서 분석했던 각 매체에서 보여 주는 젠더 역학의 복잡한 융합이 등장할 것이라는 전망의 근거가 된다. 따라서 이 글에서 시도한 바 매체 융합에 따른 여성의 이미지와 몸 개념의 변화, 그리고 젠더 역학의 다양한 가능성을 따라가면서 읽어 내는 작업은 앞으로 더욱 정교하게 수행되어야 할 과제라 하겠다.

　이상에서 살펴본 글로벌 문화산업의 현 단계 진단에도 불구하고 여전히 중요한 점은, 문화적 지구화의 다양한 역학 속에서도 여성이 문화 생산의 주체가 됨으로써 젠더 역학과 이미지 재현에서 새로운 세대의 감성과 정서에 부합되는 하나의 중심을 이루어 나가야 한다는 점이다.

■ 참고문헌

Giddens, Anthony, *Entfesselte Welt : Wie die Globalisierung unser Leben verändert,* Suhrkamp, 2001.

노성숙, 〈문화산업의 지구화와 성불평등〉, 장필화 외 지음, 《정보매체의 지구화와 여성》, 이화 여자대학교 출판부, 2002.

Reid, Elizabeth, "Identity and the Cyborg Body", in *High Noon on the Electronic Frontier: Conceptual Issues in Cyberspace,* Ludlow, Peter (ed., 1996), Cambridge: The MIT Press, 1994.

Rohr, Elisabeth (Hg.), *Körper und Identität,* Ulrike Helmer Verlag, 2004.

Lee, Ji Yeon, *Travelling Films: Western Criticism, Labelling Practice and Self-Orientalised Asian Films,* Ph. D. Thesis: Goldsmiths College University of London, 2005.

리처, 조지, 김종덕 옮김, 《맥도날드 그리고 맥도날드화》, 시유시, 1999.

Minh-ha, Trinh T., *Woman, Native, Other: Writing Postcoloniality and Feminism,* Indiana University Press, 1989.

바바, 호미, 나병철 옮김, 《문화의 위치》, 소명출판, 2002.

발사모, 앤, 〈사이버공간의 가상 육체〉, 홍성태 역음, 《사이보그, 사이버컬쳐》, 문화과학사, 1997.

Burnett, Ron, *How Images Think,* MIT Press, 2005.

벡, 울리히, 조만영 옮김, 《지구화의 길》, 도서출판 거름, 2000.

Beck, Ulrich, *Was ist Globalisierung?,* Suhrkamp, 1997.

Bell, Daniel, *The Coming of Post-Industrial Society,* Penguin, 1976.

Braidotti, Rosi. *Nomadic Subjects - Embodiment and Sexual Difference in Contemporary Feminist Theory,* New York: Columbia University Press, 1994.

_____, "Cyberfeminism with a Difference", In: *Technoscience* No. 29, Summer 1996: http://www.ruu.nl/womens-studies/rosi/cyberfem/.htm.

사이드, 에드워드, 《오리엔탈리즘》, 교보문고, 1991.

Said, Edward, *Orientalism: Western Conceptions of the Orient,* Routledge & Kegan Paul, 1978.

스피박, 가야트리, 태혜숙 옮김, 《다른 세상에서》, 도서출판 여이연, 2003.

이수자(이수안), 〈디지털문화와 여성주체의 이미지정치학〉, 《한국여성학》 제20권 1호, 한국 여성학회, 2004a.

_____, 〈이주여성 디아스포라〉, 《한국사회학》 제38권 2호, 한국사회학회, 2004b.

_____, 《후기근대의 페미니즘 남론》, 도서출판 여이연, 2004c.

_____, 〈지구화와 테크놀로지 시대의 여성노동〉, 여성문화이론연구소(편), 《여/성이론》 통권11호 겨울호, 도서출판 여이연, 2004d.

임옥희, 여성문화이론연구소(편), 〈트린민하−타자의 그림자〉, 《여/성이론》 통권9호 겨울호, 도서출판 여이연, 2004.

Jameson, F & Miyoshi, M (eds.), *The Cultures of Globalization,* Duke University Press, 1998.

Jameson, Fredric, *Postmodernism Or, The Cultural Logic of Late Capitalism,* Duke University Press, 1991.

최종렬, 〈포스트모던과 문화사회학〉, 한국문화사회학회 창립학술대회 자료집, 2006, 148쪽.

Cook, Deborah, *The Culture Industry Revisited,* Rowman and Littlefield Press, 1996.

King, Anthony D. (ed.), *Culture, Globalization and the World-System,* University of Minnesota Press, 1997.

태혜숙, 《탈식민주의 페미니즘》, 도서출판 여이연, 2000.

Turkle, Sherry, *Life on the Screen-Identity in the Age of The Internet,* New York: Touchstone Rockefeler Center, 1997.

프랑켈, 보리스, 김용규·박선권 옮김, 《탈산업사회의 이상과 현실》, 일신사, 1996.

Hartmann, Frank, *Medienphilosophie,* WUV-Universitäsverlag, Wien, 2000.

해러웨이, 다나, 〈사이보그를 위한 선언문〉, 홍성태 엮음, 《사이보그, 사이버컬처》, 문화과학사, 1997.

Hall, Stuart, "Cultural Identity and Diaspora", In Willams, P. L.(ed.). *Colonial Discourse and Post-Colonial Theory.* New York: Columbia University Press, 1994.

휴즈, 어슐러, 신기섭 옮김, 《싸이버타리아트》, 갈무리, 2004.

Best, Steve & Kellner, Douglas, "Debord, Cybersituations, and the Interactive Spectacle", http://www.uta.edu/huma/illuminations/best6.htm.

Kellner, Douglas, "New Technologies, Technocities, and the Prospects for Democratization", http://www.uta.edu/huma/illuminations/kell25.htm.

Wilding, Faith, "Where is Feminism in Cyberfeminism?", http://dalara.jinbo.net/trans.

스타, 스타론, 스타 읽기

원용진

중학교 때까지 나는 공부 잘하고 순종하는 전형적인 모범생이었다. 선생님과 부모님 그리고 친구들에 의해 철저히 학습되어 스스로조차 모범생의 틀 속에 나를 정형화시켜 버렸다. 그것이 오히려 편했고 나는 그 틀에 계속해서 안주하고 싶었다. …… 조용필, 이선희, 전영록 등의 가수들이 그 당시 최고의 인기를 누리고 있었다. 주위 또래 친구들은 쉬는 시간마다 스타들의 이야기를 했고, 그들의 스타를 위한 갖가지 정성을 쏟았다. TV나 라디오 같은 대중매체에 관심 없어 했던 나는 친구들의 행동들을 하찮고 소비적인 것으로 간주하고 경멸했다. 나의 관심은 한 가지, 1등을 하는 것이었다. 상장의 뿌듯함과 선생님의 인정 그리고 부모님의 기뻐하시는 모습에 모든 의미를 부여했다. …… 중학교 3학년 때 나는 사춘기를 맞았다. 교실의 좌석을 성적순대로 선택권을 주는 현실에서 내 자리에 앉기 위한 경쟁은 나를 늘 외롭게 만들었고 친구들 간의 사소한 문제들도 간간히 나를 괴롭혔다. 나는 점점 내성적인 아이가 되어 갔다. 아직도 나는 1등이었다. 가끔 2등을 할 때 나는 불안해 했고 자신감도 많이 상실했다. 고입 연합고사가 끝나고 갑자기 많아져 버린 시간적 여유는 내 인생을 바꾸어 버렸다. 우연히 본 TV에 나온 이선희의 노래 '알고 싶어요'는 나의 감성을 극도로 혼란스럽게 하였다. 그리고 외로웠던 나를 완전히 이선희의 팬으로 만들어 버렸다. 겨울방학 내내 TV와 라디오를 들으며 보냈다. 단적인 예로 샤워할 때도 카세트를 가지고 들어가 들었다. 혹시라도 라디오에 이선희가 나오길 기대하며……. 고등학교 시절은 약간 과장해서 눈 뜨고 잘 때까지 이선희만 생각했던 것 같다. 나의 스타 우상화는 지극히 개인적인 차원에서 이루어졌다. 공연장마다 쫓아다니며 소리 지르는 일은 하지 않았다. 그런 행동은 소위 '날라리'라는 아이들이 하는 행동이라는 고정관념 때문이었다. 대신 TV는 이선희가 나오는 프로그램만 선택하여 그 부분만 녹화해서 보고 또 보았다. 라디오도 마찬가지였다. 이선희 기사라면 무조건 다 읽고 이선희 사진이라면 다 모았다. 나의 일기장은 그녀에게 보내는 편지식으로 이루어져 있었다. 그녀의 말은 절대적인 진리였다. 그녀는 나의 작은 신이었다. 나는 중학교 때까지 누리던 나의 자부심을 한 조각씩 한 조각씩 버려야만 했다. 나는 그것이 이선희를 좋아하면서부터라는 것을 알았으나 나의 '선희 언니'를 버리지 않았다. 부모님과 나의 한숨의 무게가 더해 갈수록 이선희에 대한 신봉도 더해만 갔다. 이선희라는 가수가 아닌 인간으로서의 이선희를 사랑했다. 항상 정상이던 그녀의 모습이 문득문득 외로워 보였고 강해 보이려 일부러 애쓰는 모습에서 누구보다 여린 모습을 보았기 때문에……. 지금 생각해 보면 이선희와 내가 어딘가 닮은 곳이 있었기 때문에 나 자신을 사랑하고픈 마음을 이선희에게 표현한 것이 아닐까 하는 생각이 든다. 그리고 난 이선희를 다른 '날라리' 팬들과는 다르게 당당하게 만나려면 방송 일을 해야겠다는 생각을 하게 되었고, 그것이 신방과에 지원한 이유가 되어 버렸다. 물론 지금은 그녀 때문이 아니라 '내'가 방송 일을 진정으로 원하지만……. 인기 순위에서 이선희의 순위는 곧 나의 성적과 동일하였다. 하기에 그녀는 1등을 해야만 했다. 연말에 이선희가 상을 못 탔을 때 나는 밤새 울었다. 내가 처음 상을 못 탔을 때도 그랬듯. 왜냐면 이선희는 곧 나였으므로 내가 못한 1등을 그녀는 해 주어야만 하는, 나의 것을 모두 그녀에게 주었다고 생각했기 때문에. 그녀는 자꾸만 인기가 떨어져 갔다. 나는 그것이 안타까워 마음이 아팠다. 이때 나는 무너지는 나 자신과 이선희를 다시 동일시했다. 이선희의 절망이 느껴졌다. 그래서 난 그녀를 버릴 수가 없었다. …… 이제 나는 대학교 4학년이 되어 취업 걱정과 사랑을 생각하고 있다. 요즘 가끔 '열린 음악회'에서 이선희의 모습을 보곤 한다. 더 이상 나의 '선희 언니'는 나의 신이 아님을 깨닫는다. 나의 시선이 나 자신에서 넓은 세상으로 확장되어 가면서 나의 '선희 언니'는 가슴에 묻어 두었다. 이런 변화를 그녀가 이제 외로워 보이지 않기 때문에 내가 지켜 주지 않아도 된다고 나는 합리화시켰다. 어쩌면 이젠 내가 외롭지 않은 것인지도 모른다. 또한 나의 이성이 깨어나 손익 계산에 철저해졌기 때문인지도 모른다. …… 얼마 전 동네 독서실에 갔다. 한쪽 벽에는 '건모 오빠 사랑해요.' '서태지가 최고' '무슨 소리 우리 김원준 오빠가 젤루 잘 생겼어' 등등의 낙서들이 있었다. 문득 나의 청소년기가 생각났다. 이 낙서를 한 아이들은 그저 단순히 잘생겨서, 노래가 좋아서, 남들이 좋아하니까 스타를 좋아하는 것일까? 어떤 이유에서 스타를 좋아하는 건지 궁금했다. 나와 같은 이유를 가진 아이들도 있겠지, 청소년들이 스타를 지나치게 자기 소유화하고 우상화하게 되는 사회적 원인이 있는 것일까? 스타들은 청소년들의 가치관에 영향을 미친다고 전제할 때 그들의 역할은 무엇일까? 또 내가 과외를 가르치는 남자아이들은 스타에게 관심이 없던데 그 이유가 무엇일까? 남자이기 때문에 긴집만족만으로 승부욕이 충족되지 않기 때문일까? 매스미디어는 나의 청소년기보다 더 화려하고 멋진 스타들을 엄청난 속도로 생산해 내고 있는데 그 속도와 소비 행동에 과거와 어떤 차이가 있는가?

– 한양대학교 신문방송학과 4학년 학생의 대중문화론 보고서 작성을 위한 계획서 중에서

모더니즘과 스타

'포스트모더니즘post-modernism'이란 용어가 등장하기 시작한 것은 19세기 후반으로까지 거슬러 가지만, 1960년대에 이르러서야 정확한 의미를 파악할 만한 개념이 된다.[1] '새로운 감각'[2]이라는 이름으로 등장한 이 사조의 주요 내용 중 대중문화와 고급문화 간 경계를 무너뜨린 부분에 대중문화론자들은 특별한 관심을 기울인다. 모더니즘modernism의 교육적 기능이나 혁명성 등에 강한 의심을 품고 모더니즘이 현 자본주의 시대의 공식문화 official culture[3]가 된 점을 포스트모더니즘이 공격하고 나선 것에 관심을 보

---

[1] S. Best and D. Kellner, *Postmodern Theory : Critical Interrogations,* London : Macmillan, 1991.

[2] Susan Sontag, *Against Interpretation and Other Essays,* New York: Farrar, Strauss, Giroux, 1961.

인 것이다. 상징주의, 입체주의, 초현실주의 등 모더니티에 비판적이었던 모더니즘은 박물관에서 눈요기 대상이 되어 버렸다고 포스트모더니스트들은 주장한다.[4] 모더니즘은 고전classic을 반대하고자 했지만 어느 틈엔가 스스로 고전이 되어 버렸다는 비판이다. 결국 포스트모더니즘은 모더니즘의 박물관, 대학 내 패권에 도전하는 존재로 등장한다.[5] 이러한 관념적인 도전 혹은 대항은 곧 대중문화에 대한 재평가라는 실천으로 이어진다. 모더니즘은 대중적인 것들에 의심의 눈초리를 보냈다. 그러면서 모더니즘은 박물관으로, 대학으로 장소를 옮겨 가며 '문화적 귀족주의'를 누렸다. 그리고 대중적인 것에는 비천함이라는 이름표를 붙여 주었다. 1960년대의 포스트모더니즘은 그러한 모더니즘의 귀족주의에 대한 공격으로 그 장을 열었다.

문화의 서열 매김에 대한 공격은 포스트모더니즘 등장 이전에도 존재했다. 문화에 대한 인류학적인 개념 정의에 가까운 윌리엄스R. Williams의 '삶의 방식'이라는 정의가 그 대표적 예이다.[6] 포스트모더니즘과 새로운 문화 개념 정의는 대중문화를 해석하는 기존의 패러다임에 혼돈을 가져왔다. 대중문화를 '공식문화' 혹은 '고급문화'의 반역으로 보던 관점, 이데올로기로 파악하려던 관점, 허위의식으로 보려던 시도들에도 타격을 입혔다. 그리고 문화의 영역 언저리에 서성거리던 학자들로 하여금 대중문화

---

[3] 여기서 '공식적'이라 함은 '체제 지향적' 혹은 '혁명성을 잃은' 무비판적인 문화를 의미한다. 이에 반대되는 개념으로 '비공식적'문화를 들 수 있겠다. '비공식적 문화'란 체제 외적인 문화, 혹은 기존의 미학적 가치와는 거리가 있는 문화라고 할 수 있다. 모더니즘의 경우, 그 출발은 분명 20세기 초반에 부상되는 산업 중심의 이데올로기에 반대하는 비공식적인 문화의 위치에 있었다. 공식/비공식 문화의 대립 항에 대한 자세한 논의는 다음 글들 참고. V. Volosinov, I. Titunik (ed. and trans.), *Freudianism: A Critical Sketch*, Bloomington, Indiana : Indiana University Press, 1987. Michel de Certeau, *The Practice of Everyday Life*, Berkerly : California University Press, 1985.

[4] 이에 관한 논의는 Marshall Berman, *All That is Solid Melts into Air*, Simon and Schuster, 1983 참조.

[5] F. Jameson, "The Politics of Theory: Ideological Positions in the Postmodernism Debate" in *The Ideologies of Theory Essay, Vol 2*, London : Routledge, 1988, p. 104.

[6] R. Williams, *The Long Revolution*, New York: Columbia University press, 1961.

에 대한 새로운 패러다임, 혹은 이론을 도모하도록 자극했다.

사상 체계인 포스트모더니즘론의 등장과 함께 표현 양식 혹은 스타일로서의 포스트모더니즘은 대중문화 내용 속으로 스며들기 시작했다. 물질과 기호의 영역이 하나가 되고 원본이 없는 복사본simulation(시뮬라시옹)이 원본보다 더 활개를 치고 떠돌아다니는 정보와 기호의 사회가 도래했다고 외치고 다니는 자들이 더 많이 나타나게 되었다. 현실과 현실의 복제 간 거리가 사라지고 대중은 현실의 복제를 현실이라고 믿거나 더 나아가 현실보다 더 현실감 있는 것the hyper-real(극초현실적인 것)으로 인식하게 된다.[7] 복제가 실제의 기준이 되어 버린 현상을 여기저기서 찾을 수 있다. 문화적 양식의 변화와 혼돈은 문화를 연구하는 측으로 하여금 문화에 대해 다시 생각하게 해주었다. 대중문화가 예전의 지위를 그대로 지니고 있는 것일까?[8] 과학이나 교육이 제대로 기능을 하지 못하고 있는 현 시기에 대중문화는 예전과는 다른 역할을 하는 것은 아닐까?[9] 대중문화의 영역을 통해서 사회 변화를 꾀할 수는 없는 것일까?[10] 등 새로운 사고를 진작하고 활로를 모색하는 노력이 등장한다.

이 글의 주제가 되는 스타 현상만 하더라도 그렇다. 스타를 어떻게 볼

---

[7] J. Baudrillard, *Simulations*, New York: Semiotext(e), 1983.

[8] 대체로 제임슨F. Jameson의 포스트 모더니즘론을 통해 본 대중문화관은 여기서 벗어나지 않는다. 특히 그의 획기적인 에세이인 "Postmodernism, or the Cultural Logic of Late Capitalism", *New Left Review*, 146, pp. 53–99에서 포스트모더니즘에서 대중문화야말로 가장 자본주의적인 문화의 모습이라고 주장한다.

[9] J. Lyotard, *The Postmodern Condition: A Report in Knowledge*, Minneapolis : University of Minnesota Press, 1984는 교육이 이제는 무엇이 진리이고 진실이기를 피하고 어떻게 써먹을 것인가 하는 실용적인 것으로 바뀌었다고 주장하고 있다.

[10] 그람시의 사상을 가장 근본으로 하는 문화 연구Cultural Studies에서는 이와 같은 부분에 관심이 많다. 그러나 문화 연구 내에서의 다양한 이데올로기적인 스펙트럼에 관해선 주의 깊게 살펴볼 필요가 있다. 물론 문화 연구를 모두 '수정주의revisionism'라고 이름 붙이는 것은 문제가 있지만, 미국 내의 많은 문화 연구들은 보수적인 색채를 가미해가고 있음을 부정할 수는 없다. 홀S. Hall을 중심으로 그람시의 헤게모니 개념에 천착하고 있는 영국적인 문화 연구와 미국적인 문화 연구의 구별은 분명 필요하다. 이에 대한 논의는 S. Hall, "Cultural Studies and Us: Theoretical Legacies," in L. Grossberg et al. (eds.) *Cultural Studies*, New York and London : Routledge, 1992, pp. 277–294 참조.

것인가 하는 문화 이론은 서로 머리를 들이대고 경쟁을 한다. 대중문화와 그에 대한 이론들의 변화를 목격하는 이 시점에서 어떠한 이론을 받아들여 스타를 논할까 하는 점검은 의미 있는 작업이다. 그 점검을 통해 대중문화론을 둘러싸고 있는 여러 논쟁점을 정리하고, 어떤 이론이 더 스타 분석에 얼마나 적합한지를 평가할 수 있다. 그리고 스타를 즐기고 대중문화를 즐기는 수용자에게 자신들의 대중문화 수용을 어떻게 생각해야 하는지 혹은 어떻게 스타를 대할지에 대한 성찰의 기회를 줄 수도 있다.

스타 논의는 이처럼 대중문화를 논의하는 방식에 따라 진행되어야 하는 어려움과 지루함을 동시에 안고 있다. 스타라는 현상 자체가 대중문화 현상이고, 또한 예전의 스타 현상과 지금의 스타 현상이 다르게 나타나고 있으므로 스타를 분석하는 입장은 역사적이고 사회적이어야 한다. 그러나 실제 이뤄지는 분석은 다르다. 스타 분석의 많은 관점은 그 역사성과 그 사회성을 결여한다는 약점을 노출하고 있다. 특히 영화에서의 스타론은 더욱 그러하다. 영화적인 현상으로만 파악하거나 영화 내적인 요소로만 설명하는 것에 그치는 경우도 많다.[11] 이 글은 스타 논의와 관련된 이론을 점검하고, 그에 맞추어 스타 현상을 분석하는 목적을 갖는다. 그러나 이 글은 스타에 관하여 천착한다기보다 대중문화론에도 더 많은 지면과 시간을 할애한다. 대중문화를 바라보는 시각들을 명료하게 할 분석 대상으로 스타라는 소재를 활용할 예정이다. 엄격한 의미로 스타론이라기보다 스타를 예로 한 대중문화론으로 받아들일 수 있을 것이다. 그러나 이 글을 통해 스타를 분석하는 지혜를 얻을 수 있을 것이므로 스타 논의와 아주 동떨어져 있지는 않다.

---

[11] 스타에 대한 관심에 비해 이 논의가 저서로 발표된 것은 많지 않다. 현재 시중에서 찾을 수 있는 저서, 번역본으로는 김호석, 《스타 시스템》, 삼인, 1998과 에드가 모랭, 이상률 옮김, 《스타》, 문예출판사, 1992가 있다.

사회적 현상으로서 스타

스타는 사회 현실을 반영reflection한다는 논의가 있다. 1960년대의 스타와 80년대, 90년대 스타의 모습이 다른 것은 각 시기의 사회상이 다르기 때문이라는 식의 논의를 말한다. 이러한 논의 안에서 스타는 기능적이거나 이데올로기적인 성격을 띤다. 즉, 사회 현상 유지 기능을 하거나 현재의 사회구조를 정당화시키는 이데올로기 역할을 한다. 프랑크푸르트학파의 일원으로 미국 대중문화에 대한 실질적인 분석을 한 레오 로웬탈Leo Lowenthal의 논의가 그 예이다. 그는 현대사회의 영웅(스타)은 점차 타락한 모습으로 등장한다고 주장한다.[12] 주장의 근거로 대중잡지에 등장하는 영웅들의 전기 분석 결과를 든다. 분석을 통해 사회의 영웅상이 과거 개방적이고 민주적인 인간상에서 점차 폐쇄적 사회에 맞춘 인간상으로 변모하고 있다고 밝힌다.

과거의 영웅은 역사 창조에 공헌한 사상가, 예술가, 과학자였다. 그러나 현대의 영웅은 더 이상 역사 창조자가 아니다. 새로운 영웅들은 자신의 노력이나 노동의 대가로 영웅이 되지 않는다. 우연이나 행운으로 영웅이나 스타가 된다. 영웅은 영웅으로 성장하는 과정이 없고, 자신의 운명에 대해서도 수동적인 태도를 취한다. 이 같은 대중의 영웅 혹은 스타는 반자유주의 가치를 대중에 전달한다. 궁극적으로는 현 자본주의 사회에 적응하거나 모순을 숨기는 가치를 전한다. 자본주의의 모순인 노동과정(즉, 생산과정; 창조)에서의 영웅이 아니라 소비의 영웅이 득세한다는 사실에 로웬탈은 분개한다.[13]

로웬탈의 염려는 그의 동료인 마르쿠제H. Marcuse에서도 반복된다. 마르

---

12 L. Lowenthal, "The Triumph of Mass Idols" in *Literature, Popular Culture and Society*, Prentice Hall, Englewood Cliffs, 1961, pp. 1091-40.

쿠제에 따르면, 과거에 문화는 사회에 대한 저항 정신으로 존재했다. 그러나 문화가 대량으로 생산되고 수용되는 대중사회에서는 더 이상 그 정신을 찾을 길이 없다. 대중문화 속 인물(스타)들도 더 이상 저항으로서 존재하지 않는다. 사회의 강화로서 혹은 인정으로서 존재 가치를 지닐 뿐이다. 대중문화, 대중스타는 사회의 현상 유지에 긍정적인 기여를 해낸다. 로웬탈이나 마르쿠제 같은 비판적 프랑크푸르트학자들에게 대중문화는 복잡한 논의 구조로 설명할 가치도 없는 존재다. 그들의 시각에서 보자면, 대중문화란 한결같은 모습으로 되풀이되는, 즉 표준화된 standardized 존재다. 대중들이 즐기는 스타가 등장하는 영화나 대중음악을 로웬탈, 마르쿠제가 어떻게 생각했는지는 다음과 같은 지적에서 쉽게 찾아볼 수 있다.

> 영화가 시작되는 순간, 그 영화가 어떻게 끝날지는 이미 뻔하다. 누가 이기고 누가 지는지 이미 우리는 쉽게 알 수 있다. 대중음악의 경우도 마찬가지다. 잘 훈련된 귀를 가진 사람은 그 노래의 첫 소절을 듣는 순간, 그 노래가 어떻게 진행될 것인지를 알게 된다.

이들이 대중문화에서 읽고자 했던 것은 대중과 대중문화의 수동성과 획일성이었다. 대중문화가 계급의식을 말살하고 "계급 없는 계급사회"를 만드는 데 앞장서고 있음에 주목한다. '문화산업culture industry'에 관한 논의

---

13 한국도 예외는 아니다. 어린이 우상을 연구한 한 연구는 "각 기간을 전체적으로 보면 1930년대는 일제 통치라는 압박된 상황 탓인지 어린이 잡지의 지면을 빌려 암시적으로 항일 태도를 표명하는 경향이 높았다. 또 1950년대는 6·25 동란 후의 경제적 어려움과 혼란한 사회에서 도피하고자 하는 듯 '환상 지향적'이고 또 '외국 지향적'(특히 미국)인 특징이 강하게 나타났다. 그러나 1980년대로 오면서 어린이 잡지의 내용은 현실 지향적이고 한국 지향적인 경향을 띠기 시작했다. 직업 면에서도 프로야구 스타, 권투선수 등 스포츠맨이나 가수, 코미디언 등 연예인의 출현이 급증하여 어린이의 대중적 우상이 Leo Lowenthal 의 연구에서 밝혀진 바와 같이 '소비적 우상idol of consumption'으로 변화해 감을 확인할 수 있었다." 안정임, 《어린이 잡지에 나타난 대중적 우상의 변천연구》, 서강대학교 대학원 석사학위논문, 1984.

도 그 같은 관심과 주목에 관련되어 있다. 그들은 문화산업이 표준화되고, 정형화되고, 보수적이며, 조작된 문화를 만들어 냄을 강조한다. 문화산업은 노동자들을 탈정치화시키며, 노동자들이 지닐 수 있는 이상적인 세상에 대한 안목자체도 제한시키는 문화 내용을 생산해 낸다. 대중으로 하여금 현재적 시점을 벗어나서 대안적이고 비판적 사고를 하는 것을 봉쇄하는 역할을 한다.

> 문화사업을 통해 생산되는 문화의 내용은 대중을 소삭하고 순응하게 만든다. 그것은 허위의식을 조장한다. 그리고 허위의식 자체는 하나의 생활 방식으로 전환한다. 허위의식으로 이루어진 생활 방식으로 인해 사회 변화에 대한 관심을 잃게 되고 지금의 생활을 매우 만족스럽고 좋은 것으로 여기게 된다. 사람들은 일차원적인 사고나 행동으로 이어 간다.[14]

자본주의는 문화산업을 통해 사회 변화에 대한 대중의 열망을 미리 차단한다. 예술 형식을 갖춘 비판적 고급문화는 때론 대중문화와는 다른 방식으로 작동한다. 자본주의가 드러낸 요소를 부정하는 모습을 띠기도 한다. 비판적 고급문화는 자본주의 사회에 대한 대체나 이상utopia을 제공하기도 했다. 비판적 고급문화는 대중문화라는 감옥으로부터 대중을 탈출시킬 수 있는 열쇠 역할을 할 수 있고 또 해 왔다.[15] 물론 비판적 고급문화는 교훈적으로 설교를 하지는 않는다. 비판적 고급문화는 그 형식을 통해서 비판적 역할을 한다. 그러나 점차 그 역할을 하는 데 어려움을 겪게 된다. 문화산업을 통해 생산되는 대중문화에 의해 고급문화의 지위가 위협

---

14 H. Marcuse, *One Dimensional Man,* London: Sphere, 1968, pp. 26-7.

15 M. Horkheimer, "Art and Mass Culture" in P Davison et al. (eds.) *Literary Taste, Culture and Mass Communication* (vol. 12), Cambridge: Chadwick Healey, 1978, p. 5.

을 받기에 이르렀기 때문이다. 물론 가끔 대중문화 속에도 비판적 고급문화가 담았던 내용이나 형식이 전혀 없지는 않다. 이윤과 문화의 획일성을 노리는 문화산업은 비판적 고급문화에 있던 소위 부정과 비판의 정신까지도 모방해 대중문화 속에 유사한 형식과 내용을 담기도 한다.[16] 하지만 그 모방이 진정한 부정과 비판으로까지 이어지진 않는다. 오히려 문화의 '상업화commercialization' 결과로 진정한 문화, 즉 부정과 비판의 가치를 잃어 간다.

이러한 문화산업과 대중문화 현상에 대해 프랑크푸르트학파 학자들은 다음과 같이 종합한다.[17] 첫째, 대중문화는 표준화되어 있어 대중문화 상품 간에는 차이가 없다. 예를 들어, 한 음악의 일부분을 떼어다 다른 음악에 삽입하더라도 그 음악의 전체적인 골격이나 분위기에 큰 영향을 미치지 않는다. 이러한 표준화를 감추고 개성 있는 것처럼 보이려 대중문화는 '의사−차별화pseudo-individualization' 전략을 사용한다.[18] 둘째, 대중문화는 수동적 문화 수용을 도모한다. 자본주의 사회에서의 노동은 단순 반복적이므로 사람들은 그 단순한 지루함에서 벗어나고자 노력한다. 그러나 그 도피처로 선택한 대중문화도 단순함으로부터 벗어나 있지 않다. 대중문화의 수용은 항상 수동적이며 반복적이고 현실을 망각시키는 것에 머물고 만다. 비판적 고급예술이 대중에게 상상의 즐거움을 주고 사회 변화에 따른 즐거운 미래를 확인시키는 반면, 대중문화는 현실 망각으로 이끌어 대중을 현상 유지에 묶어 둔다. 셋째, 대중문화는 '사회의 접착제social cement' 역할을 한다.[19] 대중문화는 대중이 현상 유지에 익숙해지도록 돕는 '사회

---

16 Marcuse, p. 61.

17 T. Adorno, "On Popular Music" in S Frith & Goodwin (eds.) *On Record : Rock, Pop and the Written Word*, London: Routledge, 1990, p. 302.

18 같은 책, p. 308.

19 같은 책, p. 311.

심리적' 기능을 한다. 대중문화를 통해 대중은 현실에 쉽게 순종하고 감정적으로 사회현상에 대응하는 것을 배운다.

이러한 대중문화와 스타에 대한 비판 이론에도 비판의 목소리가 따른다. 아도르노와 그의 동료들이 대중문화를 분석한 시대는 지금과 많이 다를뿐더러, 사회·인간·문화를 바라보는 그들의 시각에도 문제가 많다는 것이다. 그들의 동료인 발터 벤야민은 대중과 대중문화에 대해 다른 의견을 제시한다. 문화의 영역이 기술과 관련되는 순간, 문화의 정치학은 모습을 바꾼다. 기술 복제 시대의 대중문화는 문화의 역할에 대한 새로운 시각을 요구한다. 표준화되고 반복되는 대중문화 안에서도 사회 변화를 가져올 긍정적인 잠재력을 찾을 수 있다는 것이다. 벤야민은 자본주의의 시작은 자본주의의 종결을 이미 배태하고 있다고 파악했다.[20] 마찬가지로 문화가 타락했다는 것은 새로운 문화가 탄생할 수 있는 기초임을 밝힌다. 마르크스주의 대중문화론 가운데 가장 중요한 에세이로 꼽히는[21] 벤야민의 글에서 우리가 찾을 수 있는 의의는 그 관심의 변화이다. 기존의 마르크스주의 대중문화 이론이 문화의 생산(어떻게 문화가 생산되는지가 수용과 의미를 결정한다)에 관심을 두었다면, 벤야민은 문화의 수용에 더 관심을 보인다. 대중문화를 바라보는 아도르노와 벤야민의 시각 차이는 다음과 같은 지적에서 분명해진다.

음악에 대한 아도르노의 관심은 오락의 경제학적인 분석이며 대중음악의 이데올로기적 효과에 대한 분석이다. 그러나 벤야민의 경우는 하부문화나 문화 내의 갈등, 수용을 통한 의미화 과정의 분석에 주안점을 두었다.[22]

---

[20] Walter Benjamin, "The Work of Art in the Age of Mechanical Reproduction", in *Illuminations,* London: Fontana, 1973, p. 219.

[21] Susan Willis, *A Primer for Daily Life,* London: Routledge, 1991, p. 10.

프랑크푸르트학파의 비판이론이 제기한 문화 생산, 형식에 대한 관심 및 분석은 대중의 오락에 혐의를 두고, '생산' '위로부터의 의도'에 집중했다는 비난을 면하기 어렵다. 대중이 스타를 통해 어떤 의미를 만들고 있으며, 사회 내 집단의 성격에 따라 스타의 의미가 달라지는 이유 등에는 무관심했다. 비판이론의 관점에서는 서로 다른 스타를 선호하는 집단 간 차이마저도 '형식의 표준화'라는 이름으로 정리될 수밖에 없다.

프랑크푸르트학파와는 다른 관점에서 스타를 사회적 현상으로 파악한 이들도 있었다. 집단 무의식론, 사회불안론, 매체기술론 등이 그것이다. 스타를 사회의 '집단 무의식collective unconscious'으로 파악하려는 노력, 즉 집단 무의식론에 따르면, 사회는 그들이 이루지 못한 것 혹은 현실에서 찾지 못한 것을 스타를 통해서 구하려 한다. 즉, 스타를 통해 일정 보상을 얻으리라 믿으며 스타를 찾는 사회적 무의식이 발생한다는 주장이다. 모랭E. Morin의 스타론이 여기에 속한다. 모랭은 "스타는 꿈의 양식"이며 "모방의 효소"라고 정의한다. 대중은 스타를 일상생활 안으로 끌어들여 자신의 생활 속에서 스타를 모방mimesis하고 감정순화catharsis하려 한다. 집단적 무의식으로 스타를 수용하는 것은 사회가 불안한 조건에서 더욱 두드러진다. 믿을 만한 사회적 영웅이 없을 때나, 사회적 지도자가 희화될 때 대중은 스타를 통해 안정을 취하려 한다.

제2차 세계대전 중 전쟁 공채 판매 과정에서 설득persuasion에 관심을 두었던 미국의 커뮤니케이션 연구자들도 비슷한 결과를 찾아냈다. 이 기간에 여가수 케이트 스미스Kate Smith가 감성적 호소로 어마어마한 액수의 채권을 판매한 사례에 대한 연구는 사회적으로 불안한 시기에 스타를 찾는 대중의 심리를 읽어 냈다.[23] 즉, 전쟁과 사회의 급격한 변화 속에서 조작되어 당한다고만 느끼던 대중이 스미스의 진실되고 동정적인 호소를 믿

22 S. Frith, *Sound Effects Youth, Leisure and the Politics of Rock*, London: Constable, 1983, p. 57.

게 되었다고 분석한다. 당시 대중들은 불안정한 사회가 제공하지 못했던 점들을 스타에게서 찾고 그 스타에 열광했다는 것이다.

시간의 경과로 인한 사회 변화 및 과학기술의 변화로 스타 현상이 가능해졌다는 주장도 있다. 스타에 대한 열광을 영상매체 분야에서 이루어진 눈부신 기술 발전 때문으로 보는 논의가 그 예이다. 사진술이나 영화 기술 등 대중문화 제작 기술의 발달이 스타 현상을 초래했다는 주장이다. 특히 영화라는 매체는 그 속성상 주인공을 대중적 스타로 만들 수밖에 없는데, 영화제작 기술 중 '클로즈업close-up' 기술이 스타를 만드는 데 결정적 역할을 했다고 본다.

> 카메라가 연기자의 성격을 가까이서 기록하기 이전까지 각 연기자들은 무대 위 배우의 일원에 불과하였다. 그러나 카메라를 통해서 개인 연기자에 초점을 맞추고 다른 연기자들과 격리시킴으로써 스타의 탄생은 가능해졌다.[24]

연극에서도 어느 정도 기미가 보였던 스타 현상이 영화의 등장으로 가속화되었는데, 이는 무엇보다도 기술의 발전에 힘입은 영화의 제작적 특성에서 비롯되었다는 주장이다. 클로즈업은 대중이 일반적으로 보아 왔던 사물의 속성 너머에 있는 사물의 숨겨진 부분까지 볼 수 있게 해 주었다.[25] 이 견해에 따르면, 클로즈업을 통해 주인공의 성격을 묘사하고 연기자의 개성과 특수한 면을 포착한 것이 결국 스타 현상의 주요 원인이 되었다. 제작 기술 발전에 힘입은 영화와 같은 매체가 없었다면 애초에 스

---

[23] R. Merton, *Mass Persuasion*, New York & London: Harper and Brothers, 1946. 이 연구는 커뮤니케이션 연구, 특히 설득 커뮤니케이션 연구에서 매우 중요한 위치를 차지한다.

[24] A. Walker, *The Celluloid Sacrifice*, London: Michael Joseph, 1966, p. 5.

[25] Bela Balazs, "The Close-Up" and "The Face of Man" in G. Mast and M. Cohen (eds.) *Film Theory and Criticism*, New York: Oxford University Press, 1985, pp. 255-264.

타 현상은 불가능했다. 모더니티의 심화가 스타 생성과 관련을 맺는다는 말이다.

이상과 같이 스타를 사회적 현상으로 파악하려는 노력은 기본적으로 스타를 이해하는 데 많은 실마리를 제공한다. 스타를 집단적 무의식으로 이해하거나, 허위적으로 표준화된 문화현상으로 파악하는 일은 이 주제에 대한 기존의 경제적 혹은 산업적 접근법을 수정하게 한다. 그러나 스타를 사회현상으로 파악하는 관점은 치밀한 논의라고 보기는 어렵다. 무엇보다 대중 욕구의 원천에 대한 논의가 빠져 있기 때문이다. 왜 사람들은 보상을 필요로 하는지, 대중이 스타로 메우려 하는 부족함은 도대체 어디에서 비롯되는지에 대해 대답하지 않는다. 그저 사회현상으로 서술할 뿐이기에 스타의 이데올로기적인 영향에 대해서도 설명하지 못하는 약점이 있다.[26] 스타가 사회적 의미를 내는 과정을 치밀하게 분석하지 못한다는 것도 취약점도 지니고 있다.

이미지로서 스타

스타를 만들어진 허상 혹은 이미지로 파악하려는 노력도 있다. 여기서 '이미지'란 여러 언어적·시각적·청각적인 기호가 서로 잘 조합되어 발생하는 표상이라고 하겠다. 중요한 점은 이 이미지는 만들어진다는 사실과 그것이 가상적이거나 허상적이라는 사실이다. 스타가 직접 등장하는 일차적인 텍스트뿐만 아니라 그들의 소식이나 신변잡기, 스캔들 등이 전해지는 이차적인 텍스트를 통해서도 스타의 사회적 이미지는 만들어지고 유포된

---

[26] 물론 여기서 프랑크푸르트학파의 논의는 폭을 넓혔기에 다양한 이데올로기적인 설명을 하고 있는 것처럼 보인다.

다. 가상적이고 허상적인 이미지는 어떤 모습인가?

스타의 이미지는 화려한 것과 관련되어 있다. 그들은 남들이 생각지 못하는 소비를 할 수 있으며, 그로 인해 그들의 일거수일투족이 선망의 대상이 된다. 그들의 화려한 생활은 사회 성원들이 현재 이루지 못하지만 앞으로 이루고 싶어 하는 전형을 보여 준다.[27] 즉, 스타는 사회적 성공의 표상 역할을 한다. 스타는 사회적으로 성공한 사람의 상징, 이미지로 등장한다. 이처럼 스타가 동경의 대상이자 성공의 상징이 되려면 스타 만들기의 이야기narrative가 필요하다. 스타의 힘들었던 과거를 보여 주는 것은 흔히 접하는 스타 경험이다. 자신의 데뷔 시절을 들먹이며 우는 스타의 모습을 보면서 많은 수용자는 같이 울기도 하고 그 굳은 의지나 노력을 칭찬하기도 한다. 아이돌 스타의 연습생 시절, 무명 시절을 들으면서 우리는 우리의 역경과 그것을 비교하며 박수를 보낸다. 그 뒤에 감춰진 것은 소위 '하면 된다' '우리 사회는 노력하는 자에게 보상을 되돌려 준다'라는 신화들이다.

> 감독이 우연히 발견한 한 소녀가 최고의 스타가 되는 것은 바로 오두막에서 멋진 하얀 집으로 이어지는 전설적인 이야기들과 더불어 주요 주제가 된다.[28]

이 같은 신화는 수용자가 살고 있는 사회가 계급 불평등의 사회가 아니라는 믿음을 주기에 충분하다. 더구나 스타가 보통 가정이나 가난한 가정의 배경을 지니고 있을 때 이 신화는 더욱 잘 작동한다. 불행한 가정에서 성장하고 무명 시절을 거친 스타의 경우, 이야기할 아무런 배경이 없거나 반짝 스타가 된 경우보다 많은 이야기 자원을 지닌다. 누구에게나 한 번

---

[27] 베블렌은 이를 두고 '현란한 소비conspicuous consumption'라고 이름 붙였다. T. Veblen, *The Theory of the Leisure Class,* New York: Mentor, 1953.

[28] D. Boorstin, *The Image: A Guide to Pseudo-Events in America,* New York: Atheneurn, 1977, p. 162.

은 성공의 기회가 찾아온다는 믿음을 심어 준다. 그야말로 멋진 내러티브를 지닌 신화를 전 사회에 펼치게 된다.[29] 텔레비전과 같은 대중매체는 스타의 성공담을 담는 프로그램을 만들고 그런 이야기를 제공하는 공간 역할을 한다. 그 안에서 스타는 눈물을 숨기지 않고, 수용자들은 그들의 이야기를 한 편의 소설처럼 느끼고 같이 눈물 흘린다.

스타는 이러한 인기를 물질적 성공으로 이끈다. 그 물질적 성공은 그들의 격조 높은 취미 생활로 이어진다. 로웬탈의 지적처럼, 스타는 소비의 우상으로 떠받들어지고 소비가 사람의 격을 결정짓는다는 메시지가 전달된다. 노동이 아닌 취미로 단련된 육체가 아름답게 제시된다. 스타의 의상은 곧 유행이 되고, 그들의 취미 생활을 대중이 따라 한다. 스타는 끊임없이 유행을 창조하고 이끌어 가고 소비를 조장한다. 스타가 만드는 물질적 소비 또한 허구적으로 만들어진 이미지에 해당한다. 출연을 위한 몸가꾸기, 인기를 감안한 우아한 사생활, 취미 생활로 스타의 이미지는 다시 형성된다.

이미지 형성은 여기서 그치지 않는다. 스타는 이 시대의 사랑 이야기를 대변하기도 한다. 스타의 사랑 이야기는 사랑의 모범model 역할을 한다. 가장인 멋진 스타 남편의 모습, 예쁜 스타 아내의 일상생활, 예쁜 아들딸 낳고 잘사는 모습은 결혼이라는 제도를 신화화한다. 결혼은 사랑의 완성이며 가족은 필수 불가결하다. 결혼 후 임신이나 가사로 인한 여자 스타의 휴업은 바람직한 일로 받아들여지고, 그들의 내조가 남편의 성공 여부를 결정짓는다는 교훈을 보여 준다. 빈번하게 발생하는 그들의 이혼은 거꾸로 결혼 제도 자체를 더욱 탄탄하게 해 준다. 스타의 불같은 연애 감정

---

[29] R. Dyer는 다음과 같은 요소가 적절히 어우러질 때 진정한 스타로서의 면모를 지니게 된다고 말한다. 1) 평범한 출신 배경을 지니고 있다. 2) 수용자를 끌 수 있는 장기를 지니고 있다. 3) 우연히 한 번의 기회가 찾아온다. 4) 스타가 되기 위해서 혹은 스타덤을 유지하기 위해서 열심히 노력한다. R. Dyer, *Stars*, London: BFI, 1982, pp. 148-9.

이 결혼으로 이어지고, 얼마 지나지 않아 파경으로 이어지는 모습은 그를 지켜보는 대중으로 하여금 자신의 결혼에 대한 수동적 만족과 자신의 결혼은 안전하다는 느낌을 갖게 한다. 스타에 관한 소문gossip을 대하며 대중은 스타에 관심을 보이기도 하지만, 그들을 통해 자신의 평범성ordinariness을 확인한다. 스타를 괴벽스러운 존재로 파악하고 그에 비추어 자신은 지극히 정상적임을 확인한다.

스타의 이미지는 사회에 만연해 있는 고정관념과 연결되기도 하고, 고정관념을 재생산하기도 한다. 예쁜 용모의 여성 스타는 그 성격이나 인간성과 관계없이 좋은 사람으로 인정받는다. 스타와 비슷한 보기 좋은 몸매가 사회적 가치를 지니며, 스타가 지닌 성적 매력이 여성을 평가하는 척도가 되기도 한다. 스타의 용모는 다른 사람의 외모를 평가하는 기준이 된다. 누구와 닮았다거나 누구와 비슷한 분위기를 지녔다는 사실만으로 사회적으로 좋은 평가를 받기도 한다. 대부분의 스타들이 대도시 중산층 이상의 가치나 생활 습관을 지녔다는 사실로 인해 이와 다르게 심한 사투리를 사용하고 가난한 사람들은 부정적으로 비쳐질 가능성이 크다. 스타는 사회의 중심이자 표준화된 가치 규범을 지녔다고 믿기에 스타의 모습과 거리가 멀수록 사회적으로 일탈되었다고 평가받기 쉽다. 수사물에 범인으로 등장하는 배우는 흔히 잘생기지도 않고 사투리를 쓰기도 한다. 그러나 그들을 체포하고 순화시키는 스타 주인공은 그렇지 않다. 이런 방식으로 우리로 하여금 세상을 이해하고 즐기도록 영화 등의 오락 세계가 만들어진다. 스타와 스타 시스템은 그러한 기존의 고정관념을 이용한다. 그 결과, 스타에 대한 우리의 인식은 재생산된다.

다니엘 부어스틴Daniel Boorstin은 이 같은 스타 이미지를 의미 없는 실체이거나 조작된 것으로 규정한다. 스타 이미지는 제작 과정에서 생긴 것일 뿐 그 이상은 아니다. 만들어진 사건 혹은 의사사건pseudo-event에 불과하다. 노래를 잘해서도 아니고 연기를 잘해서도 아닌 본질적인 모습이 없는 부풀려진 이미지에 불과하다. 스타, 영웅은 대중매체의 조작을 통해서만 가능해진다. 고전적 의미의 영웅은 스스로 자신을 영웅으로 창조하지만, 현대적인 의미의 영웅은 대중매체가 창조한다.

> 시각적인 혁명이 일어난 후, 위대한 인물에 대한 우리의 생각은 많이 바뀌었다. 두 세기 전만 하더라도 유명한 사람이 나타나면 우리는 그에게 신에게서 받은 자질이 있는지를 찾으려고 했다. 그러나 지금은 그가 어떤 유능한 대중매체 섭외자를 고용하고 있는지를 보려고 한다.[30]

대중매체는 끊임없이 의사사건을 만들고, 의사사건을 통해 사소한 것들조차 전혀 다른 차이로 만들어 낸다. 이러한 조작을 통해 스타는 미디어에 더 많이 등장하고 그 이미지는 재생산된다. 부어스틴에 따르면, 스타는 남다른 자질을 지닌 존재가 아니라 남다른 자질이 있는 것처럼 보이게 하는 미디어 조작의 결과물이다. '스타는 역시 스타'라는 견해를 부어스틴은 적극적으로 반대한다. '스타는 역시 스타'라는 견해는 스타가 지닌 자질을 부각시키고 스타는 일반인과 다르다는 점을 강조한다.[31] '신이 스타를 만들고, 제작자는 단지 스타를 찾아내는 역할을 할 뿐'이라는 견해도 마찬가지다. 대중매체에 의한 조작, 즉 의사사건으로 스타를 보는 부어스틴의 입장은 '스타는 역시 스타'라는 의견에 반대한다.

대중이 스타 이미지, 이미지로서의 스타를 읽는 방식에 대한 설명에서 가장 많이 언급되는 것은 '동일시identification'다. 대중은 스타(이미지)와 일체감을 갖거나 자신을 스타에 투사하면서 스타에 열광한다는 것이다. 스타는 일체감과 열광의 대상이고, 사실감realistic-ness을 주는 존재이다. 스타

---

[30] D. Boorstin, p. 45.

[31] I. Jarvie, *Towards A Sociology of the Cinema*, London: Routledge, 1970.

외의 동일시가 가능해지는 이유는 무엇일까? 스타가 만들어진 이미지라는 사실이 망각된다는 점이다. 스타는 그 이미지가 만들어지기는 하지만, 실재하는 인물이다. 소설 속 주인공과 달리 영화나 텔레비전 속 스타는 대중과 같은 시대를 호흡하는 피와 살을 지닌 존재다. 스타는 영화나 드라마와 별도로 그들만의 일상생활을 지니고 있다. 이러한 사실 탓에 스타가 만들어진 이미지를 지닌 존재라는 생각은 부분적으로 차단된다.[32]

그래서 대중은 때로는 극중 이름과 스타의 실명을 뒤섞어 사용하기도 한다. 007영화에 출연한 숀 코네리나 로저 무어는 극 중 인물 이름인 '제임스 본드'로 불리기도 한다.[33] 최근 일부 시트콤에서는 아예 스타의 실제 이름을 극중 이름으로 사용하기도 한다. 작품이나 프로그램을 수용하는 측이 극 중 인물과 실제 인물을 구분하지 못할 정도로 우둔하다는 뜻은 아니다. 수용자는 스타의 극 중 인물성fiction과 현실성fact 간의 모호성을 바탕으로 즐거움을 극대화하기도 한다는 뜻이다. 즉, 그를 통해 사실감과 친근감을 갖게 된다. 이러한 과정은 스타의 역사적인 변천에서 그 원인을 찾을 수 있다.[34]

초기의 스타 현상에서 스타는 신과 같은 신비스런 지위를 지니고 있었다. 그러나 최근의 스타 현상에서 스타는 신이 아니라 대중과 같이 숨 쉬고 살아 있는 인물, 즉 쉽게 동일시할 수 있는 인물로 받아들여진다. 무성영화에서 유성영화로 바뀌면서 스타를 신으로 받아들이는 신화는 깨졌다. 말하는 스타, 대화하는 스타, 즉 살아 있는 스타의 이미지가 대두하기 시작했다. 이처럼 신화가 깨지는 과정을 모랭은 '부르주아화되는 과정

---

[32] R. Dyer, p. 22.

[33] T. Bennett and J Woollacott, *Bond and Beyond Fiction, Ideology and Social Process,* London: Macmillan, 1987.

[34] Morin, op cit.; *A Walker, Stardom, the Hollywood Phenomenon,* London: Penguin, 1974.; R. Gnffith, *The Movie Stars,* New York: Doubleday, 1970 등에서 다룬 내용을 정리한 것이다.

embourgeoisement'으로 규정한다. 영화에 소리가 등장하고 영화가 사회적인 주제를 다루기 시작하면서 스타의 신비한 모습은 사라지고 세속화되기 시작했다.[35] 그 과정에서 스타는 탈신비화되고 개인화되고 심리적 인물, 일상생활을 하는 모습으로 등장한다. 그로 인해 스타의 평범함, 대중과의 비슷함을 인식하고 결국 동일시, 일체감이 가능해진다.

일체감에 영향을 미치는 또 다른 요소는 영상문화의 사실성$_{realism}$이다.[36] 영화나 텔레비전은 실제와 재현 간 거리를 줄이면서 사실성을 도모한다. 그 사실성 탓에 수용자는 그것이 현실이라는 믿음, 그 믿음을 통한 자신의 투사$_{project}$, 즉 일체성을 얻게 된다. 사실성은 사회 내에서 일반적으로 통용되는 믿음을 대중이 진리인 양 받아들이면서 발생한다. 실제 사물을 어떻게 잘 재현하는가 하는 것이 사실성의 척도는 아니다. 사람들 사이에 통용되는 믿음에 얼마나 소구$_{appeal}$할 수 있도록 꾸미는지가 사실성의 척도가 된다. 그렇다면 사실성을 통한 수용자 자신의 투사는 사회 내 지배적인 믿음을 따르는 일이라고 볼 수 있다.

사실성을 통해 영화나 텔레비전은 대중이 일정한 주체로 형성되도록 돕는다. 텔레비전 연속극을 예로 들어 보자. 연속극을 보면서 우리는 사실성을 느끼고 특정 스타에게 자신을 투사하게 된다. 그 투사는 우리가

---

[35] 모랭은 이러한 현상이 미국의 영화가 대공황 등 일반인들의 생활을 다루는 주제에 천착하기 시작하면서 나타났다고 보고 있다.

[36] 여기서는 우리가 알고 있는 일반적인 리얼리즘과는 다른 의미로 사용된다. 그렇기 때문에 보통 리얼리즘이란 용어 앞에서는 적절한 형용사가 붙어서 그 사용의 정확성을 기하기도 한다. 예를 들어서 계급성을 잘 그려 주거나 지배적인 사회의 모습에 대항하는 리얼리즘을 '사회적 리얼리즘$_{social\ realism}$'이라고 부르기도 한다. I. Watt, *The Rise of the Novel*, Harmondsworth: Penguin, 1957.; R. Williams, "A Lecture on Realism", *Screen*, 1977, p. 18, 1, 61–74. 여기에 논하는 리얼리즘은 지배적인 믿음을 구성하여 사실성을 전하는 형태로 정의될 수 있기 때문에 '지배적 리얼리즘$_{dominant\ realism}$'이라고 부를 수 있을 것이다. 텔레비전이나 영화의 세계가 보통 지배적인 관점에서 보는 세상을 그려 내고 있기 때문이다. 그리고 내용적인 측면뿐만 아니라 형식적인 면에서도 그러한 내용을 뒷받침하는 양상을 지니고 있기 때문이다. 일반적으로 그러한 형식을 '고전적 할리우드 리얼리즘$_{classic\ Hollywood\ realism}$'이라고 부른다. J. Monaco, *How To Read A film*, Oxford: Oxford University Press, 1977.; D. Bordwell and K Thompson, *Flim Art: An Introduction*, New York : Knopf, 1986.

사는 사회 내 지배적 믿음을 따른다는 말과도 통한다. 우리 사회의 지배적인 믿음을 잘 구성함으로써 드라마는 우리에게 진실하게 혹은 그럴듯하게 다가온다. 이런 의미에서 고전적 사실주의 기법을 사용하여 사회 내 중산층 이상의 생활을 다루는 영화나 텔레비전은 부르주아적이다. 그러한 부르주아적인 구성을 통해 만들어지는 수용자 주체도 부르주아적일 수밖에 없다. 부르주아적인 내용과 형식의 영화나 텔레비전은 끊임없이 수용자 주체를 만들고, 그럼으로써 자본주의 내 지배적 믿음은 큰 도전을 받지 않고 유지될 수 있다. 이것이 사실주의 리얼리즘 이론의 대강이다.

이 같은 견해는 영국 영화 연구의 한 학파인 '스크린 학파'에 의해 꾸준히 논의되었다.[37] 이들은 특히 구조주의 전통의 마르크스주의자인 알튀세의 이데올로기론에 영향을 받아 이데올로기의 재생산 과정을 연구하려 했다. 텍스트나 텍스트상 인물을 사실적으로 읽는 것에 스크린 학파는 비판적 입장이었다. 쓸데없는 환상에 빠지거나(그래서 실재 인물과 배역 인물을 혼동한 채 편지까지 쓰는), 만들어진 이미지와 현실을 구분하지 못하게 되어 자연스럽게 개인주의 이데올로기의 덫에 말려든다고 보았다. 개인주의 이데올로기란 사회의 경험을 한 개인을 통해 해석하는 방식을 말한다. 영화나 텔레비전 속 스타가 어린 시절의 어려움을 극복하고 성공하는 이야기에 심취하고 그 스타에 열광하는 것이 개인주의 이데올로기의 결과이다. 리얼리즘과 개인주의는 문제가 있는 사회에 초점을 맞추는 대신에 개인이 그 문제를 해결할 수 있음에 강조점을 둔다. 즉, 사회체제 내에 숨어 있는 모순에 대한 관심을 흐리게 하고 개인적인 문제 해결이 가능함을

---

[37] 특히 여기에 관한 논의로 메카베와 맥아더의 격론은 매우 중요한 것으로 알려져 있다. 영국의 한 텔레비전 프로그램을 둘러싸고 벌어진 두 학자 간의 논쟁은 영상매체 수용에 관한 매우 중요한 논의라 하겠다. C. MacCabe, "Realism and Cinema: Notes on Brechtian Theses", "Days of Hope, A Response to Colin McAthur" in T Bennett et al. (eds.) *Popular Television and Film*, London: BFI., 1981, pp. 216–35, 310–13 같은 책에 실린 C. McAthur, "Days of Hope", 1981, pp. 305–9.

보여 주는 이데올로기적인 기능을 리얼리즘과 개인주의가 하는 것이다. 부르주아 영상예술을 '선호된 해독preferred reading'[38]으로 읽도록 이끄는 것이 리얼리즘이다. 그 안에서 수용자의 읽기는 한정된다.

스타의 이미지가 사회적으로 어떠한 역할을 하는가 하는 논의는 스타에 대한 다른 논의 방식보다 덜 체계적이다. 분석적이라기보다는 기술적descriptive이다. 기술적이기 때문에 스타 이미지가 어디서부터 왔는지, 어떻게 스타가 이미지를 이용하는가에 대해서도 답을 주지 못한다. 아울러 수용자가 스타를 읽는 방식에 대해서도 초보적인 답만을 제공할 뿐이다. 스타의 이미지를 모방mimesis한다고 파악하거나 이미지를 통해 감정순화catharsis를 꾀한다고 결론을 내린다. 스타에 대한 동경이 존경심 혹은 일체감으로 바뀌어 열광과 모방으로 이어진다는 것이다. 스타를 생산하는 주체와 수용하는 주체 간 힘의 불균형을 전제하고 있는 셈이다. 그 결과, 수용자는 스타 이미지에 압도당하는 피지배 위치로 스스로를 설정하는 수동적 수용자passive audience가 된다. 이러한 전제 하에 수용자는 문화적 멍청이cultural dopes 혹은 수동적인 소비자로 그치고 만다. 그렇기 때문에 스타를 이미지로 파악하는 측에서는 수용자의 스타 욕망, 스타를 통한 즐거움, 스타를 읽는 방식에는 큰 관심을 두지 않는다.

문화산업 전략으로서 스타

스타를 문화산업의 자산으로 혹은 투자로 파악하는 측도 있다. 스타는 미

---

[38] 이 개념은 스튜어트 홀에서 빌려 온 것이다. 홀은 영상 메시지에 대한 수용자의 자세에 따라 그 읽기가 달라진다고 주장하는데, 텍스트의 내용대로 읽어 내는 선호된 해독Preferred reading, 수용자의 현실과 텍스트가 협상을 벌이는 협상적인 해독negotiated reading, 그리고 수용자가 텍스트에 저항하면서 읽는 저항적 해독oppositional reading으로 분류하고 있다. S. Hall, "Encoding/Decoding" in S Hall et al. (eds.) *Culture, Media, Language*, London: Hutchinson, 1980, pp. 128-39.

국의 영화산업이 '스타시스템star system'을 선택할 때부터 생긴 역사적 산물이긴 한다.[39]

> 사업의 관점에서 볼 때 스타시스템은 많은 이점을 지닌다. 스타는 시장에 내놓을 수 있고 광고할 수 있는 요소들을 지니고 있다. 개성 있는 얼굴, 예쁜 다리, 매력적인 목소리, 성격 등등. 혹은 그 반대의 모습, 즉 추악함, 거칢, 신경질적임 등등으로도 사람들의 관심을 모을 수 있다. 스타시스템은 영화제작을 하나의 사업으로 이해하게 되는 좋은 증거가 된다. 스타라는 공식을 통해 사업을 하는 것이다. 스타는 바로 큰 수익을 위한 보증수표와도 같은 것이다.[40]

대중문화 산업에서 스타 사용이 절정에 이른 때는 할리우드의 스타시스템이 큰 힘을 발휘한 1930,40년대이다. 당시 대부분의 스타는 영화사와 전속 계약을 맺고 있었다. 스타시스템 안에서 영화사는 스타를 중심으로 영화를 제작했다. 영화의 내용은 중요하지 않았다. 스타가 영화의 중심이 되고 이야기를 끌어 가는 영화를 제작했다. 대본 역시 특정 스타에 맞도록 씌어졌다. 고유의 스타일을 지닌 스타는 비슷비슷한 내용의 영화에 연이어 등장했다. 왜 이런 현상이 발생했는지를 밝히는 연구가 바로 스타의 경제학이다. 스타를 경제학적인 면 혹은 산업적인 측면에서 파악하려는 관점은 문화산업 내 스타의 상품 가치를 따진다.

문화산업의 운용을 가장 힘들게 하는 요소는 수요의 불확실성이다. 다른 상품과 달리 문화상품이란 일회성에 그치는 경우가 많고,[41] 수용자가

---

[39] T. Balio, "Stars in Business The Founding of Unites Artists" in T. Balio (ed), *The Amencan Film Industry*, Madison, WI.: University of Wisconsin Press, 1985, pp. 153-172.

[40] H. Powdermaker, *Hollywood the Dream Factory*, Boston: Little Brown, 1950, pp. 228-9.

[41] 물론 새로운 기술의 등장으로 영화나 텔레비전을 반복해서 볼 수 있을 수도 있지만, 다른 상품에 비해서 그 반복성이 떨어진다는 것이다.

특정 매체를 선택할 수 있는 선택성이 있기 때문에 문화산업은 그 선택에 들고자 노력한다. 불확실성을 줄이는 노력의 일환으로 수용자에게 낯익고 친근감을 줄 수 있는 스타를 문화상품 속에 등장시킨다. 텔레비전을 예로 들어 보자. 텔레비전 조직은 시청률을 내세워 제작자들에게 통제를 가하므로 제작자는 수용자가 선택할 확률이 높은 상품을 만들 수밖에 없다. 여러 가지 방법 중에서 가장 손쉽게 채택되는 것이 스타의 사용이다. 모든 매체가 스타를 활용할 수 있는 것은 아니다. 스타에게 보상할 수 있는 능력이 있는 문화산업만이 활용할 수 있다. 각 나라마다 호황을 누리는 문화산업 영역이 다르기 때문에 스타의 종류도 다르다. 한국의 경우, 텔레비전 산업이 가장 규모의 경제를 누리는 문화산업이기에 자연스럽게 스타가 되는 징검다리 역할을 하고 있다. 텔레비전을 통해서 인기를 모으는 연예인들이 대중의 스타로 각광받고 있다.

현재 종합소득세 납부자 명단 상위에는 강호동이나 유재석 등 텔레비전 스타들이 대거 포함되어 있다. 이를 통해 간접적으로 영화나 연극 산업의 불황과 달리 텔레비전 산업이 호황을 누리고 있음을 알 수가 있다. 미국의 경우에는 영화 산업의 규모가 타 산업에 비해 크기 때문에 영화 스타가 고소득자로 자리 잡고 있다. 여기서 텔레비전의 스타시스템을 언급해 둘 필요가 있다. 텔레비전은 생각보다는 스타에게 인기에 해당하는 보상을 제공하지 못한다. 과거 텔레비전은 연기자들에 연공서열에 따라 등급을 매겨 임금을 지급했다. 명성을 떨치는 스타라 할지라도 텔레비전 방송사로부터 충분한 보상을 받지 못했다. 이제는 전속제, 연공서열제가 사라졌지만 텔레비전이 스타 연기자에 제공할 수 있는 금액은 크지 않다. 그러나 그렇다고 해서 스타가 텔레비전을 기피하진 않는다. 텔레비전은 일종의 쇼 윈도우 역할을 하기 때문이다. 비록 텔레비전 출연으로 충분한 보상을 받지는 못하지만, 텔레비전은 '인기popularity'를 얻을 수 있는 기회를 제공한다. 텔레비전이 막강한 유통망을 지니고 있기 때문이다. 그 인기를 등에 업고 텔레비전 스타들은 광고나 연예 행사에 출연하고, 이를 통해 실질적인 고소득을 올리게 된다. 가수들도 음반이나 음원으로 수입을 올리려면 텔레비전을 통해 인기를 확보해야 한다. 인기가 확보되는 순간 음원, 음반, 행사, 광고 등으로 수입을 올릴 수 있다. 텔레비전을 중심에 두고 영화, 대중음악, 광고, 연예행사 등 문화산업이 수평적으로 통합되어 있다는 증거다.

산업의 영세성으로 인해 스타를 만들 수 없는 문화산업에서는 이미 만들어져 있는 스타를 활용한다. 최근 한국 영화에 텔레비전 탤런트들이 많이 등장하는 것도 이 때문이다. 텔레비전으로 스타가 된 장동건, 배용준, 원빈, 정우성, 김혜수, 김정은 등이 영화에도 등장한다. 대중음악 산업도 마찬가지다. 만약 대중음악 산업이 스스로 산업적 독자성을 갖추고 콘서트 등으로 충분한 수익을 거둘 수 있다면 굳이 텔레비전에 기생할 필요가 없을 것이다. 그러지 못하기 때문에 텔레비전에서 인기를 얻고 그런 다음에 음악으로 승부를 보는 전술을 택한다. 대중음악계에서 언더그라운드냐 아니냐를 텔레비전 출연 여부로 따지는 것도 텔레비전이 갖는 힘을 대변해 준다.

텔레비전은 다른 산업에 비해 쉽게 스타를 만들 수 있는 이점을 지니고 있다. 산업적인 관점에서 보면 텔레비전은 유통에 관한 한 어떠한 산업보다 효율성이 높다. 수용자의 입장에서 보면 별다른 비용 없이 접할 수 있다. 텔레비전은 그러한 면에서 가장 안정된 유통 체계를 지니고 있다. 시청률을 높이려는 텔레비전의 필요성이 스타를 찾게 되고, 스타는 적은 임금에도 불구하고 안정된 유통을 통해 인기를 얻을 수 있다는 이유로 텔레비전과 좋은 관계를 유지한다. 이것이 스타를 둘러싼 경제적 접근의 요체이다.

대중매체 조직의 입장에서 스타는 문화상품에서 수요의 불확실성을 가능한

한 안정적인 상태로 전환할 수 있는 합리적인 선택이다. 어느 시장에서 만들어진 스타인가는 대중매체 조직의 입장에서 중요하지 않다. 하나의 시장에서 성공한 스타는 비록 성공을 보장받지 못할지라도 동일 시장이 아닌 타 시장에서 불확실성을 회피할 수 있게 한다. 결국 대중스타는 대중매체 조직에 필수적이며 특정 시장에서 만들어진 스타에 연관 시장은 기생한다. 가장 호황적인 산업에서 스타는 만들어지고 불황인 연관 산업은 새로운 스타를 만들어 내지 못하고 만들어진 스타에 의존한다. 결국 하나의 시장에서 만들어진 스타는 타 영역 부분에서 안게 되는 새로운 스타를 만들어 내는 위험부담을 절감시키는 역할을 한다.[42]

산업적 관점에 따르면, 스타의 존재는 시장 안정성을 위한 하나의 도구에 불과하다. 이러한 관점은 스타 현상을 폭넓게 논의한 모랭의 글에서도 찾을 수 있다. 모랭은 스타를 영리를 목적으로 하는 영화 산업을 그대로 드러내는 상업주의의 총 결정체라고 말한다. 돈을 들여서 스타를 만들고 (투자), 그를 통해서 상품을 소개하고(합리화), 생산 체계를 안정시키는(표준화) 자본주의 생산 형태를 그대로 보여 주는 사람이 바로 스타인 것이다. 영리를 목적으로 만들어진 자본주의의 소재가 바로 스타이다.

이러한 산업적 설명은 왜 사람들이 스타를 좋아하는지를 설명해 주지 못한다. 스타가 문화적으로 어떠한 영향을 미치고, 그것이 다시 문화산업에 어떤 영향을 미치는지를 살펴보기 힘들다. 경제적인 접근법으로 10대가 좋아하는 스타와 20,30대가 좋아하는 스타가 다른 이유를 설명하려면 시장 차별화를 들먹이는 수밖에 없다. 이처럼 스타를 생산자의 측면에서만 논의하면 스타를 통한 사회적인 의미의 형성, 순환 과정을 논의하지 못한다는 단점이 있다. 생산과정 다음에 발생하는 수용을 통한 재생산 과

---

42 진현승, 《대중매체산업의 스타시스템에 관한 연구》, 서강대학교 대학원 석사학위논문, 1992.

성을 보지 못한다. 경제적, 산업적 접근은 스타를 단지 교환가치를 지니는 상품에 불과하다고 보기 때문에 스타라는 기호를 사용한 다음에 발생할 수 있는 사용가치 문제에는 침묵을 지킬 수밖에 없다.

사회적 기호signs로서 스타

스타를 사회적 기호로 보겠다는 것은 스타의 사회적 의미 형성을 살펴보겠다는 의도이다. 스타가 어떠한 의미를 내고 그 의미는 어떻게 사회적으로 유통되는지를 살펴보는 것이 스타를 기호로 보고 스타 기호학을 행하는 이유이다. 우선 스타의 의미화signification를 살펴보려면 기본적 소양이 필요하다. 스타의 의미화 과정을 읽기 위해서는 구조주의 언어학, 인류학, 문학에서 사용되는 중요한 개념을 이해해야 한다. 여기서는 이를 구체적으로 논의하는 자리는 아닌 만큼 거기서 거론되는 핵심 개념을 중심으로 예를 들어 설명한다.

　스타가 사회적인 의미를 내는 방식을, 광고가 스타를 활용해 대중의 소비를 유도하는 방식을 통해 살펴보자. 광고 내에서 스타는 기호로 존재한다. 1차적인 의미denotation(외시, 즉 스타 누구누구라는 의미)와 2차적인 의미connotation(함의, 즉 그 스타가 지니고 있는 의미)를 내고 이를 통해 신화를 작동시켜 광고를 의미내게 만든다. 이효리와 김태희가 등장한 휴대폰 광고를 예로 들어 보자. 하나는 애니콜이라는 브랜드의 광고이고, 다른 하나는 사이언이라는 브랜드 광고다. 두 광고에는 2000년대 중반 이후 젊은이들 사이에서 큰 인기를 누리는 두 스타가 등장한다. 먼저 애니콜의 이효리부터 살펴보자. 이효리의 사진(혹은 영상)은 '이효리로구나'라는 1차적 의미를 내는 도상 기호이다. 그 1차적 의미는 이효리가 지닌 2차적 의미를 가능케 한다. 물론 이효리의 본질이라기보다는 그가 그동안 등장했던 여러 텔레비전 프로그램이나 쇼 등으로 만들어진 의미다.[43] 우리는 이효리의 본질을 모르지만, 이효리가 그동안 여러 프로그램을 통해서 만든 이미지들을 떠올린다. 도시적 섹시함과 함께 터프한 성격, 털털하다는 심성, 그리고 음악과 병행하는 빡빡한 일정 등을 연결시킨다. 그리하여 '여성다운 섹시함과 여성을 넘어서는 털털함, 스타이면서도 친근한 듯한 도시적 감각, 팔방미인 이효리'라는 의미가 붙는다. 이것이 바로 2차적 의미, 즉 함의 과정이다. 이효리의 그런 모습, 그런 함의는 그 스스로 만든 것이 아니라 다른 배우나 가수들과의 차이를 통해 도드라진 것이다.

이효리와는 다른 분위기를 연출하면서 사이언 광고에 나선 김태희를 보자. 김태희 또한 다른 배우, 모델들과는 다른 이미지를 갖고 있다. 김태희는 이지적이고, 청순하며, 깨끗하며 고급스러운 느낌을 준다. 물론 그가 원래 그렇기도 하겠지만 여러 프로그램이나 영화를 통해 만들어진 그녀의 이미지 덕이다. 가끔 그녀가 추는 춤도 이효리에 비해 격정적이지 않고 절제되어 있다. 광고는 감정을 이겨 내는 차분한 지성을 더 강조하고 있는 셈이다. 이처럼 다른 스타들과의 차이를 통해 뽑힌 이효리와 김태희는 광고 속에서 의미를 내기 위해 다른 요소들과 함께 배열되어야 한다. 그들의 성격이 모호한 부분을 분명하게 하기 위해 광고 주위에 문구나 내레이션을 뽑아 배열시킨다. 즉, 의미가 흐트러지지 않게 단속하는 것이다.[44] 어쨌든 두 광고는 한국 사회가 지니고 있는 여성에 대한 신화 중 가장 두드러지는 면을 서로 다르게 활용하고 있다. 한 광고는 섹시한 여성을 강조하고, 다른 광고는 청순하며 이지적인 여성을 강조한다. 여성

---

[43] 이처럼 스타들에게 씌워진 만들어진 이미지를 두고 '페르소나persona'라 부른다. 페르소나는 가면이라는 뜻이다. 광고에서 스타를 활용하는 이유는 이미 만들어진 페르소나 탓에 의미를 내기가 용이하다는 이유 때문이다. 하지만 한번 만들어진 페르소나는 다양한 연기를 어렵게 하는 덫이 되기도 한다. 최민수가 맡을 수 있는 역할은 한정적이지 않은가.

[44] 의미를 붙잡아 매는 것을 'anchoring'한다고 말한다. 다른 의미를 내지 못하도록 닻을 내려 붙잡아 매는 것이다.

소비자는 그 같은 모습을 닮기를 원하며, 남성 소비자는 그 같은 여성을 친구 혹은 배우자로 맞기를 욕망한다는 점을 광고가 착안했음을 알 수 있다.

현대사회에서 스타는 때로 토템과 같은 역할을 한다. 스타의 이름 아래 비슷한 취향이나 스타일을 가졌거나 추구하는 팬들이 모인다는 말이다. 팬들은 스타를 닮기를 원하고, 스타와 같이 행동하고, 그들이 광고하는 물건을 같이 사용하고 싶어 한다. 그래서 흠모하는 스타가 등장하는 광고의 브랜드를 선호하고 그 상품을 사려 한다. 그 상품의 기능과 상관없이 스타 이미지가 그 안에 모두 담겨 있다고 생각하며, 그 이미지를 소비하려고 상품을 구매한다. 상품의 차이는 그 상품의 기능이 아니라 스타가 전달한 이미지에 있다. 이효리의 애니콜은 '도시 정글 속 화려한 삶, 그리고 가끔씩 그로부터 벗어남'의 이미지를 담게 된다. 그에 비해 김태희의 사이언은 '이지적이고 청순 발랄함'의 그림을 담는다. 두 스타의 차이가 브랜드의 차이로, 상품의 기계성을 이미지로 포장하고, 소비를 통해서 얻게 될 만족까지 결정짓는다. 사실 이 같은 토테미즘을 '역逆토테미즘'이라 부른다. 과거 원시사회 토테미즘에서는 사물과 동식물이 사람을 구분해 주었다면, 광고라는 역토테미즘에서는 사람(스타)이 물건을 분류한다. 스타 간 차이를 이용하는 두 광고가 내는 의미작용은 다음 그림과 같다.

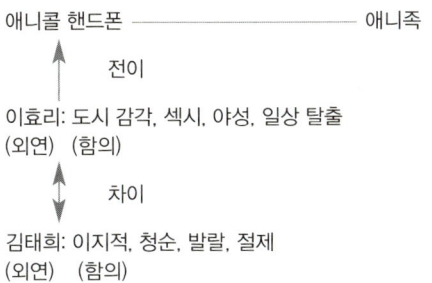

　광고가 상품을 있는 그대로 설명하고 보여 준다고 믿는 사람은 없다. 광고는 대상 상품과 관계없는 이미지를 차용하여 상품에다 새로운 이미지를 덮어씌운다. 상품이 지닌 내용은 오히려 다 들어내고 그 안에다 전혀 관계없을 것 같은 이미지를 채워 넣는다. 소비자는 광고를 통해 핸드폰의 기능에 대한 정보를 얻지 못한다. 오히려 핸드폰이 가진 기계적 성질은 가능한 한 없애고, 이효리와 김태희가 지닌 이미지를 상품 안에 슬그머니 찔러 넣는다. 핸드폰을 사용해서 얻는 실질적인 만족(통화가 잘된다, 영상이 잘 찍힌다 등과 같은 기능 만족)이 아닌 이미지 만족(이효리처럼, 김태희처럼)을 기대하며 구매하게 된다. 차가운 쇳덩어리인 핸드폰에서 그같은 이미지를 찾고, 또 사용 후의 만족감을 기대하는 것은 광고가 외연, 함의, 신화를 적절히 활용하여 꾸민 탓이다. 우리는 광고와 같은 기호의 조합을 이용하면서 이미 언제나 우리가 지니고 있던 외연·함의·신화를 활용하고, 광고를 대하고 난 후에는 그것을 재생산한다.

　이때 광고 밖에서 더 많은 이미지를 듬뿍 안고 광고 안으로 들어올 사람(즉, 스타)을 광고에 사용하는 것이 설득력 있고 소비자를 빨리 이해시키는 방법이 된다. 가치 창출의 극대화를 노리는 방법이다. 여기서 가치란 교환을 통해서 발생하는 것인데, 돈으로 물건을 사고팔아야 가치가 창출되듯이 기호 간의 교환을 통해서 가치가 발생함을 의미한다. 즉, 이효리라는 기호와 사이언 기호가 서로 의미를 주고받아 새로운 의미가 발생할 때 그것을 우리는 '가치'라고 부른다. 스타는 그러한 가치를 쉽게 창출하고 쉽게 시선을 끌 수 있다는 점에서 광고나 영화 등 문화산업이 주목하는 대상이다.

　이러한 사회적·성격적 차이에 따라, 즉 이효리와 김태희의 차이를 통해서 스타를 읽는 경우는 우리가 일반적으로 쉽게 이야기하는 '동일시 identification'라는 스타 읽기와 매우 차이가 나는 것이다. 동일시는 앞에서 살펴본 것처럼 이미지에 수용자 자신을 투사하는 것이다. 그에 비해서 이러한 구조적인 읽기, 즉 차이에 의한 읽기는 스타들의 차이나 비슷함을 바탕으로 한다. 이는 곧 스타들의 사회적 차이, 문화적 차이, 경제적 차이, 성격적 차이 등등을 통해서 의미를 형성함을 말한다.

사회적 기호로서 스타 읽기는 대체로 스타가 등장한 텍스트의 짜여 있는 방식을 따른다. 텍스트의 구조 안에 갇힌 읽기가 될 가능성이 크다. 수용자는 텍스트가 정해 주는 차이만을 읽기 때문에 텍스트를 뛰어넘는 해독을 할 수 없다는 한계가 있다. 특히 대중매체가 활용하는 스타의 모습이란 사회의 일반적인 관념을 활용한 것이기 때문에 그 내용을 뛰어넘기란 힘들다. 텍스트의 규정력이 수용자의 읽기보다 더 큰 힘을 갖는다. 이같은 스타 읽기에서는 텍스트의 위력을 강조하고, 수용은 텍스트 위력 아래 놓는다. 텍스트 너머에는 지배적 의미를 내게끔 하는 구조가 도사리고 있기 때문에 그 구조에 반하는 의미를 만들어 내기가 힘들어진다.[45]

앞에서 보았듯이, 모방이나 그를 통한 감정순화 대상으로서 스타를 보려는 시각은 오랫동안 지배적이었다. 그러나 여전히 이러한 설명은 그 모방을 향한 근본적인 욕망의 원천이나 감정순화의 원동력을 설명하지 못한다. 그래서 많은 문화 연구자들은 스타를 추종하는 원천을 무의식에서 찾고, 이론적으로는 라캉J. Lacan의 정신분석학에 기댄다. 정신분석학적 논의는 스타에 대한 대중의 접근을 욕망desire으로 설명하려 한다. 수용자 주체는 자신이 결핍하는 바를 메우고자 스타를 찾는다고 말한다. 스타와

---

45 알튀세와 같은 이들은 문화적 텍스트의 생산자인 대부분의 매스미디어는 지배 집단의 이익을 대변할 수 밖에 없는 '이데올로기적 국가기구Ideology State Apparatuses'라고 이름 붙였다. L. Althusser, "Ideology and Ideological State Apparatuses" in Lenin and Philosophy and Other Essays, New York and London: Monthly Review Press, 1971, pp. 127–186.

의 합일로 결핍을 메우고 욕망을 달성한 것처럼 보이지만, 실상 결핍을 메운 욕망은 완전한 합일이 아니어서 다시 결핍의 상태로 빠져든다. 결국 욕망은 완벽하게 채워지지 않는 셈이다. 욕망을 채우기 위해 다시 수용자는 스타를 찾는다. 그 일은 끊임없이 반복된다. 라캉의 정신분석학은 결핍이 생기는 과정, 욕망하는 과정, 결핍을 메워 욕망을 채웠다고 오인하는 과정, 그리고 다시 스타를 찾는 과정을 설명해 준다.

라캉에 의하면, 인간은 유아기에 세 단계의 성장 및 발전 과정을 거친다. 첫 번째 단계가 '거울 단계mirror phase'이고, 두 번째가 '포르타−다 게임 fort-da game 단계', 세 번째가 '오이디푸스 콤플렉스 단계'이다. 막 태어난 아기는 엄마와 일치를 누리는 풍요의 순간을 맞는다. 모태 상태의 연장이다. 그 기간 중 주체(아이)와 객체(엄마) 간 간극은 없다. 아기와 엄마의 일치는 완벽하고 완전한 순간이다. 그러나 완벽하고 완전했던 일치는 곧 분리의 단계로 이어진다. 자궁 속에서의 완전하고 지속적이던 만족감은 이제 간헐적으로 엄마의 젖을 만지는 것으로 바뀐다. 그러한 분열 경험에 대한 도전이 거울 단계에서 일어난다. 거울을 들여다보면서 자신에 대한 느낌을 형성하게 된다. 즉, 거울 속의 자신을 감지하게 되는 것이다. 그때부터 자신을 다른 사람과 분리된 것으로, 완전하고 통일된 자신으로 파악하게 된다. 이것이 바로 나르시시즘의 세계이다.

엄마로부터의 분리, 자신에 대한 동일시는 어린아이가 처음으로 갖는 의미의 기본이 된다. 아이들은 그러한 능력을 지니고 '언제나always, 이미 already' 그를 기다리고 있는 언어의 세계로 들어선다. 그리고 어머니의 부재에서 오는 혼돈을 극복하기 위해 언어 세계와 관련을 맺는다. 이 단계가 바로 '포르타−다 게임' 단계다. 라캉은 아이들이 언어의 세계를 통해 상징계the symbolic로 들어선다고 보았다. 상징계는 문화의 질서를 의미한다. 상징계로의 진입은 이미 이뤄지고 있는 아버지의 법, 가부장제적 질서의 세계, 즉 오이디푸스적인 진행을 의미한다. 아이는 언어를 배우면서 아버지의 법을 배우게 되고, 어머니는 손에 닿을 수 없는 존재가 된다. 손에 닿지는 않지만 손에 넣고자 끊임없이 방황하고 노력한다. 그 방황 속에서 실제로 손에 넣을 수 없는 어머니를 대체할 수 있는 것을 찾게 된다. 우리 인생의 가장 강한 원동력이 되는 것이 바로 이 어머니를 찾으려는 노력, 즉 결핍을 메워 욕망을 채우는 일이다.[46]

스타가 은막에 등장하면 우리는 거울을 통해 본 자신과 동일시하듯이, 곧 동일시의 대상으로 포착된다. 스타와의 동일시를 통해 우리는 자신을 완벽하고 통합된 자신으로 파악한다. 동일시를 통해 오이디푸스 이전 단계로 진입하는 것이다. 그 동일시로 우리는 어머니와 일치를 누리던 행복했던 순간을 다시 맛보게 된다. 스타는 우리가 찾으려고 하는 대체물인 셈이다. 그러나 대체물은 어머니가 아니기 때문에 완전한 일치를 제공하지 못한다. 이처럼 언어(스타)를 통해서 다른 이들과 의사소통할 수 있게 되지만, 언어(스타)는 오히려 결핍의 경험을 더욱 강화시킨다. 결핍을 메우려는 욕구 또한 언어를 통해서 이루어지지만, 언어는 결코 그 결핍을 메워 주지 못한다. 상징 혹은 언어를 통한 욕구와 충족은 점차 더 큰 간극을 지니게 되고, 그 간극의 틈새에 욕망desire이란 것이 등장한다.[47] 또다시 욕망하는 것이다.

사회적 기호로서 스타를 읽는 방법이나 욕망에 기대 스타 읽기에 관한 논의들은 소위 구조주의 언어학 혹은 정신분석학이라는 틀 안에서 행해진다. 이 이론적 틀 안에서는 늘 텍스트가 큰 힘을 지닌다. 의미 형성 과정에서 주인 노릇을 하는 것은 문화적·사회적 텍스트이다. 그 텍스트들을 통해서 우리는 의미를 부여받고 그 의미 안에서 스타들을 생각하고 즐거움을 얻는다. 그렇기 때문에 이러한 설명 방식은 스타를 어떻게, 왜 읽는

---

[46] T. Eagleton, *Literary Theory: An Introduction,* Minneapolis: University of Minnesota Press, 1983.

[47] J. Lacan, *Ecrits: A Selection,* London: Tacistock, 1977.

가 하는 과정을 밝히는 데는 도움을 주지만, 그것이 사회적으로 어떤 의미로 떠돌아다니게 되는가 하는 물음에는 속시원한 답을 주지 못한다. 이에 따르면 텍스트의 결정력을 너무 믿어 버리게 되기 때문이다.

새로운 스타 읽기를 위하여

이상의 논의들은 스타의 의미가 고정적이고 안정적임을 강조한다. 스타가 구성되어 있는 대로 수용이 일어남을 강조한다. 스타를 다르게 읽고 스타로 새로운 놀이를 벌이는 일은 잘 해석하지 못한다. 사회 내에서 다양한 삶을 사는 존재들의 다양한 스타 읽기를 설명하지 못한다. 스타를 갖고 벌이는 팬덤fandom이 등장해 전혀 새로운 방식으로 스타를 수용하지만, 기존 논의 방식으로 이를 설명하는 데에는 한계가 있다.

의미가 사회를 떠도는 과정에는 많은 사회적 요인들이 개입한다. 스타는 영화나 텔레비전, 광고에 등장하는 것으로 그치지 않는다. 그들은 지속적으로 다양한 매체를 통해 유통되고, 사람들의 입에 오르내린다. 그리고 사회적 배경을 가진 수용자들은 스타를 자신의 경험에 맞춰 수용한다. 나이, 성별, 계급, 거주지, 학력 등에 따라 좋아하는 스타가 달라지는 것은 이 때문이다. 그런 점에서 스타를 대중문화적 범주에서 빼내어 사회에 노출시켜 논의할 필요가 있다.

벤야민이 우리에게 준 충고는 문화가 대중의 손에 쉽게 들어온 것은 새로운 대중정치를 맞게 된다는 값진 것이었다. 그러나 그의 충고에 대한 해석은 다양하게 행해졌다. 대중문화의 긍정적인 면보다는 부정적인 면을 강조하는 담론이 더 많았다. 그러나 무엇보다도 우리가 주의를 기울여야 할 점은 대중의 시대가 문화예술 분야의 복제 기술 덕분에 도래했다는 사실이다. 복제를 통해 대중은 더 많은 문화적 내용을 대할 수 있게 되었다. 그리고 새로운 양식의 대중문화를 대하는 일도 가능해졌다. 대중의 시대와 문화와의 관계는 정치에서 문화가 차지하는 중요성을 깨닫게 해준 셈이다. 급기야 문화 영역이 곧 정치 영역이 되는 헤게모니 이론에까지 이르게 되었다. 구조주의가 텍스트의 위력을 보여 주었다면, 새롭게 사회성을 강조하는 문화학에서 얻을 수 있는 것은 희망의 문화학이다. 의지나 희망 없이 문화 분석, 대중 분석을 할 수 없다. 대중이 스타를 갖고 무엇을 하는지를 살펴보는 그런 작업이 필요해졌다는 말이다.

그러한 희망과 의지를 삿고 여러 스타론을 살펴보면서 이 글에서 강조하려 했던 바는 "스타의 의미는 고정되지 않았다"는 것이다. 그 의미 규정은 다양한 요소들 간의 경쟁을 통해서 정해지는 것으로 파악했다. 그러므로 스타를 포함한 대중문화를 연구하는 일은 그러한 경쟁을 찾아 가면서 그 경쟁의 의미를 평가하는 매우 정치적인 작업이라 할 수 있다. 이러한 정치적인 작업이 아무런 비판 없이 행해지는 것은 아니다. 예전과 달리 대중문화 현상을 'mass culture'가 아닌 'popular culture'로 보려는 노력도 상당히 비판의 부담을 안고 있는 것이 사실이다. 소위 대중추수주의populism라는 비판이 가장 강력하게 대두되는데, 이는 대중이 좋아하는 것이면 무엇이든 좋다고 볼 수 있느냐 하는 어려운 질문에 대답해야 하는 딜레마를 제기한다.[48]

나는 개인적으로 스타 현상을 mass culture로 돌리는 입장을 반대하지만, 진보적인 색채를 잃으면서 스타를 대중들이 좋아하는 것이라 하여 높이 평가하려는 대중populist주의에도 반대한다. 특정 스타 현상이 처한 사회 구성체에 대한 검토 없이 그것의 본질에 집작한다든지, 텍스트의 구조에 대해서만 관심을 보여서는 안 된다. 문화적 텍스트로서의 스타란, 그것이 등장하는 시간적·공간적 배경과 수용자의 배경이 서로 의미를 내고

---

[48] J. McGurgan, *Cultural Populism*, London Routledge, 1992.

자 경쟁하는 것으로 파악해야 한다. 때론 텍스트의 구조가 의미를 강하게 결정할 것이고, 때로는 상황적인 요소가 더욱 중요할 것이며, 또 다른 때는 수용자의 배경이 중요한 변인으로 작용할 수도 있다.

이러한 스타 현상에 대한 분석법은 경제적·문화적·역사적·사회적 접근법을 모두 포함하는 총체적 연구라고 할 수 있다. 문화적·경제적 설명 없이 스타를 문화적 현상으로만 파악하려고 한다면 이는 반쪽짜리 연구에 불과하다. 반대로 경제적인 면, 산업적인 면으로만 연구하려 한다면, 교환가치 저 너머에 있는 스타의 사용가치에 대한 중요한 정보를 잃게 될 것이다.

최근 들어 새로운 팬덤이나 문화적 행위에 대한 뛰어난 논의들이 많이 등장하고 있다. 사회학이나 미디어학 학자들이 주도하던 대중문화, 대중스타 논의는 이제 모든 학문이 참여하는 범학문적 장이 되었다. 이 논의들에서 두드러져 보이는 모습은 새로운 세대의 대중문화적 수용에 대한 '우려'의 눈길과 '가능성의 모색'간의 갈등이다. 좀 오래된 이야기이긴 하지만, 한국 대중문화 논의를 본격화시킨 서태지 논의는 이러한 갈등을 간결하게 알려 준다.

> '서태지 신드롬'에 대한 부정적인 견해는 이것을 자본주의 문화상품의 논리로 보거나 혹은 '젊은 것'들의 일탈된 행동으로 보는 것이며, 긍정적인 견해는 부당한 억압에서 벗어나고자 하는 청소년들의 탈출구와 한국적 랩의 토착화로 보는 것이다.[49]

이처럼 스타를 읽기 위해서는 무엇보다도 다양화된 스타 소구층에 대

---

[49] 김세훈 외, 〈웬 '서태지'? 왕 '서태지'? 문화의 수용과 생산 측면에서 본 '서태지 현상분석'〉, 《월간 사회평론》, 5월호, 1993, 142~145쪽.

한 정확한 분석이 필요하다. 특정 스타의 소구층에 대한 치밀한 점검 없이는 스타 현상에 대한 분석은 불가능하다. 새로운 세대의 성장 과정이나 그들을 둘러싼 사회 구성체에 대한 진정한 이해, 미디어 기술의 진전 없이는 그들의 스타를 이해하는 것이 불가능해졌다. 사회 구성체가 각 세대에 미치는 영향도 다르게 나타난다는 점으로 미루어 보더라도 스타 분석은 다양해져야 한다. 우리 사회는 분화되고 있으며 그로 인해 수용 개념도 기존과 다르고, 그것의 사용가치 또한 예전과 판이해졌다. 대량생산 체제를 유지하던 포디즘fordism에서 나품종 소량 생산의 '포스트 포디즘post fordism'으로의 전환은 그 안에서 벌어지는 모든 사회적·문화적 현상에 새로운 메스를 댈 것을 요구하고 있다.[50]

---

50 R. Murray, "Fordism and Post-Fordism"in S. Hall & M. Jacques (eds.) *New Times: The Changing Face of Politics in the 1990s,* London: Verso, 1990, pp. 38-53.

한국 트렌디 드라마를 통해
본 문화산업 비판

이은애

들어가며[1]

현대사회를 특징짓는 가장 명징한 현상 중 하나는 영상매체의 출현이다. 기존에 대중문화의 대표적 장르로 간주되던 영상매체가 고급문화의 상징으로 여겨졌던 문자 매체를 압도하며 문화산업의 중심에 서게 된 것이다. 영상매체는 예술 및 문화의 대중화 현상을 주도하게 되었다. 따라서 대중매체로서의 TV의 기능 및 영향은 긍정적이든 부정적이든 가공할 만한 것이 되었다.

TV의 가장 대표적 장르는 드라마이다. 특히 우리나라는 '드라마 왕국'이라고 할 정도로 드라마가 많이 방영된다. TV가 현실의 반영이라는 것은 주지의 사실이지만, TV 속 현실은 현실의 반영이 아니라 TV에 의해 구성된 이미지화된 가상현실이다. TV 속에서 양산된 이미지로서의 현실은 시대적 가치관과 지배 이데올로기를 생산해 사회질서를 조직 통제하는 기능을 한다.[2] "텔레비전 드라마 텍스트의 의미가 허구적이고 가시적인 세계인데도 불구하고 당연하게 자연스러운 것으로 받아들여짐으로써 수용자는 텔레비전을 통해 이데올로기를 수용하게 되는 것이다."[3]

요즘 TV 프로그램의 내용은 행복의 추구로서의 웰빙, 성공학으로서의 부자 만들기, 내 아이 잘 키우기로 압축할 수 있다. 이 세 가지는 부, 사랑, 야망(권력)과 직결되는 문제로 이것만 갖춰지면 인생이 행복해진다는 논리다. 이러한 사고방식은 우리 사회의 지배 이데올로기가 되었다. 이러한 삶의 가치 추구 방식은 진정한 역사의식을 외면한 채 천박한 문화산업을 양산했으며, 신세대들의 이러한 의식이 소위 '트렌디 드라마trendy drama'에 반

---

[1] 본 논문은 2006년 덕성여자대학교 연구비 지원으로 작성된 것임.

[2] 김승희, 《전 드라마 〈아줌마〉의 갈등 표출과 사회적 의미》, 성균관대학교 언론정보대학원 석사학위논문, 1쪽.

[3] S. Hall, *Culture, Society and the Media*, London : Methuen. 1982. p. 3.

10 한국 트렌디 드라마를 통해 본 문화산업 비판 | 301

영되었다. 이 글에서는 전형적인 트렌디 드라마들인 〈명랑소녀 성공기〉, 〈옥탑방 고양이〉, 〈파리의 연인〉, 〈마이걸〉 등 4편을 통해 현금의 문화 산업을 비판하고자 한다.

트렌디 드라마의 형성 과정

단어 그 자체로 그 정체성을 다 드러내는 '트렌디 드라마'는 일본에서 유 래되었다고 볼 수 있다. '트렌디 드라마' 하면 '밝고 경쾌하고 아기자기한 분위기', '가볍고 흥미로운 소재로 만든 감각적인 드라마', '유행 타는 소 재가 많이 나오는 이야기', '젊은 인기 연기자들의 출연', '주인공들의 일 과 사랑', '방송할 시점에서 유행하는 경향' 등의 특성이 유추된다.

일본 트렌디 드라마의 완성이라고 말할 수 있는 〈도쿄 러브스토리〉를 비롯한 트렌디 드라마의 범람 현상은 전후 일본의 사회상과 밀접한 관련 이 있다. 1980년대 전반까지 일본 사회를 움직인 전후 세대가 이룩해 놓 은 경제적 신화는 일본을 일약 경제대국, 소비대국으로 만들었다. 이러한 경제적 호황은 일본이 새로운 문화를 형성하는 원동력이 되었고, 그 문화 를 향유하는 신세대층을 만들어 냈다. 그들은 전쟁을 겪거나 전후 복원에 몸 바친 기성세대와 달리 이전 세대가 일궈 놓은 피땀 어린 노력의 결과 를 향유하기만 하면 되었다. 이러한 신세대의 등장은 새로운 가치 추구로 서의 새로운 문화 코드를 욕망하게 했고, 구세대의 진부한 이야기가 아닌 최신 유행을 갈구하는 신세대의 욕구를 충족시켜 줄 새로운 형식의 드라 마를 원하게 만들었다. 이것이 트렌디 드라마의 등장이다.

유행과 새로움에 충실한, 근대 초창기부터 '새것 콤플렉스'에 민감했 던 우리나라가 이러한 일본의 신세대 경향에 둔감할 리 없었다. 한국 또 한 1980년대 후반부터 트렌디 드라마의 징조가 보이다가 90년대 〈질투〉

를 시작으로 2006년 현재까지 트렌디 드라마의 전성시대를 구가하고 있다.[4]

무엇이든 일본을 경유한 서구 문화를 무조건 받아들이는 것이 일반적 풍조로 되어 있는 터라, 얼핏 보면 트렌디 드라마도 일본의 것을 그대로 모방한 것에 불과한 듯 보이지만, 사실 1980년대 일본의 신세대가 주요 문화 소비자로서 사회의 소비 주체로 떠올랐듯이 한국도 1990년대에 신세대가 주요 문화 소비자, 즉 문화 소비 주체로 떠오르면서 그들의 욕구를 충족시켜 줄 새로운 드라마의 출현이 절실히 요청되었다고 보는 것이 타당하다.

한국 트렌디 드라마의 유형적 특징

한국은 90년대 이후 많은 트렌디 드라마를 양산하여 위세를 유지하고 있다. 대표적인 트렌디 드라마는 〈질투〉(1992)를 위시하여 〈이브의 모든 것〉(2000), 〈비밀〉(2000), 〈미스터 Q〉(1998), 〈토마토〉(1999), 〈별을 쏘다〉(2002), 〈라이벌〉(2002), 〈로맨스〉(2002), 〈명랑소녀 성공기〉(2002), 〈옥탑방 고양이〉(2003), 〈발리에서 생긴 일〉(2004), 〈파리의 연인〉(2004), 〈마이걸〉(2006), 〈환상의 커플〉(2006)까지 다양하다.

트렌디 드라마는 앞에서 살펴본 것과 같은 경향을 지니나, 더 넓은 의미로는 화려한 영상과 볼거리를 중심으로 한 단순한 멜로드라마적 플롯을 기초로 구성되는 대략 16회 분량의 짧은 길이의 드라마를 일컫는다.

전통적 드라마가 중장년층의 감정에 호소하며 잘 짜인 각본과 호소력 있는 내용을 제품 가치로 삼는다면, 트렌디 드라마는 젊은이들의 기호에

---

4 박성수, 〈질투는 왜 트렌디 드라마의 시작인가〉, 《방송비평》 제9호, 한국방송비평회, 4~8쪽.

맞춰 프로듀서의 능력과 시각 기술에 승부를 건다고 할 수 있다. 배역 선정도 전통 드라마가 배우들의 연기력에 의존한다면, 트렌디 드라마는 젊고 멋진 스타에 의존하기 때문에 진실된 감정과 감동 등 큰 테마를 갖춘 전통 드라마에 비해 단순한 줄거리와 특히 소비 욕구를 자극하는 쾌락 지향적인 내용이 주를 이룬다.

어떤 문화 현상에서든 문화적 현실이란 단지 문화적 코드의 산물이기 때문에 현실은 실재가 아닌 이미 기호화되어 있는 것이다. 그러므로 TV에 재현된 현실은 TV의 기술적 코드와 매체의 표상적 관습들로 만들어진 기호화된 현실이다.

따라서 TV 드라마 속의 현실을 해독하고 그 의미작용[5]을 분석하여 그 안에 내포되어 있는 이데올로기적인 담론을 밝혀내려면 그 속의 기술적 코드와 매체의 표상적 관습들이 어떻게 현실의 기호화에 동원되는지를 살펴보아야 한다. 커뮤니케이션 학자인 존 피스크는 기호학적 방법론으로 텍스트(드라마)의 의미 생성 과정과 표상의 체계를 설명한다. 그의 기호학적 분석은 첫째 외모, 의상, 환경, 행동, 말, 제스처 등 기술적 코드를 통해 기술적으로 기호화된 현실을 분석한다. 둘째, 카메라, 조명, 편집, 음악, 사운드 등으로 전달된 갈등, 성격, 행동, 대화, 세팅, 캐스팅 등의 표상을 형상화한다. 셋째, 이상의 단계를 거쳐 사회적 통념이나 상식으로 조직화된 개인주의, 가부장제, 물질만능주의, 자본주의 등과 같은 이데올로기적 코드에 대한 분석이다.[6]

드라마 속의 현실은 이와 같은 현실 단계, 표상 단계, 이데올로기 단계의 세 단계를 거쳐 이미지를 생산하게 된다. 따라서 이러한 세 단계의 분석을 통해 TV 드라마 텍스트가 기호화하는 구조화된 현실의 의미를 해석

---

[5] J. Fiske, *Television Culture, Society and the Media*, London: Methuen, 1987, p. 4.
[6] 같은 책, p. 5.

하고 그러한 의미가 생산해 내는 지배 담론으로서의 이데올로기의 실체를 파악하는 일이 긴요하다. 우선 비교적 최근에 방영된 네 편의 한국 트렌디 드라마를 살펴보자.

〈명랑소녀 성공기〉

부모님을 대신해 할머니를 모시고 살던 고등학생 차양순의 집에 패러 글라이딩을 즐기던 기태가 떨어진다. 일자리를 구하러 서울에 온 활발하고 자유로운 성격의 양순은 기태의 집에 가정부로 취직한다. 기태를 좋아하는 나희는 이런 양순을 미워한다. 기태의 강요로 양순은 신상품 이벤트에 참여하게 되고, 화장하고 드레스를 입은 그녀의 새로운 모습에 기태는 놀라게 된다. 점차 기태는 양순에게 마음을 열게 되고 나희는 이를 질투한다. 양순의 할머니가 죽자 양순은 슬픔에 빠지고, 그러한 양순의 모습을 보고 기태는 괴로워한다. 기태가 양순을 좋아한다는 것을 알게 된 나희는 기태와의 약혼을 공식적으로 선언한다. 양순은 시골집으로 내려가게 되고 기태는 혼자 속을 태운다. 결국 나희와 파혼한 기태는 양순을 우연히 다시 만나 양순에게 청혼하기로 결심한다. 그런데 양순에게 청혼하기 직전, 친구 준태의 배신으로 기태는 모든 것을 잃는다. 기태는 무력감에 빠져 방황하고, 양순은 기태에게 연민을 느낀다. 양순은 삶을 포기하려는 기태에게 용기를 주며 그를 일으켜 세운다.

한편 기태에게 버림받은 나희는 기태를 버리고 준태와 손을 잡는다. 양순으로 인해 힘을 얻은 기태는 복수를 준비하고, 양순과 양순의 친구들은 기태의 복수를 돕는다. 회사를 되찾으려는 기태와 그것을 지키려는 준태의 대립이 심화되면서 양순과 기태의 사랑도 더욱 깊어진다. 준태와의 결혼을 포기하고 홀로 된 나희는 자신의 잘못을 뉘우치고 양순과 화해하게 된다.

준태는 신제품 판매 실패로 망한 후 해외로 도피하려다 경찰에 끌려가고, 회사를 되찾은 기태와 군 입대한 양순은 사랑을 이어 간다.

〈옥탑방 고양이〉

친구의 학교 도서관에서 우연히 마주친 정은과 경민은 시작부터 티격태격하며 안 좋은 사이가 된다. 법대생인 경민은 예쁘고 집안 좋은 혜련을 좋아하지만, 혜련은 그에게 무관심하다. 혜련의 친구인 정은에게 잘 보이기 위해 경민은 정은이 옥탑방으로 이사하는 걸 돕는다. 정은은 광고회사 이사인 동준을 우연히 알게 되고, 입사 시험에서 그에게 망신을 당한다.

그런데 할아버지의 경제적 지원이 끊기며 사정이 어려워진 경민이 정은의 옥탑방에 와서 살게 된다. 정은과 경민은 계속 티격태격하다가 서로에게 끌리게 된다. 경민이 정은의 옥탑방에 사는 것을 알게 된 혜련은 정은에게 화를 내고, 경민의 할머니는 정은을 가정부처럼 부려 먹고 경민에게 혜련과 결혼할 것을 종용한다. 혜련은 경민의 마음을 이용하여 경민을 만나고, 정은은 경민에게 실망하며 속상해 한다. 경민이 정은에게 청혼을 하지만, 경민에게 화가 나 있던 정은은 이를 거절한다. 동준이 영국 본사로 복귀 발령을 받고, 정은은 유학차 동준과 함께 영국으로 떠난다. 3년 후 경민은 검사가 되고, 정은은 성숙한 모습으로 한국에 돌아온다. 둘은 우연히 옥탑방에 들렀다가 만난다. 그곳에서 커플링을 교환하며 다시 사랑을 확인한 경민과 정은은 예전의 순수한 모습으로 돌아가 티격태격하며 행복한 생활을 한다.

〈파리의 연인〉

천애 고아 강태영은 영화감독이었던 돌아가신 아버지의 뒤를 이어 영화 일을 하려고 파리에서 공부를 한다. 학비를 벌기 위해 한기주의 집에서 가정부로 일하게 된 태영은 우연한 사고를 겪고, 이로 인해 두 사람은 서로를 알게 된다. 한편 프랑스어가 서툰 태영은 기주의 조카인 수혁의 도움을 받고 가까워진다. 기주는 태영이 자신이 거래하는 회사의 사장 부인과 고등학교 동문임을 알고 태영을 자신의 약혼녀라고 속인다. 태영 덕분에 거래처와 계약을 성사시킨 기주는 그녀의 엉뚱하고 낙천적인 성격, 순수함에 끌린다. 그러나 오만하고 이기적인 사업가 기주는 자신과 태영의 관계가 드러나자 태영을 버린다.

후회하던 기주는 태영에게 사과를 하려고 한국으로 돌아온다. 아버지의 제사 때문에 한국으로 돌아온 태영을 공항에서 마주친 기주는 태영에게 사과하며 두 사람은 다시 만나게 된다.

집으로 돌아온 태영은 작은아버지가 벌여 놓은 일들을 보고 놀란다. 작은아버지가 차 할부금을 내지 못해서 아버지 유품인 카메라를 빼앗기자, 태영은 카메라를 되찾으려고 자동차 대리점으로 찾아가는데 여기서 기주와 우연히 부딪힌다. 그녀의 어려운 사정을 알게 된 기주는 태영을 자신의 자동차 회사에 취직시키고, 이후 두 사람은 점점 더 가까워진다. 한편 태영을 따라 귀국한 수혁은 둘의 관계를 지켜보며 질투심을 키운다.

설상가상으로 기주는 태영의 고등학교 동창인 부유한 집안 출신의 문윤아와 정략 약혼하지만, 곧 약혼을 깨고 태영에게 사랑을 고백한다. 그러나 기주 집안에선 계속 정략결혼을 강요하고, 수혁은 자신을 친구로만 생각하는 태영과 자신의 든든한 후원자였던 삼촌에게 애증을 느낀다. 기주와 태영은 약혼하고, 이를 알게 된 최 이사는 위기감을 느끼고 기주의 출생 비밀(수혁과 기주는 아버지가 다른 형제)을 수혁과 문윤아에게 알린다. 이를 알게 된 수혁은 충격에 휩싸이고, 문윤아는 태영과 기주의 사이를 갈라놓으려고 협박을 한다. 태영은 이러한 협박과 기주를 위하는 마음으로 파혼하고 파리로 떠난다. 기주는 최 이사와 수혁의 모략으로 어려움에 처한 회사를 다시 일으키고 파리로 가서 태영과 재회한다.

〈마이걸〉

아버지로 인해 조폭에게 쫓기는 넉살 좋고 거짓말 잘하는 주유린은 가진 것 없이 배짱만 두둑한 신세대 여성이다. 어린 유린 앞에 재벌 3세인 설공찬과 서정우가 나타난다. 공찬은 유린과 계속 꼬이는 관계로 만나게 되고, 정우는 조폭에 쫓기는 유린을 구해 준 인연으로 만나게 된다. 정우는 유린에게 애정을 느끼지만, 공찬은 유린을 골치 아픈 존재로만 생각한다.

공찬의 할아버지인 설 회장은 일본에서 지진으로 잃어버린 손녀딸을 애타게 찾으며 병상에 눕는다. 공찬은 골칫덩이 유린에게 설 회장의 손녀딸 연기를 부탁하고, 이때부터 둘의 계약 관계가 시작된다.

유린의 천연덕스러운 연기는 빛을 발하고, 공찬과 유린은 사랑하는 관계가 된다. 그 와중에 친구 정우는 이러한 둘의 관계에 괴로워한다. 한편 공찬의 연인인 김세현은 공찬의 할아버지 눈에 들려고 갖은 노력을 하지만, 설 회장은 가짜 손녀인 주유린에게만 관심을 쏟는다.

결국 김세현은 유린의 거짓 연기를 폭로하고, 유린은 공찬과 헤어질 위기에 놓인다. 둘은 우여곡절 끝에 다시 만나 사랑을 확인한다.

이상의 줄거리는 과거 정통 멜로드라마의 극적 요소로 지적되어 온 '비극', '악역', '눈물'의 표현 양식이 달라지고, 심도 있는 주제와 메시지의 전달보다는 스타일화된 표현과 감각적 연출을 더 부각시킨다는 점에서 트렌디 드라마의 특성과 일치하며, 일반적으로 트렌디 드라마에서 보이는 몇 가지 유형적 특징을 그대로 대변한다.

다음은 트렌디 드라마에서 보이는 유형적 특징과 지배 이데올로기다.

(1) 선악의 대결 구조

시청률을 확보하는 안전장치로서 각각 선과 악을 대변하는 여자들이 등장해 대립한다. 선악 대결 구조는 전통 드라마에서도 중요한 모티브로 등장한다. 백마 탄 기사에게 구원받는 여성을 상징하는 신데렐라 모티브는 이 여자들의 등장으로 구체화된다. 〈명랑소녀 성공기〉의 차양순과 윤나희, 〈옥탑방 고양이〉의 남정은과 나혜련, 〈파리의 연인〉의 강태영과 문윤아, 〈마이걸〉의 주유린과 김세현의 대결이 그것이다. 차양순, 남정은, 강태영, 주유린은 경제적 어려움을 겪는 선한 여자들이고, 윤나희, 나혜련, 문윤아, 김세현은 부유하고 철없는 악마성을 가진 여인들로 등장한다. 다만, 트렌디 드라마 주인공의 선악 구도는 전통 멜로드라마 주인공의 선악 대결과 달리 무작정 선하고 악한 인물을 대변하지 않는다. 극 중 선한 여자들은 착하면서도 자신의 이익을 챙길 줄 아는 당찬 여성으로, 악역 캐릭터도 전형적인 악녀라기보다는 나름대로 합리적인 악인으로 등장한다. 이것은 유형적 인물 묘사의 남발로 극의 긴장감이 떨어지는 부작용을 반감시키는 효과를 발휘하나, 트렌디 드라마가 주제 의식을 명확히 드러내지 않는 특성을 드러내는 것으로, 변형된 권선징악적 사회 이데올로기의 반영으로 볼 수 있다.

(2) 극단적인 애정 행각 구조

드라마 속 주인공들은 과장되고 극단적인 사랑에 모든 것을 건다. 대부분의 트렌디 드라마는 사랑 이야기로, 앞에서 요약한 네 편의 드라마도 삼각관계나 그 이상의 복합적 애정 행각이 주된 구조를 이룬다. 〈명랑소녀 성공기〉는 잘생기고 돈 많은 한기태와 여주인공 차양순, 한기태를 짝사랑하는 한기태 아버지의 공동 창업주인 여사장의 외동딸 윤나희, 한기태의 절친한 친구이며 친구를 향한 미움과 야망으로 친구를 배신하고 나희를 짝사랑하는 오준태의 사각 관계가 이야기의 기본 골격이다. 〈옥탑방 고양이〉는 철없는 고시생 이경민과 순진하고 자존심 강한 남정은, 유능하고 냉철한 광고회사 이사 유동준, 지성과 자신감을 가진 나혜련의 사각 관계가 드라마 전개의 핵심이다. 〈파리의 연인〉은 사각 관계의 전형이다. 특히 형제, 그것도 이복형제를 둘러싼 애정과 갈등이 주된 테마이다. 경제적으로 어려우나 낙천적 성격의 강태영은 모든 것을 다 갖춘 오만하고 자신감 넘치는 한기주의 사랑을 받고, 한기주의 이복동생 윤수혁 역시 강태영을 향한 사랑에 인생을 건다. 사랑을 둘러싼 형제간의 갈등은 걷잡을 수 없게 전개되며, 여기에 한기주의 사랑을 얻으려고 갖은 노력을 하는 문윤아가 등장한다. 이 네 명의 사각 관계는 사랑에 전부를 건 젊은이들의 극단적인 애정 행각의 전형적 모습을 보인다. 〈마이걸〉도 재벌 3세 설공찬을 향한 주유린과 김세현의 애정 행각, 여기에 주유린을 중심으로 한 설공찬과 친구 서정우의 갈등이 드라마의 주조를 이룬다. 드라마 속 주인공들은 과장되고 극단적인 사랑에 전부를 건다. 사랑이 드라마의 주된 관심사가 되면서 노동의 의미는 상실되고, 지배계급의 생활과 관심사 속에 시청자들은 갇히게 된다. 노동도 소비가치에 종속시키는 가상현실의 강요는 대중을 노동으로부터 소외시키는 무서운 효과를 가져온다.

(3) 소비 지향 캐릭터와 화려한 배경 설정

드라마 캐릭터를 상징적으로 드러내는 장치가 등장한다. 여주인공들의 외모, 의상, 주택, 환경 등이 그것이다. 〈명랑소녀 성공기〉에서 한기태의 주택, 윤나희의 화려한 의상 등은 상징적 이미지이자 기호가치의 표현이다. 〈파리의 연인〉의 한기주의 배경, 즉 집과 자동차는 그가 속한 부를 대변한다. 문윤아의 집안과 의상도 마찬가지다. 〈마이걸〉에서 벤츠로 대변되는 정우, 공찬의 승용차, 공찬의 별장 등도 그러하다. 가난한 주인공이나 조연조차도 현실적 환경과 어울리지 않는 화려한 외모를 지니는 설정은 트렌디 드라마의 핵심적이고 고정적 장치다. 고급 레스토랑이나 백화점 등 쾌적한 현대 도시적 환경은 소비문화와 물신주의를 부추기며, 신분 상승에 대한 대중적 욕망을 자극하고 이를 드라마로 대리 만족하게 하는 기제로 사용된다. 직업조차 소비 지향의 캐릭터와 환경 설정의 도구로 이용되어 화려한 직업을 가진 여성이 빈번하게 등장한다. 남자 주인공들은 주로 의사, 변호사, 기업 간부, 전문 경영인들이고, 여주인공들은 작가, 디자이너, 통역사, 운동선수들이다. 〈마이걸〉에서 공찬의 애인인 세현은 잘나가는 테니스 선수이며, 유린은 몇 개 외국어에 능통한 여행 가이드이다.

(4) 신데렐라 구조

학벌과 외모, 집안, 능력 등 모든 것을 겸비한 남자 주인공은 모든 것을 갖춘 여자를 기피하고 어딘가 결핍된 여주인공을 선택한다. 〈명랑소녀 성공기〉의 독불장군, 안하무인 재벌 2세 한기태는 부잣집 외동딸인 윤나희를 마다하고 촌스러운 차양순을 사랑하게 된다. 〈옥탑방 고양이〉의 낙천적 고시생인 재벌 3세 이경민도 처음에는 지성과 미모를 겸비한 나혜련을 좋아하는 듯했으나, 결국 순진하고 평범한 전문대 졸업생 남정은을 선택한다. 〈파리의 연인〉은 이러한 특성이 가장 두드러지는 드라마이다. 모든 것을 갖춘 재벌 3세인 한기주는 선망의 대상인 국회의원 딸 문윤아에게는 관심이 없고 보잘것없는 강태영에게 모든 것을 바친다. 〈마이걸〉의 남자 주인공 설공찬이 김세현에게 무관심하고 결핍된 주유린에게 관심을 보이는 것과, 이런 유린을 사모하는 또 다른 헌신적 남자 서정우의 출현역시 이에 해당된다. 트렌디 드라마의 신데렐라 구조는 가진 자의 부유함은 죄악이 아니며, 자본주의는 능력껏 열심히 일하면 부와 풍요를 보장해 준다는 자본주의 논리를 정당화하고, 동시에 완벽한 남자 주인공을 통해 자본주의 체제에서 탄생한 현대적 영웅주의를 대변한다. 신데렐라 구조는 시대에 따라 약간씩 변형될 뿐 영구화된 서사 구조이다. 이러한 구조는 대중에게 판타지를 제공하여 암울한 현실을 탈피하여 피안의 세계를 꿈꿀 수 있는 즐거운 상상을 제공한다. 젊고 멋있고 잘나가는 재벌 2세나

3세와 내세울 것 없는 평범하다 못해 초라한 여성의 비현실적인 사랑 이야기는 대다수 평범한 여성들의 욕망을 대리 만족시켜 주는 환상을 제공하고, 더 나아가 대중에게 환상과 현실을 분별하지 못하는 마비된 현실감각을 제공한다.

(5) 전통적 가족 질서의 해체

전통적 가족 질서의 해체와 가부정적 이데올로기의 혼재 및 공존 현상도 트렌디 드라마의 특성이다. 주로 주인공들이 재벌 3세 등으로 재벌 2세들의 존재가 부재되어 있는 가족 관계의 기형적 특성이 부각되나, 여전히 재벌인 조부의 권위가 두드러지는 현대적 가족 관계의 모순을 드러낸다. 〈옥탑방 고양이〉의 이경민은 사고로 부모님을 잃고 조부모 밑에서 자란 재벌 3세이며, 〈파리의 연인〉의 한기주는 어머니를 누나로 알고 동생을 조카로 알고 살아야 했던 가족사의 비밀과 상처를 지닌 재벌 3세인 것이다. 〈마이걸〉의 설공찬도 재벌 3세이다. 이 드라마들 속의 조부들은 막강한 권력을 가지고 있다. 〈옥탑방 고양이〉의 할아버지, 〈파리의 연인〉의 한정훈 회장, 〈마이걸〉 설 회장의 권위는 막강하다. 그러나 이경민, 한기주, 설공찬의 부모는 근대사회의 재변 과정에서 여러 가지 이유로 부재되어 있다. 근대적 가족 관계의 해체는 불륜 및 출생의 비밀이라는 TV 드라마의 단골 주제와 연결되어 있다.

이러한 트렌디 드라마의 특징은 중장년층이 즐겨 보던 기존 대중 드라마와 큰 차이가 없는 듯이 보이기도 한다. 이러한 저렴한 보편성은 문화산업으로서 드라마의 보편적 속성에 해당한다. 아침 드라마 〈있을 때 잘해〉(2006)에서도 이러한 특징은 드러난다. 이 드라마는 아침 드라마의 속성상 중장년층이 즐겨 본다는 점에서 트렌디 드라마와 다른 '불륜'을 다루고 있으나, 선악 구도의 여자들이 주인공으로 등장하여 비현실적인 사랑에 목숨을 거는 양태는 트렌디 드라마의 공식과 크게 다르지 않다. 착한 아내 오순애(하희라)와 얄밉고 악한 내연의 여자인 배영조(지수원)의 대립 구도, 본 남편에게 버림받는 오순애, 오순애에게 찾아온 우연한 사랑의 구원자인 정신과 의사 강진우(변우민) 등의 출현과 디자이너, 전문직 여성 등 화려한 직업의 여성 주인공들, 여성들의 숨겨진 욕망을 자극하는 소품 등 현대 문화산업의 흔적이 강하게 반영되어 있다. 다른 트렌디 드라마에서는 이러한 요소가 신세대에 어울리게 적절한 변종을 이룬다는 점이 〈있을 때 잘해〉와 다른 점이다. 이처럼 유사한 테마 및 구조를 가지는 기존 드라마와 트렌디 드라마의 가장 극명한 차이는 전자가 황당한 비현실성을 통해 단지 세태를 보여 주고 대중에게 대리 만족을 주는 가벼운 카타르시스 정도의 기능을 했다면, 후자는 신세대의 유행을 주도하면서 드라마가 결국 기업들의 광고판으로 기능하며 소비를 주도하게 되었다는 것이다.

멋진 남녀의 사랑 이야기, 꼬이는 사건과 숱한 우여곡절들을 특징으로 하는 트렌디 드라마는 감각적 영상, 빠른 카메라 워킹, 감미로운 음악, 화려한 의상과 소품, 빼어난 외모의 세련된 청춘스타들의 출연 등 비본질적 장치로 대중들의 영혼을 마비시키며 연기력 없는 스타 위주의 캐스팅과 현실성 없는 내용 등의 문제점을 극복해 나가고 있다.

'비판이론'을 통해 본 문화산업 비판

지금까지 살펴본 것처럼 다소 황당하고 비현실적으로 보이는 드라마들이 '트렌디 드라마'라는 장르화된 개념으로 관습화된 장르로 계속 반복 생산되는 현상은 포스트모던 사회라고 일컬어지는 현대사회의 일반적 속성과 깊은 관련이 있다. 'KI 지수'(시청자방송평가지수)와 '수용자 평가지수'(프로그램 평가지수, 방송사 이미지 지수, 방송 도달력 지수 등으로 구성된 지상파 방송사를 평가하는 객관적인 지표)의 상관관계를 살펴보면 드라마가 시청자에게 영향을 미치는 정도는 드라마 만족도와 프로그램 질과는 연관이 없는 것으로 나타난다. 이 지수들은 만족도와 질적 수준의 두 가지 측면을 0점에서 10점까지 11점 척도로 조사하게 되어 있는데, 드라마가 아무리 비현실적이고 물질만능주의와 상대적 박탈감, 출생의 비밀, 불륜이라는 비도덕적이고 자극적 소재를 다룬다고 해도 이것이 방송 도달력을 반드시 떨어뜨리는 것은 아니라는 것이다. 열악한 제작 환경 속에서 만들어지는 질 낮은 드라마가 높은 시청률을 기록하는 아이러니는 방송 불만족과 시청률의 무관함을 보여 준다.[7] 이러한 현상이 드라마의 예술적 가치보다 상업적 가치를 선호하게 만들고, 결국 한국적 정서에 뿌리를 둔 탄탄한 내용의 드라마를 양산하지 못하게 하는 결과를 초래하며 세계 속의 한국이라는 가치를 창출하는 데 걸림돌이 되는 것이 사실이다.

그러나 이와 같은 현상은 근본적으로 장 보드리야르가 지적한 현대 소비사회의 속성과 깊은 관련이 있다. 보드리야르는 현대사회를 '소비사회 consumer society'라 명명한다. 생산과 반대되는 개념으로서, 더 이상 생산이 경제의 중요한 쟁점이 되지 않는 시대의 소비 개념은 '써 버린다'는 의미와 '충족해야 한다'는 이중적 의미를 동시에 지닌다는 점에서, 현대사회는 소비/욕망 충족의 의미를 동시에 갖는 사회로 규정할 수 있다.

이러한 사회는 감정, 심리 구조 및 이미지, 문화 생산물이 경제 영역의 일부가 됨으로써 경제적 생산 영역과 문화 및 이데올로기 영역의 구분이 더 이상 불가능한 사회이다.[8] 문화 상품이 대거 생산되며 이미지나 기호가 상품이 되는 사회는 기호의 법칙과 약호로 움직이는 '기호의 정치경제'

---

[7] 2006년 11월 12일 MBC 방영 〈TV 문화 창조〉.

[8] 이정우, 《포스트 모던 문화 읽기》, 서울대학교 출판부, 1998, 51쪽.

를 민들어 낸다. 기호와 약호로 조종되는 소비사회에서의 소비는 첫째 욕망이라는 측면과, 둘째 이미지로 좌우된다는 두 가지 특징이 있다. 이러한 현대 소비사회는 작가 밀란 쿤데라의 지적처럼 '이마골로기 사회'라고 할 수 있다. '이마골로기imagology'는 이미지image와 이데올로기ideology의 합성어이다.[9]

현대사회를 소비 욕망 충족의 사회로 규정하고, 소비사회의 특징이 상징적 기호와 이미지에 있음을 주장한 보드리야르는 우리가 살고 있는 현대사회(포스트모던 사회)를 모조의 시대로 비라본다. 따라서 기호가 하나의 실재가 되며, 모조인 기호의 세계에서 진위 구별이 존재하지 않게 된다. "모사품은 부재不在(absence)를 실재實在(presence)로 제시할 뿐만 아니라, 상상을 실제로 내보임으로써 실제the real를 상상the imaginary 속으로 흡수해 버린다. 이렇게 함으로써 상상과 실제의 구별은 와해된다."[10]

끊임없이 이미지만을 생산하면서도 실제 그 자체보다 더 실제 같으려는 시도는 실제에 대한 착각만 줄 뿐이다. 이러한 세계가 보드리야르가 말한 '과실재hyperreality'의 세계이다. 과실재는 조작된 사물과의 경험의 비실재로서 허상적 이미지다. 실재에 기초한 이미지가 재현되는 것이 아니라 실재와 전혀 상관없는 이미지만이 끊임없이 생산된다는 현대 소비사회의 특성은 상품 가치가 이미지로 좌우되며 상품의 사용가치보다는 교환가치, 더 나아가 기호 가치가 상품의 가치를 결정하게 되는 것이다.

오늘날의 소비란 …… 상품이 즉시 기호로서, 기호 가치로서 생산되는 단계를 말하며, 기호(문화)가 상품으로 생산되는 단계 바로 그곳을 말한다.[11]

---

[9] 앞의 책, 182쪽.

[10] J. Baudrillard, *Selected Writings*, p. 6, 앞의 책, 재인용, 55쪽.

[11] 같은 책, 80쪽.

소비사회에서 소비자의 욕구는 특정 사물을 향한 욕구가 아닌 차별화된 기호에 대한 욕구가 된다. 상품에 대한 물신숭배가 아니라 기호에 대한 물신숭배의 시대에 소비 활동의 기호와 작용을 부추기고 조장하는 것이 대중 영상매체로서의 TV이며, 그 대표적 장르가 트렌디 드라마이다.

이러한 드라마는 대중 소비자가 주체적이고 자율적인 사고를 하지 못하도록 방해한다. 원래 문화상품의 속성상 제작물을 제대로 파악하는 데 민첩성과 관찰력 및 상당한 사전 지식이 요구되지만, 트렌디 드라마는 시청자들이 재빨리 지나가는 사실들을 놓치지 않고자 적극적으로 사유하는 것을 불가능하게 만든다.[12] 물론 시청자들은 어느 정도의 긴장을 유지하나, TV 화면 영상과 제스처에 함몰되어 그 화면 속 세계를 비판적인 자신의 세계로 만들 능력이 없어지기 때문에 여기에 개인의 상상 공간이란 있을 수 없다. 대중들은 지금까지 그들이 보아 온 영상에 무엇을 기대해야 하는지를 이미 알고 있으며, 그것에 자동적으로 반응한다. 그 결과, 시청자들은 문화산업을 통해 '물화된 대중'이 되고 규격품 인간들로 재생산된다.[13]

소비자로서의 대중은 허위의식 및 허위 욕구를 드라마 시청이라는 문화생활로 소비하며, 아도르노가 말했듯 '문화의 민주화'에 편승했다는 안도감을 가지게 된다. '문화적 민주화'란 문화산업이 '만인의 문화'를 판매 전략으로 내세우며 소외층까지 포괄하는 제스처를 취하면서 사회 전체를 소비자로 만드는 인화 정책이다. 그 내용 면에서도 기존 질서를 전복하는 비판적 사고 작용을 억압한 채, 동일 내용을 반복 재생산한다. 허위 욕구를 드라마 테마로 반복 재생산함으로써 대중들의 통속성 욕망을 대리 만족시켜 주지만, 내면적 필연성이 아니라 문화산업으로 욕망을 조종당하

---

[12] 호르크하이머·아도르노, 김유동 옮김, 《계몽의 변증법》, 문예출판사, 1995, 177쪽.

[13] 앞의 책, 177쪽.

는 대중은 비록 드라마가 허위 욕구를 반복적 테마로 재생산하여 그들의 통속적 욕망을 대리만족시켜 준다 하더라도 상품에서만 자신을 재인식하는 '관리되는 사회'의 '물화된 대중'으로 전락하게 된다. 드라마 속에 등장하는 기호 가치에 자신을 투사하여 자신의 존재감을 인식하고 스타와 교감하려는 '물화된 대중'은 엘리트화되고 고급화된 문화 행동주의자인 듯하나, 자본주의적 천박성을 고스란히 간직한 과시적이고 비생산적인 문화산업 소비자에 다름 아니다.

문화산업은 선Good과 상품goods의 동등화를 연상시키는 이미지들, 즉 시뮬라시옹simulation을 퍼부어 그 이미지들이 소비를 자극하도록 하지만, 아울러 비판적 사고도 굴절시키는 것이다.[14] 대표적인 예가 할리우드 영화이다. 할리우드 대형 영화 소비는 기업의 이윤을 산출하는 동시에 비판적 사고도 억누른다. 대중들은 영화 배역과 자신을 동일시하여 그들의 삶을 통해 대리적으로 사는 것이다.[15] 트렌디 드라마 속의 비현실적 세계 역시 대중들에게 허위 욕구의 대리 만족 기제로 사용된다. 허위 욕구는 "자율적이고 합리적인 숙고를 통하여 도달되지 않은 욕구"[16]라는 점에서 거짓된 것이다.

"문화상품은 대중이 원하는 바에 따름으로써 그들을 기만하는데",[17] TV 드라마 광고들이 그 대표적인 예이다. 시뮬라크르된 이 문화산업은 대상에 대해 주체 개입을 불허하며 계속해서 재현되는 것이다. 반복적 소재의 진부함은 기술적 새로움으로 보완되며 기술을 통한 재현, 즉 복제가 이루어진다.

---

[14] 벤 애거, 김해식 옮김, 《비판이론으로서의 문화연구》, 옥토, 1996, 129쪽.

[15] 앞의 책, 129쪽.

[16] 앞의 책, 128쪽.

[17] T. 아도르노, 홍승용 옮김, 《미학이론》, 문학과지성사, 2005, 37쪽.

또한 문화산업은 예술을 일종의 '소비재'로 만들어 예술을 탈예술화하는 데 기여한다. 이렇게 하여 생산된 저급예술은 사업이면서 동시에 이데올로기적 성격을 지닌다.[18]

저급의 예술이나 오락이 자명하고 사회적으로도 정당하다는 주장은 이데올로기다. 그러한 자명성은 억압이 어디에나 존재한다는 사실을 나타낼 뿐이다. 미학적인 통속성의 모험으로는 광고에서 보는 바와 같이 초콜릿을 한 조각 맛있게 먹으면서 마치 죄스러운 듯이 눈을 반쯤 감는 아이를 생각할 수 있다. 통속적인 것 속에서는 억압된 요인이 억압의 흔적을 지닌 채 다시 나타난다.[19]

주술 시대 이후 잃어버린 '미메시스적' 열망은 미적 가상이라는 예술 영역을 통해서만 회복될 수 있다. 총체성을 상실하여 파편화되고 분열된 사회에서 미메시스적 관계를 통한 진정한 화해는 불가능하나, 화해가 불가능한 현실에 대한 그러나 진정으로 화해에 대한 열망이 전제된 '부정적 인식'을 통해서만 우리는 세계와의 화해에 도달할 수 있다. 아도르노에게 예술은 화해가 불가능한 세계에서 '부정적 인식' 기능을 통해 화해를 모색하게 하는 마지막 보루였다. 그러나 트렌디 드라마와 같은 문화산업은 예술을 탈예술화시킴으로써 대중들에게 화해와 진정한 구원의 모색을 차단해 버린다. 소멸하기 위해 존재하는 생명체의 삶은 애초 그 속에 모순과 갈등을 동반하며, 따라서 삶의 본질은 고통일 수밖에 없다. 다만, 우리는 그 고통에 대한 인식을 거쳐 현실의 '부정적 인식'에 도달하여 그 화해의 모습을 드러내 볼 수 있을 뿐이다. 모순이 부재하는 드라마 속의 현실은 대중들에게서 갈등을 푸는 능력을 빼앗는다. 문화산업의 전지전능함을

---

[18] 벤 에거, 앞의 책, 126쪽.
[19] 아도르노, 《미학이론》, 370쪽.

보여 주는 트렌디 드라마 속의 행복한 현실은 진정한 고통에 대한 인식과 화해의 열망을 불가능하게 만든다. '거짓된 화해'를 통해 현실을 행복하게 그림으로써 진정한 구원의 문제를 외면하고 모든 인간을 불행하게 만든다는 점에서 삶의 본질에 어긋나는 것이다.

트렌디 드라마는 우연성의 남발, 에피소드의 나열, 왜곡된 청춘 남녀상, 질적 저하라는 부정적 평가 속에서도 대중들의 계층 상승 욕구 및 대리 만족 심리에 편승하여 언어를 소비하고 상징을 소비하는 휘발성 드라마로 높은 시청률을 유지하고 있다. 트렌디 드라마는 그 부정적 측면에서도 불구하고, 성공한 장르나 형식은 관습적으로 반복해서 생산된다는 산업 논리에 따라 지속적인 자기 복제를 해 오고 있는 것이다. 이러한 반복 패턴 현상은 기득권층의 이미지를 산출하는 TV 매체의 보수적 속성과 연결되는 것이기도 하다.[20]

아도르노가 문화산업의 가장 위험한 요소로 판단한 것은 문화산업이 '유類적 존재', 즉 집단적 존재로서의 집단 구성원을 교체 가능한 복제물로 전체주의에 포섭될 가능성을 지닌 존재로 만든다는 것이다. 문화산업의 전략은 인간의 내면 의식을 변화시켜 전체주의적 의식 구조의 주조 가능성을 갖고 있다. 최근 문화산업의 대표적 장르인 트렌디 드라마와 광고는 사회적 의미 부여를 차단시키고 대중 의식을 일상적 욕구에 함몰시켜 인간의 성숙한 해방을 방해하고 있다.

---

20 앞의 책, 165~190쪽.

트렌디 드라마의 대중문화적 가능성

지금까지 한국 트렌디 드라마를 통하여 문화산업을 비판해 보았다. 여러 가지 문제점을 안고 있는 문화산업, 그중에서도 특히 트렌디 드라마는 대단한 영향력을 지니며 대중 소비사회의 대표적 TV 드라마 장르로 자리 잡았다.

일본 소비사회의 상징적 산물로 생산되기 시작한 트렌디 드라마가 한국에 유입된 것은 1992년 방영된 〈질투〉에서부터이다. 그 후 수많은 트렌디 드라마가 제작되며 지금까지 그 위력을 발휘하고 있다. 한국 트렌디 드라마는 몇 가지의 유형적 구조를 통해 지배 이데올로기를 반복 생산하고 있다. 여기서는 〈명랑소녀 성공기〉, 〈옥탑방 고양이〉, 〈파리의 연인〉, 〈마이걸〉 등 네 편의 드라마를 분석하여 그 구조의 유형적 특징과 그 속에 담긴 지배 이데올로기를 고찰하고, 비판 이론으로 문화산업의 문제점을 점검해 보았다. 그 유형적 특징을 정리해 보면 다음과 같다.

첫째, 선악 구도의 여자들이 등장한다. 전통 드라마가 갖는 선악의 고정된 이미지가 현대적 시각으로 변형된 권선징악적 이데올로기를 생산한다. 둘째, 극단적인 사랑의 구조를 지녔다. 주인공들은 극단적인 애정 행각에 인생 전부를 바침으로써 대중들의 관심을 노동에서 멀어지게 하고 노동의 의미를 상실하게 하여 노동을 소비가치에 종속시키는 무서운 효과를 가져오고 있다. 셋째, 소비 지향의 캐릭터와 환경 설정의 화려함을 꼽을 수 있다. 소비 지향 쪽으로 화려하게 설정된 등장인물들의 의상, 외모, 직업, 주택, 환경 등은 대중들에게 허위 욕구를 욕망하게 하고 대리만족시키는 기제로 작용한다. 넷째, 신데렐라 구조로 순환한다. 전통 드라마에서부터 계속 견지되어 온 드라마의 중심 골격인 신데렐라 구조는 남성에 의한 여성의 구원이라는 자본주의적 영웅주의 이데올로기를 생산한다. 다섯째, 전통적 가족 관계의 해체를 드러낸다. 정상적 가족 관계의 변형 및 해체로 부모 세대의 이야기가 부재하고 재벌 3세의 이야기가 주조를 이루는 구조는 근대사회에서 전통적인 가족 질서가 더 이상 불가능한 현실을 반영하는 동시에 출생의 비밀, 불륜 등의 통속적 소재를 제공하는 근거로 이용된다.

한국 트렌디 드라마의 이와 같은 유형적 특징은 실재와 가상이 혼돈된 하이퍼리얼리티 시대의 시뮬라시옹 세계를 보여 주는 반증이라 할 수 있으며, 이러한 문화산업은 대중들을 '관리되는 사회'의 '물화된 인간'으로 전락시키는 결정적 역할을 담당한다.

그렇다면 이처럼 여러 가지 문제점을 내포한 문화산업으로서의 트렌디 드라마가 개선될 대안은 없는 것인가. 현실 의식과 역사의식을 지니면서도 대중적 요소를 가미하여 기능 전환한 예술, 그것이 대중적 호응을 얻은 예는 서구의 고급문화 및 대중문화에서 목격할 수 있다. 우리의 대중문화도 고급문화와 접목하여 기능 전환을 이루어 수준 높은 대중문화로 전환될 수 있는 가능성을 모색할 때가 되었다. 드라마 〈환상의 커플〉은 기존 트렌디 드라마의 한계에 의문을 제기하고 새로운 가능성을 모색한 작품으로 보인다. 이 드라마를 본격적으로 분석하여 한국 트렌디 드라마의 대중문화적 가능성을 점검하는 작업은 이후의 숙제로 남겨 놓는다.

■ 참고문헌

김경용, 《기호학이란 무엇인가》, 민음사, 1994.

김승희, 《전 드라마 〈아줌마〉의 갈등 표출과 사회적 의미》, 성균관대학교 언론정보대학원 석
　　사학위논문, 2000.

나병철, 《모더니즘과 포스트모더니즘을 넘어서》, 소명출판사, 2001.

보드리야르, J., 이상률 옮김, 《소비의 사회》, 문예출판사, 1993.

신선희, 《트렌디 드라마의 컨벤션 연구》, 한국외국어대학 석사학위논문, 2001.

스토리, J., 박모 옮김, 《문화연구와 문화이론》, 현실문화연구, 1994.

아도르노, T., 김유동 옮김, 《계몽의 변증법》, 문예출판사, 1995.

_____, 홍승용 옮김, 《미학이론》, 문학과지성사, 2005.

이정호, 《포스트 모던 문화 읽기》, 서울대출판부, 1995.

Fiske, J., *Television Culture*, London: Methuen, 1987.

Hall, S., *Culture, Society and the Media*, London: Methuen, 1982.

힐, C. 그래드, 곽현지 옮김, 《스타덤, 욕망의 산업》, 시각과언어, 1991.

문화산업과 5·18의 재현

〈화려한 휴가〉의 한계와 가능성

임 경 규

야만적이지 않은 5·18의 재현

사회가 전체화될수록 정신의 사물화는 더욱 심해지고, 그에 따라 스스로 사물화를 탈출하려는 노력은 좀 더 역설적인 결과를 가져온다. 종말에 대한 극단적인 인식조차도 한가한 수다로 끝나 버리고 만다. 문화 비평은 문화와 야만의 변증법의 마지막 단계에 직면하고 있다. **아우슈비츠 이후에 시를 쓴다는 것은 야만이다.** 그리고 이것은 오늘날 왜 시를 쓰는 것이 불가능해졌는지에 대한 지식마저도 부식시키고 만다. 절대적 사물화, 그것은 지적 진보를 그 핵심 요소로 상정하고 있으며, 이제 정신 전체를 삼키려 하고 있다. 비판적 지식은 자족적인 명상에 잠겨 있는 한 이런 도전을 극복할 수 없을 것이다. (Adorno 34, 강조는 필자)

김지훈 감독의 영화 〈화려한 휴가〉는 2007년에 개봉되어 숱한 화재와 논쟁을 양산했다. 100억여 원의 자본을 들여 1980년 광주 금남로를 그대로 재현한 세트장 건설, 5·18이라는 민감한 현대사를 여과 없이 재현하려 한 약간은 무모한 시도, 대통령 선거와 맞물린 정치적 논쟁. 어디 이뿐이겠는가? 개봉 당시 심형래 감독의 〈디워〉와 흥행 경쟁이 붙으면서 누리꾼들 사이에서는 다소 빗나간 듯 엉뚱한 애국주의 논쟁이 벌어졌으며, 이는 729만 명이라는 거대한 숫자의 관객을 스크린 앞으로 끌어모았다.

이런 대중적 성공에도 불구하고 〈화려한 휴가〉는 비평가들을 심란케 했다. 그들은 질문한다. 〈화려한 휴가〉의 사실적인 5·18의 재현이 역사적 진실에 얼마나 충실하며, 이를 얼마나 효과적으로 기록하였는가? 사실적 재현이 가져오는 미학적·문화적·정치적 효과는 무엇인가? 더 궁극적으로는, 외형적 사실의 복원이 5·18의 진실을 담보해 줄 수 있는가? 이런 복합적인 질문에 대해 진중권은 트라우마와 기억의 방법이라는 차원에서 접근한다. "〈화려한 휴가〉는 과거를 현재화하는 데 급급할 뿐 과거를 기억하는 방식을 새롭게 하지는 못한다. 물론 광주항쟁은 여전히 미학적 기준을 들이대기에 부담스러울 정도로 강한 트라우마다. 하지만 27년만에 다시 그 아픈 기억을 끄집어냈다면, 적어도 그것을 단순한 기억술을 넘어서는 기억의 예술ars memoria로 승화시켰어야 하지 않을까?"[1]

〈화려한 휴가〉를 향한 진중권의 비판의 핵심은 "트라우마"라고 할 수 있다. 사실을 있는 그대로 그려 내는 "단순한 기억술"을 통해서는 5·18에 내재된 "트라우마"를 치유하지 못한다. 이는 오히려 그것을 은폐시키고 억압하는 결과를 가져옴으로써 아도르노가 반성적 사고가 결여된 "단순한 리얼리티simple reality"라 정의한 리얼리티의 시뮬라크럼Simulacrum만을 재생산할 수도 있다.(Adorno 144) 진중권의 비판은 일견 진부하게 보일지도 모른다. 그러나 피할 수 없는 질문이기도 하다. 아도르노가 주장하듯 아우슈비츠 이후에 시를 쓰는 것이 야만이듯, 5·18 이후에 그것을 있는 그대로 재현하겠다는 시도 자체도 야만이 될 수 있기 때문이다.

그렇다면 야만적이지 않은 5·18의 재현은 가능한 것인가? 그리고 5·18을 재현해야만 하는 예술가들은 그것에 어떻게 접근해야 하는가? 결국이 문제가 〈화려한 휴가〉를 둘러싼 논쟁의 핵심이라 할 수 있다. 또한 이는 예술가 개인의 문제임과 동시에 그와 역사적 트라우마 속에 내재된 특수성의 문제이기도 하다. 마이클 로스버그Michael Rothberg는 미국과 유럽에서 꾸준히 이어져 오고 있는 홀로코스트 연구의 결과물을 정리하고 있는데, 그에 따르면 홀로코스트는 일련의 이항 대립 속에서 그 특징이 규정된다. 특수/전형, 극단/일상, 이해 불가능/일반적 이해, 문화/야만 등이 그것이다. 이런 이항 대립 구조 속에서 홀로코스트에 대한 접근 역시 두 가지 길로 나뉜다. 하나는 "리얼리즘적" 접근이며, 다른 하나는 "반리얼

---

[1] 진중권, 〈기억을 어떻게 기록할 것인가?〉, 《씨네21》.
http://www.cine21.com/Article/article_view.php?mm=005004007&article_id=47797

리즘적" 접근이다.

리얼리즘적 접근법에 따르면, 홀로코스트는 결코 불가해한 현상이 아니다. 이는 일상의 일부이며 단지 그 일상의 극단에 위치할 뿐이다. 그러기에 일반적 재현 시스템 내에서 재현 가능한 것일뿐더러 인식 가능한 것이기에 지식의 대상으로 여겨진다. 반면, 반리얼리즘적 접근법에서 홀로코스트는 일상의 범주를 벗어나 있는 것으로서, 전혀 새로운 지식 체제를 통하지 않고서는 그에 대한 재현도 지식의 축적도 불가능한 대상체로 인식된다. 즉, 일상과 극단을 단절된 것으로 파악함으로써, 홀로코스트는 하나의 예외적 상황으로 규정된다. 이런 반리얼리즘적 접근법은 대개 홀로코스트를 직접 경험한 이들의 증언이나 홀로코스트 문학 속에서 두드러지게 나타난다.

이 두 개의 이질적 경향의 공존이 의미하는 것은 홀로코스트의 역설적 성격이다. 그것은 특정 문화의 산물임과 동시에 문화 속에 포함될 수 없는 야만이며, 일상적 경험 속에 존재하지만 그것을 뛰어넘는 것이기도 하다. 다시 말해, 홀로코스트는 서구의 이성중심주의적 근대성의 필연적 산물임과 동시에, 그것이 내포하고 있는 폭력과 공포는 일상 경험 영역의 외부에 존재하는 것이다. 이로 인해 홀로코스트 연구는 언제나 두 개의 상호 모순적 충동으로 점철된다. 인식론적 충동과 반인식론적 충동이 교차하며 갈등하는 공간인 것이다.(Rothberg 3-6) 홀로코스트의 재현은 역사적 사실에 대한 완전한 이해와 재현을 요구함과 동시에, 그러한 합리적 이해와 재현 형식에 대한 끊임없는 부정을 요구한다. 사실상 이는 불가능한 결합이며, 따라서 홀로코스트는 재현의 착종 지점이 되고 만다.

5·18은 분명 서구의 홀로코스트와 크게 다르다. 하지만 정치적·문화적 타자를 생산하고 그들을 희생시켜 국가의 전체주의적 동일성을 획득하려 했다는 점에서, 그리고 희생자의 숫자를 떠나서 우리 현대사에 큰 상처로 남아 있다는 점에서, 5·18은 홀로코스트와 크게 다르지 않다. 그러한

5·18을 감히 사실적으로 재현하고자 했던 〈화려한 휴가〉에 대한 쟁점은 바로 이런 맥락에서 이해되어야 한다.

영화 〈화려한 휴가〉가 5·18을 대하는 태도는 로스버그가 "리얼리즘적 접근" 혹은 "인식론적 충동"이라고 정의한 것에 가깝다고 할 수 있다. 김지훈 감독을 비롯한 영화 제작진들에게 5·18은 하나의 역사적 실체로서 인식 가능한 것으로 여겨졌으며, 따라서 그에 대한 실증적 자료를 바탕으로 혹은 각주를 통하여 그 역사적 진실성을 충분히 재현 가능한 사건인 양 접근했다. 그러기에 1980년의 광주 금남로와 도청 건물을 있는 그대로 재현하고자 시도했고, 그것이 5·18의 진실을 담보해 주리라 믿었던 것이다. 하지만 바로 이런 태도는 필연적으로 그 반대편에 있는 또 다른 충동, 즉 비리얼리즘적 접근과 반인식론적 충동을 배제하는 결과를 가져왔다. 그리고 〈화려한 휴가〉에 쏟아진 모든 비판은 바로 이 배제된 충동으로부터 생성되었다고 볼 수 있다.

이 글은 앞서 5·18과 홀로코스트의 유사성을 전제하고, 홀로코스트를 효과적으로 재현할 이론적 탐색을 시도했던 로스버그의 이론을 통해 〈화려한 휴가〉를 다시 읽으려는 시도이다. 로스버그는 특히 홀로코스트에 대한 인식론적 충동과 반인식론적 충동을 변증법적으로 결합함으로써 홀로코스트의 트라우마를 재현할 수 있는 도구로서 "트라우마의 리얼리즘 traumatic realism"을 제안한다. 이 글에서는 라캉의 정신분석학적 입장에서 전통적 리얼리즘의 한계를 점검하고, 이를 바탕으로 트라우마의 리얼리즘의 필요성을 역설하고자 한다. 그리고 트라우마의 리얼리즘을 통해서 〈화려한 휴가〉를 되짚어 보면서 그것의 한계 지점들을 따져 보고자 한다.

하지만 이 글의 목적은 앞서 제기된 〈화려한 휴가〉에 대한 비판을 반복하고자 하는 것은 아니다. 왜냐하면 〈화려한 휴가〉가 그저 자본에 종속되어 물화된 상업적 이미지만을 재생산했다고 비난하기는 힘들기 때문이다. 5·18을 감히 재현하려 했다는 시도만으로도 충분히 찬사를 받을 만한 것이며, 이는 사회적으로 반드시 필요한 작업이었고, 이런 작업을 통해 우리는 더 많은 〈화려한 휴가〉를 즐겨야 할 권리와 의무가 있다. 그러하기에 이 글은 학문적 담론 내에서 〈화려한 휴가〉의 복권을 주장함과 동시에 그것의 무한 재생산을 촉구하는 글이 될 것이다.

각주 그리고 리얼리즘

나는 시인이 아니다. 그러나 만약 [아도르노의] 말이 진실이라면, 아우슈비츠 이후에 각주를 단다는 것은 마찬가지로 야만적인 것은 아닐까? 나는 여러 자료들을 묶어 하나의 문단으로 만들고, 문단을 하나의 장章으로, 장을 다시 하나의 책으로 만들면서, 나는 내 마음속에서 파괴의 과정을 재구성해야만 했다. 나는 언제나 스스로 확실한 토대 위에 서 있다고 생각했다. 나는 예술적 실패에 대한 두려움도 없었다. 이제 나는 [나의 작업에 대해] 성공했다는 이야기를 듣고 있다. 하지만 그것이 약간의 염려를 자아낸다. 왜냐하면 우리 역사가들은 우리의 작업에서 성공한 바로 그때 역사를 황폐화시키기(usurp) 때문이며, 요즘 사람들은 여기 내 책의 페이지 위에 인쇄된 글 속에서 있는 그대로의 홀로코스트에 대한 궁극적 진실(the true ultimate Holocaust as it really happened)을 얻게 될 것이라는 그릇된 믿음을 가지고 읽을지도 모르기 때문이다.(Raul Hilberg 25)

인용한 라울 힐버그Raul Hilberg의 문제의식은 진중권이 "단순한 기억술"이라고 정의한 것이 역사적 트라우마에 대하여 갖는 문제점을 더 심도 있게 고찰한다. 힐버그는 홀로코스트에 관한 일련의 역작을 집필한 역사학자였다. 그러한 그가 자신의 책이 거둔 학문적 "성공"에 회의하며 성공 자체에 대해 근본적 질문을 던지고 있다. 그러나 그의 회의는 홀로코스트에 대한 책을 쓰는 행위 자체에 대한 회의는 분명 아니다. 그것은 자신이 생산한 지식의 진실성에 대한 회의에 가깝다. 즉, 자신의 지식이 가지고 있는 진리주장truth-claim에 대한 의구심이다. 그것은 일종의 포스트모더니즘적 회의, 다시 말해서 역사와 허구의 경계선에 대한 회의와 맞닿아 있는 듯하다.

이는 각주에 대한 그의 불신을 통해 드러난다. 각주는 어떤 주장에 대해 사실성과 객관성을 담보해 줄 수 있는 도구로 여겨진다. 각주를 통해 독자들은 법률적 행정적 문서나 사건 기록 등 다양한 실제 역사적 기록들을 만날 수 있으며, 또한 역사가는 자신의 주장에 대해 객관적 사료를 제공함으로써 진실성을 강화시킬 수 있다. 이런 관행 속에는 각주가 텍스트적 지식과 실제 역사적 사건을 연결해 줄 수 있는 통로로서 기능할 수 있으리라는 믿음이 존재한다. 그런데 문제는 각주가 궁극적 지시 대상체로서의 홀로코스트와 연결 지점을 결코 만들어 주지 못한다는 것이다. 각주가 지시하고 있는 역사적 문서와 기록물들 역시 상호텍스트적 공간 속에서 단지 또 하나의 텍스트에 불과한 것이기 때문이다. 각주는 다른 텍스트나 기표와 마찬가지로 철저하게 자기지시적인self-referential 것이다. 따라서 그 어떤 각주도 독자를 텍스트 밖의 역사와 직접적으로 조우하게 만들지는 못한다. 역사와의 실질적 대면은 언제나 빗나가고 오로지 또 다른 기표의 사슬만을 목도하게 될 뿐이다. 다시 말해서, 역사책에는 역사가 존재하지 않는다. 텍스트가 실재 역사의 자리를 강탈함으로써 실재 역사를 더욱 빈곤하게 만들 뿐인 것이다. 드러나야 할 그래서 치유되어야 할 홀로코스트의 극단적 공포와 트라우마는 여전히 억압되어 있고, 단지 수량화된 기록만이 그 자리를 대신할 수밖에 없기 때문이다. 그것은 역사가 아닌 야만이다. 힐버그가 자신의 작업에 대해 회의하는 부분이 바로 이 지점이다. 그래서 그는 글의 제목처럼 "나는 그곳에 있지 않았다I Was Not There"라고 고백하지 않을 수 없었던 것이다.

각주에 대한 힐버그의 불신은 텍스트와 실제 역사적 사건 사이의 비동일성에 근거한다는 점에서 리얼리즘에 대한 불신과 맞닿아 있다. 예컨대, 롤랑 바르트는 리얼리즘을 "지시 대상체를 통해서만 정당화될 수 있는 언어 행위를 허용하는 담론"으로 정의하며, 특히 문학과 역사에서 대상이나 사건에 대한 적확하고 세밀한 묘사와 연관된 언어 행위를 이 범주에 포함시킨다. 즉, 언어와 그것이 지시하는 사물 사이의 동일성을 꿈꾸는 것, 혹은 "기표와 지시 대상체 사이의 직접적 충돌"을 상정하는 것이 리얼리즘인 것이다.(147)

하지만 이런 리얼리즘은 소쉬르Ferdinand de Saussure가 언어를 지시 대상체와 무관한 기표 간 차이의 체계로 정의했을 때, 이미 사망 선고를 받았다. 언어가 사물로부터 파생된 상징체계가 아니라면, 그것의 의미가 지시 대상체와의 연관성 속에서 생성되는 것이 아니라면, 언어적 구성물은 절대 리얼리티를 생산해 내지 못한다. 언어적 기호가 실제 사물로 환원 불가능한 탓이다. 지시 대상체가 언어로부터 유리되어 괄호 속에 갇혀 있다면, 이제 언어가 외부 세계와 맺을 수 있는 관계는 오로지 상상적인 것뿐이다. 따라서 언어가 생산하는 리얼리티는 리얼리티가 아니라 "리얼리티 효과"에 불과한 것이 된다.(Barthes 148) 최소한 소쉬르의 언어 시스템 내에서는 그렇다. 하지만 언어의 외부에 존재하는 사물이 사라진 것이 아니라면, 그것이 여전히 그곳에 존재한다면, 비록 언어를 통해서 그 실체가 명확하게 드러나지 않는다 하더라도, 그곳에는 여전히 리얼리즘에 대한 가능성이 존재한다. 어떤 식으로든 그 사물과 직접 대면할 수 있는 여지가 남아 있기 때문이다. 물론 이것은 전통적인 의미에서의 리얼리즘은 아닐 수도 있다. 하지만 그 어떤 리얼리스트도 "기표와 지시 대상체 사이의 직접적 충돌"을 상상하지는 않았다.

대표적인 리얼리즘 이론가인 죄르지 루카치 역시 그런 순진한 리얼리즘을 상정하지는 않았다. 그에게 기표와 지시 대상체 사이의 동일성을 꿈꾸는 리얼리즘은 '모사적模寫的 리얼리즘'에 불과하다. 루카치는 리얼리즘을 이런 시각적 동일성에서 해방시키고 언어를 통해 외부 세계와 관계를 맺는 새로운 방식을 탐색한다. 이 탐색은 텍스트와 세계 사이의 관계를 '매개'라는 특수한 사고방식을 통해 상상하는 것이다.

> 만약에 문학이 객관적 리얼리티가 반영되는 특수한 형식이라고 한다면, 문학은 그저 표면적인 것을 즉각적인 형태로 그리기보다는 리얼리티를 있는 그대로 포착해 내야 하며, 또한 즉각적이고 표면적으로 드러나는 것을 재생하는 것에 그치지 않는 것이 중요하다. 작가가 진실 그대로의 리얼리티를 재현하고자 한다면, 즉 그가 진정한 리얼리스트가 되고자 한다면, 여기에서는 총체성의 문제가 결정적인 역할을 하게 되는데, 이는 작가가 그 문제를 어떤 지적인 방식으로 생각하든 마찬가지다. …… 따라서 문제의 핵심은 현상과 본질 사이의 변증법적 통일성을 정확하게 이해해야 한다는 것이다.("Realism in Balance" 33)

여기에서 리얼리즘의 핵심적 문제는 언어적/이데올로기적 구성물인 문화와 물질적 토대 사이의 "변증법적 통일성"에 대한 반영이며, 이 변증법적 통일성은 세계의 총체성을 구성하는 방식이다. 하지만 이 총체성은 기호와 대상체 사이의 동일성을 통해서 구성되는 것은 아니다. 현상과 본질이 어떻게 상호 매개되는지, 그리고 그것이 어떻게 총체적 체계로서 구축될 수 있는지를 고려해야만 성취될 수 있는 것이다. 자본주의의 사물화시키는 힘은 세계의 유기적 통일성을 파괴한다. 이는 토대와 상부구조가 근본적으로 다를 수밖에 없음을 의미한다. 따라서 그 둘이 하나의 총체적 체계로 인식되려면 그 둘이 매개되는 방식을 숙고하지 않으면 안 된다. 이를 통해 리얼리즘은 역사와 세계에 대한 매개된 인식의 형태로 정의된다. 따라서 루카치에게 리얼리즘은 현상적 경험 세계와 그 표면 밑에 존재하는 본질 사이의 복잡한 관계를 드러내는 작업이 된다. 여기에서 예술가의 역할은 개인이 객관적인 사회적 실체와 관계를 맺는 방식을 포착하여 그것에 예술적 형식을 부여하고, 이를 다시 추상화 과정을 거쳐 세계에 대한 직접적이고 주관적인 경험으로 전환시키는 것이다. 이는 문화와 경제적 토대가 매개되는 방식에 초점을 맞춤으로써 부르주아 사회의 직접성immediacy을 극복하고, 아무리 작은 사회적 모순이라 할지라도 거시적 총체성의 틀 속에서 복잡한 역사적 이해를 가능케 한다. 그러므로 이 과정 속에서 나타날 수 있는 구체적이고 세부적인 묘사는 추상화와 구체화의 복잡한 과정의 산물인 것이다. 그것은 철저하게 매개된 형태의 진술이며, 따라서 바르트가 비판하는 리얼리즘과는 거리가 다소 먼 듯하다.

이런 의미에서 보면, 루카치의 리얼리즘은 분명 "기표와 지시 대상체 사이의 직접적 충돌"을 꿈꾼다기보다는 언어적 구성물을 통하여 본질과 현상 사이의 복잡한 변증법적 관계를 드러내어 세계를 총체적으로 파악하려는 인식론적 틀에 가깝다. 동시에, 그것을 역사의 발전이라는 서사 형식을 통해서 추구한다는 점에서 서사에 대한 욕망이기도 하다. 즉, 사물이나 사건 혹은 인간의 본질 혹은 그들 사이의 관계와 의미는 직접적으로 드러나지는 않지만 그들을 역사 속에 위치시킴으로써 하나의 이야기로 엮어 내고 이를 통해 하나의 완결된 형식적 체계로 재구성해 내는 것이다.

루카치의 후계자라고 할 수 있는 프레드릭 제임슨Fredric Jameson은 이를 더 세련된 방식으로 표현한다. 그에 따르면, 우리가 역사에 접근하려면 "정치적 무의식 속에서 텍스트화 과정 혹은 서사화 과정을 먼저 거쳐야만 한다."(35) 이렇게 되면, 세계에 대한 인식의 문제는 서사의 문제로 전이된다. 따라서 서사는 단순히 이야기나 플롯이 아니라 세상을 바라보는 방식이며, "인간 정신의 중심적 기능 혹은 심급"인 것이다.(Eagleton 58) 세상을 이야기로써 설명하는 것이 아니라 거꾸로 이야기를 통해서 세상을 바라보는 것이며, 이야기가 세상을 모방하는 것이 아니라 세상이 이야기의 형식대로 재구성되는 것이다. 다시 말해서, 루카치가 서사를 통해서 총체성을 되찾고자 했던 시도는 사물화되고 파편화되어 버린 그래서 총체적 인식이 불가능해져 버린 자본주의 세계를 인식 가능한 하나의 이야기로 변환시킴으로써 세계에 대한 인간의 통제력을 유지하고자 했던 노력이라고 할 수 있다.

리얼리즘의 트라우마

슬라보예 지젝은 이런 루카치의 총체화에 대한 열망을 다른 각도에서 볼 수 있는 틀을 제공해 준다. 그는 이데올로기를 정의하며 프로이트에게서 차용한 흥미로운 꿈 이야기를 들려준다.

한 아버지가 병든 자식을 간호하며 며칠 밤낮을 꼬박 샜다. 아들이 죽은 후, 그는 잠을 자기 위해 옆방으로 갔다. 하지만 죽은 아이의 시신이 놓여 있는 방이 잘 보이도록 침실의 문을 열어 놓았다. 아이가 누워 있는 방에는 높은 촛대 위에 촛불이 켜져 있었고, 한 노인이 그 시신을 돌보며 기도문을 외우고 있었다. 몇 시간을 자고 난 후 아버지는 꿈을 꾸었다. 아이가 침대 옆에 서서 그의 팔을 잡고는 귀에 대고 책망하듯 속삭였다. "아버지, 제가 타고 있는 게 보이지 않으세요?" 아버지는 잠에서 깨어 옆방에서 불길이 올라오는 것을 보고 서둘러 그 방으로 들어갔다. 노인은 잠들어 있었고, 아이를 싸맨 천과 한쪽 팔에 쓰러진 촛불에서 불이 옮겨 붙고 있었다. (Žižek 44-45)

이 꿈은 피곤에 지친 아버지가 불길 속에서 잠을 연장하려는 수단이라는 것이 일반적인 해석이다. 즉, 잠을 방해하는 현실 세계의 자극을 꿈의 환상으로 치환시킴으로써 잠을 연장하는 것이다. 그리고 꿈꾸는 아버지의 잠을 깨울 수 있는 것은 외부로부터의 더 강한 자극이다. 그런데 지젝은 이를 색다르게 해석한다. 그에 따르면, 아버지의 잠을 깨우는 것은 외부의 강렬한 자극이 아니다. 처음 불이 났을 때 아버지는 외부의 자극을 꿈속의 이야기로 치환시킨다. 판타지를 통해 현실을 대체함으로써 아들이 불에 타고 있는 외부의 현실로 깨어나길 거부하는 것이다. 그런데 이 외부의 현실은 그다지 고통스런 현실이 아니다. 아들이 이미 죽은 뒤이기 때문이다. 더 큰 고통, 즉 "트라우마의 핵심"과 조우하게 되는 것은 꿈속에서이다. 꿈속의 아들이 속삭인다. "아버지 제가 타고 있는 게 보이지 않으세요?" 이는 아버지가 감추고 싶은 진실을 들추어낸다. 아버지로서 아들의 생명을 지켜 주지 못했다는 원초적 죄책감이다. 이는 아들의 죽은 시신이 불에 타고 있는 현실보다 더 끔찍한 실재이다. 그래서 그는 꿈에서 깨어난다. 꿈에서 현실로 도피한 것이다. 지젝은 이렇게 정의 내린다. "현실Reality은 우리의 욕망의 실재the Real of our desire를 가리기 위한 판타지 구조물이다."(45)

이는 전통적인 리얼리티와 이데올로기 관계에 대한 전복이다. 이데올로기는 참혹한 현실에서 탈출하려고 만들어 낸 허상이 아니다. 이데올로기는 우리가 살아가는 현실 그 자체이며, 이 현실은 더 큰 역사의 악몽으로부터 보호해 주는 판타지인 것이다. 따라서 "이데올로기의 기능은 우리가 현실에서 도피할 수 있는 지점을 마련해 주는 것이 아니라, 사회적 현실 그 자체를 실재적 트라우마의 핵심으로부터의 도피처로 제공해 주는 것이다."(45) 결국 전통적인 '리얼리티/이데올로기'의 대립적 공식은 깨지고, 그 대신 '리얼리티=이데올로기/실재'의 대립으로 대체된다. 즉, 리얼리티와 '실재'는 전혀 다른 층위에 속하는 것이다.

리얼리티와 이데올로기 그리고 실재적 트라우마의 핵심에 대한 지젝의 정의는 루카치가 리얼리즘 이론을 통해 무엇을 얻고 무엇을 회피하고자 했는지에 대한 일말의 암시를 준다. 파편화된 현대사회에서 인간의 실존적 위치를 "선험적 고향 상실transcendental homelessness"이라고 규정한 루카치에게 소설을 통한 우주적 총체성의 회복은 일차적 명제가 된다.(《소설의 이론》40) 이런 신화적 총체성에 대한 향수는 앞서 말했듯 서사에 대한 욕망에 다름 아니다. 특히 그가 욕망하는 서사는 역사의 합법칙성을 통하여 의미론적으로나 형식적으로나 완결된 서사이다. 즉, 의식의 외부에 존재하던 리얼리티를 이야기라는 형식적 패러다임 속으로 끌어들임으로써 특정한 방식으로 전유하고자 했던 것이다. 특히 루카치는 제임스 조이스의 소설이 "끊임없이 흔들리는 감각 및 회상 자료의 패턴과 강력하게 충전된, 그러나 목적도 방향도 없는 힘의 장은 정적인 서사시적 구조를 형성하면서 여러 사건의 기본적으로 정적인 성격에 대한 신념을 반영하고 있다"고 비판함으로써, 철저하게 전통적인 발전론적이고 목적론적인 서사 양식만을 옹호했다.(《현대 리얼리즘론》19) 모더니스트적인 글쓰기 형식을 처음부터 배제함으로써 주체가 세상을 인식하고 관계를 맺을 수 있는 더 다양한 형식들을 억압했던 것이다.

특히 한정된 종류의 서사 형식과 총체성에 대한 루카치의 집착은, 헤이든 화이트Hayden White의 주장처럼, 리얼리티 자체를 파악하고자 하는 욕망과는 전혀 다른 것일 수도 있으며, 심지어는 모순적이기까지 한 것이다. 리얼리티를 서사화하는 것은 "사건이 이미지의 일관성과 통일성, 완전성과 종결성을 갖는 것처럼 보이게끔 하려는 욕망의 소산이다. 하지만 이런 일관성과 통일성은 오로지 상상적인 것일 수밖에 없"는 것이기 때문이다. (White 23) 루카치의 리얼리즘은 역사의 리얼리티를 드러내기보다는 그것을 특정한 서사 형식 속에 가두어 두고 이를 통해 특정한 정치적 효과만을 추구했던 것이다. 다시 말해서, 그의 리얼리즘은 일종의 "봉쇄 전략strategy of containment"으로 기능하면서 특정한 방식의 사회적 관계를 재생산하는 데 봉사하는 이데올로기적 기제가 되어 버린 것이다.(Jameson 10)

이런 관점에서 본다면, 루카치는 부재absence와 상실loss을 의식/무의식적으로 혼동하고 있다고도 볼 수 있다.[2] 그에게 진정으로 고통스러운 것은, 그래서 반드시 회피해야만 했던 트라우마의 핵심은, "천공의 불꽃"과 "내면의 불빛"이 일치하는 신화적 세계의 총체성이 처음부터 존재하지 않았다는 사실이다.(《소설의 이론》 25) 그것은 말 그대로 신화일 따름이었다. 하지만 그는 총체성의 근원적 부재라는 이 뼈아픈 진실을 외면해야만 했다. 그것의 부재를 인정하는 것은 그의 철학적 토대인 역사적 유물론을 포기하는 것이기 때문이다. 그러기에 그가 선택할 수 있는 것은 오직 하나였다. 역사적 유물론을 지키기 위해 형이상학적 관념론과 타협하는 것이다. 형이상학적 총체성의 실질적 부재를 상상적 상실로 치환시키는 것이다. 이를 통해서 부재하는 총체성에 대하여 알리바이를 제공함과 동시에 그것을 회복 가능한 대상체로 둔갑시킬 수 있었다. 결국 루카치에게 리얼리즘은 바로 총체성의 실질적 부재라는 트라우마의 핵심을 회피하기 위한 상상적 구성물인 것이다. 따라서 사회적 리얼리티를 드러내고자 한 그의 시도는 역설적이게도 리얼리티 자체를 서사 형식 속에 감금시킴으로써 리얼리티 효과만을 만들어 내는 결과를 가져왔다. 결국 리얼리즘은 리얼리티를 재현하지 못한다. 그것이 리얼리즘의 트라우마이다.

부재를 지시하는 리얼리즘

리얼리즘이 리얼리티를 재현하지 못한다는 사실이 반드시 리얼리즘의 종

---

[2] 역사학자 도미니크 라카프라Dominick LaCapra는 "부재absence"와 "상실loss" 혹은 "결여lack"를 구별해야 한다고 주장한다. 그는 "부재와 상실의 혼동은 특정 역사적 트라우마의 정치적 전유를 초래할 위험이 있다. 특히 역사적 상실을 경험하지 않은 자들은 집단적 정체성을 구축해 가는 과정 속에서 역사적 트라우마를 근본주의적인 방식을 통해 이데올로기적으로 이용하거나 상징적 자본symbolic capital으로 이용한다"고 주장한다. 그의 논문 "Trauma, Absence, Loss", *Critical Inquiry* 25.4(1999) 참조.

언을 의미하는 것은 아니다. 앞서 살펴본 꿈에 대한 지젝의 설명은 리얼리즘의 한계와 가능성에 대하여 또 한 가지 중요한 단서를 제공한다. 그것은 "실재the real"와 리얼리티의 구별이다. 최소한 라캉과 지젝의 사유체계 내에서는 리얼리티와 이데올로기는 구별점을 갖지 못한다. 리얼리티 자체가 이데올로기와 담론으로 구성된 일종의 판타지 구조물이기 때문이다. 이러한 리얼리티와 이데올로기에 대하여 실재는 절대적 외재성 exteriority으로 표시되는 자리다. 다시 말해서, 실재는 판타지와 언어의 외부에 존재하는 것으로 절대적으로 상징화를 거부한다. 바로 이 물질과 언어의 상호 외재성 속에서 인간은 심각한 역설에 빠지고 만다. 왜냐하면 유기체로서의 인간은 필연적으로 언어를 통해서만이 사회적 주체가 되기 때문이다. 생물학적 존재로서 인간의 존재 기반은 유기체라고 하는 물질적 층위, 즉 실재의 층위이지만, 문화적 존재로서 주체의 거처는 언어이다. 주체는 언제나 말하는 주체인 것이다. 기표의 사슬 속에서 현현하는 의미를 통하여 주체는 비물질적 무한을 꿈꾸지만, 동시에 언어 속에 결여된 실재의 층위는 주체에게 유한성을 상기시킨다. 따라서 말을 하는 것은 존재의 확인임과 동시에 죽음에 대한 예감이다.

그러나 죽음은 경험의 외부에 존재한다. 죽음은 의식의 절대적 타자인 것이다. 즉, 언어는 죽음을 표상하고 그것을 상징체계 내부로 포섭할 수 있지만 죽음의 실질적 경험을 표현하지는 못한다. 죽음이라는 기표가 실재 죽음과 결코 동질적이지 않기 때문이다. 따라서 죽음은 절대적으로 재현을 거부하는 것으로서의 실재에 대한 환유임과 동시에, 상징계 내에서 지워지지 않는 흔적으로 남아 있다는 점에서 그것은 "부재하는 현존absent presence"이 된다.(벨지 71) 결국 기표는 죽음이라는 실재를 대체하고 포섭하지만, 실재의 흔적을 완전히 삭제하지 못한다. 즉, 기표는 죽음을 지우면서도 끊임없이 죽음을 환기시킨다. 언어에 실재가 결여되어 있다는 것이 역설적으로 실재의 현존을 강화시키기 때문이다. 그러기에 라캉은 기표를 베일이나 스크린에 비유한다. 기표는 언제나 실재의 자리를 덮는다. 그것은 "무無를 덮는 베일이며, 심지어 주체의 가능한 부재, 잠재적 부재를 덮는 베일이다".(벨지 72)

바로 이 시점에서 기표가 지니는 '지시성referentiality'이 회복된다. 물론 그것은 "기표와 지시 대상체 사이의 직접적 충돌"이라는 의미에서의 지시성이 아니다. 그것은 실재의 부재하는 현존에 대한 지시성이다. 즉, 기표는 실재가 거기에 없음을 지시함과 동시에 실재의 현존을 환기시켜 주는 것이다. 이런 의미에서, 로스버그는 기표를 기호학자 퍼스C. S. Peirce가 "인덱스index"라고 정의한 것과 유사한 기호라고 주장한다.(Rothberg 108) 인덱스는 일반적으로 원인과 결과의 관계를 통해서 이해된다. 예컨대, 건물 위로 피어오르는 연기는 어디에선가 화재가 발생했음을 지시하는 인덱스가 되는 것이다. 하지만 실재의 부재를 지시하는 기표로서의 인덱스는 원인의 결여를 통해서만 작동한다. 풍향계가 가장 합당한 예라고 할 수 있는데, 풍향계는 바람이 불어오는 곳을 가리키지만 그곳에는 아무것도 존재하지 않는다. 즉, 그것은 원인의 필연적 부재, 실재의 결여만을 지시할 뿐이다. 하지만 이 원인의 결여 혹은 실재의 결여를 통해서 더 큰 실재의 존재감을 느낄 수 있게 된다.

실재의 결여 혹은 부재하는 현존을 지시하는 인덱스로서의 기표의 기능은 리얼리즘의 극적 생환을 약속한다. 리얼리즘은 그것이 비록 고도로 매개된 것이라 할지라도 실제 대상을 모방하는 것이다. 하지만 대상을 모방하는 것은 대상을 드러내는 동시에, "대상 자신이 단지 기표로서 존재한다는 것을 보여 줌으로써 대상을 파괴하는" 행위다.(Lacan, Seminar VII 136) 다시 말해서, 리얼리즘은 실재 위에 덮인 베일이다. 그것은 실재 위에 스스로를 각인시키려 시도하지만, 언어와 실재 사이의 다름으로 인하여 실재 자체를 사라지게 만들 뿐이다. 그러나 리얼리즘이 리얼리즘이기를 원하는 불가능성을 지양한다면, 리얼리즘이 실재의 재현이라는 불가능성을 포기한다면, 그리고 리얼리즘 속에 실재가 결여되어 있음을 인정한다면, 리얼리즘은 실재의 부재를 지시하는 인덱스로서 부활하게 된다. 즉, 리얼리즘은 실재의 존재를 환기시킴으로써 그것의 부재를 지시하게 되는 것이다.

이는 리얼리즘을 통해 트라우마를 재현하고자 할 때 특히 중요한 의미를 갖는다. 리얼리티를 재현하지 못하는 것이, 실재를 결여한 언어적 구성물에 불과하다는 것이, 그래서 실재를 가리는 베일에 불과하다는 것이 리얼리즘이 지니는 트라우마이자 역설이라고 한다면, 그 역설을 감추는 것이 아니라 적극적으로 드러냄으로써 역사적 트라우마의 재현에 더 가까워질 수 있다. 왜냐하면 트라우마가 언제나 '엇나간 조우missed encounter'로서 표현될 수밖에 없는 경험의 구조라고 한다면, 트라우마는 절대적으로 재현 불가능한 것이 된다. 따라서 트라우마를 재현하려는 시도는 역설에 빠질 수밖에 없다. 이 해결 불가능한 역설이 리얼리즘의 역설을 통해 적극적으로 표현될 수 있기 때문이다. 이 불가능한 리얼리즘을 로스버그는 "트라우마의 리얼리즘traumatic realism"이라 정의한다.[3]

트라우마의 리얼리즘

외상적traumatic 신경증에서 일어나는 꿈은 환자를 사건의 현장, 즉 또 다른 경악 속에서 그를 잠에서 깨우는 그 현장 속으로 반복적으로 데리고 가는 특징이 있다.(프로이트 277)

---

[3] "트라우마의 리얼리즘Traumatic Realism"은 핼 포스터가 《실재의 귀환》(1996)에서 앤디 워홀의 팝아트를 설명하는 데 처음 사용한 용어로, 이후에 로스버그가 《트라우마의 리얼리즘》(2000)을 통해 홀로코스트 문학의 리얼리즘을 설명하는 데 다시 사용했다.

프로이트는《쾌락의 원칙을 넘어서》의 서두에서 "외상적 신경증traumatic neurosis"에 관한 이야기를 꺼낸다.(275-78) 이 외상적 신경증의 특징은 환자가 어떤 갑작스런 충격적 사건에 고착되어 꿈속에서 그 사건을 반복하며, 꿈속에서의 충격으로 인해 또다시 놀라서 꿈에서 깨어난다는 것이다. 프로이트가 이런 증상에 주목하게 된 것은 이것이 일반적인 '쾌락원칙'에 위배되기 때문이다. 쾌락원칙에 따르면, 전쟁의 공포와 상처 같은 것은 억압되고 그 사건 이전의 건강한 모습을 상상함으로써 현재의 상처를 치유하려는 것이 꿈의 기능이기 때문이다. 그런데 외상적 신경증 환자의 꿈은 그 공포의 현장을 반복적으로 재현하는 것이다. 이것은 일종의 반복강박repetition complex으로, 프로이트는 이 문제에 접근하고자 "불안," "공포," "경악"을 구별한다.

그에 따르면, 불안은 "어떤 위험을 예기하거나 준비하는 특수한 상태"를 지칭하며, "공포"는 두려움의 대상이 명확할 때 나타나는 심리적 반응이다. 반면 "경악Schreck/fright"은 "준비 태세가 되어 있지 않은 채 위험 속에 뛰어들었을 때 얻게 되는 상태"이다.(276) 이렇게 보면 불안증은 외부의 자극을 미리 예견하고 그것에 대비하려는 심리적 메커니즘이라 할 수 있다. 그러나 예기치 못한 갑작스런 충격은 불안증을 발전시킬 여유 없이 주체를 죽음의 공포로 몰아넣는다. 트라우마의 경험은 여기에서 발생한다.

하지만 캐시 캐루스Cathy Caruth의 설명에 따르면, 트라우마적 경험의 원인을 구성하는 것은 단순하게 죽음의 목도 혹은 죽음의 공포에 대한 경험만은 아니다. 그것은 시간 흐름의 파괴로 인한 "의식적 시간 경험의 단절"이다.(10) 외부 자극의 갑작스런 충격은 주체가 그것에 대비할 수 있는 시간을 앗아 가고 그로 인해 주체는 시간의 단절을 경험하는 것이다. 이는 곧 갑작스런 죽음의 공포를 직접적으로 온전히 경험할 수 있는 시간의 결여를 의미하며, 따라서 이 죽음의 공포는 의식의 일상적 상태로 편입되지 못한 채 의식의 외부에서 유보되며 반복적으로 의식 속으로 침략한다. 바로 이것이 외상적 신경증의 기반이 된다.

환자가 반복적으로 꾸게 되는 공포의 현장에 관한 꿈은 직접적 경험의 결여와 죽음의 재현 불가능성을 암시하며, 꿈의 반복을 통해서 그것을 일상적 언어 속에서 재현하고 공포를 극복하려는 시도가 된다. 하지만 죽음이라는 실재적 층위와의 조우는 언제나 빗나갈 수밖에 없는 것이기에 환자는 과거의 시간만을 무한 반복하며 과거에 매몰되고 만다. 그런데 꿈을 통해 죽음을 반복하는 것보다 더 괴로운 것은 그 죽음의 꿈에서 매일매일 다시 깨어나야 한다는 사실이다. 깨어난다는 것은 죽음의 공포로부터 생존했다는 안도감이 아니라 또 다른 "갑작스런 충격fright"인 것이다. 깨어남으로써 또 살아남음으로써 반복적 꿈으로도 파악되거나 포착될 수 없는 죽음의 공포를 끊임없이 되살며 그것에 대한 증언자가 되어야 하기 때문이다. 다시 말해서, 꿈이 죽음의 공포를 일상화시키고 그것을 무無의 상태로 전환시키는 베일임과 동시에 그것의 현전을 환기시켜 주는 인덱스라고 한다면, 갑작스레 깨어난 주체는 이 모든 것을 자신의 몸속에 반복적으로 각인시켜 놓고 살아가야 하는 것이다. 살아남은 자는 그 자체로 죽음의 증언자인 것이다. 그러기에 트라우마는 "죽음과의 엇나간 조우의 반복일 뿐만 아니라, 자신의 생존과의 엇나간 조우"이기도 하다.(Caruth 10)

만약에 트라우마의 리얼리즘이 가능하다면, 그것이 포착해 내고 표현해야 하는 트라우마는 바로 이 "죽음과의 엇나간 조우"와 더불어 "자신의 생존과의 엇나간 조우"이다. 즉, 트라우마의 리얼리즘은 궁극적으로 텍스트를 통하여 "엇나간 조우"로서의 실재에 대한 경험을 환기시켜 주는 인덱스로 기능함과 동시에 생존과의 엇나간 조우 역시 텍스트 속으로 끌어들일 수 있는 것이어야 한다. 트라우마의 리얼리즘 정의에 대한 정초를 마련한 로스버그가 그것의 전형적인 텍스트로 인용하는 루트 클뤼거Ruth Klüger의 홀로코스트 증언 문학 작품인 《살아가기: 어떤 청춘living on: A Youth》은 이러한 삶과 죽음과의 엇나간 조우를 잘 포착한다.

어느 날, 우리와 이웃하고 있는 캠프에 헝가리 여인들이 들어왔다. 그들은 집에서 곧장 끌려왔으며 아직 아무것도 모르고 있었다. 우리는 가시철망 사이로 그들과 이야기를 나누었다. 그리 많은 말을 할 수 없었기에 아주 급하게 서둘러야만 했다. 그들을 보면서 내가 그들보다 여기 테레지엔슈타트 캠프에 얼마나 오랫동안 머물고 있었는지 깨닫게 되었다. 한 여인을 만나게 되었는데, 그녀는 독일말을 아주 잘했으며, 나와 비슷한 또래의 딸이 있었다. …… 엄마는 우리가 여벌의 양말이 한 켤레 있다는 것을 기억하고는 그것을 가져와 건네주려고 가시철망 위로 던지려던 참이었다. 나는 내가 더 잘 던질 수 있으니 나에게 맡기라고 했다. 하지만 엄마는 이를 거절했다. 계속 양말을 던졌으나 실패하고 결국 양말은 가시철망 꼭대기에 걸리고 말았다. 가시철망을 사이에 두고 안타까움의 말과 무의미한 몸짓이 오고갔다. 다음 날 헝가리 여인들은 모두 사라졌고, 캠프는 귀신이 나올 듯 텅 비어 있었다. 가시철망 위에는 여전히 양말이 걸려 있었다. (123, Rothberg 133-34 재인용)

이에 대한 로스버그의 해석은 경청할 만하다. 그에 따르면, 앞에서 클뤼거는 "동일시와 탈동일시, 친숙함과 낯섦"을 적절히 융합시키고 있다. 비슷한 또래의 헝가리 여인 모녀와 화자의 모녀, 그들은 같은 언어를 사용하며 철망을 사이에 두고 소통을 한다. 그들은 서로가 서로에게 거울 이미지를 제공한다. 또한 양말이라는 일상적 사물과 일상적 대화는 극단의 위기에 처한 몸을 지켜 주고 가리는 역할을 함으로써 가시철망으로 상징되는 죽음의 캠프라는 낯섦의 공간을 삭제해 버린다. 양말과 짧은 대화들이 가시철망을 소통의 장으로 변화시켰기 때문이다. 그런데 일순간 이 양말이 지니고 있는 친숙함과 일상성은 낯설고 섬뜩한uncanny 것으로 변모하고, 가시철망은 더 이상 넘어설 수 없는 한계 지점으로 나타난다. 헝가리 여인들이 사라졌다는 말은 그들이 이미 죽은 시신이 되었을 것임을 암시한다. 하지만 그들의 죽음은 그 어떤 언어나 몸짓으로도 재현될 수 없다. 단지 가시철망 위에 걸려 있는 양말만이 "일상과 극단 사이를 매개"하면서 그들의 존재했었음을 그러나 지금은 부재함을 알려 줄 뿐이다. 즉, 양말이 형가리 여인들의 부재하는 현존을 지시하는 인덱스가 된 것이다. 이렇게 일상과 극단을 가로지르는 양말의 기능은, 트라우마의 리얼리즘이 어떤 방식으로 일상의 테두리에 갇혀 있는 현대 리얼리즘의 벽을 뛰어넘고, "전통적으로 이해되는 리얼리즘의 기획으로부터 이탈"할 수 있는 있는지를 보여 주는 것이라고 할 수 있다.(134-35)

로스버그의 해석에 한 가지를 더 부연하자면, 클뤼거의 텍스트 속에서 형가리 여인들이 떠나고 난 후 가시철망 한쪽 편에서 양말을 바라보며 우두커니 서 있는 두 여인을 상상해 보자. 이 두 여인은 철망 너머의 또 다른 두 여인을 바라보며 자신이 살아 있음을 인식할 수 있었다. 그러나 어느 날 갑자기 반대편에 서 있어야 할 또 다른 자아가 사라졌다. 거울 속에 있어야 할 자신의 이미지가 사라져 버린 것이다. 이는 앞서 프로이트가 꿈에서의 갑작스런 깨어남이라고 표현한 것과 유사하다. 형가리 여인들의 부재를 통해서 그리고 양말의 현존을 통해서 그들은 실재의 존재와 홀로코스트의 극단적 공포를 아련하게 인식할 수 있지만, 동시에 살아남은 두 여인의 몸은 그 자체로 실재의 증언자가 되어야만 한다. 물론 그들의 증언은 언어적 행위를 통해서 이루어지는 것은 아니다. 던져진 양말은 목적지에 도달하지 못하고 그 여인들의 말은 청자에 도달하지 못한 채 자신들에게 되돌아오기 때문이다. 소통 자체가 불능의 상태에 빠진 것이다. 이 단절 속에서 시간의 연속성이 깨지고 정신은 극심한 균열을 겪을 수밖에 없게 된다. 이 단절된 시간성과 균열된 정신이 각인된 그들의 몸이 홀로코스트라는 극단적 경험에 대한 증언이 되는 것이며, 이것이 바로 캐루스가 설명한 "자신의 생존과의 엇나간 조우"라고 할 만하다.

어쨌든 클뤼거의 텍스트에 대한 로스버그의 해석은 트라우마의 리얼리즘이 텍스트 속에서 무엇을 창출해야 하는지를 보여 준다. 그것은 텍스트의 상징질서 속에 존재하지만 그것의 체계 속으로 자연스럽게 편입되지 못하는 실재의 찌꺼기, 혹은 라캉이 "오브제 a"라고 부른 것이라 할 수 있다. 오브제 a는, 부루스 핑크Bruce Fink의 설명에 따르면, "트라우마적 원인으로서 상징화의 나머지, 즉 상징화 후에 혹은 상징화에도 불구하고 뒤에 남아 끈질기게 자기주장을 하며 외−존재하는ex-istent R$_2$이다. 그리고 그것은 법의 순탄한 기능과 의미 연대의 자동적 전개를 방해한다."(Fink 83, 박찬부 254 재인용) 이러한 오브제 a는 로스버그의 말처럼 "일상과 극단 사이를 매개"하고, 상징계 내에 실재의 결여를 감춤과 동시에 그것의 존재를 일깨워 준다. 이런 오브제 a의 생산을 통하여 트라우마의 리얼리즘은 전통적 리얼리즘 서사를 추구함과 동시에 부정한다. 즉, 리얼리즘적 서사를 통해 실재 역사적 사건을 기록함과 동시에 그 기록을 부정하는 것이다. 이는 전통적인 발전론적 서사를 추구하면서도 그것의 발전과 전개를 교란시킴으로써 실재와의 엇나간 조우를 형상화하는 서사 전략이라 할 수 있다. 따라서 트라우마의 리얼리즘은 단순한 '리얼리티 효과'를 생산하거나 리얼리티를 지시하는 것을 뛰어넘어, 실재가 텍스트의 틈새를 비집고 삐져나올 수 있는 계기를 마련해 주는 리얼리즘인 것이다.

〈화려한 휴가〉 그리고 부재하는 현존

문화산업의 문법을 통해 생산된 5·18 영화 〈화려한 휴가〉와 관련된 많은 쟁점들, 특히 5·18에 대한 사실적 재현과 그것의 미학적·정치적 가치에 관한 논란은 결국 한 가지 문제로 요약된다. 〈화려한 휴가〉가 과연 그것이 생산해 낸 5·18의 이미지들과 긴장감 있는 이야기들을 초과하는, 그 화려한 이미지들의 시퀀스 속에 포섭되지 않는, 그런 잉여적 요소들을 생산하는 데 성공했느냐 하는 것이다.

기본적인 사실부터 이야기해 보자. 〈화려한 휴가〉에는 5·18이 없다. 이것은 부정할 수 없는 진실이다. 어쩌면 이것이 이 영화 속에 내재된 유일한 진실의 계기일 수도 있다. 비록 5·18을 있는 그대로 재현하고자 시도하지만, 이 영화는 실제 역사적 사건을 그와 비슷한 이미지들로 대체했을 뿐이다. 이미지와 실재 사이에는 그 어떤 동일성도 성립될 수 없기 때문이다. 이 영화는 그 대신에 스크린 위에 테크놀로지로 생산된 이미지를 투사함으로써 5·18의 실질적인 진실을 감추고 있다고 할 수 있다. 역사적 실재로서의 5·18을 삭제하고 그것의 부재를 통해 5·18이 1980년 광주에 있었음을 환기시켜 줄 뿐이다. 따라서 〈화려한 휴가〉는 그저 5·18이 존재했던 방향만을 지시하는 인덱스의 기능 그 이상은 아니다.

서사적인 측면에서도 그러하다. 플롯의 중심축을 이루는 것은 역사의 저편에서 열심히 하루를 살아가는 평범한 택시 기사 민우(김상경 분)가 계엄군의 총격에 동생을 잃고 시민군이 되어 역사의 주인공으로 변모하는 과정이다. 이 변화의 과정을 이끌어 가는 주요 모티프는 형제애와 그의 연인 신애(이요원 분)에 대한 사랑이다. 이러한 서사적 구조 속에서 5·18이라는 실재 역사의 문제는 슬그머니 뒤로 빠지고 만다. 역사는 이제 단지 한 개인이 역사적 주체로서 자신을 자각하고 사랑을 성취하는 드라마의 배경으로 자리하게 된다. 악몽으로서의 역사가 배제되면서 남는 것은 한 개인의 영웅적 무용담과 감상적 로맨스, 그리고 선과 악의 투쟁으로 치환된 시민군과 계엄군 간의 전투이다. 이 상황에서 개인의 죽음과 희생은 억압되어야 할 실재와의 대면이 아닌 비극적 영웅의 죽음으로 승화된다. 슬퍼하지 않아도 좋을 죽음, 오히려 자살이라고 해야 할 판이다. 죽어야만 영웅이 될 수 있는 서사적 구조 탓이다. 결국 죽음이라고 하는 물질적 층위, 즉 실재는 변질되어 트라우마에 대한 경험이 아닌 하나의 상품으로 인간 실존의 문제에서 지워져 버리고 만다.

이런 서사 구조는 〈화려한 휴가〉의 가장 큰 쟁점을 부각시킨다. 주인공

민우가 평범한 소시민에서 역사의 주체로 변화하는 과정은 처음과 중간과 끝이 너무도 분명한 발전론적인 서사 형식을 취한다. 게다가 각 시퀀스의 틈새는 눈물과 웃음으로 메워지기에, 관객들은 처음부터 끝까지 스크린 밖으로 나가거나 스크린의 균열 지점을 통해 그 뒤에 존재하는 실재 역사에 접근할 수 있는 기회를 박탈당한다. 관객은 수동적 소비자로서 스크린이 지시하는 방식대로 몇 방울의 눈물로 5·18에 대한 실재적 경험을 대신하도록 강요받는다. 다시 말해서, 〈화려한 휴가〉는 처음부터 민우의 죽음에 이르기까지 하나의 동질적인 전체를 이룬다. 이야기 속으로 동화되지 않고, 길바닥에 불쑥 튀어나온 돌멩이처럼 민우가 가는 길을 끊임없이 방해하는, 가끔은 스크린 밖으로 나와 스크린과 관객 사이를 맴돌며 관객과 스크린 사이의 동일성을 파괴하는, 그런 잉여적인 요소들이 존재하지 않는다는 말이다. 이를 통해 〈화려한 휴가〉는 상품으로서의 내적 완결성을 성취한다. 그럼으로써 이 영화는 트라우마를 표현하는 것을 포기하고 상품으로서의 자기 정체성을 확립한 듯 보인다.

하지만 이것이 〈화려한 휴가〉의 모든 것이라고 이야기하기는 힘들다. 마지막 반전이 있기 때문이다. 민우의 죽음으로 영화가 끝난 듯하지만 끝나지 않는다. 그의 죽음과 더불어 사건이 종결되고 스크린 위에 불빛이 사라졌을 때, 모든 관객이 다음에 나타날 엔딩 타이틀을 무심하게 기다리고 있을 때, 마치 부록인 양 하나의 장면이 덧붙여진다. 바로 민우와 신애의 영혼결혼식 장면이다. 영화 속에서 서로 죽고 죽이던 인물들이 다시한자리에 모인다. 모두 결혼식을 축하하려는 듯 즐거운 표정을 짓고 서있다. 하지만 이 만연한 웃음 속에 동화되지 않는 한 사람이 있다. 그는 이 영화의 유일한 생존자이자 당시를 증언해 줄 수 있는 유일한 사람인 신애이다. 죽은 자들 가운데 유일한 산 자이다. 하지만 오직 그녀만이 죽은 자인 듯 보인다. 살아 있는 듯 죽어 있는 그녀의 표정, 이 영화에서 유일하게 5·18이 지니는 트라우마의 깊이를 담아내고 있는 장면이라 할 수 있다. 트라우마는 극단적 사건 그 자체보다 삶과 죽음, 상징계와 실재계, 안과 밖, 친숙한 것과 낯섦의 경계를 분리시킴과 동시에 그 둘을 하나로 연결해 주는 생중사生中死/사중생死中生의 경험 속에 존재하기 때문이다. 실제로 극단의 희생자인 죽은 자는 일상적 리얼리즘의 대상이 되지 못한다. 왜냐면 그들은 우리가 일상적으로 살아가는 리얼리티보다 더 실재적인 것이기 때문이다. 중요한 것은 그 실재를 안고 살아가야 하는 살아남은 자, 생중사/사중생의 삶을 살고 있는 생존자의 삶의 이야기이며, 우리는 그의 삶 속에서만 5·18의 트라우마를 경험할 수 있다. 아마도 이 작은 반전을 통해 감독은 5·18을 상품화했다는 죄책감에서 벗어나고 싶었는지도 모른다.

하지만 이 부분에서도 감독은 또다시 상품으로서의 영화와 타협을 시도한다. 영혼결혼식에서 신랑과 하객의 자리는 사실상 비어 있는 자리다. 부재하는 현존 혹은 실재를 위한 자리인 것이다. 하지만 감독은 그 자리를 실제 사람의 이미지로 대체한다. 즉, 실재의 자리를 상상계적 이미지로 메운 것이다. 이로써 하나의 판타지가 형성된다. 역사와 실재의 무게마저도 초월한 낭만적 사랑의 완성이라는 판타지다. 이 판타지는 전체적인 내러티브의 추진력을 통해 신애의 얼굴에 각인된 실재의 흔적마저도 지워 버린다. 실재와 대면할 수 있는 모든 길이 봉쇄된 것이다. 이로써 5·18이 우리의 현대사에 가져다준 충격과 공포는 두 남녀의 사랑 속에 봉인되고 만다. 이는 최소한 이 영화를 통해서 우리가 5·18의 트라우마를 극복할 수 있는 길이 사라졌음을 의미한다.

〈화려한 휴가〉 그리고 반복

로스버그는 책 서문에서 트라우마의 리얼리즘이 수용해야 할 세 가지 요구를 적시했다.(7) 이는 앞서 언급한 홀로코스트 연구에 내재된 두 가지 상이한 충동, 즉 리얼리즘적 충동과 반리얼리즘적 충동의 불가능한 조화를 이룩하기 위한 최소한의 장치라고 볼 수 있다. 첫째, "기록의 요구a demand for documentation". 이는 리얼리즘적 충동과 연관된 것으로 연구자 혹은 예술가들은 홀로코스트의 모든 사건을 충실히 기록해야 할 의무를 지닌다. 둘째, "재현의 형식적 한계에 대한 성찰의 요구a demand for reflection on the formal limits of representation". 이는 기록의 윤리적 측면 혹은 반리얼리즘적 충동과 연관된 것으로 앞선 리얼리즘적 기록들이 궁극적으로 홀로코스트의 실재를 재현할 수 없음에 대한 반성이라 할 수 있다. 마지막으로, "홀로코스트 담론들의 위험을 감수한 대중적 유통에 대한 요구a demand for risky public circulation of discourses on the events"이다. 이는 홀로코스트 담론의 대중적 유통은 홀로코스트 자체를 물화시킬 수 있는 위험성이 존재함에도 불구하고 그 유통과 대중적 확산은 궁극적으로 홀로코스트를 극복하고 그것의 재발을 막는 유일한 방법임을 암시한다.

영화 〈화려한 휴가〉는 로스버그가 적시한 세 가지 요구 중 최소한 두 가지를 충족시킨다. 그것은 "기록의 요구"와 "대중적 유통"에 대한 요구이다. 특히 이 마지막 요구와 관련하여, 〈화려한 휴가〉는 그에 앞서 제작된 장선우의 〈꽃잎〉이나 이창동의 〈박하사탕〉보다도 더 큰 공헌을 했다. 비록 앞선 두 영화가 트라우마의 리얼리즘 문법에 더 충실했던 것은 사실이지만, 대중적 파급 효과는 상대적으로 적었음도 사실이다. 〈화려한 휴가〉는 700만 명이 넘는 관객을 극장으로 인도했으며, 이를 통해 5·18에 무지했던 많은 청소년들에게 최소한 그러한 사건이 존재했음을 각인시켰다. 물론 이런 상업적 유통이 5·18의 상처를 물화시키고 상품화시킬 수 있는 위험성이 있음은 부정할 수 없다. 하지만 이는 어쩌면 기우에 불과할지도 모른다. 오히려 이런 물화된 이미지라도 반복적 재생산을 통하여 5·18의 트라우마에 접근하고 그것을 극복할 수 있는 계기를 마련할 수 있기 때문이다.

트라우마에 대한 프로이트의 정의로 돌아가 보자. 프로이트가 외상적 신경증의 특징으로 지목한 것은, 환자가 어떤 갑작스런 충격적 사건에 고착되어 꿈속에서 그 사건을 반복하고 꿈속에서 받은 충격으로 인해 또다시 놀라서 꿈에서 깨어난다는 것이다. 여기에서 반복적인 꿈은 직접적 경험의 결여와 죽음의 재현 불가능성을 암시하며, 꿈의 반복을 통해서 그것을 일상적 언어 속에서 재현하고 공포를 극복하려는 시도로 이해된다. 즉, 반복이 실재가 드러날 수 있는 계기를 제공해 준다는 것이다. 물론 실재가 상징화를 거부하는 것이기는 하지만, 이것이 실재와의 조우가 금지되어 있음을 의미하지는 않는다. 다만 불가능할 뿐이다. 이 불가능을 가능으로 바꾸는 것이 반복의 구조이다. 그러기에 린다 벨로Linda Belau는 이 실재와의 조우가 "현재 속에서 불가능한 경험으로서의 반복"으로 가능해진다고 주장한다.(para. 4) 마찬가지로 트라우마의 리얼리즘을 처음으로 제안한 핼 포스터Hal Foster 역시 반복이 실재를 드러내는 중요한 기제임을 앤디 워홀의 그림을 통해서 강조한다.

> [워홀]에 있어서 반복은, (지시 대상의) 재현이나 (순수한 이미지, 즉 독립된 기표의) 시뮬레이션이라는 의미에서의, 재생산이 아니라는 것이다. 오히려 반복은, 외상적인 것으로서 이해되는 실재적인 것을 가리는screen 역할을 한다. 그러나 바로 이러한 필요는 또한 실재적인 것을 가리키고point 있으며, 이런 점에서 실재적인 것은 반복의 스크린을 파열시킨다.(203)

반복은 단순히 이미지의 재생산이 아니다. 그것은 실재를 가림과 동시에 지시함으로써 실재를 드러내고 반복의 장막을 파열시킨다. 따라서 반복은 그 자체로서 트라우마의 경험인 것이다. 특히 포스터가 분석하는 대상이 워홀의 팝아트임은 현재 우리의 논의에서 중요한 시사점을 던져 주다. 그것은 현대의 문화산업에 나타나는 반복의 구조와 크게 다르지 않기 때문이다. 예컨대, 워홀이 천착했던 캠벨 수프 통조림과 매릴린 먼로 이미지의 반복적 재생산은 자본주의 이데올로기를 강화시킨다기보다는 그것에 파열을 가져다줌으로써 그것을 극복할 수 있는 계기를 제공한다. 우리가 트라우마를 이야기하는 것은 그것의 우울증적 발현acting out이 아니라 그것을 극복working through하기 위함이라는 점에서 더욱 그러하다.

　결국 〈화려한 휴가〉의 가능성은 바로 이 반복 속에 존재한다. 물론 그 가능성은 〈화려한 휴가〉라는 단 한 편의 영화가 지니는 가능성은 아니다. 〈화려한 휴가〉 그 자체는 결코 5·18의 진실을 말해 주지 못하기 때문이다. 하지만 그러한 영화의 대중적 유포와 반복적 (재)생산이 5·18을 상업화된 이미지 속에 가두어 두는 것만은 아니다. 그것의 무한 복제와 반복은 그 자체의 반복 구조를 파열시키고 5·18의 진실과 그것의 트라우마를 드러나게 하는 구멍을 창출해 낼 수도 있다. 그러기에 우리는 제2의 제3의 〈화려한 휴가〉가 제작되고 또 반복되기를 촉구해야만 한다.

■ 참고문헌

LaCapra, Dominick, "Trauma, Absence, Loss", *Critical Inquiry 25.4,* 1999, pp. 696-727.

Lacan, Jacques, *The Ethics of Psychoanalysis: Seminar of Jacques Lacan* (Book VII), Ed. Jacques-Alain Miller, Trans. Dennis Porter, New York: Norton, 1997.

Rothberg, Michael, *Traumatic Realism: The Demands of Holocaust Representation,* Minneapolis: U of Minnesota P, 2000.

Lukács, György, "Realism in Balance", *Aesthetics and Politics,* Ed. Ernst Bloch et al., London: New Left Books, 1977, pp. 28-59. *Narrative,* Ed. W.J.T. Mitchell, Chicago: U of Chicago P, 1981, pp. 1-23.

_____, 반성완 옮김, 《소설의 이론》, 서울: 심설당, 1985.

_____, 황석천 옮김, 《현대 리얼리즘론》, 서울: 열음사, 1986.

Barthes, Roland, "The Reality Effect", *The Rustle of Language,* Trans. Richard Howard, Berkeley: U of California P, 1989, pp. 141-148.

박찬부, 《라캉: 재현과 그 불만》, 서울: 문학과지성사, 2006.

Belau, Linda, "Trauma and the Material Signifier", *Postmodern Culture 11.2,* 2001.
(http://pmc.iath.virginia.edu/text-only/issue.101/11.2belau.txt)

벨지, 캐더린, 김전유경 옮김, 《문화와 실재: 라캉으로 문화 읽기》, 부산: 경성대출판부, 2005.

Adorno, Theodor W., *Prisms.* Trans. Samuel and Shierry Weber, Cambridge: The MIT Press, 1982.

Eagleton, Terry, *Against the Grain,* London: Verso, 1988.

Jameson, Fredric, *The Political Unconscious: Narrative as a Socially Symbolic Act,* London: Metheun, 1981.

진중권, 〈기억을 어떻게 기록할 것인가?〉, 《씨네 21》 615, 2007/08/20.
(http://www.cine21.com/Article/article_view.php?mm=005004007&article_id=47797)

Caruth, Cathy, "Parting Words: Trauma, Silence and Survival", *Cultural Value 5-1,* 2001, pp. 7-27.

포스터, 핼, 이영욱·조연주·최연희 옮김, 《실재의 귀환》, 부산: 경성대출판부, 2003.

Freud, Sigmund, *The Standard Edition of the Complete Psychological Works of Sigmund Freud,* Ed. and Trans. James Strachey, London: Hogarth Press, 1953-74.

Fink, Bruce, *The Lacanian Subject: Between Language and Jouissance,* Princeton: Princeton UP,

1995.

White, Hayden, "The Value of Narrativity in the Representation of Reality"; On Žižek, Slavoj, *The Sublime Object of Ideology,* London: Verso, 1989.

Hilberg, Raul, "I Was Not There," *Writing and the Holocaust,* ed. Berel Lang, New York: Holmes & Meier, 1988.

문화산업 이미지 예술

발행일 2012년 1월 28일 초판 1쇄
지은이 조선대학교 인문학연구원 이미지연구소
펴낸이 박남희
편 집 박남주, 노경인, 김주영
마케팅 구본건
제 작 이희수
종 이 화인페이퍼
인 쇄 청아문화사
제 본 정민제본
펴낸곳 도서출판 앨피

출판등록 2004년 11월 23일 제313-2004-27
주 소 (150-102) 서울시 영등포구 양평동 2가 37-2 양평빌딩 301호
전 화 (02)2676-2727 **팩스** (02)2676-5261
E-mail geist7@hanmail.net

ISBN 978-89-92151-39-9